MADONNA MADONNA

authorship international

© Nidra Poller, 2018

Tous droits de traduction, de reproduction et d'adaptation réservés pour tous pays.

authorship international
Paris, France
authorpol@gmail.com

design : Aaron Levin
relecture : Liliane Messika

ISBN 9780-9994667-1-1

NIDRA POLLER

MADONNA MADONNA

ROMAN

authorship intl

Les corps ne se connaissent pas encore. Cœur de sang. Chanson. How do you do? L'œuf est placide et grassouillet. L'œuf est féminin. Elle attend. Elle boude. Je t'attends, les lèvres enflées. C'est le sang de l'amour. Le ventre rebondi, le nombril repoussé, la peau tirée. Le tambour. Le corps lourd du poids de la vie. Dedans. Ça bouge. Étoile filante à travers le dôme du ciel maternel, ton genou qui traverse mon ventre, j'ai envie de te tenir dans mes bras mais tu es loin et je ne peux pas voir ton visage. Fais un enfant pour que je me rappelle comment ça marche. Où est passée la parole de l'indicible? Une légère brise m'a remué la robe au bord de la montagne rose en été. S'habiller est pénible mais le corps s'adapte. On voit à travers la robe d'été ses cuisses de femme et ceci devient une histoire. Au troisième étage une porte ouverte dévoile le tableau de la sagrada familia. Le père la mère l'enfant dans ses bras et le saint esprit télévision allumée en plein jour alors que deux femmes et trois hommes d'une jeunesse indéfinie montent au quatrième et dieu le père lèche les cuisses des femmes de ses yeux patrie-famille avant de claquer la porte au nez degli disgraziati.

Un cri dolent. Je t'attends dans la camera oscura. Bande de chair serrée autour de ton cou. Elle m'étrangle. Bande de chair serrée autour du cou de ton sexe. Elle m'enjoie. Aussitôt sorti le petit corps désire. Sa peau aimante, sa peau humide du courant maternel. Glisse ta main de mes seins au ventre. Vite vite placez l'enfant contre mon sein, la séparation nous est insupportable. Toi aussi, tu as les nichons sensibles, le sein bande au cri de l'enfant. Ta langue est rose.

Dans le monde entier et ceci depuis le début du temps il n'y a que toi qui es toi. Je te cherche de mes yeux partout. De mes yeux mains de mes yeux seins de mes yeux cuisses de mes yeux ventre jusqu'à mes yeux sexe muet bâillonné étouffé. On ne peut pas voir l'enfant couvé au sein du ventre. Les bras sont douloureux du désir de le tenir, que la vie commence, que cette vie intérieure devienne autre, que l'enfant parte en vacances avec son amoureux et leurs sacs à dos, qu'ils fassent l'amour sous la tente sur la plage et que la fille devienne mère. On ne peut pas voir l'absence de la personne. Seule sa présence est visible. On attend la mort qui nous attend. C'est pourquoi l'impatience jusqu'à la panique. Mais où mais où est l'avant signe d'une arrivée? Il faut remplir le ventre de la vie. Va-et-vient. Va-et-vient jusqu'à la jouissance.

Elle a une façon de marcher, c'est un régal. On dirait une danseuse mais les danseuses sont plutôt froides. À travers le tissu fleuri de sa robe on voit ses cuisses. On dirait une femme qui se remue sous le corps de son amant. Seulement elle est verticale et elle marche. Un panier à provisions à la main. Si tu veux savoir comment il bouge, l'enfant qui vit dans ton corps, regarde un nouveau-né. C'est la même danse. Si tu veux savoir comment tu bouges sous le corps de ton amoureux il faut le refaire et après, dans la transformation de ta voix et de ta vision du monde essaie de retracer les pas. On ne peut pas voyager par la parole au-delà de la parole.

Elle coupait des oignons d'abord en rondelles et ensuite hachés menu. L'huile d'olive chauffait dans la poêle. Son fils lisait *Libération*. L'odeur douce acide des tomates. Le parfum d'une tomate cueillie au soleil, la tige dégage une forte odeur de la vie du sang vert vital de la plante, de la parole vitale passée de la terre à la tomate, coupée à la tige, au parfum âcre et sucré du cri dolent.

Au deuxième enfant la succion des lèvres au sein maternel provoque des contractions de l'utérus. Douloureux souvenirs des contractions de l'accouchement. C'est l'utérus qui se resserre, qui retrouve son tonus, passant de son état las et flasque de sac vidé, allant vers son état antérieur de petite poire ferme, si bien que la femme allongée à côté de l'amoureuse de son fils, seins et poils et doigts de pied offerts au soleil, n'a pas d'âge. Sous la peau des ventres bronzés, deux utérus: celui qui a donné naissance au fils, celui qui reçoit son sexe et son sperme. Va-et-vient. Les jambes ouvertes pour expulser pour recevoir. La voix rauque. La respiration accélérée. Des voiles de chaleur de sang qui adorent le corps. Il nous semble impossible de faire passer la tête, que notre corps va éclater, et juste au moment de la plus haute impossibilité — on travaille sans être conscient de travailler, où est-ce qu'on a appris à faire ça? — la tête passe. Quelle beauté de force qui nous bouge le corps en parfaite unité à une vitesse exaltante. Nous n'avons pas cherché la vitesse. Nous avons commencé pian piano, des caresses qui faisaient partie de notre conversation. Après, nous sommes trempés de sueur et les muscles nous reparlent de leur travail. La tête passe, la douleur est déjà oubliée. Comme le plaisir, comme les premières années de la vie, comme un lointain pays. Tiens-moi contre toi et caresse mon visage comme la dernière fois, je me souviens d'une tendresse particulière qui m'a dit : nous avons traversé ensemble encore une frontière, et puis le matin tu es parti comme prévu. Elle dit à mon fils more et encore mon amour. C'est tellement bon, c'est si profond, elle ne peut pas accepter d'autre homme que lui. Entre nous on peut parler de tout.

Mais je suis muette, je suis paralysée, en état de choc. Mon corps refuse d'exister séparé de ton corps. À l'intérieur de l'enceinte médiévale, au ventre des murs écroulés par des bombes italiennes lancées contre ces Veneti qui ont osé s'allier à l'Autriche, l'herbe pousse à la hauteur d'un long désespoir et les vipères s'ennuient. La torre angosciata lance son cri dolent dans la nuit blanche de la pleine lune. Les ruines s'appellent toujours le château. On m'appelle toujours par mon nom.

Mais non, nous ne voulons pas de ces histoires de femme qui crie dans la nuit, de ces chattes en chaleur qui miaulent après le bien-désiré absent. Nous refusons cette condition de souvenantes, je me flingue vers n'importe quoi de chaud qui bouge, je trahis ma trahison je m'exile de mon exil, je parle une langue étrangère dans une langue encore plus étrangère et je déclare l'impossibilité contre la guerre. Mais non mais non un corps n'est pas les mots plaqués contre sa peau en définition de ses contours, la contre-image en contre-jour en plâtre creux du masque de la mort vivante. Quelques cils restent enracinés dans le plâtre. Lumière ! Des poils aux aisselles des bras soulevés d'une femme assise à table, les fesses dansant la danse du ventre d'une femme qui marche dans la rue d'une ville industrielle, ton sexe assis sur ta cuisse dans le salon au treizième étage d'une tour subventionnée d'une ville de passage, souvenirs des voyages du plaisir posés sur la cheminée où aucun feu ne brûle. Prends le soleil, écrase-le contre ma peau, que son jus dégouline le long de mes hanches et me lèche les pieds.

Je n'ai rien vu je n'ai rien compris : ma vie n'est pas encore commencée, mais je désire. Tout l'espace est l'étendue de mon désir et le temps est sa durée. Je me suis confondue avec ma fille. Elle me dit: « n'aie pas peur, il t'aime, c'est sûr. Est-ce que je t'ai jamais dit autre chose que la vérité à ce sujet ? » Je n'avais pas suffisamment du lait, elle m'adore quand même. Une fois, elle a perdu ses règles, pendant toute une année le sang ne coulait pas et la courbe de sa température restait plate comme le lit d'une rivière desséchée. J'ai tout fait pour qu'elle guérisse. J'aurais donné mon sang, mon utérus, mes œufs fanés. Enfin ça a recommencé. Qui sait pourquoi son corps de femme s'était tu? Peut-être par manque de soleil, soit une malnutrition générale d'étudiant. Peut-être l'homme de mon lit lui a coupé la parole, jaloux des amours de ma fille, jaloux de son frère d'âge invité au corps de ma fille, n'en parlons pas. Ma fille est une cerise noire.

Je ne maîtrise pas ma langue. Mais où est passé le premier cri qui t'aurait gardé près de moi? Avalé dans le marécage de l'histoire, dépensé cent fois avant son heure. Pourquoi n'ai-je pas crié? Je n'ai pas pu imaginer ton absence mûrissant au cœur de la totalité de ta présence. Maintenant je suis dans le depuis. Au fur et à mesure que les jours se consomment les portes se referment. L'auberge de jeunesse? Mais non, madame, il n'y a jamais eu d'auberge ici. Vous vous trompez peut-être de pays. J'ai remarqué, si vous permettez, un léger accent. Vous ne seriez pas anglaise des fois?

Uniquement dans mes cauchemars. J'ai rêvé que je suis née aux États-Unis, que je me suis mariée là-bas et que mes trois enfants sont le fruit d'une union maudite. Dans ma famille nous sommes des exilés à n'en plus finir.

Elle arrive enfin dans son pays. Les dattiers se dressent, impudiques. De leur tête en éclosion de joie majestueuse pend l'épaisse sensualité des fruits nichés dans une toison d'or vert. Parfum de figue, citron, jasmin, amadou, ambre, coco. Un parfum de poisson sucré des vagues de la mer. L'odeur du sable. Le goût du soleil. Elle pose sa valise mais tient toujours à la main un charmant cartable de femme indépendante.

Il s'avance vers elle. Ils se sont rencontrés là-bas. Déchirant de leurs mains nues l'air puant d'acier trempé à l'huile gluante et mécanique, ils avaient posé la tente de leurs deux corps. Et puis le vent a changé. Leur campement détruit, chacun a pris ses nécessaires, son chemin, sa partie du plaisir. Une histoire contemporaine, bourrée de circonstances. M'sieu-dames les personnages sont priés de prendre leurs nouvelles positions en faisant attention à ne pas marcher sur les lignes de craie. Aujourd'hui nous présentons le spectacle de l'amour tragique. Répétition s'il vous plaît.

Lumière ! Ils se sont sauvés de l'oubli. Ici, maintenant, c'est l'impossibilité qui règne. Leur dieu invoqué du fond des douleurs de l'oubli est venu séparer les eaux du temps. Il leur accorde un sursis de l'histoire. Il n'y aura ni progrès ni souvenirs. L'éternel présent sera leur contrée. A condition de respecter les règles du plaisir.

Ils sont timides. Le voyage de l'aéroport au village est plus long que l'impatience. Installée sur le siège arrière du vieux taxi elle écoute la conversation entre lui et son ami le chauffeur. Elle se donne à la musique de leur langue et la nuit suit le jour. Cette même langue multipliée par une centaine de bouches les reçoit au premier village. Il ne s'agit pas pour elle de le rejoindre parmi les hommes. Ni de perdre, en restant avec les femmes, les signes de sa différence. Il ne s'agit pas d'un temps révolu ni d'un présent politisé. Tout ce qui existe sera assimilé dans sa vérité. L'odeur des déchets et de la merde, les grincements de dents des termites qui font la fête dans la toiture de la case, la tristesse des danseurs et le bruit d'un transistor. Elle est avec les femmes mais comme un homme par l'audace d'une certaine liberté et par la distance de la solitude traversée pour arriver ici. Elle est parmi les femmes, corps de désir comme elles. Jusqu'au ventre de la nuit elles discutent l'amour, les amoureux, les amants, les formes et les forces et les caprices du sexe de l'homme, le sexe de son cœur, la tendresse de l'âme de son sexe, l'intelligence, le langage, la sagesse et surtout les caprices du sexe de l'homme. De temps à autre on entend un sifflet, une femme se lève et s'en va dans la nuit retrouver la chair de ses propos.

Celles qui n'ont pas été appelées s'endorment. Elle n'ose pas interroger la nuit. Comment concevoir sa distance d'elle dans ce pays que ses yeux n'ont jamais parcouru? Est-ce lui qui est venu siffler celle dont le sourire est tombé le plus doucement sur l'étrangère? Elle bascule un instant dans l'immensité de ce pays où elle ne connaît pas la logique des chemins. Comment le retrouver s'il est perdu dans cette éternité? Mais le parfum de bois et de paille et de la nuit végétale embrasse le corps de sa pensée jusqu'au fin fond du sommeil.

Au petit matin ils mangent des fruits et boivent de l'eau avant de reprendre place dans la voiture. Le paysage se réveille à toutes les couleurs du soleil et lui il est lumineux de bonheur. Ses mains parlent tantôt à l'épaule de son frère au volant, tantôt au bras de la femme près de lui. Ses yeux bavards brillent de plaisir. Combien souvent il se retourne vers elle sans changer de langue et le chauffeur aussi commence à lui parler sans qu'on se préoccupe de traduire et la voiture cahotant à travers la route toute en bosses et en trous est remplie de leurs rires qui parlent toutes les langues, remplie du langage de la poussière chaude de la route du feuillage trempé de soleil, du parfum des fruits généreux de l'amitié. A longueur de journée ils se déplacent. Il se met devant, elle étend les jambes, ils chantent, elle raconte des histoires, il prend le volant, leur frère fait la siesta, il chante, elle danse de ses épaules. Rigolant d'une douce sueur, enrobés d'une belle fatigue, ils arrivent à leur deuxième nuit.

La hantise de son absence se perd dans la brume qui plane audessus de la rivière. Ruban de silence coulant derrière le cercle de cases. A l'écoute du souffle de la rivière son corps est inspiré du silence de ses profondeurs, son corps amasse du silence, le silence au plus profond de son corps emporte ses souvenirs, les eaux du silence coulent entre ses jambes écartées dans son sommeil et elle se réveille moite comme une femme qui a dormi toute la nuit dans les bras de son homme. Dans la nuit de nouveaux parfums sont nés entre ses jambes, d'une richesse enivrante, greffés sur cet autre parfum qui porte son nom. Elle lit de son corps l'odeur de la rivière, de l'herbe, de la terre, des fruits et des troncs d'arbre. Son corps enceint d'une épaisseur végétale mais point alourdi. C'est le béton qui est parti, remplacé par la sève. Son corps entier est devenu un sexe spongieux, riche de sang. La terre est rouge.

A l'époque, ma fille, on ne pouvait rien, on n'avait aucun droit. C'est tout juste si j'ai pu garder les yeux ouverts, te voir sortir de mon corps dont le bas avait été endormi. Ils m'ont laissé la tête. Et il a fallu lutter pour l'avoir. A l'époque on pratiquait la mise à mort de la femme en travail. Le médecin, dieu et maître du chantier, arrachait du cadavre de la mère l'enfant grisé par l'anesthésie. Même l'enfant n'avait pas le droit d'assister à sa naissance.

C'est un jeune qui t'a pris d'entre mes jambes privées de leur douleur. Le vrai médecin était parti en banlieue pour un dîner mondain, ne me croyant pas capable de travailler si vite. Avec mon ventre plein de toi greffé sur mon petit corps d'adolescente et mon visage lisse d'enfant vieilli par l'éducation réservée aux filles en ces temps-là. On n'avait pas moyen de se défendre, tu ne peux pas t'imaginer.

Il a fallu lutter. Il a fallu être à la fois femme terre de procréation et héros dressé contre l'ordre établi. Etre enceinte c'est tomber dans un long rêve de chair. Tu perds un peu la tête. Ah que j'aurais aimé faire des enfants avec un homme qui aurait su m'aimer. N'en parlons pas. Ce qui est fait est fait. Que ça doit être délicieux, faire l'amour à longueur de journée serrant entre les deux corps amourant le petit corps qu'ils ont créé. Un enfant bercé dans les eaux mouvantes, ballotté par les courants du corps de sa mère qui danse l'amour, les eaux réchauffées par le flux du sang de la jouissance, un tel enfant devrait naître ange et génie. Par quel miracle ai-je pu/ n'en parlons pas.

J'étais calme. Le médecin m'avait saluée avant de partir en banlieue. Je jouais aux cartes avec les stagiaires dans la pièce où ils attendent les cris des mères. J'ai pris le dîner avec eux, en copain, mon ventre serré comme une serpillière qu'on tord pour faire sortir l'eau et une légère douleur au dos. Ces sensations me faisaient plaisir. Car j'avais craint ne jamais te voir naître. La date prévue ne voyant aucun mouvement vers la sortie, les jours qui suivaient étant marqués par la même absence criarde, j'ai cru, selon la logique folle de celles qui sont passionnées de leur désir, que la grossesse aussi pourrait se terminer en nullité. Que tu sois atteinte, non, je n'y ai jamais pensé. Mais que tu n'existes point, contre toute évidence, si. Ton corps qui bougeait dans mon corps, ton genou qui traversait mon ventre, ton poids qui me brûlait la peau, ta faim croissante qui me donnait faim, ton énergie qui m'endormait : tout mon corps était à ton service. Pourtant, la vie m'avait déjà montré suffisamment de déceptions. Et j'étais jeune, impatiente. Enfin, ce matin-là à mon réveil, j'ai découvert sur les draps une petite tache d'eau embellie d'un filet de sang et j'ai su que tu arriverais. De ces quinze jours d'attente je n'avais rien voulu savoir. Je leur ai craché au visage. Maintenant je suppose que c'est différent. Les femmes enceintes vont allègrement au boulot, elles tiennent la caisse, elles portent leur attaché-case, elles assistent aux réunions du comité de rédaction et elles remplissent les formulaires pour la crèche. Du temps de ma mère les femmes enceintes avaient les jambes gonflées, elles portaient des robes d'une laideur ... Des robes ringardes, sans aucune distinction, à savoir qu'une fois enceinte la femme perdait tout ce qui lui était particulier. Elle n'était plus une femme, mais une mère. Et les mères se ressemblaient toutes.

Elle mit des bas roses pour l'entretien, et des sandales d'une rose plus profonde et encore plus flamboyante. Une robe fleurie, d'un tissu délicieusement perméable à la lumière, à l'ombre de ses cuisses. Le col en V bien écarté attrapait les yeux, les dirigeant comme une main experte de tendresse vers la rondeur de ses seins, dont le début de la séparation se dessinait juste avant de disparaître sous les fleurs. Les manches courtes, en forme de pétales, avaient le génie d'éclore chaque fois qu'elle levait le bras. L'éclair de poils lançait de ses aisselles un message de sensualité infinie. Ses cheveux châtaigne, aux étincelles d'or et de cuivre, n'acceptèrent aucun contrôle. Frisés et bouclés, amples mais fins, ils encadrèrent sa tête jusqu'aux épaules, tels les poils d'un autre sexe qui aurait été son visage.

Tantôt elle caressa de ses mains bronzées le dossier ouvert sur son bureau, tantôt elle porta la main à sa boucle d'oreille qui sonna le délicat tintamarre des petits disques orientaux perdus dans sa chevelure. Assise, les jambes légèrement écartées, le buste légèrement avancé, elle dégagea de chaque mouvement de son corps un parfum de jasmin.

— Notre chiffre d'affaires a baissé le mois dernier. C'est inadmissible.

— Mais oui, Carolina, j'en suis conscient. C'est moi qui ai préparé le bilan. Mais tu vois bien qu'il y a eu une amélioration dans les cinq derniers jours. C'est à cause du nouveau. Il a fallu un peu temps pour qu'il soit rodé. C'est normal.

— J'en ai rien à foutre.

Elle fit un sourire d'ange et alluma une cigarette comme si c'était la première fois de sa vie.

— Tu veux parler avec lui? Il attend dehors. Je lui ai dit ... C'est à dire tu m'avais dit, si j'ai bien compris ...

— Ce n'est pas la peine. Je m'en vais tout à l'heure.

Il ne cacha pas sa déception. Sa lèvre inférieure tremblota comme le cœur d'un colibri. Puis il se ressaisit.

— "Tout à l'heure"? Tu ne veux pas dire "bientôt"? Tu ne restes pas cette nuit?

Il avait passé des journées et des soirées entières à travailler les chiffres, dans une pièce empestée des cigarettes qu'il fumait sans jamais pouvoir se défaire du dégoût de leur odeur âcre, de sa bouche et langue brûlées, des gestes automatiques depuis celui de sortir encore un cylindre du paquet jusqu'à écraser le mégot dans le cendrier qu'il repoussa aussitôt, se jurant de ne pas répéter ce cinéma de la frustration. Dix minutes ou une demi-heure ou deux heures plus tard, peu importe l'intervalle, il reprit le cendrier, se délectant de la puanteur de cendres froides et il se replongea les poumons dans la fumée se disant tant pis et tant mieux je me flingue doucement comme tout le monde et n'en parlons plus.

La pluie ne s'arrêta point. Une pluie de printemps pourri. Un temps qui faisait claquer les langues des concierges. A vrai dire il n'en restait pas beaucoup, des concierges authentiques, mais tout le monde s'était mis à parler un peu comme elles, ce qui revenait à la même chose.

Le travail ne lui fut guère étranger. Quoi que bon-vivant de nature, les complexités de son caractère aussi bien que les péripéties de sa vie avaient voulu qu'il devienne trop apte au travail pour pouvoir le refuser à une époque où le bon-vivant ne trouvait pas grande chose à se mettre sous la dent. City by night était plutôt le désespoir que la joie de vivre. De temps en temps il interrompait ses calculs et dansait tout seul. Les chiffres n'avaient pas de valeur en soi. Pas plus que la correspondance menée en quatre langues sur une vingtaine de pays, ou tout autre aspect de gestion dont il était chargé. Ces détails ennuyeux, mais essentiels à la réussite du projet, arrivaient sur lui comme des moustiques sur la plage à l'heure du crépuscule. Il ne s'en plaindra pas. Surtout pas auprès de Carolina. C'est pour elle qu'il se dévoue.

— Carissima, il poursuivit, ne joue pas la dure avec moi, je t'en prie. On s'est promis de ne pas être pris au piège. Je sais que tu dois partir, mais reste cette nuit avec moi, ça fait si longtemps que je t'attends.

A écouter sa propre voix il s'en veut. Ça frôlait drôlement la pleurnicherie. Comment dans un monde dégoulinant de femmes disponibles avoir besoin d'une seule, celle-là? Ne faisant plus confiance à sa parole il mit tout dans son corps. Il lui caressa le genou, glissa la main sous le tissu dévergondé de sa robe fleurie lui caressant le long de la cuisse doucement doucement du genou jusqu'où ça devient autre. Reprenant la main comme s'il s'agissait d'un gamin égaré, il la posa sur le visage de Carolina, traçant avec tendresse ses lignes et ses contours. Comme toujours, elle se donna totalement.

— Tu resteras cette nuit? Il murmura.

— Oui, elle répondit, haussant les épaules.

— Et alors, ma belle, où c'est qu'elle commence, cette nuit?

Ici, elle dit, plaçant sa main à lui sur son cœur à elle, d'un joli sein vêtu.

Quand ils avaient compris qu'il ne s'agissait pas d'un jeu de cartes mais d'une femme prête à accoucher, ils m'ont passée aux infirmières pour les préparations. Elles m'ont rasé les poils, vidé les tripes. Je ne sais pas s'il est vraiment nécessaire ou si ça fait partie de leur manie de nous enlever toute identité, toute volonté. On a rasé les têtes de nos tantes avant de les pousser dans les chambres à gaz. On rase la tête des folles, des prisonnières, des collaboratrices. Pour nous c'était juste la tête du sexe. Et puis on voulait me droguer. Pour me calmer, dit l'infirmière. Mais vous ne voyez pas comme je suis calme? Il a fallu lutter afin de bien faire le travail d'accouchement, une lutte sans adversaire, menée par nos deux corps, le tien et le mien. Je ne pensais pas devoir lutter contre la mort, comme je n'ai jamais pensé que tu pourrais être atteinte. Lutter pour que la vie vive. Ça suffit comme combat. En même temps il a fallu lutter contre l'ordre établi. A leurs yeux une femme qui accouche est forcément faible et hystérique. Et encore, l'infirmière réclame ses droits au travail. Elle n'acceptait pas le rôle de badaud sur le trottoir de mes gestes héroïques. A vrai dire, ça fait très mal. On le compare à de fortes crampes mais il n'y a pas de comparaison. Toute autre douleur que nous connaissons est une douleur pathologique: rage de dents, brûlure, coupure, piqûre, blessure ou pourriture du corps. Cette douleur vitale est autre.

Ma mère est belle et intelligente. J'aimerais qu'elle soit heureuse. J'ai acheté pour ma fille une jolie robe rouge vive. C'est si beau contre sa peau mate et ses cheveux de jais. Elle ne nous a jamais fait sentir ce que ça lui a coûté de nous élever. Je ne parle pas du fric bien sûr. La place que nous avons prise dans sa vie, ce qu'elle n'a pas pu vivre. Maintenant que j'ai dépassé l'âge qu'elle avait quand je suis née. Et encore, à cette époque-là quelle chance avait une femme de s'épanouir? Elle est si petite mais elle sait déjà marcher. Elle ne veut pas que je lui prenne la main. Alors, j'ai pris son collier de perles en caoutchouc, j'en tenais un bout et elle l'autre et comme ça elle acceptait que je la protège, tout en gardant son indépendance. C'est fou, c'est inhumain la voiture quand tu penses comment il faut se dévouer pour s'occuper d'un enfant. Que ça peut être annulé d'un coup de voiture. Et la guerre. Tu te prives pendant tant d'années sans jamais te dire c'est du sacrifice et puis on va venir prendre ton enfant pour une guerre alors là non jamais à tout jamais. Parfois c'est moi la mère et elle la fille, je comprends que certaines choses soient plus difficiles pour elle, les rapports homme-femme par exemple, elle m'a raconté, quand elle avait treize ans, quinze ans. Son père. Et puis mon père/ Ton corps n'est plus à toi, du moment de la conception il faut toujours penser à cette autre vie qui éclot en toi, qui te donne faim, qui te rend somnolente. Je trouve belle la femme enceinte. Mais à la fois. Et puis beaucoup de choses ont changé.

Dans le temps on n'avait même pas l'idée d'aller sans culotte. Pas par pudeur, on n'arrivait pas à cette hauteur, l'imagination érotique était étouffée avant qu'on ne le sache. Il y avait des culottes étudiées pour la grossesse, en coton blanc, le devant une sorte de poche expansible, croisée de coutures en élastique. Ça montait jusqu'à la taille. Seulement, c'est ça qui manque quand on est enceinte. Elle s'est toujours fait rouler par les mecs. Enfin, après mon père, elle a appris comment trouver son plaisir, mais jusqu'ici je ne l'ai pas vue avec un seul digne d'elle. Ce n'est pas parce que c'est ma mère que je le dis. Elle serait mon amie ou simplement la voisine je dirais la même chose. Aller pisser devenait toute une histoire les derniers mois. Et dieu sait que tu pisses comme un ivrogne. Hisser la jupe étroite percée d'un trou pour le ventre, baisser la foutue culotte dont la laideur te rappelait à chaque reprise la perte de ta coquetterie. Mais il y avait pire. Rehausser la culotte et rebaisser la jupe. Putain de bordel. La jupe tirait sur la culotte, la culotte dans son épaisseur odieuse empêchait la jupe de glisser sur les hanches. C'est à dire là où les hanches se trouvent normalement. A la fin il n'y a que ventre. Aujourd'hui, cara, plus question des acrobaties de la culotte de la grossesse. Tu n'en portes jamais, de toute façon. Une jolie robe afghane ou de ta propre fabrication et te voilà la même femme dont il est tombé amoureux, brodée et riche en couleurs avec en plus cette parole de bébé au ventre. Notre génération est contre le mur, c'est sûr, on entend sonner l'heure d'une fin de monde, mais je crois que dans le temps qui nous reste nous avons plus de possibilités de plaisir.

Je n'ai pas considéré ça comme une contrainte, le fait d'avoir des enfants, c'était mon premier geste révolutionnaire, quoi qu'à l'époque je n'aurais pas pu le savoir. J'étais tout de même consciente du destin qui m'attendait, moi une femme intellectuelle. En moulant des corps humains au cœur de mon corps, j'ai fait le premier pas vers la destruction du discours. Il m'arrive de me sentir trop simple vis-à-vis d'elle. Elle a ses souffrances, oui, mais ça lui a donné une richesse. Surtout son corps. Tous les hommes tombent pour elle. Elle nous a dit que c'est en nous faisant qu'elle a moulé son corps. Si tu regardes les photos, c'est vrai. Elle m'a donné une idée différente de ce que ça veut dire être femme. Différente de ce qu'on lui a imposé comme un voile de religieuse, différente du discours de la libération de la femme. Je suis le corps de ma fille à travers ses transformations. Fine comme une hindoue, assise sur une ampleur africaine. Un moment charnu incertain de sa direction. Arrivé à l'amour qui sculpte sa plénitude, raffine la chair de sa générosité. Miniature de la volupté. J'ai suivi le corps de ma mère, on se ressemblait, et puis encore une fois la naissance nous a séparées. A la joie de devenir autre. Tu m'inspires. Tu m'inspires.

La maison est de bois sculpté. Son corps couleur de peau est décoré de bordures teintes rouge sang, bleu de veines, vert plante. Trois marches en bras ouverts sur la largeur de la maison montent à la véranda. Il y a un hamac et des fauteuils en vannerie. Le soleil touche le hamac. Une haie de bananiers démarque l'espace consacré. Ils font le tour. Des fleurs des fruits des légumes des arbres. A l'intérieur, divisé en quatre pièces, une même richesse en bois sculpté, en vannerie, en tissus teints. Vibrations des mêmes fleurs, élaboration de parfums. Dehors, l'abondance débordante, l'agencement naturel. A l'intérieur, l'agencement conscient et l'abondance d'espace. Non pas l'espace vide. L'espace à occuper. Il fait très chaud. Ils déambulent à travers les pièces, caressent les objets, sentent ces parfums et leurs parfums mélangés. Leur conversation en harmonie au rythme du bois ouvragé, des mains qui tissent, des doigts pressés contre les parois d'argile. Ils parlent d'ici et d'ailleurs. Cette idée d'ici était une fois son rêve à elle, et à lui son passé et leur futur. Il fait très chaud. Des ruisseaux de sueur glissent le long de ses côtes. Dans un instant courbé le bras ramasse une petite flaque de nectar du corps. Le bras qui l'entoure glisse. De l'autre côté de la haie la musique des enfants qui jouent. Les oiseaux ne se fatiguent pas. Lui aussi il chantonne.

Si je ne t'avais pas vu comme ça. Mais je pensais toujours. Il y avait la peur aussi. Que ceci soit impossible. En même temps, ne pas pouvoir le faire. Oui, impensable. Et toi, regarde comme tu es Même là-bas je t'ai reconnu. La première fois. Oui, dans la première rencontre tout est connu. C'est le début de la vie. Au début on voit la vie entière dans un seul instant. Il faut se rappeler.

Ils s'assoient sur la véranda. Comme la timidité. Ils s'en souviennent. Le rire coule. Un rire doux, un lac doux de rires. Ils s'allongent dans le hamac, bercés dans son ventre tissé, enrobés du soleil du premier jour où la vie est née de l'eau. Sa peau qu'elle a déjà connue. Son visage qu'il a déjà regardé de ses mains. Que des lèvres qui s'embrassent, le corps entier est lèvre. L'ivresse la plus tranquille. Lucidité du sang. La chanson du silence. Le souffle de la brise lèche les feuilles du bananier. Le temps s'allonge, s'étire. Le temps s'enroule autour des deux corps, se niche aux creux. Le temps connaît les conjugaisons des lèvres. Douceur qui parle douceur à la douceur qui répond douceur qui inspire douceur qui respire de la douceur qui voile en soie de douceur qui dévoile en cœur de douceur qui découvre encore de la douceur qui suit à l'infini de la douceur qui douce invention qui douce mémoire qui douce discours qui douce souffle qui douce soupir qui douce secret qui douce vœu qui douce enveloppe enveloppe la douceur. Lèvres qui se quittent pour aller sur les points des lèvres softly softly parler au ventre des yeux, aux seins des pommettes, au sexe du nez, au mont de Vénus du menton, au dos du front, aux entremets autour de la bouche, aux pommettes en rondeur, aux oreilles en cachette, au sourire par le chemin tracé, au front de la mémoire, au maquis des cheveux. Pour revenir toujours et de nouveau et encore une fois et encore pour la première fois lèvres aux lèvres qui ne parlent que lèvre.

— Le train part à dix heures. J'ai ce qu'il faut pour payer mon billet et puis il me reste trois mille lire jusqu'à la frontière.

— Je n'ai pas un rond. J'attendais un chèque de deux mille cinq cents francs et il n'est pas arrivé. Il faut que je parte quand même, je n'ai pas beaucoup de temps et puis c'est la seule occasion.

— Si je travaille trois, quatre mois comme ça, disons avec la sécu et les allocations logement, je peux m'en sortir. Je comprends mieux le machisme maintenant. Les hommes sont renfermés dans leur boulot jusqu'à dix-neuf heures et puis à la sortie il faut vite draguer, se trouver une nana. Pas le temps pour faire la cour galante. Que ce soit vite bouclé et encore laisser du temps pour le dîner. Sinon c'est le mariage. La femme qui t'attend à la maison, la baise assurée.

— Si je viens ça sera en stop. Je n'ai pas de fric en ce moment. Je suis coincé.

— J'ai un découvert de cinq cents francs sur mon compte.

— Les affaires marchent mal en ce moment. Pas question de prendre des vacances. Je regrette d'avoir engagé des frais en prenant ce local. Je n'ai jamais vu un temps si maussade.

— La petite je l'ai envoyée en province chez ma tante. Qu'est-ce que tu veux ? Je ne bouge pas de cette table, je ne connais plus de weekend et pourtant je m'en sors pas. Je ne sais pas, l'année prochaine il faut que je m'arrange mieux. Mais elle est bien là-bas, il y a le jardin, de l'espace, de l'air. Qu'est-ce que tu veux que je fasse avec la pauvre gamine en ville. Ce n'est pas une vie pour un enfant

— De quoi tu vis, de l'air? Je ne sais pas comment tu fais. Et pourtant tu es heureuse. Tu peux compter sur nous. Si cette affaire marche, il y en aura pour tout le monde.

— Si tu peux m'avancer mille francs, je viendrai. Juste pour une semaine. A mon retour je t'enverrai un mandat. Tu es sûre que ça ne te pose pas problème?

— J'ai des problèmes en ce moment. C'est pour ça que je ne suis pas vraiment disponible. Les hommes, tu sais, ça nous touche ici. C'est plus fort que nous. Ça ne marche pas, rien à faire. Tu comprends, ce n'est pas que tu ne me plais pas. Je dois aller à seize heures voir un type qui a promis de me dépanner. Après, je reviens. Tu seras là ? Tu ne bouges pas ?

— Il faut que je rentre au pays. Plus je reste ici plus je m'épuise. Il faut que je démarre mon projet.

— J'ai trois cent mille francs de dette. Nouveaux. Je commence à être un gars intéressant.

— Je n'ai que la dette, je n'ai pas un sou à moi. Si je me demandais comment je fais je tomberais du ciel. Comme dans les dessins animés.

— J'ai essayé d'emprunter à mes amis. Tout le monde est fauché.

— Si j'avais pu toucher mon fric je serais venu avec toi. J'ai toujours voulu y aller.

— Je n'ai pas pu te téléphoner.

— Je n'ai pas pu venir.

— Je n'ai pas pu rester.

— Je n'ai pas pu partir.

— Je n'ai pas pu te voir.

N'en parlons pas.

A Casablanca on lavait le linge dans de grands éviers en pierre, sur le toit de la maison. Le soleil passait à travers les lattes et se mêlait à l'eau du savon de Marseille. On frottait le linge contre la pente rugueuse du lavoir de gauche, comme sur les pierres au bord de la rivière. Ensuite on rinçait à grande eau dans l'évier à droite. L'eau savonneuse chauffée par le soleil dégageait le parfum de la propreté. On tendait le linge au soleil et au vent. Aussitôt mis sur la ligne il commençait à sécher. Pour moi, dans les pays chauds, il n'y a pas vraiment du linge sale. Tu laves par plaisir. A Ndakara les deux lignes du linge de Babacar se saluaient devant les deux cases côte à côte de ses deux femmes. A Ibiza le soleil suçait l'eau de mes robes en tissu léger et le corsage bleu au teint végétal, qu'est-ce qu'il était beau contre ma peau bronzée, comme un courant de lumière bleue. Comme les bleuets. A Conegliano on tend le linge sur la terrasse nord. On prend les draps séchés au soleil, on tend les yeux aux vertes collines illuminées du bleu velours de la montagne, de la bleue transparence du ciel. J'ai dit à ma mère : « Je veux vivre à Tahiti. J'aurai deux pagnes et une paire de sandales et c'est tout ». Elle m'a dit : « C'est ce que tu penses mais tu verras ». La mère de Richard est tahitienne et son ancienne femme aussi. Il s'est suicidé. Du côté de son père ils sont philosophes juifs séfarades. Il avait les plus beaux pieds. A Casablanca on lavait le linge dans de gros ventres carrés en pierre grise. Le soleil pénétrait à travers les jambes écartées du toit, enfantant un parfum de musc qui sentait les corps lavés au savon de Marseille. On frottait la peau de nos habits contre le dos musclé de celui à gauche, d'un mouvement délicieusement rythmé, qui remontait le bras, descendait les côtes, remuait le ventre. Le linge tendu au soleil du Maghreb se déhanchait au vent amoureux de la musique arabe. On buvait du thé à la menthe, on mangeait des cornes de gazelle croquantes et fondantes.

Une fois, sur la plage, nous avons acheté des crêpes cuites au four, fourrées d'amandes, arrosées de l'eau de fleur d'oranger versée d'un pichet en argent. A Ibiza la lune glissait dans la chambre, s'allongeait sur les draps blancs parfumés de soleil, les caressant jusqu'à ce qu'ils frémissent de tout leur corps et au blanc de leur peau se rajoutait le blanc de leur sang en éblouissante jouissance.

Le présent est mieux que les souvenirs. Si, mais à présent le tre ragazze sur la terrasse à Congeliano sont un souvenir. Mieux un souvenir récent que lointain. Tu es sortie d'entre mes cuisses. L'infirmière a dit : « Le bébé a des cheveux noirs ». Entre tes cuisses une si jolie bête aux poils noirs. Ah le tre ragazze sur la terrasse, les lavandières. Corps nus au ras du sol cachés des yeux curieux senz'amore. Qu'est-ce qu'on les lessive, les mecs. Les pauvres. Ça les fatigue. Mais je lui dis more et encore. Ho distrutto un veneziano. Je l'avais dit juste pour le plaisir de l'expression, et parce que les amis aiment cette image de moi la femme fatale. Sai come l'ho distrutto? En disant je suis inamorata. Et puis j'avais honte de l'avoir dit dans son lit à lui. Et après, il avait honte de ne pas être à la hauteur. Distrutto così. Pas par plaisir. Il savait qu'elle était enceinte de l'autre? Oui, mais il était amoureux d'elle et ils se sont mariés. Il a toujours pensé que c'était son vrai père. Et dans un sens. Oui. On rit, on rigole, on joue, ça ne s'arrête jamais. Ah, il me manque. Le manque aigu de durée brève. Le manque sourd, d'une longue histoire. Le corps de la mère qui a encaissé tant de souvenirs. Vous, les filles, jouissant des retombées de mes caresses maternelles d'autrefois. Le sable du temps passé le sel de la mère amoureuse de ses enfants, sur la plage sous la tente tu as enfin ton plein d'amour.

Qu'il ne m'aime pas me serait impensable. Les cuisses de la mère se dorent au soleil. Jamais, jamais j'ai été accro comme ça. J'avais toujours quatre, cinq amants. Si l'un partait en voyage j'en avais un autre en réserve. Je suis amoureuse de lui je pense à lui sans cesse. Les retrouvailles certaines et sans risque de déception. Je ne les ai jamais abandonnés. L'enfant connaît d'abord le corps de sa mère du dedans, de son sang et ses entrailles. Et j'y pense pour la première fois : je te connais avant que tu ne te connaisses, j'ai des souvenirs de tes faits et gestes, tout un vécu avant que la parole te donne matière pour les souvenirs. Mais toi, tu as été au fin fond de mon corps, là où même mon amoureux ne peut pas aller. Tu as connu la finesse des membranes moites, tu as entendu battre mon cœur nu, tu as connu le goût des eaux dans lesquelles je t'ai baigné, tu étais à l'écoute du clapotis, des gloussements, du susurrement de mon sang. Notre sang. C'est beau de savoir que toute richesse dont la mère se nourrit va d'abord à l'enfant dans son ventre et seulement quand il a mangé à sa faim, elle peut se servir des restes. Le corps maternel ne connaît pas d'égoïsme. Tout un chacun est né dans une économie de générosité. Je t'ai donné faim pour les spaghetti, n'est-ce pas? Et mon premier frère c'était les pancakes et le deuxième, les figues. On ressort les souvenirs, notre jeu de cartes. Le soleil nous tamtamme le ventre.

On coupe les tomates en petits morceaux. Odeur de la terre et du sang froid et acide. Du basilic cueilli sur la terrasse. Les tomates du Maroc. A Ios, les tomates, les figues à moitié sèches cueillies des figuiers derrière la plage. Sous les figuiers à Figueretas ça sentait la merde. Campement de gitanes. Arroser de l'huile d'olive. C'est lourd et vert. Sel, poivre. Fromage ? Si, formaggio. Ecco gli spaghetti. Ecco gli pomodori freschi. Ecco la pastasciutta. Ecco buono. Le pain n'est pas bon ici. Le pain est mauvais ? Qu'ils mangent des spaghetti. Les spaghetti sont moins bons là-bas. Pourtant c'est la même marque. Les tomates n'en parlons pas. Parlez pour chez vous, dans mon pays les tomates son impeccables. Elle se moque du parler de notre village. Impeccable ma chère, vachement impeccable. On ne va tout de même pas rester toute la vie là-haut? Quand est-ce qu'on va vivre sur notre île, tous les huit ensemble et toujours nus, toujours bronzés, rien à faire que faire l'amour, manger, laver nos pagnes, un peu d'agriculture et nos cahiers. C'est mon seul desiderio. On n'a pas besoin d'autre chose. Ça doit être la première personne qui n'a pas pu faire l'amour qui a créé tout ce bordel. Depuis on est dedans. Moi aussi je pense qu'au début c'était une seule personne. Un frigido. Le salaud. Il aurait dû se flinguer et basta. Nous sommes dedans. Piégés comme des cons. C'est seulement quand on fait l'amour qu'on y échappe. Il faut être un génie pour pouvoir bien faire l'amour dans ce bordel. Le téléphone qui sonne. Quand on est ensemble on ne veut pas de téléphone. Oui mais tu vois ce qu'ils nous ont fait? On nous sépare. Puis on nous donne le téléphone pour nous rejoindre. C'est horrible, la séparation. Comment savoir que la personne existe?

D'abord tu m'as connue de l'intérieur de mon corps. Et ensuite de ma peau, de mes bras qui te tenaient, de mes seins. Les pleurs d'un enfant. Un cri dolent. Il faut lui toucher la joue, brosser sa joue avec ton nichon. Il tourne la tête, sa bouche trouve le nichon. Si tu mets le téton dans sa bouche il ne peut pas savoir que c'est là, il le cherche partout en pleurant, en faisant « non » de la tête. J'enviais ma copine parce qu'un trop plein de lait giclait de ses petits seins et moi, avec mes mangues pointues, je n'en avais pas suffisamment. Bordel de civilisation. Avec plus d'amour peut-être/ n'en parlons pas. Enfin tu m'as reconnue de tes yeux. Avec la reconnaissance visuelle arrive l'angoisse de la séparation. Quand il est là devant mes yeux je ne peux pas penser qu'il va partir. Quand je ne peux le voir nulle part ni dans la maison ni dans la rue ni jusqu'à l'horizon je ne crois plus qu'il existe. Mais je te dis maman, je suis sûre qu'il t'aime.

J'ai vu son corps meurtri. La première fois. Il a touché mes profondeurs, A partir de ce moment je ne pouvais plus accepter d'autre homme que lui. J'ai eu une vision de son corps meurtri. Je n'ai jamais dit à personne.

Il ne faut pas lui dire de ne pas partir. Sicuro. C'est son pays. Je ne dis rien.

Et si on allait danser? Il fait beau ce soir. C'est tellement rare par ces latitudes. Les gens changent sous la chaleur. On m'a dit que les Brésiliens sont tristes. Et nous? Pas suffisamment tristes pour danser bien. Moi si. Je suis aussi triste que joyeuse. Personne ne fait la fête ces temps-ci. Tout le monde a des problèmes de fric. D'autant plus de raison de faire la fête. Ils ne sont pas encore suffisamment pauvres. Quand il fait beau les Marocains viennent danser. Les hommes. Cette finesse de déhanchement. Je peux le faire, tu sais. Rouler le bassin. Sur l'axe du soleil. Se mouvoir comme des molécules. La motion d'une vague. Nous les voyons comme si elles avançaient vers la plage. Nous les ressentons. Un point qui remonte du fond à la surface et retombe pour remonter. La jouissance de l'écume. Ecoute, quelqu'un joue du tambour. Il fait chaud. La sueur glisse le long de mes côtes. A Marrakech il faisait 45°. Au mois d'août. Tu bois et tu bois sans gonfler. Tu bois sans pisser. Le soir, du haut de la terrasse qui surplombe la Place Jama el Fna tu peux voir la palmeraie. Le ciel est vaste.

Je peux boire la solitude jusqu'à la lie. Renverser mon désir jusqu'à l'insensibilité totale et absolue. Je peux pleurer sans bouger les lèvres sans verser une larme.

Ma mère est belle et intelligente. J'aimerais qu'elle soit heureuse.

Je ne m'attendais pas à cette douleur entre les contractions. Tu bougeais. Les parois de mon ventre, muscle en douleur poussé au bout de sa force. Ton corps oiseau en détresse. Comment trouver notre harmonie? Par l'inversion. Plus intense la douleur plus profond mon calme. Je me suis séparée de la douleur. Ici moi. Là la douleur. J'ai vécu les deux. La douleur ne me touchait plus. Le moi-douleur ne luttait pas. Douleur devient plaisir. Désir invite encore et encore des contractions. Je suis si grande, concentrée sur mon travail, que l'infirmière n'ose plus me contrecarrer. J'avais pris le pouvoir. Toujours étudiante exceptionnelle, remarquée par mes professeurs. Femme intellectuelle, j'avais faim d'autre chose. Plus difficile. Plus profonde. Enfanter.

Elle portait une robe en velours de soie aux reflets cuivrés. Le fond virait du marron violet à l'orange flamboyant. Des bas fumés mauves. Des escarpins fuchsia. Je l'avais déjà aperçue cet après-midi. Elle affichait sa différence. Un corps audacieux. Des cheveux sauvages. Le soir, encore plus audacieuse, elle dansa. Roulement des hanches sous le velours. La tête penchée légèrement en arrière. Les mains sensibles et intelligentes. Ses bagues, ses bijoux, un raffinement sans artifice. Je l'ai regardée danser avec l'un et puis l'autre. Et puis je l'ai prise. Son corps se lovait contre le mien. Tu es très belle ce soir. Elle haussa les épaules. J'aime danser, c'est tout. Elle fit un sourire. Je sentais le mouvement de ses reins sous mes mains, la chaleur de ses cuisses si près des miennes. J'étudiai avec passion chaque imperfection de son visage tout tracé de peines et de joies. Quand la musique s'arrêta, nous restâmes là et je la serrai dans mes bras. Son parfum se mélangeait à la douce odeur de son corps. Foudroyé par sa beauté inégale, par la chaleur parfumée de son corps, par l'infinie complexité de ses yeux, je ne voulais pas la laisser partir. Et je ne le fis pas. Elle n'offrit aucune résistance à mes caresses. Enfin je l'embrassai sur les lèvres et elles furent sucrées. Nous allâmes à son hôtel (nous étions à l'étranger). Elle s'offrit à moi sans aucune contrainte. Son corps ondulant. Les rondeurs et la finesse des courbes. Tout en elle était souple et mouvant. De caresse en caresse je découvris ses charmes les plus secrets. Tout dans son corps fut jouissance. Et ses lèvres et ses mains et ses bras qui m'enveloppèrent d'une chaleur palpable lui tirèrent de profonds soupirs, de petits cris de plaisir au contact de mon corps. Devant tant de richesse, la patience oblige. Maintes fois je repoussai le désir de dévoiler son corps, maintes fois je repris les chemins les plus subtils pour le connaître. Jusqu'au moment où je sentis qu'elle-même n'en pouvait plus d'être cachée de moi. J'enlevai sa robe dont le tissu sembla posséder la sensibilité de la peau. J'enlevai le peu qui resta, de petits voiles, fuchsia comme ses charmants escarpins. La voilà devant moi. D'une nudité épatante. Jamais de la vie je ne vis femme si nue. Tout était à recommencer, toute une série de nouvelles attentions dues à ce corps adorable comme un sourire, comme la musique de cette danse qui ne la quitta jamais. C'était dans son corps la danse. Je me suis mis à nu pour elle. Elle lâcha un soupir et puis elle rit de plaisir de me voir si bien fait. Nous recommençâmes. Je n'ai jamais connu un corps de femme si accueillant. Sa peau douce et élastique semblait me diriger la main par des courants souterrains. Au plus intime de ce corps se trouvait toujours la même franchise évidente dans ses yeux verts. Plus je restai en contact avec son corps plus je me sentais envahi de son profond sourire. J'eusse mis une éternité à le déchiffrer. Mais de nouveau ce fut elle qui m'invite à passer à la prochaine étape, le magnétisme de son désir ouvrit ses jambes, une force magique remontée de ses cuisses à ses genoux pressés contre mes côtes à ses pieds qui me soulevèrent, à ses mains qui me tirèrent vers la rose flambée de ses tétons, à mes lèvres pressées contre les siennes au moment où, enfin, joie et délice, je la pénétrai. C'était là la source de sa musique, c'est de là que remontait la danse. Quelle belle chanson tournée autour de mon membre ! Une chanson chaude et liquide. Que la musique continue. Que la chanson ne s'arrête jamais. De sa gorge elle chantonnait au même rythme que ses hanches. Soudain elle retient sa respiration. Un instant presque imperceptible. Et puis elle pousse un soupir à me réjouir le cœur. Et mon cœur le prend. Et c'est parti. Ah non! C'est parti. C'était trop bon. C'est fini. Je la serre contre moi. Elle ne comprit pas tout de suite. Et puis sa petite chanson s'en alla vers le silence, le roulement de son bassin se déroula vers le repos. Nous nous endormîmes, les corps enlacés.

J'ai mes règles. Ça tombe mal. C'est son congé. Bon... On n'est pas à... Je veux dire... Oui mais ça te montre comme ce monde est mal fait. On débloque sur le calendrier tac tac tac les quelques jours de congé accordés à un pauvre esclave du travail salarié, et personne ne pense à demander quand sa nana aura ses règles. Heureusement j'ai un petit décalage par rapport à leur mois à eux. Sinon on serait cuits un congé sur quatre. Ce n'est qu'un exemple. Je suis sidérée quand je me rends compte de l'ampleur. Aucune place n'est consacrée à l'amour. Il faut le voler. A commencer par les jeunes qui doivent vivre chez leurs parents. Toute l'organisation économique est contre nous. Pour vivre faut travailler pour travailler faut être en prison toure la journée. Pas question de faire l'amour l'après-midi. Toute la matinée. A l'heure de l'apéritif. On essaie de nous tirer la dernière goutte de vitalité avant de nous lâcher. Faut se réanimer au bouche à bouche. Jusqu'ici je ne connais pas de révolution qui s'est adressée correctement à cette question. Il y'en a qui ont fait des tentatives timides. Ouais mais trop timides et en plus toutes ont foiré. Tant qu'à faire vaut mieux bien faire. Une fois pour toutes. On n'a jamais consulté des femmes comme nous. Andiamo ragazze.

Nous nous consultons. Ici au soleil. Voici notre programme. Primo, le faire l'amour sera placé carrément au centre. En tête si vous préférez. Toute autre activité sera prise en compte uniquement en fonction des exigences du faire l'amour. Dont la maîtrise comportera les plus grands honneurs. Pour louer un appartement, par exemple, l'épanouissement sexuel des partenaires donnera lieu à des dégrèvements importants. Bravo. Je vise un château. Les putains gagnent bien leur croûte. C'est pour te dire. Elles font semblant de faire l'amour. Avec des mecs qui sont, pour la plupart, incapables. Tandis que nous, nous le faisons pour du vrai. Avec des hommes de première qualité. Nous sommes délaissées aux deux extrémités de l'échelle économique. Ni putain ni épouse de jeune cadre. Ni putain-épouse d'un richard. Des honnêtes femmes aux cuisses chaudes. Et dégoulinant du nectar amourant. Reprenons notre programme. En ce qui concerne les pays-paradis. Où on a foutu le bordel comme on a saboté nos lits. Programme d'assainissement sur tous les plans. Niente base nucléaire, niente infrastructure touristique, finito le néo-colonialisme.

Trêve générale assortie de subventions importantes afin que les paradis se retrouvent. Dans un deuxième temps les droits de voyage seront accordés à ceux qui ont fait preuve de leur génie ès faire l'amour. Tu penses qu'ils voudront de nous? Qui ? Les paradis... Lorsqu'ils se seront retrouvés. Nous en général ou nous ici présents ? Les deux. Finalement ça revient au même. Je veux dire s'ils nous refusent personnellement, c'est qu'ils nous mettent dans le même sac que les autres. Horreur ! Même si nous sommes chefs d'Etat ? Peut-être ambassadeur sera mieux? Hors de question, les paradis ne pourront pas nous refuser, nous sommes du même corps du même esprit qu'eux. Faire l'amour est la chose la plus merveilleuse de la vie. Ecco la preuve ! Pour faire la vie il faut faire l'amour. Exception faite pour leurs machins cuvés dans des éprouvettes. Les bébés cocotte-minute? Jusqu'où ils peuvent aller. Comment expliquer le faire l'amour ? Il ne s'agit pas de la baise. La baise hygiénique, la baise amicale, la baise panique, la baise de la séduction ringarde, la baise survie. Même la baise n'est pas que ça si tu regardes de près. Toujours un brin d'amour. Le mot est complètement bousillé, mais il n'y en a pas d'autre. Si on ne peut pas dire « amour »... De toute façon c'est indicible. Quelle différence, donc, entre les mots ? Entre initiées nous menons la conversation sur deux niveaux, bien conscientes de l'impossibilité de dire le faire l'amour. Nous allons peut-être au cœur du problème : une civilisation basée sur le discours repousse le faire l'amour aux marges et enfin le jette carrément dans le fossé, par le fait qu'il ne se plie pas aux formules.

Les bouleversements de notre époque n'ont pas arrangé la situation. La niaiserie et le sacrosaint sont remplacés par la vulgarité et la dérision. A la rigueur, sous ce nouvel ordre, tu n'as plus droit au grand amour. Le corps ! Pour les uns c'est le récipient des valeurs hypocrites, pour les autres c'est tant de kilos de viande. Dans la tête on peut fabriquer n'importe quelle connerie et ça tient debout, parce que la pensée n'occupe pas beaucoup de place, si bien qu'une pensée ne bouscule pas les autres. La véritable étendue de la folie intellectuelle demeure toujours cachée, car l'être pensant est futé ; il regarde à gauche et à droite pour savoir ce que pensent les autres, il fait un tri de ses propres idées, il n'en annonce que la moyenne pondérée. Ecco le consensus. Tout y passe : les luttes politiques, les querelles de chapelle, l'optimisme et le désespoir. Tandis que nous le savons bien : le faire l'amour transforme la pensée. Et le corps a une logique plus rigoureuse, plus raffinée, plus intelligente que l'esprit. Qui n'est que la fumée du corps brûlant. Le corps ne ment pas, ne peut pas mentir. Quand tu n'as pas le grand amour, tu te dis coraggio ma fille, ça va aller ça va venir. Tu te fais une raison. Tu te tiens par la main, te disant n'aie pas peur ma fille, tu te pousses de derrière, criant fonce ! Il est peut-être là le grand amour, juste après le virage.

C'est beau comme pas possible : quand tu étais ma mère, tu me rassurais et je ne savais pas que toi aussi tu avais peur, besoin, désir. Maintenant nous sommes deux femmes. Tantôt je te rassure, tantôt tu me rassures. Je sais qu'il ne m'aime pas, qu'il ne peut pas se permettre de m'aimer. Mais si, il t'aime. C'est tellement profond. Tout notre bavardage ne touche pas au moindre détail dans sa vérité.

Le discours intellectuel est gonflé à bloc. N'importe qui, avec un peu d'application, arrive à être philosophe. Cette profondeur est totalement extérieure. La pensée est la montagne, le faire l'amour est la mer. Et voilà pourquoi je n'aime pas la montagne. Tu jettes un coup d'œil à l'intérieur d'un grand penseur, Freud par exemple. Par exemplissimo. Il ne faisait pas l'amour avec sa femme.

Personne n'arrive à te dire ce qu'est son faire l'amour. N'importe qui se prononcera sur la politique étrangère d'un pays distant de 5 000 kilomètres qu'il n'a jamais vu de sa vie, mais si tu lui demandes de parler de son corps ? Le faire l'amour est connu uniquement entre les partenaires. Que c'est beau comme nous pouvons en parler sans jamais violer le sacré. Le secret meurt avec eux. Ou avec leur amour. N'en parlons pas. On sait que ça se terminera un jour, mais comme c'est pénible. Un cri dolent.

L'amour est la reconnaissance de celui qu'on aime et le désir qu'il existe. L'amour impossible correspond à la reconnaissance pleine force assortie d'un désir-que-l'autre-existe qui est trop faible. Attends, je ne te suis pas. Elle veut dire que lui, il te connaît, c'est pour ça que tu y tiens, mais il peut s'en passer de ton existence. Ah, je comprends, c'est lui l'amour impossible. Sacré dilemme. Qu'on laissetombasse, qu'on jette le bébé de la reconnaissance avec les eaux sales de son je m'enfoutisme et basta. Au contraire, qu'on lutte ! Qu'on insiste ! Je n'arrive pas à insister. Du moment où je ressens la moindre indifférence, je suis paralysée. Mais non, il ne faut pas. Il faut insister. Sinon, tu n'arriveras jamais. Si on laissait les hommes à leurs propres ressources, il n'y aurait jamais de grand amour. Le génie de la femme consiste en sa capacité d'insister. Il faut être capricieuse, même si au fond de toi-même tu te connais gentille et raisonnable. Exactement mon cas, je suis trop raisonnable. C'est mon côté homme peut-être. J'ai dû trop me battre pour survivre. Et puis, dans mon métier. Non, non, on s'en fout des métiers. Les déceptions sentimentales, les dénouements cauchemardesques de tes rêves, les exigences de la vie pratique qui ne te laissent même pas le temps de vivre ton chagrin. Ou tu meurs ou tu deviens raisonnable. Ceci est un amour impossible, je le sais. Il peut se passer de moi. Tout son être est forgé autour de cette volonté, qui n'a rien à voir avec ma personne mais que je suis incapable de briser. Je le sais. C'est un amour impossible. Mais j'y tiens. Mieux ça que pas d'amour. Mais non, maman, il t'aime. J'en suis certaine.

Le faire l'amour est le renouvellement de la reconnaissance et du désir. Ce pourquoi il faut le faire et le refaire et il n'y en a jamais trop. Il ne s'agit pas de se rassurer. La rassurance est purement intellectuelle. Il s'agit des gestes sacrés de la création, infiniment répétés. Les qualités abstraites de l'individu peuvent être annoncées, énumérées, inscrites. Mais son existence exige l'amour. Sans interruption. Un jour tu crèves. La liste de tes qualités demeure. Elle n'est pas moins juste pour autant. Les disques, les photos, les lettres : tous intacts. Manque le corps. Putain que la pensée est mal partie. Qu'est-ce qui est bon dans la vie ? La vie ! Qu'est-ce qui meurt dans la vie ? Le corps.

Si la pensée a délaissé le corps c'est que l'esprit est plus facile comme objet de spéculation. Dans la mesure où ils les ont séparés. S'il faut les parler comme s'ils étaient deux, l'esprit n'est qu'un ramassis de conneries qui tournent dans la tête, sortent par la bouche, ou restent congestionnées dans la caboche jusqu'à créer des maux de tête. Ce n'est que dans la tête que peuvent naître les proliférations monstrueuses que nous appelons civilisation. Le corps est le summum du raffinement et de la mesure. Le corps de la terre, par exemple, va bientôt nous balayer, avec toutes nos abstractions cancérogènes. Merci maîtres pour vos chères idées de perfection. Mais attention. Si c'est la dernière heure il reste tout juste le temps de notre parole. Ecoutez. Nous sommes les connasses qui parlent.

Le faire l'amour n'admet pas l'idée de la perfection. Tout y rentre. La pornographie, l'ascèse, la fraternité, la maternité, le comique, le sublime, la séduction ringarde, la bouffe, la politique. Tout y rentre, tout y est transformé.

J'avais décidé de faire un deuxième enfant. Je te le dis comme si j'étais seule à te faire, mais tu sais pourquoi. Ton père ... Bref/ n'en parlons pas. Tu es devenu ton propre père. Tu es homme maintenant, plus homme que toute une ligne de patriarches qui te précèdent. Ti giuro, dans cette histoire je suis fière de nous deux. Je t'ai créé homme de mon amour pour toi, un amour maternel, corporel, sensuel. J'adore ton corps d'homme. Je t'adore, homme, viril et tendre, courageux sans rouler les mécaniques, sans cet odieux esprit de conquérant. Toi tu es plus homme que les bagarreurs, les paras, les chefs d'entreprise. De ma chair je connais ton courage. Qu'est-ce que je me régale de savoir que j'ai créé deux hommes! Ce n'était pas évident. Je ne te l'ai jamais dit mais il y a quelques années j'étais inquiète. Tu comprends, avec ta sœur j'ai toujours tenu un dialogue de femmes, nous deux, les lavandières, se racontant nos histoires de cul, toujours complices à machiner des grigris pour capturer les amoureux, à élaborer cette haute philosophie que nous tenons au ventre, au cœur de la sagesse. Mais avec mes fils je n'ai pas osé. Pas par pudeur, non. Par respect pour votre intimité et les difficultés du devenir homme. J'ai vu des hommes si sensibles, si fragiles au sujet de leur virilité. Vous êtes différents, les garçons.

Votre silence complète notre bavardage. Le cliquetis de nos langues anime votre réserve. Notre corps est une maison où nous rangeons tendrement les souvenirs des menus faits de la vie. Vous êtes notre chemin à travers les paysages mystérieux de l'éternel présent. Ensemble nous créons le temps en trois dimensions.

J'ai vu ta sœur modeler son corps à côté de moi. Tout comme on faisait ensemble la cuisine. Si bien qu'elle me ressemblait un moment avant de découvrir sa propre forme. Et je me demandais de quelle matière tu allais te confectionner.

Avec ta sœur j'ai fait mille fois le tour de nos prouesses de courtisane. Pour les garçons... J'ai tellement connu d'hommes handicapés, figés dans une sorte de détresse qu'ils déguisent en discours intellectuel ou poétique ou qu'ils brûlent en courant après les femmes, courant si vite que nulle femme ne puisse connaître l'étendue de leur honte qu'ils brûlent en cigarettes, alcool, drogues et voitures. Même le travail. Décidément, quand tu as vu un défilé de poètes d'amour tomber en panne dans ton lit tu te dis que ce devenir homme est quelque chose de délicat comme la chirurgie du cerveau, alors, silence dans la salle d'opération. Tu comprends, je n'aurais rien dit si tu n'avais pas parlé en premier.

C'est une douleur aiguë et de brève durée. Peut-être dix minutes ou une demi-heure. Pas toutes les femmes, pas tous les mois. Nous étions en train de répéter un spectacle de danse grecque quand j'ai senti cette douleur de l'ovulation et je savais que j'étais enceinte, qu'on avait fait mouche vingt-quatre heures auparavant. Comment ça s'est passé ? Où tout manquait sauf la fécondité ? N'en parlons pas. Si j'avais connu le plaisir peut-être tu serais plus grand mais tu es déjà tout homme, et si jeune encore, et si j'avais connu le plaisir ce n'est pas toi mais un autre qui serait né. Je te regarde et je te dis que j'assume mon passé. J'aurais aimé l'autre, ton autre, celui né à ta place. Mais j'avoue que c'est toi que je préfère.

Les mains du médecin sentaient le désinfectant. Elles étaient tellement propres que leur froideur me gelait le sexe. A l'époque, les médecins qui s'occupaient des femmes détestaient les histoires de femme, les réactions de femme, les intuitions, la sagesse, les exigences et je crois aussi le corps de la femme. Ils gagnaient du fric sur notre cul comme n'importe quel maquereau et basta. Tu leur disent « je suis enceinte », en rajoutant que tes seins sont gonflés et les aréoles devenus plus sombres, que tu as une passion débridée pour les spaghetti, que tu as senti un tatouage sur la poitrine au moment de la jouissance ou que ton corps respire un parfum de jasmin, n'importe quoi de raisonnable selon notre logique de femme. Il te regarde à travers des doigts en acier et il dit « non ». Non c'est non. S'ils avaient le pouvoir absolu ce non suffirait pour arrêter ton cinéma. Rebelle que je suis j'ai quitté son cabinet en murmurant : pourtant, je suis enceinte. Deux semaines plus tard je me présente de nouveau devant le tribunal. Votre honneur, en vérité je vous dis la vérité : je suis enceinte. Cette fois-là il a envoyé ma pisse chez un lapin et le lapin a répondu que oui la femelle est enceinte. Et le médecin m'a dit, en citant le lapin, Madame vous êtes enceinte.

Même cinéma à toutes les étapes. Mais la deuxième fois je suis rodée. Tu me vois, ta petite maman? J'avais l'âge que tu as aujourd'hui. Au sein de ta conception est née une nouvelle complicité avec ta sœur. On s'est régalé de la vie en t'attendant. Le matin je lui demandais ce qu'elle voulait prendre pour le petit déjeuner. Le plus souvent elle choisissait les pancakes. Elle savait que j'en étais follement passionnée.

Bercés par le hamac, chauffés par le soleil, leurs deux corps denses de la pesanteur d'un désir accumulé loin au-delà de la charge électrique qui touche la peau et le sexe en frénésie. Leurs corps bandés, engourdis au-delà de la lourdeur. Les corps remplis, gonflés, allégés, dressés. Le corps qui se soulève au moindre toucher. Le moindre mouvement rythmique de corps en corps se répand à l'infini. De plus en plus s'ouvrant à l'harmonie de la brise, des odeurs et parfums, des chants d'oiseaux, du végétal, de la lumière charnelle. Ils ne se privent de rien. Ils prennent tout, ils prendront tout. Doucement. L'éveil de l'esprit de leurs deux corps plonge aux profondeurs des éclairs.

Conscience d'un tissu délicat, de plus en plus sensible. Conscience de muscle, d'os, de sang. D'une harmonie de souplesse. Des gestes allant en se raffinant. Une recherche sans effort du moindre degré sur la voie du maximum. Si un instant sait dégager tant de richesse, qu'il dure, qu'il s'ouvre, qu'il s'étoile. A l'intérieur d'un corps dansent mille fois mille corps. La danse gracieuse. L'axe du corps dansant s'aligne sur le soleil. Les eaux du sang se balancent aux corps bercés. Le soleil prononça son nom sur les eaux et le verbe surgit. Si tout est à prendre rien n'est à laisser. Au présent. Sans souvenir. A refaire. Incessamment oublié. Infinitive à retrouver à revoir à ressentir à toucher de nouveau. Encore une fois. Souffle de la vie sur le corps vibrant. Tu es ciel. Tu es océan. Je te nage. Je t'envole. Tu es silence. Je te nage. Tu es lumière. Je t'envole. Tu es soupir. Je t'inspire. Tu es chair. Je te nage. Tu es rivière. Je te nage. Serre, rivière, autour de ma barque. Glisse, pirogue, entre mes rives. Dansent eau douce, vagues, tourbillon, autour de l'axe de mon cœur. Perce proue tendre navire perce au fond de la séparation des eaux. Les corps dansants connaissent le réseau d'intimité spatiale. Au cœur élastique du muscle dansent mille fois mille corps intimes. Roulement par musique en cercle précieux. Déhanchement du tamtam derrière le cœur. Susurre. Cesura. Ce temps est nôtre. S'ouvrent tes yeux. Je te couvre de sourires. Je t'endors de soie je te réveille de plaisir. Tu m'enchantes aux lèvres. Genoux cette rencontre, doigt le chemin aux épaules, sifflet, nichon, quelle langue je te parle. Sha-sha-sha-cheveux, berceau ta tête, mains de ma danse jouent tes cheveux rythmés. Sur mes lèvres profondes les cordes de ta langue résonnent jusqu'au cœur de mon ventre. Mes mains te caressent en guitare. Mes mains te jouent en flûte une mélodie riante. Mes doigts te tirent la barbe et se sauvent, cachés dans un creux, dans un trou. J'appuie sur un bouton et la caisse se gonfle. J'ai trouvé le petit tiroir où tu caches ta fortune. Quand je souffle dans l'oreille du maître un petit homme se met en branle, il danse du jazz. Dans ta bouche ouverte je dépose une chanson de roses. Aujourd'hui damdedamdum ma bébé give me some, oh jour de oui unhun ma bébé by my side, je chante les roses, je chante les roses, mi corazón, je chante les roses de oui. Telle langue qui rit, tel rire qui longe, que dents qui disent c'est mon goût pour you. For everamour.

La mia coraunation. Voudou si good. Dos so mi encore. Quelle langue achantes-tu? Nous sommes un peuple nomade. J'assoie mes mains sur ton siège d'or. Les miennes voyagent le long de tes côtes d'ébène. Oh les mains ! On t'a découvert en flagrant délice de trafic de trompe d'éléphant. Ne me torture point ; je veux, j'avoue, mea culpa, mea massima culpa. Tu rigoles ? Tu te moques de moi et de la sainte loi ? Tu comiques à l'heure solennelle de la con-sa-création ? Tu penses que l'aube du monde donne licence à rire, que le propre du paradis se niche au nœud du fromager, que les contrées du plaisir n'exigent pas de passeport, visa et cachet royal ? Jugement manu manis. Décision sur le champ.

Expulsion !

Sans droit d'appel !

Et ils tombent du hamac jusqu'au bout de leur rire.

Mon ventre tendu et toi au dedans du tonneau en train de bouger sans cesse. Tu bouges toujours. A tes cours, au boulot, aux amours. Ta jolie maison tout en choix, du simple au plaisir. Tout en japonais mauresque, tout en occitan les toits de tuile, tout en plantes tes livres qui poussent en quatre langues, métisse de mon cœur et mon corps, ma cerise noire, principessa serena, tout en coussin brodé Gauguin. Tu bouges à vélo, à la danse, danses sur la plage sur les dunes, danses à ton amour, en sard, au foot, à ta jolie bête noire jouissant de la pleine lune de tes fesses rebondies, métisse de mon esprit et mon ventre. Figlia coraggia, cascade de tes cheveux noirs jusqu'à la taille, guirlande de diplômes sur ton front ensoleillé. Des bracelets indiens tintamarrent autour de tes chevilles raffinées en finesse de femme. Fille femme, chica chiquitin, piccola donna morena métisse de mon rêve de liberté et ton génie de désir.

De temps en temps on venait mesurer la dilation du col de l'utérus qui disait man mano un oui plus et plus ouvert en réponse à la demande poussée de ta tête. Mon ventre bandé. La douleur-vouloir que tu naisses. Les muscles de mon ventre réunis en harmonieux désir de te vider de là et te rendre à mes bras de désir de te tenir, de te voir enfin, devenue autre. J'ai tant appris par ces moments de douleur vitale.

Il a fallu faire le travail corporel avec une minutieuse précision, sans expérience préalable, et il a fallu lutter contre l'ordre établi. Vous voulez rester éveillée, ma petite dame, pour la naissance de votre enfant ? Vous insistez pour connaître la douleur de l'accouchement ? Et pourquoi ? Je ne savais pas pourquoi. Jusqu'à aujourd'hui je n'arrive jamais à répondre à aucun pourquoi. Pourquoi danser au lieu d'aimer l'argent ? Comment parle cette douleur qui ne ressemble à aucune autre ? Si. A la douleur d'attendre le plaisir aux heures où la vie ne te propose que le pain du courage. A vouloir danser corps nu dans un monde juste et odorant, aux époques où les pieds se déforment, emprisonnés dans des enveloppes en cuir qui t'expédient à travers le macadam, et le parfum pétrolier des fleurs métalliques t'étouffe, et la guerre ne se tait point. Si de mon corps j'ai pu maîtriser ces douleurs-là et donner naissance à la vie ...

Le maximum d'effort. Le corps, il me semble, est juste. Il demande le maximum et pas plus. De toute ma force je t'aidais à descendre et toi de toute ta force tu ouvrais le passage. Ça fait de belles années maintenant qu'on se connait, qu'on est des amies complices comme le soir où tu es née. Je savais qu'il restait très peu de temps à travailler et que j'étais capable d'aller jusqu'au bout. Mais là, on m'a privée de mes droits et je n'avais pas d'arme pour me défendre. Le jeune médecin m'a dit qu'il ne savait pas présider à l'accouchement d'une femme sans anesthésie. Texto. On m'a quand même accordé un sursis, vu mon comportement louable : on m'a laissé la tête, le dos, les cuisses, les jambes. Une piqûre au niveau du sexe me lançait des flèches d'une méchante douleur dont la nullité froide remontait jusqu'à la taille.

A cette époque-là on nous coupait. Je ne sais pas si c'était vraiment nécessaire ou s'il s'agissait encore d'une des mutilations imposées sur le corps de la femme. Ils prétendent que ce bout de tissu, le pont entre deux trous, reprendra sa jolie forme de jeune fille si l'on le coupe au lieu de permettre au corps naissant de l'étendre jusqu'à la limite du possible. Tu peux le croire, que tu es passée par là ? Je n'y arrive pas. J'avais oublié. Je vis si bien dans ce corps menu qui t'a servi de cuve et qui depuis accueille tant de plaisir amoureux. Mais regarde-moi, regarde-toi, comment est-ce possible qu'un enfant puisse y passer ?

Image de la femme: souple et élastique. Forte, puissante de son corps qui est à l'écoute. Je l'assume, cette image. Tant et si longtemps on a trahi mon corps pour me garder prisonnière, je n'en ferai pas d'autre trahison afin de me libérer. La femme : un bassin pour cuver la vie, de la force aux cuisses et au dos pour supporter son poids, une peau qui se détend, l'élasticité de retrouver sa forme.

Si, quand même, il me reste quelques traces. Ça se voit mieux maintenant parce que je suis bronzée. La femme est capable de nourrir des espoirs dans leur état d'embryon. Son intelligence est souple, sa patience élastique. Nous avons notre courage qui est différent du courage des hommes. En même temps il y a de l'homme dans la femme, de la femme dans l'homme, de l'homme-femme dans la femme-homme et mille fois mille conjugaisons d'homme avec femme jusqu'à l'infini, jusqu'à l'amour.

Il est plus facile de créer l'image de la chose que de la vivre. La maternité. Je veux dire « La Maternité ». Comment mieux la rendre abstraite qu'en privant la femme de son corps sensible pendant l'accouchement ? Me voilà sur la table hygiénique de la salle d'accouchement, entourée d'une équipe hautement stérilisée et bien rangée autour du dôme de mon ventre couvert d'un drap aseptique. Son poids et son tissu me gênait. Je voulais être seule avec mon corps. Me voilà, les genoux soulevés par des étriers en acier trempé, froids comme la mort. Les mains et les pieds attachés. Si. Ti giuro. Comme on attache les fous et les criminels. Que des détails d'une longue histoire. La femme, le corps de la femme était vu comme un danger public. Sa virginité une bombe à retardement. Qu'elle se marie avant que ça explose! Ses seins et ses fesses, chair vibrante, sauvage ; qu'ils cessent de bouger. Mettez-leur des harnais, à ces salopes, et n'en parlons plus. Tais-toi dans des jupons en tissu synthétique, glaireux, gluant et puant le pétrole, pour que personne ne puisse voir à travers ta robe et découvrir qu'au-dessus des genoux tu as des cuisses qui remontent jusqu'à ton sexe-scandale. Ainsi vêtu le corps ne s'entend plus parler.

Pour te dire leur façon de penser : on m'avait coupé le courant, la douleur persistait mais je n'avais plus le droit de la sentir. Tu descendais. Il restait une dizaine de minutes avant notre rencontre. Moi, attachée comme je te l'ai dit. Les yeux et les oreilles ouverts. Le jeune médecin commence à me couper. J'entends le cri sourd de la chair tranchée. A y penser j'ai de nouveau des frissons. Brutalité de l'acier qui mord la viande. Le clic clic des ciseaux, la réponse sourde de mon sexe désarmé. Le médecin s'arrête, se redresse et se met à gronder l'infirmière. « Cherchez-moi d'autres ciseaux, nom de dieu. Vous ne voyez pas que ceux-ci sont mal aiguisés. Regardez. Ils coupent mal. Ce n'est pas net ». Il fait un geste vers mon sexe qu'il traite de croquis. C'est mal parti. Tirons un trait, il faut recommencer. La chair de mon sexe ! Le pont, le petit coussin qui connaîtra un jour le doux tambourinage des noyaux d'amour. Heureusement le corps a des capacités de se retaper, plus habile que la science.

Je vois sur la face de la lampe chirurgicale de vagues reflets de l'image de l'accouchement. Le sang qui coule de ma chair charcutée. Et puis ta tête. L'infirmière me dit: « Il a des cheveux noirs ». Ta tête passe. Une légère rotation en spirale de la vie nous donne tes épaules. Ton torse. Glissade triomphale : ton corps jusqu'aux pieds, ton corps enveloppé des glaires de mon corps, tu lances un cri dolent et tu es ma fille.

Ça t'arrive parfois, après avoir fait l'amour, que tes cuisses tremblent ? Mes cuisses tremblent, j'ai froid, je grelotte, mon être entier est bouleversé par cette profonde transformation. La grossesse jusqu'à l'accouchement se déroule lentement. Et puis, dans un instant les deux corps sont foudroyés par la séparation. C'est beau, c'est magnifique, tu veux pleurer et rire, danser ou du moins entendre une musique dansante. Entendre le tamtam et les cris de joie, entendre les chants et les pas de danse de ton peuple. Pendant le travail et l'accouchement, tu acceptes ce qu'on t'impose, tu n'as pas d'armes. Mais au moment où les deux corps se séparent et se connaissent autre, tu es toute puissante, tu es reine. Où donc est la fête ? L'équipe se met à faire le ménage : couper le cordon, accoucher le placenta qui sort en déclenchant un léger trémolo de douleur en épilogue, éponger le sang, débarbouiller l'enfant, verser des gouttes de nitrate de machin dans ses yeux et l'habiller dans ses swaddling clothes. J'ai dû demander qu'on me donne mon enfant. Ce n'était pas prévu au programme. Je t'ai tenue quelques secondes contre mon sein. Tu me réchauffais. Tu me regardais droit dans les yeux et on était sur le point de commencer notre conversation quand l'infirmière t'a reprise. Le nouveau-né à la nursery la nouvelle mère à sa chambre.

Toute la nuit je suis restée éveillée. N'est-ce pas inhumain : tu viens de vivre une des expériences les plus rares et joyeuses de ta vie et il n'y a aucun rite, aucune fête. On te laisse seule sur un lit d'hôpital. Comme une malade ! Tu es la santé même. Tu es la vie en ce qu'elle a de plus comme espérance : de pouvoir créer la vie. On te laisse sans parole, sans interlocuteur, comme une lépreuse, seule sur un lit dans une chambre froide d'hôpital, sans aucune beauté pour fêter la naissance. Sans musique, sans le sourire de ceux qui t'aiment, sans l'odeur de la viande grillée au feu de bois, sans les corps luisants des danseurs. Sans ton enfant.

Encore une gifle claquée contre ta figure de femme. Putain ! Salope ! Tu veux jouir de la maternité ? On t'apprendra. Va fanculo! Arrange tes jupes, attache tes cheveux, enlève cette couleur de ton esprit et rentre dans la maison ! Putain. Putain. Putain.

Elle est belle. Je la voyais souvent dans le quartier. Traverser la place, remonter la rue, rentrer, sortir. J'attendais le moment. Je connaissais ses tenues, ses chaussures, la couleur de ses collants assortis. Les lignes de son corps. Elle doit savoir comme elle est belle. Son corps se fait plaisir à marcher. Délice de déhanchement. Elle caresse de son corps l'espace qui l'entoure. Elle prend chaque pas en dandinant. C'est par hasard qu'elle avance : son but est le plaisir de se mouvoir. Elle est bercée. Un amant invisible la tient de tous les côtés. Sa jupe danse à la musique de ses fesses. Ses pieds ne font que frôler le trottoir. Elle porte des boucles d'oreille exotiques. Une fois, par un rare moment de calme dans la rue, j'entendis le tintamarre des petites pendules. Ses longs cheveux déliés, frisés, prennent le vent et la lumière, touchent ses épaules, son dos, telle la main d'un amoureux qui s'avance patiemment vers ses secrets en courbe et en creux. Ses cuisses fermes se dessinent sous le tissu de la robe. Légèrement rebondies, elles signalent, elles te dirigent, elles te font chavirer vers la fleur nichée dans leur vallée. Son ventre aussi s'inscrit par cette petite rondeur en dessous d'une taille fine, accentuée par des larges ceintures en cuir souple, aux couleurs fantastiques. Ses seins, amples sans être débordants, tirés vers le bas, sont joliment pointus. Ses lèvres, entr'ouvertes par l'esquisse d'un sourire, accueillent l'air du temps comme un sexe toujours ouvert à la pénétration joyeuse. Elle doit savoir qu'elle est belle et sensuelle, qu'elle rend fou l'homme qui a des yeux, qui la voit passer comme ça, toute entière, à la recherche de rien, dégageant le parfum de son plaisir d'être. Elle doit savoir que tout son corps souple et élastique, toutes ses courbes et ses creux et ses arrondis sont des flèches d'appel. Un corps parlant. Qui dit : fais-moi l'amour.

Un jour, j'osai lui parler. Il faisait beau. Elle portait des lunettes de soleil. « Salut », je fis. « Je te vois souvent dans le quartier ». Elle haussa les épaules, tout en me montrant qu'elle n'était pas gênée par ma parole. « J'habite par ici. Vous m'avez peut-être vue chercher ma baguette à la boulangerie ». Elle en tenait une dans sa main sensible. Qu'elle me parle tout de suite du pain! Je sentais l'odeur, juxtaposée à son parfum à elle.

Du pain et de l'amour. Je n'eus qu'une pensée : lui faire la cour du début jusqu'à la victoire sans que le temps puisse intervenir, l'enlever de mes yeux avant que je la prenne dans mes bras. J'avais un rendez-vous. Plus précisément, au moment où je la croisai, je me dirigeai vers un café un peu plus loin dans la même rue, où une femme m'attendait. J'annulai le rendez-vous dans mon esprit. « Tu veux venir avec moi prendre un verre » ?

Le temps, l'espace, la circulation, les communications téléphoniques, l'écoulement des eaux sales dans les égouts, la ville entière s'arrêta pour attendre sa réponse. « Désolée » ... Désolé, désolation, désespoir. C'était trop me demander, de la quitter, de reprendre la vie qui fut mienne avant l'apparition de cet ange charnel. Au cours des quelques minutes vécues dans sa présence j'avais retrouvé l'odeur du sel au bord de la mer, le sable chaud, le parfum des mangues et, oui, le cercle enchanté des bras de ma mère, de sa peau qui sentait le pain sorti chaud du four. « Peut-être un autre jour. J'ai des amis qui m'attendent ». « Ça ne me surprend pas. Si tu me le permets, je t'attendrai moi aussi ». Je retrouvai mon équilibre, embrassant le temps futur. Quelle belle invention de l'esprit humain. Les chiens ne connaissent ni futur ni conditionnel. Ce pourquoi les chiennes supportent mal leurs attentions. Avec dégoût, comme des épouses.

Elle m'écrivit son nom et son numéro de téléphone. On se quitta. Je ne suis pas allé à mon rendez-vous. J'ai choisi la solitude.

Par quelle logique diabolique, expliquez-moi, se fait-il qu'une personne qu'on croisait à toutes les heures, par hasard, devenue combien plus chérie grâce à une vraie rencontre, que cette personne disparaisse de tes chemins ? Elle mangeait toujours du pain, non ? Elle prenait le métro à la même station, elle allait vers le quartier sur l'autre rive comme d'habitude, n'est-ce pas ? Pourtant je ne la vis plus. Je devins mystique et maniaque. Je n'étais plus capable de quitter mon appartement avec la désinvolture d'un homme normal. Je ratais mes rendez-vous à force de prendre des chemins tordus, me retournant sur mes traces comme une bête traquée. Pourtant je ne la vis point. Je passais des heures dehors, assis sur la place, tournant en rond, me fixant des objectifs ridicules, du genre rester dans un seul lieu trois heures d'affilée, calculant qu'elle ne pouvait pas ne pas passer. Pourtant elle n'y passa pas.

Son numéro de téléphone me donna le droit d'entendre sa voix. Une voix légèrement rebondie, modelée sur la forme de ses cuisses, une voix charnelle qui t'invitait à découvrir ses sources et toutes les ressources cachées de ce corps qui l'abrite. Et son accent, indéfinissable comme son âge, ses origines, son histoire. Sa voix, qui m'expliquait en toute grâce les empêchements, traduire les impossibilités de se voir, de passer à la prochaine étape. Sa voix, riche en promesses et si sincère que je ne remis jamais en question la vérité de ses dires.

Je pris l'habitude, en composant son numéro, de me dire: « Ce soir je veux rester seul ». Je le fis, encore une fois. Un dimanche de printemps. Je lui demandai si elle était disponible. Elle me répondit que oui. Je l'invitai à dîner chez moi et elle accepta sans hésiter.

Je mis tout mon désir dans la préparation du repas, je le confectionnai en déclaration, en hommage. En remuant la sauce je pensais à sa démarche, je mis sa démarche dans la sauce. Je mis le couvert comme s'il s'agissait de préparer notre lit. En posant une fourchette je la fis clinquer contre le couteau, par hasard. Ses boucles d'oreilles ! Tout mon corps banda !

Elle arriva. D'un coup elle fut là à côté de moi, seule avec moi dans ma maison. C'était trop vite. Presque insupportable. Elle bavardait, elle riait, toute de décontraction, pendant que je m'occupais de mes casseroles. Je n'en pouvais plus de me retenir. Brusquement je brûlai les étapes. Je la pris dans mes bras, la serrai contre moi. Son corps sous mes mains ! Encore plus excitant que sous mes yeux. « Tu es belle, qu'est-ce que tu es belle. Ça fait si longtemps que je te désire ». Je la sentis se donner un instant et puis elle recula. D'un rire, d'un sourire qui me chauffa le sang elle me dit : « Je suis venue mais... » Elle hésita. « Mais, comme ça, en amitié ». Je la repris. Je lui déclarai, on aurait dit que je la grondais : « Tu sais que tu plais aux hommes, tu le sais. Tu sais qu'ils se retournent à ton passage, qu'ils ne pensent qu'à te tenir. Comme ça ». Elle haussa les épaules. De nouveau elle rit. « Je ne pense pas que je suis belle ». J'insistai. Et elle répondit : « Je prends du plaisir à marcher, c'est tout ».

Le premier baiser fut volé. Ma punition fut immédiate. En m'éloignant, par courtoisie, pour lui donner le temps de récupérer des effets de mon délit, je bouleversai un verre de vin posé sur la table. Le verre tomba, se cassant et versant du vin sur ses jolis pieds, nus dans des sandales mauves. Dans sa chute, le vin éclaboussa sa belle robe fleurie.

Les dégâts réparés, le repas à point, on se mit à table, au fond sonore, à la lumière tamisée. Conscient d'avoir fait fausse route, je décidai un changement de tactique. Il fallait être plus subtil. Je ne parlais plus de sa beauté, de ses charmes, de mon désir. Ou disons que, en sa présence, mon désir devint plus diffus. On parlait de façon générale des plaisirs de la vie. Lorsqu'on arriva à notre désir de voir venir la transformation du monde, la fin de cette civilisation mourante qui nous colle au dos, je vis monter la tendresse dans ses yeux.

De nouveau, mon désir pour elle galopa. Je la pris, je la portai dans mes bras jusqu'au lit. Elle était légère, légère, mais combien présente. De tout mon cœur je voulais lui faire l'amour avec génie. J'en suis capable. La technique étudiée n'est pas mon genre. Plutôt le régal, soutenu et approfondi. Mais ce trop-plein de délice brisa mon timing. Je courais trop vite d'étape en étape, les nerfs grillés par la force du courant.

Le verre de vin cassé en fut l'avant signe.

Après, on causa doucement et on s'endormit.

Moi je dis, cette fois-ci allons jusqu'au bout. Pas de demi-mesures. Tu te souviens de ton éveil? J'avais treize ans. Moi aussi. Mon sang montait. Comme la pâte à pain. Tu as jamais remarqué que quelque soit le parfum particulier d'un homme, son sexe a toujours l'odeur de la levure ? Maintenant que tu le dis, en effet, oui. Le pain, le vrai bon pain, me rend ivre. Il faut en faire à la maison. L'odeur du pain dans une maison, le sacré du pain. Que nous sommes bien ici, nues au soleil. J'aimerais passer toute ma vie ainsi. En rajoutant que nos amoureux soient présents. Nous faisons un drôle de couvent en ce moment. Les trois salopes. Quand j'ai eu mes règles pour la première fois, c'était en été, je sortais... J'allais en ville. Déjà mon corps avait commencé à vivre une nouvelle coquetterie. Quelque chose de solennel, et sublime, accompagné de la musique et d'une sensibilité qui embrassait le monde entier : des peuples, des langues, de la broderie, de la diversité. Et le sentiment que mon destin tendait vers un ailleurs. Attendant à l'arrêt de l'autobus, je me suis rendue compte d'une présence. Chaude, humide, tout à fait nouvelle. Une sorte de naissance. Je suis rentrée à la maison. La tâche de ma féminité n'était pas rouge sang mais plus timide, un marron presque végétal, comme les traces laissées par des fleurs écrasées. Moi j'étais au bal populaire. Amoureuse d'un garçon du quartier, j'ai passée l'après-midi à me pomponner. Une robe en organdi bleu clair. J'étais une grande fille, grande comme je suis maintenant. Mon pauvre chéri, il arrivait à mon épaule. Eh ben, je dansais de toute ma chair de jeune fille épanouie, complètement perdue dans la belle musique campagnarde. D'un coup je vois ma copine venir vers nous et je me dis putain elle ne va pas essayer de m'enlever mon amoureux, après les si belles confiances qu'on avait échangées par les nuits suaves de cet été d'initiation. « Tu as une tache sur la robe, elle me dit. Je crois que ça a commencé ». Et il fut ainsi qu'elle l'avait dit. Moi j'étais à l'école. J'étais allée pisser, comme ça quoi, et voilà devant mes yeux — quelques minutes auparavant rivés sur un banal problème de maths — réjouis à la découverte du cachet de ma féminité. Quand même c'est moins beau que vos histoires. Mais non, mais non. Tu n'es pas moins femme pour autant. Et puis, l'arrêt d'autobus n'est pas plus romantique. Celle du bal populaire gagne à l'unanimité.

Tu étais déjà une sans-culotte ? Déjà. Dévergondée. Vaut mieux ne pas en mettre, point final. C'est trop dur d'apprendre à s'en passer, une fois habituée. Je veux dire, pas pour vous, mais pour moi. Je viens de très loin en arrière. Vas-y petite maman, coupe les lacets. Tu verras comme c'est mieux. On respire ! Ce n'est pas normal, envelopper le cul comme tant de viande qui menace de tourner. C'est plus joli sans. Le retour à la terre. Le coup de grâce livré à une civilisation marquée par combien de siècles de répression ? Innombrables. Vous voulez que je vous raconte une histoire véridique ? Ouais, raconte. Attends, je vais chercher les pêches. Le soleil creuse.

J'ai eu l'occasion de rencontrer un sociologue chargé d'une mission importante en Tanzanie. En fait, j'étais invitée à la fête offerte par ses amis à la veille de son départ. Le professeur était chargé de persuader les Masai de porter la culotte. Sans blague. C'est le gouvernement même qui l'avait invité. Il nous a expliqué leur raisonnement: afin de créer un peuple uni et de construire une nouvelle nation et machin chouette, il fallait que tous participent, que personne ne soit exclu. Selon des études menées par des chercheurs sur place, les Masai, en restant les couilles à l'air, constituaient un groupe à part et la meilleure façon de les intégrer serait d'enfiler une culotte à tout Masai ayant passé l'âge de l'initiation. En ce qui concerne le cul des femmes, si je me rappelle bien, aucune politique ne fut élaborée. Et pourtant, c'est par le biais d'une femme que le complot se cassa la gueule. Une femme courageuse. D'un geste lucide elle a épargné aux générations des femmes des supplices que nous sommes loin d'ignorer. Bref, elle a tué le sociologue. Elle l'a étranglé, plus précisément. Avec une culotte du style poche de zizi en croisé avec ouverture à gauche, en coton blanc. Celle même que le sociologue avait enlevée quelques minutes auparavant, dans la noble intention de faire plaisir à la dame, qui n'était pas opposée en principe. Malheureusement le matériel du sociologue avait subi quelques dégâts, à force d'être contraint, surchauffé et tutti quanti. Il ne s'en est pas aperçu. Se considérant un homme comme un autre, sans jamais avoir pris de recul, malgré sa formation professionnelle, innocent de la remise en question. Not so sa partenaire. Quand elle a su les méfaits de ces sacs en coton, quand elle a considéré la destruction des hommes et du plaisir manigancée par ce pauvre type qui ronflait à côté d'elle, elle l'a étranglé et n'en parlons plus.

C'est pas vrai ! C'est vrai ? Oui pour le programme-culottes. Pour le reste je ne sais pas mais j'espère que oui. Ah les fesses d'un homme bien fait. Comme des pierres en chair. Presque carré. Un léger creux sur le côté. Autel de mon admiration. Mes salopes, nous sommes totalement cinglées. Déraisonnables. Comment est-ce possible que des femmes intelligentes comme nous puissions organiser notre vision du monde autour de la culotte, je veux dire du sans-culotte. Avouons-le, la vie est plus compliquée que ça. Nous n'avons même pas fait des recherches. Qui sait, par exemple, si Queen Victoria portait une culotte ? Et les dictateurs ? Il faudra les recenser tous avant de se prononcer. Il y a quand même une droite et une gauche. Comment est-ce qu'elles s'alignent sur cette question ? De la rigueur, Mesdames. Sinon, personne ne nous prendra au sérieux. Notre révolution foirera comme les autres. Je propose qu'on forme un groupe de travail. Une, deux, trois—trois déléguées. C'est parfait. J'aimerais proférer une intervention de nature compréhensible. Tu veux dire compréhensive ? Les deux, vraiment. Tout simplement, je voudrais dire que notre discussion est insensée et nos thèses sans fondement. A savoir, une théorie unifiée de l'histoire universelle en guise de soutenance d'un programme révolutionnaire, élaborée autour de la glorification du sans-culottisme, ne tient pas debout.

Pourtant c'est beau. Non. Pourtant c'est rond!

Mais ça fait rien ! Ça ne fait rieng ? Nous sommes sauvées ? Comment, comment ? Je le sais. Je vais répondre pour elle. Primo : si le sans-culottisme est bieng pour nous, tant mieux. On se régale de nos propres plaisirs. Et encore plus important : notre analyse a le mérite d'être semblable à toute connerie de programme politique que j'ai vue, lue ou entendue dire. Ecco la verdad.

Je te trahis tous les jours de tout mon cœur. Au tournant de chaque heure je me dis please que je puisse rencontrer quelqu'un de mieux que lui. Plus tendre, plus profond dans son rire, plus honnête. Dont le corps de la pensée s'enlace mieux au mien. J'ai regardé ton absence à toutes les lumières. Remember to remember. Remember to forget. La mappemonde pourra se refaire sans tes reliefs, comme auparavant, n'est-ce pas ? Les preuves de l'existence du grand amour sont comiques. Nous sommes en déplacement, chacun de son côté, un monde se crée autour de ces nouvelles positions, the drifting sands couvrent les traces de tes pieds. Tant de langues, tant de bouches. Notre danse s'est arrêtée. La musique continue. Liberté, diversité, pluralité. A suivre les chemins de l'histoire. Pourtant, c'est rond et je te dis au revoir, au please de se revoir. Per piacere.

Au pays du high-tech, au moment précis de ta naissance, un bruit courait : la peste. Les maternités envahies par un de ces microbes virulents que crée la science. Nous avons demandé confirmation. Grand prêtre du médecin speak : « You no worry little lady. Trust in me. » Deux semaines plus tard grand prêtre redeviendrait le petit homme faillible cher à toutes les débâcles. « Qu'est-ce que vous voulez, je n'y suis pour rien. C'est la vie moderne, Madame. » A nous de trinquer.

La peste, donc. Invisible à la douce lumière de la chambre de travail. Un crucifix posé au mur peint en bleu paisible. Les pas feutrés des infirmières-épouses de dieu. La douleur des contractions était arrivée en clocher à l'heure de dîner. Je connaissais déjà la musique. Pas de problème. Nous marchions ensemble, toi et moi, deux copains. Tu m'as acheté les boucles d'oreilles orientales serties d'une pierre bleue. Tu tiens un fil de mon âme. Tu encourages mes acrobaties, tu es le filet entre moi et le vide. Air comme moi, trémolo comme moi, la peau renversée, l'intérieur extériorisé. L'ordre esthétique. Le moindre détail te décolle vers la création, tu composes les moments de ta vie d'une main sûre. Mon copain, je connais la force d'art qui mène d'un cœur tremblant de sensibilité à ta main d'exactitude. Combien souvent ton cœur a-t-il chaviré, touché par mes peines?

J'ai eu peur d'un chien. Tout jeune tu t'es fait homme pour me protéger. Le médecin a traversé la salle d'accouchement, sans s'arrêter, hurlant dans notre direction : « Poussez ! Poussez, sinon vous serez ici toute la nuit ». Je poussais, nom de dieu, et tu descendais, mais il s'en foutait de le savoir. Il était fâché avec moi parce que j'avais refusé toute anesthésie. Pas de gaz, pas de piqûre. Il était fou de rage. Je serais allée voter le lendemain si tu n'étais pas arrivé cette nuit-là. Les premières élections présidentielles depuis ma majorité. La démocratie, j'ai dû la chercher dans une salle d'accouchement. Monsieur le médecin, furieux devant ma prise de pouvoir, traversait la salle en me grondant et passait dans une autre où une femme bien rangée gisait inconsciente des manœuvres entamés afin d'extraire de son corps un nouveau-né engourdi. L'infirmière a dû courir le chercher. Il est venu se stationner devant mes jambes écartées. Salope que je suis, je poussais, mon copain, je poussais. Tu penses que ton corps va éclater. Les épreuves que les hommes inventent pour se mettre en valeur sont bien pauvres par rapport au travail de deux corps qui doivent se quitter pour vivre. Personne ne peut te dire en quoi consiste cet effort. On dit « pousser ». Ce n'est pas exactement ça. Tout ton être est accaparé par une douleur ininterrompue. Pourtant il faut être à l'écoute des intervalles. En dépit de la douleur, le corps, lucide, pense. Un travail de génie. Ta tête passe par le col ouvert de cette maison ronde où tu étais si bien logé. Jusqu'au moment où la vie exige des horizons plus larges. La vie pépère ne satisfait plus. On se met d'accord pour que le travail commence. Mon corps de femme, acceptant ta demande de liberté, transforme sa vision de notre rapport. Pendant des mois, muscles, sang et ossature se concordaient pour te tenir bien, que tu ne tombes pas. Quand le signal est donné, on sent que les structures commencent à lâcher. Caoutchouc. Je te laissais tomber un peu, te portant plus bas pendant les derniers jours, et puis le vrai travail est arrivé. Une volonté sereine d'ouvrir. Les muscles se détendent. Le travail de ne pas avoir peur. D'écouter avec de plus en plus de finesse les indications. Mais comment ouvrir le col ? Ce n'est pas parce qu'on ne peut pas le voir et qu'on n'a pas de paroles pour décrire son activité qu'il n'y a pas une intelligence là-dedans. Ta main qui cherche la ligne juste pourra te le dire.

Il faut le faire bien. A l'intérieur de la douleur j'ai trouvé une satisfaction. Savoir qu'on peut s'ouvrir sans se déchirer. L'intelligence élastique du corps. Comprendre ce rythme-là. Rentrer dans le royaume de la musique corporelle.

La tête passe le col qui ne se resserre pas autour du cou. Les épaules suivent, alors que la tête s'avance dans le tunnel. Pendant les quelques heures du travail, la tranquillité était ma meilleur alliée. J'avais déjà appris comment plonger dans une respiration profonde. Cette douleur de contractions a quelque chose de clinquant, de stridulant. Il ne faut pas s'affoler. Mais à la fin, tout est bouleversé. Il faut suivre les événements. Le ventre qui se vide de toi, le passage qui se remplit. Entre faire l'amour et accoucher il y a un lieu commun. Et ça s'arrête là. Etre remplie du sexe de l'homme en va-et-vient jouissant et être remplie de ton enfant qui a besoin de quitter ton corps à tout prix sont deux choses différentes. Une inondation n'est pas une jolie rivière. Ce pourquoi on peut faire l'amour tous les jours et c'est très bon pour la santé, mais quand il s'agit de se faire traverser le corps par ce troupeau qui est l'enfant naissant, il vaut mieux aller doucement.

Remplie, remplie, comment expliquer ? Ça se passe assez vite et tout en surprises. On n'a pas d'image dans la tête pour ces étapes. Et enfin, ça reste inimaginable. La douleur est l'image physique d'un corps qui se détend jusqu'à la limite du possible. Mais comment en construire une image visuelle ? Même s'il y en avait, à quoi ça servirait ? Il y a un saut. Tout le contraire d'un saut aérien à travers un vide. Un saut charnel. Lourd. Surchargé de chair en mouvement. Un saut à travers l'impossibilité. C'est bouleversant, il faut se laisser aller, crier un peu l'impossibilité. Un cri dolent. Je suppose que le médecin continuait à grommeler. « Elle veut absolument faire seule, cette femme têtue. Mais tu vois bien comme elle crie. Elles ne savent pas ce qu'elles veulent. J'ai la technique qu'il faut. J'aurais pu faire en sorte que ça se passe sans douleur mais elle préfère hurler comme un sauvage ». Je suppose qu'il pensait comme ça. Je sais qu'il n'a pas cessé de me gronder. Mais je n'en ai pas souvenir.

Ce n'est pas par un discours pédagogique qu'on peut te préparer pour l'épreuve de l'accouchement. Je t'en parle aujourd'hui, oui, parce que le sublime mérite la parole. Au moment de réaliser cette belle affaire, le corps s'écoute parler. De la même façon j'ai appris à danser. A connaître l'heure de partir, de rentrer. Tout ce qu'il y a à apprendre est pour moi corporel. Je n'entends rien si on essaie de me donner un mode d'emploi, un programme, des leçons par étapes. Il me faut établir un rapport avec le corps entier, qui finit toujours par me parler.

C'était impossible. Et puis c'est fait. Ça prend quelques minutes. J'étais remplie par ton passage. Mon sexe étouffé comme les poumons d'une noyée. Il a fallu faire des gestes musculaires sans équivalent. Il a fallu, de toute l'intelligence de mon corps, désirer que tu sortes, que tu deviennes autre. Au moment du maximum d'impossibilité, je suis ivre de douleur, il y a un déclic, tu es né, et en l'espace d'un instant je me retrouve présente. Tu es tombé droit aux mains de l'antagoniste. Il t'a pris dans ses mains frustrées de pouvoir. Même ton cri est venu sans son intervention. Si vite, qu'il me semble que tu n'étais pas encore sorti d'entre mes cuisses et déjà tu hurlais ton existence. « Sale môme, il a dû se dire, sauvage comme la mère. Cette race sera notre ruine. » Sans tendresse, sans respect, il a fait le nécessaire. Si j'avais pu me plier, t'atteindre de mes mains, je t'aurais fait une caresse, pour que tu saches que les mains hostiles qui te tenaient n'étaient pas le monde dans lequel tu es né, mais juste un détail désagréable. Seulement, mes mains étaient liées. Tant pis. Te souvenant de mon corps qui t'aime tu t'es retrouvé sur un terrain hostile. Ton art est né de telles contradictions.

Je connaissais déjà la musique. Deux minutes de visite accordées aux criminels que nous étions et puis chacun dans sa cellule à passer la longue nuit en veillée. Pauvres innocents, nous étions venus en pleine santé faire notre travail chez eux. Ils nous ont rendus malades. Pour nous, c'était le début d'un rapport amoureux qui durera toute la vie. Rien n'y est arbitraire. Pour eux, c'était leur boulot. Et le fric. Le fric, le rendement, la rentabilité, les échéances. Sous le signe du crucifix. Because le fric il fallait nous cacher la peste. Nous empester carrément de leurs microbes supersoniques. Joli joli le ghetto où les nouveau-nés sont alignés en tiroirs, visibles à travers la vitre pareballes. Achtung ! La tendresse est sale. Nous protégeons votre héritier. Prière de respecter les règles de cette institution.

Primo, nos droits de visite sont strictement contrôlés. Toutes les quatre heures on t'apporte à mon sein. Tu es tout propre, en tenue de sortie. On me cache ta merde, ta pisse, ton corps. Moi j'ai défait l'emballage afin de te connaître. Il fallait le faire en cachette. Si l'infirmière me voyait... On me cachait ton corps, le rythme de ta nouvelle vie, ta faim, ton sommeil, tes désirs. Et la peste. L'église, la science : même combat. Même tyrannie. Le deuxième jour, on te met dans mes mains et je vois que tu portes une chemise dont les manches se terminent en cul de sac. J'ai pigé tout de suite, mais j'ai demandé gentiment le pourquoi. « Il avait commencé à sucer ses doigts ». Porco dio j'avais envie de la fouetter, cette connasse de garde-chiourme. « Enlevez les menottes, et que cette interdiction ne se répète point ». Mon âme était étouffée à t'imaginer bâillonné de cette façon. Le séjour en hôpital se résume en malentendu sous l'empreinte de la faille entre leur monde et le nôtre. Au retour à la maison je ferais de mon mieux pour réparer les dégâts. Dans leur monde il y a une seule horloge, valable sous toutes les conditions. Nous savions combien longues sont les premières heures d'une vie, qui portent toujours les traces de l'infini d'où elle surgit.

A l'époque, nous n'avions aucune arme pour lutter. Toute proposition était binaire : vous voulez mourir en couches ou bien fabriquer un enfant sain et sauf dans des conditions modernes, oui ou merde? Sans allié je criais dans le désert mon plaidoyer pour le désir. Si, j'avais des alliés : toi et ta sœur. Quand il s'agissait de priver les êtres de leurs droits, le mot d'ordre était : les femmes et les enfants d'abord.

Rien d'autre à faire que de patienter pendant les six jours de séquestration. Un moment difficile à passer.

« Les enfants sont réglables au comptant ». L'avis, discrètement gravé sur une plaque en plastique, à la réception. On aurait pu rajouter : Passées les 24 heures la maison n'est pas responsable de l'état de la viande accouchée par ses soins. Mon vieux, ils nous ont filé la peste ! Une petite semaine, le temps de se retrouver avec ta sœur et de commencer à se faire plaisir en vivant ensemble et paf ! J'ai mon sein qui se transforme en roc brûlant. Et toi, le nombril purulent. Que des supplices et des déchirements. J'avais besoin de toutes mes forces pour inventer notre vie et en plus il fallait lutter contre le pouvoir. J'en pleurais. Ils ne voulaient rien entendre de mes histoires de femme. Mais voyons, Madame, il ne faut pas en faire un plat. Ce n'est qu'une bavure. Nous sommes équipés jusqu'aux dents. Nous avons les maladies les plus modernes, nous avons les médicaments les plus modernes. Qu'est-ce que vous voulez de plus ? Maintenant, faites vos valises et cessez de pleurnicher.

Au bagne. De nouveau à l'hôpital. Arrachée de mes deux enfants. Et ce n'était même pas nécessaire ! Disons, pour moi c'était négatif, mais ça arrangeait le médecin, lui épargnant la charge de venir me voir chaque jour à la maison. J'ai failli mourir. D'abord de l'infection et ensuite des effets des médicaments. Heureusement j'étais plus atteinte que toi. Mon corps a pu tirer de son vécu la force de guérir. Toi, tout neuf, tu n'aurais pas survécu. Je l'ai pris de toi, le poison, de mon sein qui te nourrissait j'ai sucé le poison de ton corps. De ton cœur, homme, tu as aspiré toutes mes peines, les allégeant. Un fil de mon âme est lié à la tienne. Nous savons par alchimie extraire un triangle d'or de n'importe quelle merde qu'on nous lance à la gueule.

Et toi, golden boy? Toi, mon Slave blond aux yeux bleus debout dans un champ de blé devant un ciel bleu, vêtu d'une chemise de mujik en fil de lin tissé main brodée amoureusement par ta fiancée. Les mains sur les hanches, les jambes écartées, tu surveilles les événements sans faire trop de commentaire. Sur tes lèvres, un sourire tranquille. Ton corps musclé ne donne pas de signes extérieurs du travail d'analyse et de synthèse. Travail souterrain. Circuits rapides. Tu te rappelles l'appréciation — plutôt le reproche — de ton prof : « intelligence peu scolaire ». Bravo ragazzo, bravo. Tu es le fruit de ma maîtrise, le calme de ma tranquillité. Pourtant, le contexte, en largeur, n'était pas mieux. N'en parlons pas. C'est au niveau le plus profond que s'est créée notre complicité. Pour toi, j'étais la maman couronnée. Tu n'as rien connu de mes débuts trébuchants. Ce n'est pas pour autant que ta sensibilité est moins fine. Seulement son rythme est plus charnu. Le sourire de ta pensée. Ton sommeil facile, tout en profondeur. L'ensoleillé de ton être, né amoureux, demeurant amoureux. Avec toi notre équipe s'est complétée. Peinard, tu es arrivé te nicher au creux de la grande famille. Sur le chemin menant de ton frère à ta sœur tu as marché tes premiers pas. J'avais pris un peu de recul, laissant à vous trois l'espace de l'autogestion. Au sein de votre communauté libre, le savoir fut réparti. L'enfance est-elle possible dans un seul pays ? Non. Mais que faire. On n'avait pas d'armes. Avec qui, dans quel espace commun, sous quel soleil créer la grande famille ouverte à la lumière et à l'alizé ? Les maisons furent bâties sans tenir compte de nos histoires de femme. Les villes mises en place selon des critères commercio-culturels. L'horaire établi sans nous demander de quoi nous avions faim. Voyons avec quelle aise les bagnoles traversent le marché. Pour la maman avec ses petits, le même trajet est marqué par les quatorze stations de la Croix. Sans que sa peine provoque une remise en question. Les nourrissons dorment. Qui va réveiller les mères?

Toi, sans exigence, tu en avais une seule : naître. Que j'aie pu persister à désirer sans jamais être satisfaite, c'était la force de ma faiblesse. Je voyais trop loin, au-delà des circonstances, au-delà de celui en face, de son refus. Et puis, si jeune, ne connaissant rien de la vie, mangeant le pain sec et buvant l'eau boueuse. N'en parlons pas. Le corps de la femme a ses saisons. Un jour de printemps, chaque mois. L'éclosion du bourgeon. Son sexe s'ouvre en pétales roses. La tige de son sexe suce la sève. Dans son ventre s'étoile une fleur tropicale. Epaisseur végétale. L'ovule ne connaît pas de raisons, ne demande pas de connaître les personnages. Dévergondée, même au sein d'une société pudique, elle invite les copains. A l'étage d'une maison de tristesse, elle fait la fête. J'ai cru avoir fermé la porte à clefs caoutchouc & chimique, mais... Par quelle ivresse de vitalité suis-je passée à côté ? Comme ça une vie peut commencer par un léger déplacement. Toujours aux aguets, toujours à la recherche d'un passage à travers la montagne, d'un tunnel souterrain. Sottopassegio.

Bref, chico, tu t'es installé chez moi. J'en ai pleuré. Je n'en pouvais plus de cette fécondité qui ne respecte pas les personnes civiles ou morales. La famille l'impasse. Le corps traître. No place for me to penser. J'ai déjà donné à la maison.

Ta mort est ma vie. J'ai vu son corps meurtri. Je n'ai jamais dit à personne. Je ne cache rien. Je l'ai trahi mais l'ennemi a refusé ma délation. Même pas digne d'approvisionner leur peloton, foutu dehors à coups de pied, je l'ai repris dans mes bras, lui disant : on trouvera un autre courage, plus fin, plus juste. On ira jusqu'au bout ensemble. Sans plus jamais se plier à leur contexte. Il y aura à manger, à boire, à réfléchir. Dorénavant, c'est notre espace-temps qui règne.

Je quittai définitivement leur logique. Je vouai leurs installations à la destruction, leurs pylônes au sabotage, leurs idées à la peste. Nos corps finiront par fracasser leurs bombes. Riche du butin de mon fric-frac, je suis rentrée en dansant à la maison. La maison devint cellule du complot révolutionnaire.

La pasionaria au ventre gonflé. Contadina aux pieds nus. Intellectuelle dans l'année de la maîtrise.

Tu avais de l'appétit. Vers la fin, c'est à dire juste avant le début, je ne savais plus où me mettre, occupée que j'étais des seins aux cuisses par ton être paisible mais costaud. C'était comique. T'aurais dû me voir prendre un virage. Comme un poids lourd remorqué. D'abord le ventre et puis, loin derrière, ce qui restait de moi à moi, une ligne, privée de ses courbes, allant droit de la tête aux pieds. C'est tout juste si tu me laissais la place pour l'estomac et quelques organes auxiliaires, essentiels à notre nutrition.

Je ne fais pas de comparaisons entre vous, ragazzi. Sauf que ces deux histoires se complètent, se racontent en version bilingue. Deux pays, deux cultures, le même ventre rempli du corps dansant. Sans chercher à savoir, sans avoir de préférence, j'ai reconnu à deux reprises vos corps de garçon dans mon corps de femme. Même aujourd'hui, sans chercher à savoir, je peux dire à une amie enceinte si elle porte une fille ou un garçon. A propos de rien, j'entends dans ma tête la conclusion d'une conversation souterraine sans être consciente des répliques. Détail sans importance.

On apprend à lutter. Les forces imbéciles qui s'opposent au plaisir sont faibles, mais elles sont partout. Non pas des dragons à battre à coups d'épée. Des monstres faisant zzz-zzz-zzz à te brouiller l'écoute. Le corps de la femme maîtrise la langue de la grossesse jusqu'à la parler sans passer par la traduction.

J'étais bien. J'étais si bien que, dans mes souvenirs, ça se passe dans une maison. Une sorte de maison de campagne russe au début du siècle. Le travail se déroulait doucement doucement, dans un salon meublé en rotin, avec de riches tapis Uzbek sur le parquet. Le poêle, qui faisait la largeur d'un mur, était éteint, le temps étant doux. A travers des fenêtres donnant sur le jardin arrivait le parfum des jacinthes et, de plus loin, du blé de printemps qui serait moissonné un mois plus tard. A côté, dans la véranda vitrée, avec ses palmiers, le médecin fumait sa pipe, en discutant sotto voce avec un jeune barbu au visage de poète et au corps de paysan. De mon lit de plume j'arrive à suivre la discussion. Ce n'est pas difficile. Par les temps qui courent on ne discute que des bouleversements politiques. Je crois que j'arriverais à suivre même s'ils parlaient japonais. J'avais mon travail à faire mais j'étais si bien, je suivais la douleur avec grâce, dansais à sa musique allant allègrement vers le dénouement, où tu sortirais de moi, pour devenir autre,

Pourtant, nous étions à l'hôpital. Mais je ne m'en souviens pas. C'était dans un autre pays, et le médecin venait d'un autre encore, un homme tendre et intelligent. De temps en temps il venait voir notre progrès, tissant l'ouverture de mon corps avec l'ouverture de son esprit. Il me demandait mon avis sur les questions traitées dans la pièce à côté. Quand je devais interrompre ma réponse pour me plonger dans une contraction, il attendait patiemment que je suive la vague jusqu'au bout et puis que j'en ressorte, la voix un peu rauque, et termine ma phrase. Et puis, lui, il me disait combien de centimètres d'ouverture du col, en me félicitant comme si j'étais la première femme à accoucher et toi le premier enfant à naître et lui l'auteur de ce miracle de fécondité. Il ne m'appelait ni madame ni maman. Il m'appelait lassie. Nom de tendresse de son pays.

Vers la fin du travail la douleur était si forte, j'avais besoin de toute ma concentration pour l'écouter et me situer par rapport à elle, et me préparer à te porter dans les bras musclés de mon sexe, jusqu'à la sortie. Tu me soulèves dans tes bras, me disant « tu ne pèses rien ». Tu me serres contre toi, me félicitant de la finesse de ma taille. Tu admires une nouvelle robe, passes mes amours en revue, tu les regardes droit dans les yeux et ton visage mine de rien annonce : Attention à la peau de cette nana. Je suis né de son ventre. Quoi que tu penses, sache maintenant, puisque je te le dis: elle n'est jamais sans notre protection. Alors, mec, tu es sympa. Mais fais gaffe.

Je les ai priés de parler moins fort. Il est venu vers moi, m'a caressée le visage, les cheveux, et puis il est rentré dans la pièce à côté, fumant sa pipe en silence, et il me semble qu'il pensait à nous.

Je sais que nous étions à l'hôpital mais je n'en ai aucun souvenir. Ni d'infirmière, ni de préparations comme si on allait passer sous la guillotine, ni de salle d'opération avec sa lumière criarde, ni de table dure et froide, ni de courbes d'acier sous mes genoux, ni de cris sourds de mon pont levé subi aux ciseaux. Aucun souvenir de ces choses qui sont sûrement figuré dans le tableau. Je sais que mes mains n'étaient pas attachées. Pour le reste, ça a dû se passer comme les autres fois, en ce qui concerne la technique. Nous étions dans un autre pays mais sous le même régime.

Par le biais d'un être humain tendre et sensible, le contexte fut effacé. Je nous vois seuls, lui et moi, comme des amants suspendus dans un espace rêvé. Les objets n'ont ni force ni présence devant notre désir. A ce moment, tout devint blanc. Tu m'avais réservé une dernière surprise. Si sûre de moi-même, je ne m'attendais pas à l'énormité de ton passage. Ne parlons pas de douleur. C'était un tremblement de terre. La force de gravité multipliée par mille me tirait d'en bas. J'ai cru tomber de la table, mon sexe en avant. Il était toujours là, le sage homme, mais je ne voyais plus rien. Je ne sentais que toi et moi, luttant ensemble à écarter une montagne.

Soudain, c'était fait. Tous les deux on éclatait à rire. Le médecin, pensant que je pleurais, m'a demandé si ça n'avait pas été trop dur. Je riais de joie alors qu'il m'expliquait que cette géographie qui venait de traverser mon corps était un grand garçon, un poids lourd. Lui aussi il riait de savoir que j'avais pu te porter dans mon corps menu. Pour en rajouter, bon appétit, déjà avide, tu t'étais arrangé en sorte que tes provisions ne soient pas trop éloignées... Tu es sorti les tirant derrière toi à l'autre bout d'un cordon petit format. Tu es arrivé en hippy avec tes affaires dans le sac à dos. Tout le paquet livré en une seule étape, me laissant à bout de souffle. J'en riais.

Le régime de l'hôpital fut plutôt relax. Sans prétention. Toutes les femmes dans une grande salle, alignées sur des lits de fer. Self service. On allait nous-mêmes chercher le plateau à chaque repas, chercher le nourrisson aux intervalles précis. Le matin du troisième jour j'ai dit au médecin que je voulais partir. Ça fait combien de jours? J'ai réfléchi. J'ai menti. Cinq. Bon, d'accord. Le lendemain matin nous étions libres.

Du poisson, aromatique et piquant, enveloppé d'une feuille, rôti au feu de bois. Une pâte à base d'une racine du pays. Des bananes rôties. Ils mangent avec les doigts. La nuit tombe d'un coup de velours noir. Aussi les feuilles du bananier aussi les plantes les fleurs le jardin potager aussi la véranda aussi les murs sculptés sont trempés du noir de la nuit. Ce qu'ils ne disent plus en couleur, tous ces êtres parlent en parfum. La nuit est chaude. Un grand bol en pierre dégage feu, lumière, encens. Ils mangent lentement, se perdant parfois dans les déhanchements de la conversation, se rappelant au plaisir de goûter. Les reflets du feu caressent leur peau nue. La nuit noire les enveloppe de satisfaction. Entre eux la parole ne perd pas sa fraîcheur. Une fontaine qui se remplit, qui puise ses jets de sa profondeur. Source inépuisable. A chaque fois la parole s'ouvre sur d'autres terres, la pièce s'étale à longueur d'imagination. Bercés par le cercle de lumière en feu ils nomadent, ils se contentent, ils grimpent aux sommets du comique. La pièce s'anime des histoires racontées, inventées. Et puis une vague d'intimité balaie les personnages et ils se retrouvent en délice d'être seuls. Traçant de ses yeux à elles les lignes de son visage, l'orbe de ses yeux, son nez, ses lèvres généreuses, elle ressent de nouveau ses gestes en elle et elle s'enjoie de le connaître intègre de l'extérieur à l'intérieur. Sa voix, son vécu, son front ont la même franchise. En pulsions charnelles, d'une lenteur enivrante, s'opère une longue transformation. Cette paix qui n'a rien de naïf les prend là où ils se trouvent, avec leurs souvenirs et leurs habitudes et les étire sans aucune violence vers l'ouverture où le sang vital coule, se creusant des passages souterrains d'où surgissent profondeurs sur profondeurs jusqu'à la peau. L'âme bandée. Il caresse son visage, ses cheveux. Le repas se termine sans qu'ils s'en rendent compte. Force de tendresse attire ses mains à sa tête, sa tête dans ses mains contre son torse, ses mains de tendresse se croisent derrière son dos pour s'offrir ses seins. Force de tendresse écarte les corps et il embrasse sa parole et elle pose son regard sur l'orbe de sa pensée. Par la force du rire ils se retrouvent dans les cuisses. Il passe de la parole à la chanson. La musique exige une danse le long de ses bras, le rythme ne pourra pas négliger ses épaules, le chant passe à travers des lèvres qui inspirent ses lèvres à goûter la saveur de la mélodie. Tant le désir découvre la diversité, tant le trajet d'une caresse à l'autre peut varier, tant les courbes donnent envie de les suivre et la peau a mille fois mille teintes et tissus et ses parfums se multiplient selon la courbe de la sensibilité allant en s'intensifiant. Ils s'inventent, ils se racontent des histoires, ils se quittent doucement pour nomader à travers des ailleurs invoqués et en chacun de ces pays étrangers, par quel hasard, au moment le plus imprévisible, ils se rencontrent. Si on faisait un bout de chemin ensemble, histoire de voir la contrée et ses merveilles ? Dans ce pays on danse toute la nuit. Tous les jardins secrets sont ouverts au plaisir. Ici on nage à l'eau douce. Les fruits tombent de l'arbre selon ton désir. Je te regarde ô merveille dans le miroir de mes yeux. Ça fait des heures qu'on se promène sans se fatiguer. Tiens ! Je me suis endormie pendant le voyage de retour et je me retrouve ici, dans tes bras.

Ils parlent de choses sérieuses. Ils en rient. Ils se racontent des choses tristes et véridiques. Qui deviennent drôles par la voie narrative. Et puis, pour arriver à l'âme, il fallait passer par là. Pour arriver au précieux. Tant de doute, de certitude que le doute aura raison. Que nous n'arriverons jamais. Mais si, je savais dès le début, même avant, que c'était toi et nul autre, mais j'étais certaine que jamais tu ne viendras me chercher, pour qu'on soit ici ensemble. Tu es la seule avec qui je peux respirer profondément. Je me disais non, c'est impossible. Et puis je cherchais dans ta logique et je ne trouvais pas de raisons. Seulement, il me semblait impossible. Il ne veut pas. Tu m'es si cher, je voulais me défaire de toi, te libérer de mon désir, pour ton plaisir. Pourquoi tu ne me l'as pas dit? C'est la seule chose que je t'ai cachée. Ça me rend triste d'y penser, elle rit.

Partout où tu passes un monde se crée autour de toi. Toi, c'est pareil. Ce n'est pas par le manque qu'on se retrouve. Quand tu passes par mon corps, là aussi tu crées un monde. Je ne pouvais pas m'en passer. Quand tu es parti ta présence est restée dans moi. Mais après trop de temps je ne savais plus si tu existais. Je n'en pouvais plus de te tenir dans ma tête. Ma tête remplie de toi, mon corps privé. Par quel passage te faire renaître? J'ai lâché. J'ai permis au temps de couvrir les traces de tes pas. J'ai abandonné l'effort de te rappeler à mon souvenir. Et puis tu es revenu, autre. Ta présence s'est intégrée à mon être entier et je me suis dit que même si je ne te revoyais plus jamais, je serais bien. Je me suis dit que jamais plus je ne te reverrais.

La preuve. Sa dimension. De nouveau. Il donne corps à ses paroles. Elle épaule son argument. Les genoux ne demandent pas pardon pour leur arrivée intempestive. Qu'un sourire de bienvenue de la tête aux pieds. Ils déambulent vers leur lieu sacré. Longeant ses contours, inspirant ses parfums. C'est toi qui mènes cette fois-ci. Elle prend le dessus. Ils se baignent dans le temps de leur plaisir. Elle voit dans le noir la lumière de son sourire. De la nuit tendre de son sexe étoilent des murmures adorants. Il suit son dos, aux arrondis, au virage, à lire les lèvres du cœur de ses mains. Elle danse autour de son feu dressé, en pas de minutieuse précision. L'univers entier se trouve aux confins de leurs deux corps. Le moindre geste découvre un monde. Délice de brise qui remonte des deux sexes, souffle du feu doux au ventre au cœur à la tête qui se balance en gracieuse harmonie, aux nichons qui se dressent. Elle caresse de son invitation le corps de son désir à lui qui répond par de petits bonds qui tamtamment contre le siège de son intimité à elle. Les frontières du plaisir sont charnelles, elles s'ouvrent au contact de la chair. Les paumes sont graissées de nectar. Par glissade elle accorde l'entrée. Qui déplace un soupir. Si connu si surprise, si tendresse les parois qui bercent la précieuse offrande. Tu es autre je suis toi. Un circuit commun s'établit, deux sangs qui battent au même rythme. Deux formes qui dessinent la même figure. En double cercle en deux motions de vague superposées. Le sable qui raconte l'heure prend tout son temps du haut à remplir le bas qui devient haut renversé. Chaque seconde a son corps, chaque corps mérite son temps attentif. Ils se concentrent, les corps enrobés du parfum de la nuit. La nuit immense se remplit les poumons de l'air de leur musique allegra silencieuse.

Ceci est sauvage. Des pas sans poids se fraient un chemin sacré, entourés des corps vivants qui s'annoncent par leur souffle presque invisible, s'avançant, tirés par un magnétisme qui mène de son ventre jusqu'au ventre de la terre. Le poids légèrement soulevé, les genoux légèrement pliés, les pieds qui touchent la terre le quart d'un instant, sans faire du bruit. Ceci est sauvage, le savoir marcher. Le savoir avancer par la force du désir, le savoir se fier à ses pulsions qui font traverser les distances sans effort.

Les hanches s'écrivent des poèmes. La lecture est passionnante. La pensée du corps dessine sa calligraphie. Le papier glisse sur la plume. Et puis, l'ordre est renversé et la plume prend le dessus.

Elle voit son sourire d'en haut. Captée par ses interventions, les nouveaux espaces qu'il crée, les enchaînements de sa danse, l'ampleur du dialogue. Emportée par les vagues. Aux rives extraordinaires. La tendresse assume sa vélocité sans perdre sa force. Ceci est sauvage. Le raffinement d'une rivière qui traverse la savane, sa tombée en chute libre, le sifflement de l'écume. La démarche élégante d'un palmier aristocrate. La tranquillité d'une bête plantée au sein du feuillage à l'écoute de la verdure. Des rigoles de sensible traversent ses flancs. Une branche s'échine vers le parfum de l'eau. La mangue bandée tombe de l'arbre sur la poitrine de la terre qui se soulève qui retombe au rythme invisible de sa respiration. La brise caresse les cheveux de l'arbre.

Ils dansent, se poursuivant. Les corps savent faire. Ecoute ce pas de là par là en montée en spirale en colimaçon. Tourbillon. Les cœurs qui tournent en vertige. Le sang consacré. Aussi longtemps que le désir, l'espace se renouvelle en profils de souplesse. Portrait d'une femme assise. La femme appuyée sur ses coudes au bord de la fenêtre. Odalisque. Le carrefour au croisement de deux corps. Elle brode elle tisse elle arrose elle malaxe. Ses mains veulent voir, ses doigts se plaisirent à tracer le sentier, à colmater les brèches. Attention à tout. Chaussées glissantes de joie. Il ne dérape pas. Remontant la route en lacets ils s'arrêtent avant d'arriver à la cime. Que le voyage continue. La descente, pas moins exaltante. Les séquelles. Les rebondis. Les répercussions.

Est-ce que vous avez oublié quelque chose dans le train? Oui, les lèvres, ça fait un siècle que je ne t'embrasse pas. Oui, l'oreille, j'ai tant de choses à te dire. Est-ce que j'ai déjà visité cette vallée? Il me semble que non. Si je me trompe il n'y a pas de mal, la revoir est bien mérité. Votre parapluie, monsieur? Servez-vous madame, je vous en prie. Ma case est ta case.

Le terrain se déplace. Ils plongent plus haut aux profondeurs du ventre de la nuit. Bouleversés par vague après vague d'obscurité, d'éclosions de pétales charnus. Ils se soulèvent de leur propre force et là, suspendu, le corps uni danse au tambour jouissant d'un rythme étalé en longueur et en profondeur allant en puisant sa richesse du rappel d'innombrables moments parcourus se mouvant en variations sur le thème inépuisable lançant des cris de joie le corps uni en torse arqué du batteur du tambour sa tête penchée en arrière sa gorge offerte à la musique ses bras en ailes ses mains en vitesse de quatre dimensions une vitesse ronde lourdement corporelle le tambour qui bat ses mains dans un au-delà sensuel de toute leur intelligence ils s'exaltent ils s'envoûtent ils s'enchantent Ils se roucoulent, par secousses, se retombent, de calme en calme, se radoucissant vers une autre nuit, le réveil d'une autre conscience, les retrouvailles d'une tendresse conçue du contentement. Des caresses de l'être à l'être rendu encore plus précieux. Rescapés de leur propre commotion, ils se tâtent le corps l'un de l'autre, se régalant de découvrir que tout est là, rien n'est consumé par le feu ni cassé dans les chutes. La force du désir n'est pas usée. Elle murmure toujours, aux points de contact.

Comme la bouche du poisson. Comme un vieil édenté. Ils restent comme ça, deux voyageurs arrivés à la fin d'une étape qui ne veulent plus se quitter. Ils demeurent un corps à deux sourires, à regarder le paysage en causant des choses vues, des choses rappelées, des terres inconnues.

Ce n'est qu'au sommeil, aux rêves qui précèdent l'aube, qu'ils se réveillent d'un sursaut langoureux. Ces deux autres, les inorganisés, se sont mises à jouer de nouveau. Sans gêne. A moitié endormis leurs serviteurs suivent les événements. C'est tout en légèreté qui souffle les poumons, en gracieuse acrobatie en équilibre à travers des vides sans danger, une danse à travers la surface de l'eau, patinoire tropicale, balançoire de la jungle accueillante. Ils se laissent faire jusqu'au bout et il n'y a rien à redire, il ne reste point de plaisir intouché. Sauf le repos.

Tes mains, carissima piccola donna. Tu mets le couvert. Tu remues la sauce. Tu goûtes avec un doigt. Tu écris une thèse. Quand tu donnes la main en salutation tu la mets aussitôt à ton nez pour sentir le parfum de ton interlocuteur. Comme tu es élégante et sauvage. Merveille de ta vie que tu as prise en main. Délice de te connaître si diverse de moi. La main dans la main nous nous sommes promenées à travers les époques, poursuivant notre conversation de femmes. En parlant des hommes. Mère-fille fille-mère. Mère-fille-courage. Elles s'occupent. Nous allons ensemble au marché, en parlant de littérature. Dans la cuisine, des partitions à quatre mains. Tu viens toujours me rencontrer à la gare. Joie de te vivre. Point de repère. De nos deux esprits, à travers le temps et les contrées, nous dessinons le paysage.

Je t'ai tenue dans mes bras contre mes seins nus au premier jour de ta vie. Tu m'as fixée du regard lumineux de tes yeux noirs. Ton visage portait la même expression qu'aujourd'hui, d'innocence et de savoir. Tu m'as regardée longuement, avec plaisir. Ton visage m'a dit: « Alors, c'est ça une maman? Bella roba. Elle me plaît ». Et tu m'as fait un sourire de tendresse et de complicité.

Pour la première fois de ma vie j'ai reçu une réponse à la mesure de mon amour. Ma dynamique commence là, sur l'axe de ma tête de jeune prisonnière penchée et ta tête de devenir femme lovée dans mon bras, tes yeux qui m'observent disant, « on fera la fête, d'accord ? » Ma liberté s'est réalisée sur l'axe de nos jeux. Tu seras la maman et je serai la bébé. Peut-être moi aussi je suis née belle et intelligente comme toi. Je n'en sais rien. Si, un peu quand même. Je me souviens de mes élans, mes plaisirs, ma coquetterie, mes désirs. Et du couperet. N'en parlons pas. J'étais vieille quand tu es née. Nous avons appris la jeunesse ensemble.

Nous nous sommes apprises par des langues étrangères, des mélanges extraordinaires, la philosophie et la bouffe, la sexualité et la préparation des gâteaux, le voyage et la lessive, l'esthétique de tout ce que nous touchons de nos mains-esprits de nos mains jouissance. Cadeau tu m'es venue et cadeau tu demeures.

Pour parler des hommes, qui pourrait nous dépasser ? Et qu'est-ce qu'il faut en parler! Ils ne disent rien, eux, à ce sujet. A nous, à travers les années les histoires les drames et les mélodrames, de nous occuper de l'explication de texte. Quand un homme te dit « j'ai peur », tu fonces ou tu recules ? Qu'est-ce qu'ils veulent dire exactement par « tu as trop de désir ? » Ils ont peur. Ou peut-être c'est simplement que nous ne sommes pas belles. Mais tu es belle, je te rassure. Ce n'est pas parce que tu es ma fille que je te le dis : tu es sans pareil. Si j'étais le grand amour je ne pourrais pas choisir une autre que toi. Invece tous les hommes tombent amoureux de toi. Bof, le montant global revient à zéro. Je ne sais même pas ce que c'est cet « amour » dans lequel ils tombent. Je suis un phénomène, une rescapée. Les femmes de mon âge sont des ruines, il en reste quelques exemplaires intacts, moi à l'occasion, et les hommes me rendent hommage, comme aux impressionnistes.

J'ai réussi. En ce qui te concerne je peux le dire sans ambiguïté ni modestie. J'ai réussi. Le minimum de dégâts sur le plan personnel. J'ai lutté comme une guérillera contre tout et tous. Les médecins, les maîtresses d'école, les hommes de ma vie, mes parents, les idées reçues, les nouvelles idées reçues qui se prenaient pour la vérité révélée, les frontières nationales, la tradition de La Famille. On m'a toujours avertie. Tu verras. Quand tu seras toi-même mère, quand tes enfants iront à l'école, tu changeras tes idées, attends que ta fille soit pubère, tu feras comme les autres, quand les enfants arrivent à l'adolescence c'est pire, ne me dis pas le contraire, tu n'as pas encore vécu cette horrible expérience. Et gna-gna-gna tous et chacun se permettaient de tracer par étapes la pourriture inévitable de mon discours. Egale mon vécu. Et personne n'est jamais venu après, me demander le compte rendu. Les « tu deviendras raciste » sont restés avec leurs complexes, les « tu seras embourgeoisée » avec leurs biens immobiliers, les « tu deviendras folle » se sont suicidés, les « tes idées politiques prendront le virage à droite » sont toujours obéissants, les « tu seras matonne quand ta fille gagnera ses poils » continuent à se masturber. Personne n'est venu après me demander l'heure exacte.

Mes torts et mes trahisons me restent en travers de la gorge. Nous ne faisons pas les comptes, chica, mais je crois n'avoir rien oublié. Tais-toi bella, tu es la pire de mamans concevables mais je t'aime quand même. Qu'est-ce qu'on prépare pour le dîner ce soir? Je t'ai appris à faire la cuisine tu m'as montré les passages souterrains vers la liberté. J'adore t'observer quand tu tranches : « Ça, tu ne l'acceptes pas. Point final. Basta così ». Moi avec tout un spaghetti de raisonnement. « Ils sont des restes de ton passé. Jette ça, tu n'en as plus besoin ». Chop chop, avec le même sourire du premier jour. Et alors, c'est ça une maman ! Elle me plaît. On fera la fête ensemble. En partant, sur le seuil de la porte, tu me lances : « Prends ton plaisir ». Que vaut une idée qui ne passe pas par la chair ? A quoi bon faire des enfants si on ne veut pas recommencer la vie ? Tout ce qui est beau et réjouissant est passé de ma tête par mon cœur dans mon sang à ton corps né de mon ventre. La parole prit corps. Le corps dansant cuve, nourrit et porte des améliorations à la parole dotée. Tu m'apprends plus que je t'ai appris. Je t'ai appris la danse. Je te portais sur une hanche, comme una contadina. A la cuisine, au berceau de ton frère, au jardin, dans les boutiques. Ton corps suivait les rythmes quotidiens de mon corps. Une copie de moi-même ? Un faire-valoir ? Un passif pour justifier mon autorité ? La continuation de mes rêves insatisfaits ? Une poupée ? Je n'ai rien à foutre de ces monstruosités. Ma fille. La vie qui s'affirme contre toute évidence. Non pas ma fille. La fille née de mon corps.

Nous avons confectionné des gâteaux en parlant de l histoire. C'est vrai que les hommes ont évolué, les rapports aussi. Mais pas autant qu'on veut nous faire croire. Tu réfléchis un peu en profondeur sur les rapports dits libres et voilà les mêmes schémas. La sagrada familla quoi. L'homme in giro, entre la femme-réconfort et la femme-passion. Réconfort : pas trop belle ni trop sensuelle. Une femme qui comprend. Il s'en va, elle vaque à ses occupations. Il revient, elle est là. Pas de reproche, ni larmes ni récriminations. La femme-passion est toujours hors les murs. Il court à son lit, enflammé de l'ardeur de ses dix-huit ans. Qu'elle est belle, qu'elle est courageuse, que son corps est exaltant. Elle bouleverse les sens et l'esprit. Il vole jusqu'au cœur de sa flamme et puis hop ! Il se sauve de peur d'être brûlé. De temps en temps je n'en peux plus. J'ai envie de pleurer. Ouais mais tu ne pleures point. Tu sais bien que nous sommes mieux en courtisanes. Là tu dis vrai. Tu ris. J'ai même essayé de jouer la femme-réconfort. Tu ris tu ris. Ça a complètement foiré. Tu ris en mimant tes maladresses. J'ai tout fait de qu'il ne fallait pas. Nous sommes pliées de rire. Je te prends dans mes bras et nous dansons ensemble la comédie humaine et divine. C'était avec machin. Nos rires chauffent la cuisine, se déposent en vapeur sur les vitres. J'en avais marre de voir ça de l'extérieur, je voulais le jouer pour sentir dans mon corps la passivité de ces femmes-réconfort dernier cri. Nos rires montent sur le toit de la maison et s'envolent dans la brume. Parce que, attention, c'est subtil maintenant. N'est-ce pas ? Les gens sont devenus si subtils, à force de charrier les mêmes chaînes à travers les siècles. Oh ! Le gâteau, c'est bon !

C'est bon. Parfum de gâteau, parfum de deux femmes, Enivrant. La double hélice. Mandala. Poupée russe. A travers le sexe de la femme au bout du tunnel le sexe d'une femme qui porte en elle une femme sexuée, de sexe en sexe remontant à l'infini. Pour certains hommes c'est enivrant, la femme-mère et la fille-femme ensemble. Cette légère acidité de la jeune, virant vers le sucré ; dense parfum de la maturité, virant vers l'aigri. Toutes les deux avides de soleil. Sur la plage, au bord du lac, sur la place la piazza el zócalo, au jardin, sur les marches de l'église, à la terrasse, au bord de la fenêtre, dans la rue de tant de pays en tant de langues nous prenons le soleil. Toi, morena, noire de nos origines. Toi, l'hindoue de nos gitaneries. La balinaise de notre calme oriental. Ton corps de vahiné en modèle réduit. Aux fesses africaines de nos ventres tamtam. Cheveux de la bible, de la demoiselle qui va pieds nus chercher l'eau au puit. Le berger passe avec son troupeau. Tu te penches et tes cheveux tombent en cascade noire. Tu te redresses, les longues mèches s'écartent, encadrant tes seins rebondis. Nous nous proposons du gâteau. Quel pouvoir de se faire plaisir. Celle qui prépare son propre gâteau est doublement satisfaite. La dolce vita. Alors le berger tombe amoureux de toi, il te prend par la main, il ne te quitte jamais plus. Du miel, du lait, des amandes, des loukoums, des cornes de gazelle, des figues et dattes, du lapis lazuli. Tu auras un enfant. Je serai grand-mère. Tu penses qu'un jour nous serons toutes les trois ensemble à parler de nos amours ? Dévergondées. Je serai enfin rangée. Dans mon grand amour. Pas rangée rangée. Non, jamais de la vie. Rangée, je veux dire, passée à une autre étape. Plus intense. Moins problématique. Une aventure soutenue. Je ne peux pas continuer comme je suis, avec ces amants tous azimuts et personne ne sait combien je suis seule.

Je ne supporte pas les pleurs d'un enfant. Je ne trouve pas normal leur souffrance. Nous ne nous sommes jamais engueulées. Jamais. Tu ne me grondais pas, tu ne me faisais pas de reproches, tu ne me racontais pas de mensonges, tu ne m'as jamais giflée. J'ai dû apprendre l'agressivité loin de toi. C'est normal. Notre amour partagé est le chauffage central de la vie. Il fallait aussi connaître l'hiver, le great outdoors. Mais pas dans mes bras. Tu m'as offert de si beaux cadeaux. A travers les voyages tu pensais toujours à moi. Dans des moments de désespoir je reçois une lettre de toi ensoleillée et je ris de nouveau de la vie. Un jour chez toi je cherchais le fil mauve dans ton petit meuble à tiroirs. Je l'ai trouvé tout de suite. Je connaissais ton agencement de couleurs. Prune, mauve, violet, rose flambé, fuchsia, myrtille, framboise, cerise griotte, bougainvillée. J'ai mis des fleurs dans tes cheveux, on prenait le soleil ensemble, en attendant ton frère, Au printemps, on vivait toute la journée dehors. On faisait la cuisine au feu de bois, on mangeait à la terrasse. Au début on achetait des cubes de charbon de bois tout préparés mais plus tard les deux garçons allaient chercher des brindilles. Au début nous faisions la fête en opposition à la guerre intestine entre celui dont on ne parle pas et moi. Je ne m'en souviens plus de cette guerre. Après, quand nous étions entre nous, nous faisions la fête pour le plaisir. Et maintenant, alleluya, nous faisons la fête par maîtrise.

Nos défauts, ceux qu'on partage et chacune ses spécialités particulières, on s'en moque. Ça donne du goût à la vie. Je n'ai pas peur de la lumière. Qu'on nous regarde à travers la loupe, qu'on nous raconte des salades sur la cécité de la mère vis-à-vis de ses enfants, je m'en moque. Tu n'es pas une mère. Tu n'es pas mon enfant. On se sert des mots passe-partout sans en être dupe. Nous sommes l'amour de la vie devenu chair. Je suis épatée par ton courage. C'est toi qui me l'as appris. Mon idée de liberté est devenue ton corps dans mon ventre, heure par heure j'ai vécu corporellement le devenir humain jamais plus je ne pourrais être déformée par la dichotomie actif-passif. Que je suis contente que tu aies quitté le foyer, si jeune, pour devenir autre, pour revenir m'apprendre ton âge à toi. Nous nageons dans la même rivière. Nous sommes la même rivière. Nous avons dansé, une fois, chacune à notre tour, avec le même partenaire. Une petite histoire sans importance. Ouais, je te l'ai dit : avec lui tu ne seras jamais satisfaite, il ne peut pas penser à la satisfaction de la femme, il est trop imbu de lui-même. Pourtant on a brisé le tabou. Il n'y a pas possibilité de rivalité entre nous. Impossible d'être jalouse de toi. Si toutes les deux on aimait le même homme, je te céderais ma place. S'il ne restait qu'un seul homme sur terre, je le voudrais pour toi. Pas de sacrifices, chica. On le partagerait. Le pauvre, entre nos deux avidités, il finirait vite en chiffon. Tu m'as guérie de la jalousie. C'est toi qui m'as appris. Je te prends dans mes bras et ton petit corps de femme me parle un cadeau infini. La bague mexicaine, le bracelet en ivoire ancien rougi, le collier afghan. Le livre que tu m'as calligraphié à San Miguel d'Allende. Quand j'étais désespérée tu faisais la cuisine, tu étais la maman de tes frères et j'ai pu voir dans tes gestes ma propre force, j'ai imité tes gestes jusqu'à retrouver le courage vital.

Au début le seul désir que je reconnais c'est le grand amour. Un garçon qui me plaît me fait l'amour et tout mon être est parti en tourbillon autour du sien. A l'intérieur de mon corps mille fois mille corps s'envolent, s'échappent de leurs cages, dansent, désirent. Le monde se transforme en fête autour de lui, la tombée de ses cheveux, les rondelles d'intonation de sa voix, le parfum de son corps, le soleil de son pays. Les chemins s'ouvrent devant le nous de notre uni. Les pays lointains nous invitent aux délices. Ma tête nichée sur son épaule est enfin lucide. Quel courage d'avoir vécu jusqu' ici sans connaître cette joie du désir surgi. Je veux faire l'amour sans fin, mon corps s'ouvre à la musique de mon sang, j'adore mes seins et mon sexe et mes lèvres et ma peau mate et ses épaules et ses mains et son sexe qui va et vient me remplissant de lumière. C'est à moi mon sexe intérieur mais je ne peux pas le connaître sans lui. Il me fait l'amour et mon sexe me parle : enfin, enfin nous sommes ensemble. Il me fait l'amour et mon désir me parle de plus en plus intense. C'est ça qu'on voulait. On ne pourra même pas le dire toute seule, c'est lui qui m'apporte la parole. Ah, qu'on est fatigué quand on ne peut pas faire l'amour, qu'on est vieille. J'ai été grand-mère avant de connaître la jouissance. Qu'on est aigrie et grincheuse. Le corps rigide de cent ans de solitude, la peau sèche, les yeux glauques, la pensée rouillée, le cul collé au siège basculant dans le vide. Il me désire et mon corps fleurette dans des champs parfumés. Nous sommes allés dans son pays. Il m'a fait l'amour dans les prés. Mon corps parfum de l'herbe, de l'eau douce coulée de ce brin de lui, de son petit animal chaud niché dans mon passage souterrain. Son désir m'apprenait des gestes gracieux.

Et puis il m'a fait le discours de la liberté. Qu'il ne voulait pas s'attacher à une seule fille. Qu'il a vu vivre ses parents et tout ce qui ressemble au rapport du couple l'étrangle et l'étouffe. A l'idée que je compte sur lui, qu'il doit venir me trouver, me satisfaire, il débande. Qu'il a beaucoup de problèmes en ce moment, que je ne suis pas visée, qu'il ne sait où diriger son avenir, que c'est foutu de toute façon cet avenir, que je suis trop intelligente pour lui et j'ai trop de désir, qu'il ne pourrait jamais me satisfaire et il faut qu'il soit un peu seul pour réfléchir sur tout ça. J'ai écrit des longues lettres à ma mère.

J'avais honte de lui dire ma débâcle, de lui faire de la peine. Mais elle est la seule femme qui comprend. Mes copines sont plus modernes que moi. Elles baisent et elles s'en foutent des mecs, pourvu qu'il y en a beaucoup.

Je me remets en question. Est-ce au niveau du corps que je suis fixée sur le grand amour, que je n'arrive pas à baiser ? Est-ce que je suis bloquée sur le schéma rapport du couple. Mais si personne n'en veut ? Je ne bois pas, je ne fume ni cigarettes ni marijuana, donc on me traite de petite fille bien rangée. Mon corps se referme autour de l'échec. Je redeviens vieille et je ne peux rien contre cette chute. Petit à petit j'oublie le plaisir, même le souvenir de son souvenir s'efface. Je ne sais plus de quel manque je souffre.

Par un autre chemin, le plaisir du plaisir revient. Les traces de mon stylo à travers le papier, l'odeur de bons plats fait main, une image de Gauguin, une langue étrangère qui commence à me parler, mes pieds contre les pédales du vélo mes mollets contractés, ma bague mexicaine, le soleil de mon pays. Il vient toujours me voir, on reste copains, ce sont les mœurs de notre époque. Il dort avec moi et je bande et il dort. Maman, maman, ne me prend pas dans tes bras, c'est seule que je dois m'en sortir. Je ne suis pas belle. La musique est belle et ses épaules et son sexe me chantaient la belle musique. Maintenant il dort et maman j'ai de la peine. Je ne veux pas être une intellectuelle. D'où vient cette aise chez les autres, cette légèreté de s'unir, deux plumes tombées du ciel, s'enlaçant, virevoltant ensemble. Je suis dense, mon désir est trop pesant. Ma petite maman chérie, je ne veux pas répéter tes douleurs. Tu donnes trop, tout, en échange de ce petit bout de chair de l'homme, cette clé de contact qui nous fait démarrer. Il se fout de ta gueule, poverina. Dis-moi qu'elle existe, une autre concorde. Tu es belle et intelligente. Il te démolit. Ma parole est trop dense. J'étais la mère de mes frères et de leur maman. Mon corps est dense de ces maternités. Il dort. Il ne veut pas me faire l'amour, m'accoucher de mon histoire, pour que je devienne enfin jeune. Je saute du lit à la première heure, me lançant vers le monde. Je me cogne contre le mur. Maman, t'en fais pas, je suis bien. Regarde comment je vais faire : je me déshabille de lui, mon corps nu abat le mur, je suis dehors au soleil et la musique est belle, mes mains caressent la broderie, je mange des cerises, le stylo me remplit

le creux de la main, l'eau douce baise ma langue, mes seins me dirigent en avant, un essaim de visages croisent mes rues. Sur la place,
les gitans jouent la guitare.

La mer te lance ses vagues en diversité infinie. Les souvenirs partent en haute mer, disparaissent à l'horizon. A chaque vague le rapport de force est modifié. Le bonheur est plus fort que mes idées.
Etalée au soleil. Les images se fondent. Remplie du soleil de la libre
pensée. Sel de la mer. Femme. Fluide. Rigoles de la mer entre mes
doigts de pied. On s'est bien amusés, maman. On a traversé les rochers, grimpé la falaise, descendu jusqu'au ventre du sable chaud. On a
cueilli des figues, du raisin, des baies sauvages, des prunes du verger,
des marrons sur la propriété d'un copain, du thym sur les collines
enivrantes. C'était délicieux, maman. On a fait des tartes, des gâteaux, des conserves, des promenades, la fête. Tout change. Je suis
en pleine évolution, en pleine forme, j'ai rencontré encore un autre
aspect de moi-même et j'en danse les articulations. Je me suis confectionné une robe, j'ai changé d'appartement, je suis passionnée par
mes études, il fait si beau, on ne porte même pas de pull, ceci est mon
pays.

Fais violence à tes idées, sinon elles te la feront. Enlève les tenta-
cules vrillés autour du corps désiré. Ils te serviront de tresses, de
diadème. Fais violence à ton corps exclusif. Si, si, il faut que ton couloir soit passage public aux joies multiples. Ecrase les grappins de
couples pour en distiller un vin doux qui coulera librement de la
bouche au ventre sans discours interposé. Tu déconnes enfin bravo tu
déconnes. Les conneries sont les germes de la sagesse. Maman, je
t'adore comme ça, complice. Poussons, poussons, la tête passe, notre
ventre héroïque se vide de la famille et nous devenons autres. Je te
serre dans mes bras, tes seins qui ont vécu pressés contre mes jeunes
seins, je te berce, femme, je te tiens, femme, n'aie pas peur, je vais
t'aider, tu verras, venceremos chica, femme, femme tes peines me
sont insupportables. Viens avec nous. On va faire un tour aux Gorges.
Une vieille deuche déglinguée. On voit la route à travers les trous au
sol de la bête. Tais-toi, tu aurais dû nous voir sur la pente à pic des
collines de la nuit. On poussait la voiture, et à côté tombait la falaise.
Donne-moi ta main. Par ici, il y a un sentier. Attention où tu poses les
pieds, les rochers bougent. Les autres filles dévalent les escales péril-

leuses aux éclats de rire, en sabots. En bas, au creux de la gorge, les garçons roulent leurs joints. Le feu acre du haschisch, la chair grillée du poulet. La nuit glisse sa fraîcheur sous la peau de nos vêtements. Tu es bien avec nous. Demain on ira tôt au marché. On prendra du poisson. A Ibiza on grillait le poisson au feu de bois sur les rochers au bord de la mer. On mangeait avec les doigts et puis on se baignait dans la mer chaude de la nuit. Les algues nous frôlaient le ventre. Il y avait des oursins. Le matin mon frère cueillait des oursins. De nos doigts nous prenions les œufs sucrés et grassouillets. A Ios on cueillait des figues séchées sur l'arbre. Dans un autre pays on cueillait des baies dans le bois autour du lac. Chaque matin tu cueillais une fleur d'hibiscus que tu mettais dans mes cheveux. On mangeait du poisson péché du canal derrière la maison. Le matin au printemps on se promenait, on cueillait des fleurs sauvages. On mangeait de l'épi de maïs. Des gouttelettes de nectar perlent de la tige qui dégage encore le parfum des champs vivants. Les petits grains sucrés et tendres, presque blancs. En revenant du lac on achetait des pommes du verger, et du cidre et apple butter. On faisait des tartes. Il y avait des champs de myrtilles sauvages. Des homards cuits à la vapeur sur un lit d'algues. Au Cuidad Mejico la rue sent la pastèque, las tortillas, la viande grillée, la pluie. J'aime la cannelle, le piment, le poivre. J'aime la cannelle.

A côté de toi je tombe heureuse. On ramasse des mangues tombées à l'aube sur la terre rosée. Si, il vaut mieux connaître la saveur inoubliable. Chaque acquis fait un pas vers cette contrée du chemin droit au plaisir. Il a fallu venir de loin se retrouver. Je suis tombée heureuse de toi sur un escalier qui monte vers une salle de spectacle. A chaque palier des baies vitrées projettent l'image de la rivière nichée entre ses quais en arbres. La chaleur d'une fin d'après-midi d'été nous arrivait jusqu'au corps, jusqu'à ma main qui a frôlé la tienne. Toute la chair drue de ton corps intense m'a répondu. Ta voix m'a pris la main. Au sein de la camera oscura nous poursuivons notre passion play. Mes lèvres arrivent sur le palier de tes lèvres. Nous parlons la même langue. Seule ta poésie me comprend. Seul ton génie me musique. Loin de nous le spectacle projette la lumière crue de sa volonté. Nous nous avançons pieds nus à travers la terre rouge d'un pays en chaleur. Le cliquetis de tes bracelets. Ta main me brode la hanche. Je n'avais fait que frôler ta main pour que notre alliance soit infinie. Tout ton corps est irrigué de sang éveillé. A travers la peau de ta main je suis rentrée dans la logique de ton pays. De mes origines je t'avais cherché. Chanson de mon sang. Sans rupture. De ta main je t'ai suivi jusqu'ici. Que ton cœur me tamtamme le message infaillible. On n'a pas droit de se tromper. Ceci est la rigueur sauvage. Le batteur du tamtam a dix bras. Son torse dressé sa tête penchée en arrière sa gorge rebondie offerte au sacre de la musique entre les cuisses de ses jambes écartées. Les hanches de la danseuse se balancent, calebasses suspendues de la tige de sa taille. Du plat de ta main la musique passe à la peau de mon ventre. Un seul mot de toi m'embrasse jusqu'au bout de l'intègre. Ta langue vivante en pétale rose au cœur de ton rire. Je lève les yeux jusqu'aux épaules du batteur du tambour de mon ventre. Je suis tombée heureuse de ton sourire. Tu me portes dans tes bras jusqu'au lit de ma rivière. L'instant de nos deux mains rencontrées a suffi pour découvrir ce chemin tracé dans la ligne de ton verbe, le rythme de ma calligraphie. Nous sommes nés dans le bonheur. Je ne fais pas de comparaisons, homme, mais personne sauf toi ne reconnaît la vraie couleur de mon nom. Toi seul es le chez moi de mes nomadismes. Chacun de son côté avait déjà tout donné. Il a suffi du souffle de ma main à la tienne pour qu'elles se remplissent. Le plat de ta main dirige ma danse, ton bâton m'enchante le rythme jusqu'aux versants d'une colline vitale. Notre bonheur tombe à l'eau vive. Nous ne sommes pas pressés. Mille fois mille pas nous ont séparés à la naissance. Tout près l'un de l'autre. Nous nous avançons à travers les pays et les esprits, la main tendue. Nous avons tant et si bien voyagé qu'au moment de passer la flamme d'une main à l'autre tout le trajet comique de nos deux vies s'est fait connaissance. How do you do? Homme, je suis tombée heureuse de toi aperçu à travers le feuillage d'un pays étranger où j'avais dirigé ma main man mano avec la patience de la tisserande le long des corps inconnus en demandant ta parole dans les interstices d'unions inconcevables, me contentant de mauvaises traductions tout en élaborant dans ma solitude le texte de notre entente. Signé de nos deux mains. Reconnaissance de don. Homme, ta majesté. Je suis tombée heureuse de toi et dans la chute ma main a frôlé la tienne. Sans hésiter tu as plongé au fond de moi pour me sauver. L'inspiration de ta bouche m'a transpercée. Nous sommes nés d'un geste fragile. Dans la totalité d'un moment. Nous nous avançons à travers la foule vers un spectacle préparé en avance. Répétition. Représentation.

Nous sommes autres. La danseuse inspire la musique, son corps est moulé par la musique. Ni la musique ni la danseuse ne peuvent se connaître d'avance. Leurs pieds nus frôlent la terre. Ce qui ressort de l'un était déjà l'âme de l'autre. Le mouvement d'une vague est circulaire. Aussi le corps qui s'avance dessine une longue ellipse. Au ventre du cercle la force prend son aise. Grâce de geste à toujours nouveau-né. Rien n'est prévu d'avance. Dans le bassin de la danseuse les eaux se balancent de marée en marée suivant les déhanchements de la terre. La lumière du feu se trace en ellipse étirée sous la face cachée de la peau. La peau transparente comme la nuit. Ta main à l'écoute de ma voix souterraine. Le germe mâle remonte par ondulation, avide de s'enfoncer dans la moue spongieuse de la fécondité ovoïde. Même à cette vitesse-là la vie trouve son temps en rythme ondulant.

Notre vitesse, homme, est lente. Les siècles nous regardent nous approcher l'un de l'autre, portant chacun dans sa main un bout de l'histoire divisée par combats linéaires, tranchée en démarcations rigides, sourde-muette à force de trop crier, rouillée du sang versé, d'orgueil clinquant. Tu as pris ma main dans la tienne à l'instant même où elle s'est offerte, sans discours interposé. Les deux bouts de l'histoire se sont joints, nichés au creux de notre main, cercle du cercle, réseau de plaisir, rayonnement d'un mouvement serpentin. Ta peau est lucide comme la nuit. La danseuse se situe par rapport à l'étoile. Elle tourne lentement sur l'axe cosmique, l'inclinaison de son ventre s'aligne au dos du ciel noir. De son âme rebondie s'écoulent les secousses du ventre de la terre, éblouissante chaleur qui remonte d'une lenteur rapide de sa patience vitale vers la moue spongieuse de ses seins. Le bassin libre de la danseuse touche dans ses rotations les 360 degrés de chaleur. A l'intérieur de la camera oscura mille fois mille mailles d'un filet de liberté se renvoient ses gestes élastiques les rebondissant par accélération de souplesse, jusqu'à ce que la lenteur découvre sa vitesse surgie de l'éblouissante chaleur du ventre allumé par la lumière noire de la sagesse. Les épaules du batteur de tambour sont remplies de la musique qui remonte du corps serré entre ses cuisses bandées. Ses mains tombent du ciel jusqu'aux racines de l'arbre qui pousse entre ses jambes. De son cœur dénoué découlent le rythme infini de la question vitale. La lumière rebondit de la camera oscura du ventre du tambour, allume ses mains, remonte ses bras, enduit ses épaules, grâce sa tête dressée sur la verge de son cou et retombe sur la peau réceptive. Le mouvement de la vague est circulaire. La peau du tambour est à l'écoute de la main du batteur. Du plat de sa main nue il la frôle. Elle lui rend la parole de son corps. A cette vitesse on n'est pas pressé. La force accumulée au ventre de chaque cercle du rythme nous pousse en avant sans effort. Pas la peine de courir, écrasant l'herbe sous des grosses bottes, se jetant des falaises aux grands cris de victoire contre la jouissance. Nous nageons au cœur de la lumière noire d'une terre savante. Le tambour grimpe les vagues en régal. Sa majesté. Les mains du tambour se multiplient. Les branches de sa voix poussent au rythme de la musique, poussent jusqu'à la danseuse qu'elles soulèvent dans ses bras, la berçant aux secousses élastiques de sa vitesse conçue de la lenteur fécondée par les ondes noires de la lumière. La danseuse enlacée du tambour, le tambour plongé au fond de la danseuse, le corps de la musique luisant de la sueur rythmique, le corps de la danse étalé sur le lit de la nuit s'avance à la lenteur du son, suivant la courbe en 360 degrés autour de la taille terrestre. J'ouvre les yeux. Nous sommes de nouveau là d'où nous sommes partis.

De ma main qui tient le stylo je t'offre le don. Sans hésiter tu le prends et ton corps me rend la parole. J'ai entendu ton souffle. Homme, un seul regard de ma main vers ta main nous fut foudroyant, notre point de départ est déjà au-delà.

FLAMENCO

Le corps de la femme a plus de mémoire que le nôtre. Oui mais en ce moment je te cherche à travers le jardin castellano, je t'appelle à l'herbe coupée, je te regarde par moros interposés. Ici je suis la morena. Gitana. Les cartes racontent mon cœur trouble. Avis de recherche. Des jets d'eau lancés sur le gazon inspirent sa parole. Ton silence, homme. Le soleil tape les pierres d'encore une de ces cultures où les mots se ressemblent à peu de choses près. L'orgueil parle une langue fourchue. Pointue. Tendue vers l'objet de sa convoitise. Cœur trouble d'une mer houleuse, mon corps de femme cherche sa mémoire mais à présent j'escalade un mur blanc. Passant devant les étagères de ma bibliothèque tu étais pris de la musique. Le cliquetis de tes doigts. Du thé aux mûrs sauvages. Tallest Trees. Sur l'étagère le nœud de la vie en mystère. Dans ma poche le grigris d'un petit masque en ivoire. La bague sur ton doigt est devenue sur le mien la mesure de notre belle diversité. Mon nom en rouge dans ton carnet. Tu es venu blanco vestido en ampleur traditionnelle. Blanc brodé blanc. Les points se retournent sur eux-mêmes allant à la recherche arabesque de leur forme. Nul silence que le tien ne pourra me désaltérer. Dans un pays froid, le cœur gonflé, je t'ai découvert dans la continuité. Branche charnue, liane, pirogue, je te recherche de mon corps enseveli sous les objets d'une pensée matérialiste. Nomade, victime des histoires des autres, par quel chemin resurgir de leurs ruines, retrouver ta lumière ? Les cartes ont déniché le désespoir caché, les lettres cahotent, les paroles tombent dans des nids de poule, les mains écrivent d'une voix rauque. Glisse le soleil de mes seins au ventre que je me rappelle de ta philosophie. J'ai suivi le trajet en lacets du nœud préparé par tes soins en réponse à mes soucis, j'ai dérivé le long de la route en lacets, faisant escale dans des maisons dont la musique me prenait dans ses bras le temps d'une petite chanson et à chaque étape je me suis retrouvée dans une rue déserte. Aimante, j'ai attiré des rythmes surgis des maisons de tes voisins mais mon corps en pleurs au souvenir de toi refusait la danse. Je me suis promenée. A chaque plaisir j'ai trinqué avec toi et à chaque vide je t'ai appelé à regarder en face l'évidence et à chaque oubli je t'ai crié remember to remember. Le nœud, porté à mon ventre, se défait se réforme, porté à mes hanches se transforme en ceinture bourrée de la danseuse congolaise, porté à mes cheveux les dirige sur un chemin plus audacieux. Au regard du nœud formé comme la vie mes yeux se sont rehaussés en rimmel oriental. Sais-tu que mes ojos estan amarillos? Les points de la broderie se retournent en contresens sans perdre leur destin de beauté.

Dans les collines à la périphérie de la ciudad sur un plateau un temple égyptien tombe à l'eau sous l'œil de la lune conquistador alors qu'une autre femme, désespérée, tire, tire sur la concorde, pour qu'elle devienne triangle, tire de sa voix pointue de volonté de posséder une étoile. Je me diffuse sous le rond blanc de la lune, les mains posées sur ma ceinture en cuivre dont le cliquetis rappellent les perles de la ceinture de séduction. Devant le spectacle de la rivalité je m'observe du premier rang. Nos discours tombent à l'eau. Nomade depuis le temps des pharaons, morena depuis que je l'ai su, j'ai rehaussé mes yeux d'un doux sourire de confiance, tout de calme vêtu. Ceci n'est qu'une répétition. Cette langue n'est qu'une variation. Contre le mur blanc s'avancent doucement les tout premiers tendrils de la mémoire. Notre discours moderne se noue autour du thème de la liberté au pluriel que nous tenons tous en accord jusqu'à la nuit suave de la mesa où la rigueur d'une autre métaphysique a si vite rongé le temple égyptien, le transformant en pissoir. Majesté antique, sa peau arrachée. A la Plaza Mayor des paysans dansent le flamenco, des saltimbanques tambourinent une faible musique mauresque, une femme regarde du balcon et le ciel lâche un soupir parfumé aux souvenirs de jasmin. Mes yeux sont amarillos y verde, ma peau sent le jasmin le citron et quelque chose de plus que toi seul a pu nommer. Pas à pas je me trace vers cette rencontre, je me glisse par soleil interposé au sud de ces pays qui tiennent tête à notre histoire. Au jardin le tamtam m'a appelée. Si, si, aquí tambien. Au jardin j'ai rencontré une phrase de notre conversation, oui, et on a échangé ton nom autour des souvenirs venus de l'autre côté du globe terrestre. Au moment de le quitter j'ai dit mangi dem. Le cliquetis de ses doigts, le bras qui se plie, la main qui se lève par la force de ces doigts qui claquent. Je suis avec toi. Allant tout droit vers la mer qui tient tête à ton continent, j'arrive chez toi, par désert interposé. A chaque oasis ma main répète cette tendresse que j'ai appris à partager selon le nœud de tes convictions, à chaque dattier je te souhaite le sucré des fruits juteux, à chaque gorgée d'eau précieuse je trinque avec toi. Le chameau aux yeux arabes me transporte par vagues ensablées. Il faudra connaître les hommes bleus, les hommes électroniques, les hommes fumés, les hommes à quatre vitesses, les hommes défrisés, les hommes apprentis.

Il faudra une quantité d'hommes pour reconstruire le temple, que sa majesté soit rendue au pays. En cas de rivalité je ne bouge pas. Je fais mon travail souterrain, alors que la banderole brandie sur le point du triangle vire du jaune de la victoire au blanc de la reddition. Non pas par plaisir cruel, ti giuro, mais par souci de poursuivre mon éducation, je prends force de la lune, de sa voix claire : en cas de rivalité, désire de tout corps ton partage. Insiste. Si, il faut insister de ton sang vital. Cette nuit-là les fruits sont tombés à moi sur les draps bleu clair de mon nomadisme.

Je viens, brodée, teinte de soleil, d'un pas sûr moulé sur un cœur trouble jusqu'au moment où, arrivée à l'orée de ta contrée, mon corps rappellera ses souvenirs. A présent j'escalade un mur blanc. Les fruits sont verts. A chaque fois que je me heurte à leur joie avortée je te dis ecco homo ne me perd pas par des solutions narratives. J'arrive, je viens de l'autre côté de ce détour, je suis déjà en route par un chemin insensé. Exilée des lieux de nos découvertes, je me dirige au renouveau. Mais elle se dit attention ! Ne deviens point esclave d'une pyramide. De loin, de si loin j'entends ton sourire, j'écoute ton silence. Il fallait voguer, devenir plus forte, plus libre. Ah que je suis loin de moi. Les cartes alignées sous le nez de mes seins nus m'ont promis un message. Des nouvelles sont arrivées par coursier. Entourée des bruits d'une langue étrangère je n'ose pas encore chercher le fil de ta voix. Mañana por la mañana.

Fils, fils, fille, je chavire. Chair de ma chair, j'écroule. Du lait pour la maman. Les manches retroussées sur tes bras de jeune homme, tes doigts me jouent les mystères d'une calculatrice. Ta voix qui m'explique la logique charnelle de la pluralité. Ta voix qui me tend le fil de la tendresse. Ta taille affinée par la danse, par l'amour, par les bras de l'homme qui ne t'abandonne pas. Ta voix qui me parle de l'enfant, de mon petit-enfant. Le sang porté à la mer, la peau portée par le soleil au continent de nos origines. J'erre dans la ville afin de prouver que la vie n'a que quatre directions, que le jardin le plus éloigné peut abriter des arbres d'une famille connue. Le claquement de ses doigts, un billet d'avion, une pensione llamada Africa, des pancartes touristiques affichant l'éléphant, de la musique mauresque en trait d'union. Il fallait connaître des hommes qui comptent moins. Si mais à présent ta langue m'échappe et j'ai terreur d'un message couperet.

Mon corps de désir se meut à la mémoire de ta musique. Un mot bien placé vaut tout un chapitre de bavardage. Il fallait connaître tant de langues étrangères. A la table civilisée nous menons la nouvelle conversation. Si, mais les cartes ne croient pas à notre discours, elles s'arrangent selon les lignes antiques du temple d'amour. Les palmiers se dressent dans la nuit mauresque. Le flamenco crie des passions austères. Les corps s'enlacent dans un toujours brisé. A chaque entremets je m'arrose des souvenirs de toi. Je viens comme je ne suis jamais venue. Enfin je sais broder la figure where our limbs will meet, ah oui, je sais comment tenir debout. Les amis réunis autour de la table ont regardé la question de tous les côtés. Finalement c'est le tête-à-tête qui a raison. Les rues de la ville se retournent sur elles-mêmes, l'étrangère attire les regards, la solitude s'étend à travers l'océan. A chaque vague je trinque avec toi. Finalement c'est toi avec moi qui avons raison d'être. Je viens t'apporter la preuve. Il a fallu couper le texte, entretenir divers propos, prendre la fuite en avant, accorder des délais supplémentaires, retenir le souffle, craindre le pire, examiner l'évidence, laisser tout espoir, s'éparpiller en mille morceaux, oublier how do you do?

Facciamo cosí : les oiseaux traversent le ciel à longueur de journée aux cris de pie, pie. Les vagues annoncent la mer qui n'arrive pas pour autant. L'île pose gracieusement le plat de sa main sur l'ondulance marine sans lui couper le rythme. On pense qu'on n'est pas jaloux donc c'est autre chose. La peur d'errer dans la ville jusqu'à y découvrir sa cinquième direction. N'en parlons pas. Ecartons le matériel. La vie est faite de ciel et de mer. Nous sommes la terre. Qu'un jour une fleur surgisse de ma poitrine, qu'un jour une crotte tombe sur mes genoux, je demeure. Fille, fils, fils, vous voulez que je vous raconte une histoire?

Le corps de la mère se souvient de mille fois mille gestes de formation. A la naissance les plaques du crâne se tiennent légèrement entr'ouvertes. Au fin fond de la mer les plaques crâniennes de notre étoile, entr'ouvertes, dégagent une vie gigantesque surgie des entrailles brûlantes du désir de Création. On tient la main doucement contre la tige, les doits écartés en pétales du cœur pensant au nouveau-né, on tient toujours un doigt entre les deux chevilles en bourgeon à chaque fois qu'on soulève les jambes pour changer les couches, on tient le nourrisson aux creux d'un bras courbé amoureusement.

Le faire l'amour naît de ces soins. Les jambes soulevées. Le repas est d'abord une caresse ; je t'embrasse. Conversation sans discours. Partout où il y a volonté il y a risque de clôture. Alors que le corps de la danseuse s'offre, lieu de passage des battements du tambour, et vous êtes passés par moi comme une idée généreuse. Abécédaire du plaisir, votre rythme de manger, dormir, vous adonner au bercement, votre génie d'insérer au sein de notre oubli la langue essentielle de mmmm et beuh et hmmmmm et lalalala. Ta langue, homme, me parle en rivière, en pirogue se balançant au creux humide de la forêt tropicale. Unheunh, ponctué des doigts claqués. Ta langue se prononce à lèvres nues. La danse est une façon de marcher. Toniques, vos jeunes corps se dressent entre mes mains, vos pieds me tambou-

rinent les cuisses, ça s'appelle stomping. Il faudra apprendre à danser avant de marcher. Ceci est l'ordre sauvage. Je t'écoute. Mes cheveux te chatouillent. Dans ta caresse le pratique se mélange au gra-
tuit, tes caresses sans fin, tes caresses sans but, ma main ne se lasse
pas d'apprendre les rondeurs de la douce tête qui parle à mon sein à
travers le téton en trait d'union, de suivre en velours du coussin de
mon doigt les tiens qui me tiennent. Les toutes premières paroles de
ces doigts nouveau-nés sont automatiques, telle la joue frôlée qui
dirige la tête un demi-tour vers la source blanche. Il suffit d'un
souffle de chair au creux de la paume pour que les doigts se referment autour de cette parole, parce que la vie s'accroche à la vie.
Comment déchiffrer le splendrous déroulement de ce texte inscrit
aussitôt dans le risque ? Oui papa, les doigts lâchent prise. La vie
s'enivre ainsi à travers des sauts les yeux fermés. Tu es parti. Je suis
avec toi.

Les femmes de nos peuples peuvent rester des mois, des années
même sans faire l'amour sans se sentir privées, sans jamais perdre
contact avec l'homme absent, sans exiger des nouvelles matérielles,
sans remettre en question l'amour partagé. Des hommes sont partis
faire la guerre pour l'autre, lui sauver sa peau délavée, des hommes
sont restés deux ans à la guerre, sans écrire à leur femme, sans
perdre le sens du cercle harmonieux, sans redouter des reproches à
leur retour le jour venu. La femme sent qu'elle fait l'amour avec
l'homme absent, sans faire un geste. Il ne s'agit pas des règles du jeu
mais d'un texte inventé en toute liberté. Aussi bien si elle sent que
quelque chose est brisé, elle prend un autre homme, plusieurs, autant qu'elle désire. Elle se rend disponible. Elles n'ont pas de comptes
à rendre. Les doigts reviennent à leur position antérieure mais attention, cette fois-ci c'est l'écriture qui commence, c'est le dessin de tes
doigts sur mon sein, ta main de finesse qui saisit la bretelle de mon
soutien-gorge étudié pour l'allaitement, tes doigts qui répondent à
mes premières caresses, qui me les racontent avec variations et inno-
vations. Aie ! Je ne suis pas une femme moderne. Les cartes me renvoient en image de la lune, œil froid et solitaire qui observe le crustacé
mithridatisé enfoui aux profondeurs de la mer glacée. De mon corps
matériel je me suis ouverte aux divers discours, je me suis donnée en
morceaux choisis mais nul homme ne pénètre mon cœur. Dans un

pays ennemi où la volonté historique d'exterminer mon peuple s'est exprimée par une logique absolue, nous nous sommes retrouvés hors temps, je t'ai connu entièrement et ce désir diffusé à travers la totalité de notre être m'a transposée au-delà du discours. Lovée au creux de ta dimension infinie, ecco mi qua. Nous n'avons pas pu faire autrement. Ceci est la nécessité sauvage.

Pourtant, il a fallu suivre de nouveau la mode du point de rencontre. Rentrer dans l'histoire. Me rattacher aux bouts de bois de dieu qui sont les hommes. Chacun arrive habillé de sa contrée. Je débarque, pleine de curiosité. A chaque escale du voyage je trinque avec toi. Je ne goûte aucun fruit sans te passer la corbeille. Porco dio que les hommes se ressemblent. Qu'on me passe la corbeille de ton continent tout entier, je n'en trouverai jamais un deuxième de ta marque. J'ai toujours estimé ma mère la plus belle des femmes. Tu regardes mon visage. Je ne peux rien cacher. Dans un ghetto cossu dans l'enceinte d'un métier de la couardise, dans une pièce montée par la démagogie d'un peuple démoniaque, nous nous sommes retrouvés. Ton sourire. Ton palmier dressé. Tes paroles inoubliables : elle est mon ... Elle est mon ... Notre sourire nous a présentés au témoin. Son sourire nous a reconnu. Un jour, chica, dans une boutique, perchée dans mes bras, ton corps contre mon corps, tu as vu une femme, qui portait des lunettes, comme moi à cette époque, et tu t'es mise à danser de joie dans mes bras en regardant cette femme que tu as prise pour moi. Que bella, un monde à deux mamas, aux multiples mamas. Je te caresse, homme, à travers ces corps inconnus, mais ils ne m'entendent pas.

La maison en dur fut estampillée cachet de la vie civilisée. Ses pièces en angles droits, ses fenêtres voilées, son système nerveux électrique, ses diverses tendances vers le fouillis, le clinquant, les glaces tape à l'œil, le made in USA, l'œil glacé de la télévision, les rencontres bâclées, le mensonge matrimonial, moelleux, à deux places, au-dessous au-dessus et finalement au sens unique de la famille. A l'époque moderne des travaux de décoration furent entamés. Les fenêtres devinrent des baies vitrées alors que le téléphone introduisait des voix multiples. Nous sommes la première génération de la liberté. Depuis l'aube du temps. Nous sommes arrivés, conquistadores, sur les rives sauvages de la liberté. Certes, elle exista sous une forme primitive avant qu'on s'aventure sur des routes mal connues. Certes, ces pays connurent un genre de liberté antérieurement à nos voyages de découverte, mais ils ne surent pas l'exploiter.

Seulement, la maison suit les dessins d'architectes patriarcaux. Pire : carcérale. Peu importe, il n'est pas question de retourner sur nos pas. La maison en dur est acquise. Vous ne voulez tout de même pas rester une vie entière en petit morveux calé au fond de la matrice ? La vie est dure, ainsi la maison devrait être dure. La vie n'est pas donnée, donc, la maison coûtera cher. Tu proposerais à ma mère un seul élément des bienfaits de la civilisation industrielle, mettons une machine à moudre le manioc, elle l'accepterait volontiers, heureuse d'être soulagée d'une rude tâche, mais essaie de lui imposer cette culture tout entière et elle te foutra dehors. Parce qu'elle sait quelle destruction suivra l'accord avec une batterie pareille. J'appelle à mon secours le monde entier. Tiens-moi compagnie. Poverina.

Je vous écris d'une hacienda. La sierra se redresse bleu intense devant mes yeux, par jardin de roses interposé. L'impossible se dresse devant mon cœur fleuri d'une nostalgie éblouissante. Poussé par le vent, le soleil prend la fuite en avant. Plus on met des maisons à ma disposition plus je me sens perdue. Nel mezzo del cammin di la vita, smarrita. Les rectangles en bois sculpté des portes antiques, les dalles rouges, les murs d'une blancheur rêche. Saisissant de mes doigts ouvragés la poignée en fer forgé je plonge au fin fond de la distance. El pueblo unido jamas sera vencido. Je veux rentrer chez moi. Entre le discours et mon corps s'ouvre l'abîme. Mi sono scappata. Encore une fois j'ai pris la fuite, j'ai fait une fugue. J'avance, d'une grâce qui trompe, le long de la branche, pleurant « au contraire au contraire » dans l'espoir que l'arbre m'entende, me rappelle à son tronc rassurant. Aurais-je peur de tes nouvelles ? Un mot bien placé pourrait transformer le texte. J'ai peur de ce vent qui me souffle à l'oreille avec l'accent d'un peuple tragique, j'ai peur de la maison obscure qui se cache derrière des stores verts contre la chaleur de la ville en four, j'ai peur de l'accueil généreux rencontré à chaque pas de mes errances. Quittant la ville nous sommes rentrés dans la région du ciel marbré de rouge. La nuit la pleine lune jaune et juteuse se posait par-dessus le cadre du portail antique. Les vaches rentrant de leurs pâturages s'avançaient vers nous, confiantes de l'énorme poids de leur chair, indifférentes aux aboiements du chien effrayé qui criait au contraire au contraire. Je veux rentrer chez moi.

C'est très simple ; soit un homme se marie avec une étrangère, n'importe laquelle, et se libère, soit il se marie avec une femme d'ici et il reste en prison. Les femmes de notre pays vivent des situations désastreuses. Qui incarcérée dans le mariage qui dans sa virginité, qui dans les rêves de ses parents qui croient toujours à l'arrivée d'un caballero. De tels hommes n'existent plus. Il n'y a que des aventuriers, comme moi. Ou bien des trafiquants d'armes. Nos femmes ont beaucoup de problèmes, ont peur de la liberté, peur de leur papa, peur de leur corps. Occupées par le manque de travail, elles ne font rien, elles vivent de l'argent de leur papa en rêvant de se marier avec un homme formidable. Je ne veux plus être admiré par une femme, je veux qu'elle ait sa vie, son destin, ses compétences, ses ambitions, sa maison et qu'on se voie quand on a envie de se voir. Toi, tu es vraiment libre. Tu t'es réalisée dans ta féminité, dans ton métier. Tu es une grande femme. Combien as-tu de visages ? Là maintenant tu as ton visage de sable. Tout à l'heure tu m'as regardé d'un visage d'enfant. Je cherche à trouver quelque chose de maternel dans tes aspects, je n'en trouve pas. Pourtant je sais que tu as vécu ça, que c'est très important pour toi. Tu es jeune tu es belle tu es sauvage tu es intelligente tu es gitane tu es élégante tu es aventurière tu es calme tu as compris.

Un chagrin bleu montagne refroidi par le vent caché par les nuages. J'ai besoin donc je m'enfuis. Nous avons construit les pyramides. Vous avez nourri vous nourrissez toujours ces pays de votre chair labourant, de vos richesses souterraines, de votre dignité brisée, de votre musique Un jour, totalement désempirés, ils viendront piller votre philosophie, votre savoir vivre.

Nos femmes sont jalouses. Je n'accepte plus qu'on me possède. Nous sommes la première génération de la liberté. Je veux que les femmes de ma vie soient amies entre elles. Les femmes s'échangent des paroles de boucles d'oreilles andaluz, de mantillas rose fleur, de voyages au pays lointain, de recettes de cuisine. Celle qui est choyée regarde de ses yeux pleins de fuite celle qui s'en va de son indépendance tristement vêtue. Ce discours de la liberté tisse une trame souterraine. Au contraire au contraire. Poveri noi, semence éparpillée des siècles de continuité. ¿Par quelle porte rentrer chez nous? Quelle est notre vraie couleur ? Nous allons tenter une expérience. Le vent hurle. Qui aime le froid qui aime le chaud.

Je ne suis pas jalouse. Je ne suis plus jalouse. Mon cœur vous regarde, œil froid de la lune. Ma peau brunie vous attire se retire. Je ne suis pas jalouse, seulement je ne sais pas parler votre langue. Tu es le seul que j'admire. Ta parole est la seule qui me comprend. Ta dignité, ta timidité, ta majesté, ta modestie, ton silence, ton rire. Elle arriva enfin dans son pays. Je pensais ne plus jamais te revoir. Je me suis lancée au vent, qu'il m'emporte si loin, qu'enfin tu entendras ma plainte. J'ai pris des trains des avions des téléphones de la correspondance des diverses dispositions, j'ai jeté l'encre par coulées dans le vide de notre séparation. Qu'est-ce cette fierté astrale qui nous anime ? Suspendue, haute comme la lune, je regarde bouche bée notre constellation. Je disais à tous et à chacun que j'allais vers notre rencontre. Quand tous ceux qui furent réunis autour de ma table ont entendu et approuvé, j'ai fait mes valises, je me suis assise à d'autres tables, et à chaque repas on trinquait avec toi. Je me suis fait passer pour l'heureuse promise. Tous sont convaincus. A quelques exceptions près. Maintenant qui va me persuader ? Elle arrivera enfin dans son pays.

Qu'est-ce que nous attendons, la respiration suspendue? Nous savons déjà la fin de cette histoire. La mort, chico. Time's up, fini, allez-vous en, ciao, buonasera buongiorno, basta, finito. Au suivant. J'attends un message, le cœur tendu, comme si le destin n'habitait pas mon propre corps, comme si je n'étais pas libre d'inventer ma vie, comme si dieu existait. C'est l'église, chica. Je le sais, je le sais. Tant de mensonges ne peuvent jamais aboutir à la vérité. Tant de mensonges sur l'homme et la femme ne nous diront jamais notre vérité. Nous, qui avons de l'imagination pour comprendre la vie, sommes des sorciers. Nous qui inventons la vie sommes les plus sorciers de tous. On nous a menti. Nous nous sommes expulsés du ventre du mensonge, les yeux ouverts sur la liberté. Tout est possible si tu acceptes que tu n'auras pas de grandes aventures avec les hommes. Que de petites aventures. De courte durée. Aie. Vite, tiens-moi la main, je m'écroule. Ne me dis pas que c'est fini.

J'arriverai enfin dans son pays.

Ça sera une bonne chose. Il faut insister. If you want something, go and get it. Don't lose your confidence now, baby, that's the only thing that worries me. Des voix lointaines me rassurent. Nous convoquons nos amis autour de la table, nous leur racontons toutes nos histoires, chacun a son mot à dire sur le déroulement de notre passé les souvenirs de notre futur.

Entourés de ces voix amicales nous jouons de notre charme. Tous sont envoûtés.

Tous sauf nous. Le repas s'avance sur des lignes bien tracées, les plats se suivent, nous les prenons dans notre corps, que cette vie autre devienne nous. Nous attendons avec impatience, qu'un autre arrive, qu'on soit encore une fois devant l'inconnu. Si vite intégré, si vite devenu nous. On mange. Qui lentement que le mystère demeure qui vite pour qu'il en arrive un autre. Devant la fin, personne n'a le courage. Le plaisir est prolongé par cigarette. Qui alcool qui haschisch. La conversation s'avance en cahotant à travers la route inégale, de compagnie en solitude. Les points se retournent se brodent vers des arabesques dignes de nos désirs. Si je te dis liberté qu'est-ce que tu réponds ? Si je te dis couple ? Voyage ? Argent ? Engagement ? Civilisation ? Nos veillées s'animent des histoires sans monstre. Nos voix raisonnables me donnent la chair de poule. A chaque repas je me lève de table remplie de faim pour toi. Je me retourne de la conversation. Que personne ne me parle. Sauf toi. L'enfant veut sa mère. Il boude en silence, il joue tristement, feignant l'indifférence, il regarde les oiseaux qui sautillent sur l'herbe, se disant qu'ils sont heureux. Il ne tient que par son courage. Jusqu'au moment où l'autre qui n'est pas sa mère lui parle. Cette voix, au contraire, déclenche les larmes, les lamentations, les hoquets d'inconsolation. Mes enfants, vous voulez que je vous raconte une histoire ? J'ai une peur bleue montagne rouge sang verte plante. Je me lance à l'aventure, tellement j'ai peur. Je m'en vais en brandissant l'épée de mon intelligence, accroupie derrière le bouclier de ma coquetterie, je m'en vais par déhanchements, transportée par le balancement sensuel de mon corps dansant, je cache mes larmes au fond de mes yeux rehaussés de khôl noir et lamé, je tâte le terrain de mes pieds assortis aux pompes fruit de passion, je me lance, les cheveux déliés, sur le chemin de mes désirs. Au point de départ je me retourne pour lancer un sourire confiant. Sur le chemin je danse au cliquetis de mes espérances. Bon appétit. A chaque départ je trinque avec toi. Sur l'escalier tu t'es arrêté. Tes yeux m'ont pris une dernière fois la main : écris-moi. Je ne pense plus jamais te revoir. Je t'écris. Et toi, le fils de ma dernière fournée, tu me regardes partir et tu me dis ah, ma petite maman, amuse-toi bien et fais de bonnes conquêtes. Je m'en vais à travers les pays et à chaque escale je me félicite du progrès réalisé. Je n'ai jamais voulu être homme, je ne voulais que faire comme eux en me promenant librement dans le monde. Ma mobilité inspire l'accueil. La voyageuse raconte de belles histoires. L'accueil généreux, les maisons mises à ma disposition déchirent mon cœur d'une nostalgie inconsolable. Maman. Maman! C'est moi la maman. Ô papa, me voilà, je suis arrivée enfin dans ton pays.

Par quelle porte sortir de cette histoire ? On nous a appris à n'aimer qu'une seule maman, on nous a formé à la main d'un seul homme, on nous a miné d'une éducation au sens unique. Au bruit de l'explosion nous avons crié bravo. Nos mères demeurent dans l'autre campement d'une guerre civile. Nous sommes divorcées de nos maris. Je ne suis pas jalouse, seulement, je ne sais pas où me mettre et je ne crois point à nos nouvelles structures. Je prends mes valises, je m'en vais comme si rien ne m'attachait à personne et je vis de l'espoir d'avoir de tes nouvelles. Plus loin, plus vrai, je m'éloigne en courant, que le messager arrive au galop pour m'annoncer ma victoire. Chevalière de l'orgueil, trop fière pour livrer bataille, je m'attends à une victoire par contumace.

Je vais aller le chercher, mon frère, et cette fois-ci je boucle. Je ne sais pas comment j'ai tenu tout ce temps. Les exigences pratiques le problème d'argent et quelque part un clin d'œil de sagesse féminine, qu'il s'en aille, qu'il vive ma force par son absence. Parce que les hommes ont toujours peur. J'ai une peur bleue de mon courage. Je me suis éloignée grimpant le long de la branche comme si je n'avais pas besoin d'arbre. J'y suis, balançant dans un vent sévère de Castille. Mon frère, je vais aller le retrouver, et cette fois-ci je ne lâche pas. Parce qu'il n'y en a pas deux comme lui. Ça sera une bonne chose. Insiste. Go and get it, lady. Appena arrivata je crois me dissoudre dans la solitude : s'il y a du monde je veux être seule, seule je me demande en quel monde je vais enfin trouver ma chaise. J'ai froid ici. En ville je ne supportais pas le bruit. Les voisins causent sans cesse dans la cour, les voitures dans la rue, la radio dans une autre pièce. Toute la journée l'aveugle chantonne de sa voix pleurnicharde, répandant dans les ruelles l'appellation de la loterie. La scie en chair de son cri tourne et se retourne, découpant des rondelles de rengaine: rrrhin rhinnn gnaaan gnnnan los niños zzzhin zlan rrrhin graaaan los niños rrrhin rhinnn graaan grrran los niños zzzhin zlan rrrrrrrr. Au début, mes enfants, la fuite en avant se dore d'une auréole aveuglante. A chaque plage, homme, je m'étire sous un soleil divers. Qui s'avère vite une lampe électrique. Si seulement c'était possible de me défaire de mon désir pour toi, je le ferais afin de t'en libérer, que ce ne soit pas une charge. Au contraire, je ne me sens pas dérangé. Je te dis maman il t'aime. Mais mon désir, comment vais-je le contrôler ? Par quelle finesse ne pas te perdre sans jamais te posséder ? Elle arriva enfin dans son pays. Je vous dirai, mes bien-aimés, je panique. Plus on m'accueille plus je pense à vous plus j'ai hâte de vous retrouver. Le père rentré de la guerre pose son fusil et sa musette et raconte son courage. Je viendrai bientôt sur les pointes de mes sandales lilas croisé de rose lamé, vous raconter le soleil contre les pierres, le goût du gazpacho, le chemin traversé par les vaches, les radis bien roulés arrachés du jardin sous le nez du cheval. Je vous ferai des comptes rendus des langues qu'on m'a parlées, vous mettrai à l'heure concernant les habitants leurs options politiques l'évolution des mœurs leur vision du futur. On rangera mes histoires au-dessus des souvenirs degli spaghetti sur la terraza à Conegliano. Ah mes lavandières vous me manquez. Je ne sais pas imiter nos voix de ce temps révolu. Mes enfants, grandissant ensemble avec vous, j'ai vu toutes les possibilités de l'être humain. A travers nos années l'histoire s'est réécrite au fur et à mesure, je n'ai pas pu retenir les dates importantes. Il me semble que l'heure est toujours maintenant.

Les communications sont brisées. Veuillez rappeler ultérieurement. La ligne est composée de trois fils : les toits rouges en tuile ondulée, l'œil vert, la peur bleue. Une tomate, une cerise, des framboises, des pots en terre cuite, le sang de la fécondité déçue, le coquelicot fragile et sauvage, une serviette rouge nouée autour de tes hanches. L'espace vert sans mémoire, le discours, le vent, l'encre, une langue que je ne comprends pas, mon corps rétréci par le froid, les départs, les problèmes d'argent, les feuilles du bananier. Le bleu d'une voix ensoleillée, un message porté par un ami, l'heure du crépuscule, une amoureuse soirée au mois de juin, le jazz, le courrier, ton analyse de la situation. L'écriture est provisoirement interrompue.

Je t'écris d'une hacienda où je suis venue me perdre loin de tous ceux qui me connaissent. Je partage la maison avec le gardien, un vieux campesino. On dirait que je l'ai séduit, à juger par sa façon de me regarder. Le soir il est venu s'asseoir au salon où j'écoutais la musique du pays en lisant un livre dans la langue du pays. Le soleil s'était couché rouge derrière la mesa. J'avais froid dans la nuit. Je me suis levée tard ce matin. Il m'avait attendue pour qu'on déjeune ensemble. Cette vie en commun installée autour de deux solitudes, ce visage en face qui s'insère dans le mien m'inspire le désarroi total. Nous ne sommes que la résonance les uns des autres. Tout est répétition. J'ai visité la ville forteresse. A l'entrée de l'Alcazar on vend des glaces et des cartes postales. Aux terrasses des cafés à la Plaza Mayor le beau monde se rencontre. Sur un banc en pierre à Belluna un ami raconte sa jeunesse, ses histoires d'amour. Dans un restaurant à Asola nous mangeons des pâtes maison, du poulet rôti au feu de bois, du gâteau riche en chocolat parfumé de liqueur. Je regarde un ami qui roule son joint. Ça me rappelle une femme en train de faire la cuisine. Il y en a un qui retourne sa mince cigarette de pure marijuana de sorte que la fumée s'engouffre droit dans sa bouche. Il y a un autre qui passe la flamme sur la marge d'une mince tablette de haschisch qui s'appelle chocolat dans ce pays. Le campesino me raconte que la vie était mieux jadis, les gens étaient unis, tous égaux, le chorizo avait plus de saveur. Les paysans jouaient des pièces de théâtre. Ils faisaient la fête. Dans un meuble ancien aux portes vitrées repose un stock de vivres modernes : boîtes de conserves, corn flakes et autres gadgets. Lui, il ne mange pas de ces auges-là. Non plus le pain sous cellophane. Il n'aime pas la nourriture congelée. Demain il m'apportera du lait de la vache. Ainsi, autour du naturel, se noue une complicité qui me plonge dans une désolation totale. Je veux partir, je ne veux que partir. Enfant, né dans un monde inconnu, tu as pris ta force dans mes bras de mère. Comblé du contact de mon corps tu t'aventurais vers la maîtrise. Quelques objets qui bougent, des couleurs vives, une boîte à musique inspiraient tes gestes. Plus tard, tu t'en allais explorer l'espace. Je coupe un oignon, je verse du poivre sur les morceaux de poulet, j'écoute la musique. J'ai froid, je veux partir. Je n'arrive pas à apprendre parce que je ne peux pas me situer ni dans tes bras ni dans la mémoire de ton corps. Si je t'avais oublié mon cœur aurait été libre. Mais je ne t'ai pas oublié. C'est que je n'arrive pas à te reconstruire à partir des souvenirs. Pourtant tu demeures mon point de repère. Ainsi je t'écris en avis de recherche, d'une voix simple, sans élégance. Que mon talent cesse de me mentir. Que mes aveux me sauvent. Nous faisons semblant d'être indépendants. En vérité nous tenons à la vie par des chaînes en chair vivante. Des gens comme toi et moi sont victimes de leur charme, de cette facilité de faire et refaire la vie, d'attirer un entourage. Pour les autres, moins hardis, nous servons d'image de la liberté. Tu es parti, tu es rentré dans ton pays. Que dire ? Que je ne peux pas vivre sans toi ? Être moi sans toi ? Homme, j'avais déjà gaspillé ces paroles. Tu m'es si précieux que je n'ai pas pu te faire rentrer dans des histoires déjà vécues. Aujourd'hui, privée de toute ressource, je me déshabille des images, des références subtiles, de la fiction même. Par une parole austère je pars à ta recherche. Gelée par l'air frais de la sierra, ma peau bronzée déboussolée en chair de poule, le bout de mes doigts engourdi, je regarde la pure lumière du soleil et je commence mon enquête. Porca miseria, tout me semble erreur. Il me semble qu'une erreur a entraîné une autre jusqu'à cette confusion totale. Tu es rentré dans ton pays et je me suis lancée dans une activité intense afin de me cacher du chagrin que je n'ose pas appeler par son nom. Dans un tourbillon de rencontres, de réussites professionnelles, de séductions, de compétences, de voyages je me suis poussée à prouver que je peux vivre sans toi. Mais, comme a dit l'autre, je n'ai parlé que de Venezia. Je n'ai parlé que de toi. Sono distrutta. Pourtant, je sais que bientôt je vais de nouveau danser. Je traverse un désert. Je ne veux rien cacher.

Ouvrons un premier dossier : il n'y a rien d'extraordinaire. Il n'existe personne dont la spécificité est de donner le sens de la vie à une autre. True or false? L'illusion du besoin d'un quelconque autre est une démission par rapport à ta propre liberté. La preuve : il suffit d'un bout de temps pour que l'illusion se brise, qu'on se retrouve face à soi-même, affaibli, aspiré par des rêves impossibles. Heureusement, par force de caractère on survit aux chagrins d'amour. Enfin on se retrouve frais, soulagé, lucide. Plus beaux encore que le délire, ces passages de la raison pure. True or false? On arrive à un point dans la vie où on s'est construit tel qu'il n'est plus question de se mélanger à la soupe d'un partenaire. Lancé tout jeune dans des histoires d'amour brûlantes on ressort enfin des cendres, intact, raffiné et beaucoup plus respectueux des circonstances. Chacun a élaboré son projet vital. Plus question de tout bazarder au nom de l'union sacrée. True or false? False, hombre, tout false. Mais je n'ose pas te l'avouer. C'est le secret des femmes. Chut. Oublie tout ce que je viens de te dire.

Prenons vite un autre dossier : les portraits robots. Les cheveux : crépus, frisés, bouclés, lisses, touffus, épars, absents. Aux choix. Des nez saillants ou aplatis. La peau dans toute la gamme de l'ébène à l'ivoire. Poilu ou lisse. Des muscles plus ou moins développés. Les courbes, les arcs, les galbes, les déliés. La chair ferme ou flasque. L'odeur : pain poisson ou viande. Des odeurs extérieures greffées : l'alcool, le tabac, le haschisch, l'encre ou la peinture ou la poussière de guitare électrique, par exemple. La calligraphie, la voix, la langue, l'accent, le verbe. Ceux qui aiment danser et les autres. Ceux qui arrivent à l'heure et ceux qui sont en retard. Les goûts culinaires, vestimentaires, les choix d'art et d'ameublement. Quelques détails se rapportant aux voyages et déplacements. Et, enfin, pour ce qui fait qu'un homme est un homme, les diverses dimensions, couleurs, mouvements et durées. Avec ou sans capuchon au bout. Somme toute, rien de quoi en faire un drame. Quoi donc ? L'homme rentre en moi, je suis remplie de son être. Tous, sauf toi, sont des étrangers. Personne, sauf toi, ne me remplit à mes justes dimensions. Je les attire par un je ne sais quoi de séduction, je les repousse par une indifférence factice. En vérité j'ai besoin de ces hommages multipliés depuis celui qui souffre pour moi un amour impossible jusqu'à l'homme dans la rue qui se retourne à mon passage. J'ai besoin d'une chaîne ininterrompue de conquêtes inutiles. Seulement, chaque rencontre me rejette dans la solitude. Serais-je venue plus tôt si je n'avais pas peur d'être refusée ? Ouais, ouais, ce n'est pas plus compliqué que cela. Recherchée de tous les côtés, indifférente à toutes les propositions, j'ai peur de t'entendre dire non merci. J'ai peur que cette peur soit une illusion, que cette attente soit un mélodrame, que la pyramide s'écroule en poussière. Pourtant, j'arrive. Tu verras. D'ici peu je vais écarter ce rideau. Déjà à travers son tissu vert j'aperçois une faible lumière. Je ne peux pas te reconstruire à travers la parole ni violer l'intimité de mon corps pour raconter mes souvenirs de joie de toi. Peut-être j'entends ta voix dans la mienne. Un jour, pas très loin l'un de l'autre, tu m'as dit : tu me manques. Qu'est-ce qui me manque, à travers le désert, pour croire que toi aussi tu es arrivé à la désolation ? Mais tu ris. Et tu danses. Et tu vis des aventures multiples. Moi aussi. Tu comprends, avec toi rien n'est défini. Je viens te retrouver. Côte à côte. Enfin cette vie dont je détaille les plaisirs aura sa base solide. Alors qu'avec les autres/ A chaque rencontre s'ensuit le même trajet : la chaleur de la présence provoque un foyer d'incendie, parfait simulacre du grand amour. Ça dure une heure ou une semaine et puis s'éteint, à propos de rien, de la même façon dont ça s'est allumé.

Je t'écris d'une hacienda. Je viens de prendre le soleil. Tout à l'heure je t'ai écrit une lettre que je ne vais sûrement pas envoyer. En fait, je l'ai déchirée. Je suis pour la franchise pourvu que la discrétion soit respectée. Je veux dire que plus la passion est intense plus elle exige un certain maintien. Faute de quoi on tombe dans la vulgarité. Total, j'avais froid donc je t'avais écrit une lettre gna gna gna. Heureusement il n'y a pas de bureau de poste entre les vaches et les maisonnettes chic des citadins en transhumance. En ville il faisait chaud comme je l'aime. Ici, à une altitude que je ne saurais pas te dire, je caille. Dans ce pays, soleil égale pauvreté. Ce n'est pas une raison.

Oiseau, je te parle oiseau. Ces temps-ci je m'envole à tous vents. Au moment du départ j'ai un élan terrible, croyant être sur le chemin de tout trouver. A l'arrivée j'ai un haut de cœur. Ah non, pas ici, je ne peux pas faire mon nid ici. Les lieux se ressemblent, mêmes les diversités se ressemblent, les hommes se ressemblent tous. Je me baigne dans encore une langue étrangère sachant déjà que les mêmes histoires les mêmes discours s'habillent de ces mots légèrement différents. Pourtant, à chaque escale je suis enfant, éblouie par un monde inconnu. Je m'observe en train de le déchiffrer, j'avance doucement dans l'espoir de découvrir l'élément qui me manque. Aux moments de maîtrise je m'arrête sur un plateau, je me retourne pour regarder un trajet accompli et je me dis qu'enfin je fais du progrès. Vers l'équilibre, l'harmonie. Il faudra faire et refaire les pas de la danse, que la musique traverse un corps de plus en plus harmonieux. Je n'aime pas les chutes. Je me bats, je me fais des reproches, je rabats les oreilles de mes bien-aimés. Maintenant j'ai pris du soleil. Avis à tous concernés : ça va maintenant, vous pouvez reprendre vos occupations. Elle est tranquille. Jusqu'à la prochaine chute. Tu ne me dis rien de ton désarroi. Je t'imagine toujours bien, dynamique, souple, débrouillard. Si bien que je crois que le souvenir de moi t'est devenu superflu. De mon côté c'est le contraire. La mémoire de toi que nul vécu n'alimente ne cesse de s'amplifier. C'est l'œil de l'ouragan. Je n'en peux plus de tourner à vide. Passé ce dernier détour je prends le chemin de notre rencontre. Le temps des rudes épreuves est bientôt terminé. N'en parlons pas. C'était nécessaire. On n'a pas pu faire autrement. J'en ai tiré mes conclusions : tu comptes plus pour moi que moi-même. Quand je parle de moi, des villes et des pays visités, je ne parle que de Venezia. De toi. Dévergondée. Je ne suis pas une femme moderne. Je viens me poser doucement à côté de toi. On sera l'aisance l'un de l'autre. Tu regarderas le soleil couchant fixé par mes yeux et ce sera ta déclaration. On apprendra ensemble des chemins infinis de tendresse. A ton départ mon cœur s'est renfermé. Ce passage austère me semble dépourvu de sens. Attention! Au soleil. Sinon je recommence le gna gna et ça fera encore une lettre de déchirée.

Ceci n'est pas de l'écriture. Je le sais. L'écriture ne m'intéresse point. Ceci est la broderie. Chacun invente ses propres histoires.

Hija querida, je suis arrivée avant hier soir avec le marquis. Le voyage nous réjouit du spectacle d'un coucher de soleil fuchsia, exactement à ton goût. Peu après notre arrivée à la hacienda nous partîmes à pied sur le trajet rustique, doré de la lumière versée d'une lune rebondie, engorgée de jaune moelleuse. Nous dînâmes dans un de ces relais typiques, où le charme du terroir se marie à une élégance citadine, à l'image du repas des plats régionaux préparés avec les soins d'un grand hôte. N'ayant pas prévu ce séjour, je dus me présenter en tenue de ville, ce qui sembla charmer l'assistance. Nous passâmes la soirée entourés des gens à l'esprit vif —parlant tous très bien le français—enchantés par leur conversation qui n'a rien à envier à un souper dans notre capitale. Le marquis repartit le lendemain soir, laissant à ma disposition sa magnifique hacienda dont le charme traditionnel joue contre-chant à une collection d'art du plus moderne. Son valet, un vieux campesino, serviable et discret, veille à mon confort. Je me régale à préparer des repas à la fois riches et simples, en me servant des provisions faites par le marquis qui n'avait qu'à puiser dans les richesses de ses terres afin de me fournir en délices que la ville ne connaît guère. Ainsi je mangeai des truites pêchées des ruisseaux de la sierra, des tomates, des radis, de la laitue d'une saveur rarissime, à faire rougir les prétendus primeurs de première qualité que nous connaissons, plus soucieux de leur image de marque que de la croustillance d'un radis. Je mangeai des framboises. Le temps frais de ces altitudes n'est pas exactement à me réjouir le cœur, étant, comme toi, une femme au destin tropical. Cependant, je sens que l'air pur me fait du bien et aujourd'hui je pus profiter d'un soleil également pur, aussi fort que le couperet de froid qui trancha cette nuit. Déjà le soleil m'accorde le teint bisque, couleur dans laquelle je me sens le plus moi-même. Avant de partir le marquis me fit faire un tour du chef-lieu : son château, ses églises, ses terrasses de café ornées du beau monde dont il me présenta plusieurs luminaires. Je m'efforçai d'être digne de leur station, mais j'avoue que mon esprit, concentré sur la raison d'être de mon séjour, ne me laisse point disposée à la vie mondaine. Ici, coupée de tout mon réseau de relations et de correspondants, je tâche de retrouver la cohérence du projet abandonné à mon insu depuis maintenant dix mois. L'heure actuelle est la plus difficile, d'autant plus que mon cœur est lourd, lourd de l'absence prolongée de mon poète adoré. A vrai dire, je ne pense qu'à lui. Je dois exécuter des arabesques rusées afin de transformer mes soupirs et mes langueurs en matière plus présentable, que je n'endosse surtout pas la brutta figura du cœur blessé. De toutes les manières c'est un travail de femme, c'est à nous de trouver, sous une forme inventée, les couleurs mauve, fuchsia, violet, rouge propres à l'amour. Ah, ma très chère, tu n'es plus de ce côté du drame sentimental. Que je suis contente pour toi. Je ne dirai rien qui aurait effet de diminuer ta satisfaction en t'inspirant des soucis à mon égard. Ainsi je t'adresse mes assurances les plus profondes : nous nous retrouverons, lui et moi. J'en suis certaine. Aie le cœur net. Je vous embrasse tous les deux. Ta petite maman chérie.

FLAMENCO

Non pas réduire à l'essentiel mais magnifier à l'essentiel. Il fait beau. La montagne a cessé de disputer le soleil. Je suis dehors, dans la seule maison qui me convienne. Bourdonnement de mouches, d'abeilles. Cliquetis d'oiseaux. Beuglement de vaches. Quelques charognards planent tranquillement au-dessus d'une grappe d'arbres. Le corps demeure nouveau-né. Le nourrisson n'a pas de théorie sur l'espace-temps, ne connaît que le présent. Son plaisir comme sa peine est infini. Transie de froid je suis incapable de rappeler la chaleur. Je vous parlais depuis le début tel que je vous parle maintenant. J'écoute une langue étrangère tel un enfant. Il n'y a pas d'éducation sans faim, sans amour, sans confusion. Au sein du désarroi, en chute libre, on s'accroche à une main de tendresse. La lumière du verbe étalée sur l'océan de faim inspire la création. Un jour nommé, chacun à son tour, à un moment précis, par des séries d'intégrations que nul ordinateur ne comprendra, vous avez compris le futur. Nous irons, ça viendra, je te donnerai. Plus tard. Demain. Le futur patient. Le passé rappelé. La langue en trois dimensions. Arrivé dans un lieu inconnu, l'enfant tient dans ses doigts crispés la jupe de sa mère. Tu ne veux pas jouer sur la balançoire ? Les yeux baissés il dessine le refus d'un mouvement de la tête. Ce même geste latéral qu'est la recherche du nichon dont la disponibilité fut signalée par une invitation si doucement charnelle. Quand le nourrisson dit non il veut dire oui. Quand on a peur de s'avancer, de se promener dans l'inconnu, c'est qu'il faut sentir entre des lèvres sensibles le geste en chair du don de l'autre. Je ne suis pas jalouse. Seulement je n'ai pas de théorie pour diriger mon corps, ni code à déclencher ses ouvertures, sa clôture. L'attente de l'œuf n'est point passive. Aimante de son désir pulpeux elle attire la foule de spermes ondulant le long du chemin antique. Le sentier remonte vers le château. Ville forteresse. Le besoin d'enfanter, niché au creux du corps féminin nous arrache de notre pensée abstraite. Le désir ne connaît pas d'abstraction. Rythme lunaire de la parole de la matrice. Ti giuro, l'œuf est un beau parleur ! Elle inspire aux lèvres des mélodies enivrantes. C'est elle la sirène. Mammy Wata.

Les hommes ne peuvent pas désirer faire d'enfants, ça vient toujours de la femme. Qu'est-ce que tu en penses ? Ah oui, je suis d'accord. Ils ont peur. C'est à nous d'insister, de faire rentrer l'enfant par nos ruses interposées. Après, ils sont contents. Mais si tu leur dis

« enfant » ils paniquent. Comme pour l'amour. C'est toujours à nous d'insister. Normal. Nous gardons au plein centre vital de notre corps les installations étudiées pour. Le sang parle, le cœur parle, les muscles exigent l'exercice, les doigts se tendent vers tout ce qu'il y a à toucher, les yeux cherchent la lumière. Comment imaginer que la matrice soit muette ?

Il m'a raconté son désir de faire des enfants. Je ne l'ai jamais dit à personne. Madonna, je n'en peux plus. Si, si, j'en suis certaine. Nul réveil possible de ce cauchemar de l'histoire. Il y a un début un milieu et une fin. Peu importe mes murs lisses et suaves, mes lignes arabesques, ma démarche de danseuse sauvage, mon visage d'enfant, mes yeux qui observent d'une profonde innocence du jour le jour toujours le premier jour du monde toujours pour la première fois. Dans l'enceinte du château médiéval, une lumière est atteinte. La torre angosciata. Un cri dolent. Nada màs.

D'abord ils ne veulent pas d'enfants. Toi non plus d'ailleurs. La fécondité vous semble ange vengeur perché à la tête du lit, aigle bossu aux griffes crochues, charognard qui plane tranquillement au-dessus de la mort sûre de votre plaisir. Il n'y a pas trente-six solutions, il n'y a que trois : l'abstention, la contraception, l'accueil général accordé par toute la communauté à tous les enfants. La première est hors de question, la troisième n'existe pas ici.

Tu ne penses pas que c'est la pilule qui a permis enfin la libération de la femme, que sans elle on ne s'en serait jamais sorti du discours ? Voilà une vraie révolution : pour la première fois depuis l'aube du temps la femme peut faire l'amour quand elle veut autant qu'elle veut avec qui elle veut sans risque de tomber enceinte. Mais c'est extraordinaire ! Les femmes sont disponibles sans interruption. Le faire l'amour a acquis enfin son droit au plaisir, totalement dissocié de la reproduction. Tu ne trouves pas formidable cette découverte ?

Comment te répondre ? D'abord il faudra admettre que la pilule ne convient pas à toutes les femmes. Moi par exemple. Ma fille pareil. En fait toutes les femmes de ma famille de mère en fille ne supportent pas la pilule. Au sein de nos conversations modernes, sous l'enseigne de la franchise, demeurent toujours des zones d'ombre. Tant mieux. Sans pudeur aucune nous serions immondes, gluantes, noyées dans la bave de notre langue déchaînée. Alors je ne dis pas que nous sommes toutes des femmes riches en hormones, aux seins généreux, aux hanches amples à accueillir le corps de la vie. Je ne vais pas lui dire que nous sommes des femmes paprika, trop fortes pour leur pilule. On ne dit pas ... Ce qu'on nous dit ... De génération en génération : je n'ai jamais connu de femme qui aime autant que toi faire l'amour. Peut-être c'est vrai. Mais ce n'est pas une image de marque, puta madre.

De là à conclure que nous sommes trop femmes pour absorber leur liberté chimique ? Je ne sais quoi te dire, chico. De prime abord je me méfie de tout progrès technique, de toute victoire contre la nature, de toute illusion qu'ici maintenant nous sommes les premiers à connaître quoi que ce soit. Il n'y a pas une libération de la femme mais des libérations. En fonction des circonstances. A travers les sables mouvants. Je te donne un exemple : nous sommes maintenant libérées de la tutelle de l'homme. En même temps nous voilà privées de sa protection. Tout n'a pas changé, il y a des choses qui ne changeront jamais. Tu vois bien notre désarroi ? Par quel bout vous tenir ? Regarde nos efforts vaillants pour tenir debout. Vous ne voulez plus de notre dépendance ? D'accord, nous assumons notre indépendance. Afin de mieux séduire. Et toujours en fonction de vos exigences. De même la pilule. Ce n'est pas le propre de la femme d'être disponible sans interruption, sans risque. Nous vous transmettons à travers notre corps un rythme lunaire, les saisons de la terre, la pluie rouge qui accorde au paysan un temps de repos d'où surgit, renouvelé, son désir de labourer ses champs. Enlève tout ça. Que sommes-nous ? Des fruits congelés, sans saveur, à consommer n'importe quand, n'importe où, en quantité illimitée. Fades. Vous vous ennuyez devant notre disponibilité. Vous cherchez la diversité.

Tu veux que je te dise ma vérité ? Le faire l'amour ne connaît pas la diversité. Il n'y a que les recherches, les tentatives, les approximations, les déceptions, les recherches, la satisfaction. Peu m'importent les diverses formules de gestion du rapport homme-femme. Toutes sont bonnes, toutes sont mauvaises. L'amour est au-delà du social. Le soleil n'appartient à aucune nation. En conclusion et puis je te laisse parler parce que je suis trop bavarde : d'autres femmes, d'autres peuples connaissent des plantes qui déclenchent l'avortement, se sont adaptées aux rythmes des saisons autour d'un homme, aux cycles d'enfantement, d'abstention, de disponibilité. Nous sommes loin d'être capables de mesurer leur plaisir et leur satisfaction. Je ne prétends pas que, moi, je serais contente à l'intérieur d'un tel système. Au contraire, je suis exotique à tout système. Je suis toujours autre. Ceci dit, j'avoue que la pilule est l'élément indispensable à la transformation actuelle.

Ah, donc, nous sommes d'accord. J'ai cru comprendre dans ma pauvre tête d'homme dans les limites de ma pensée abstraite, théorique et décadente, que les femmes de mon pays commencent enfin à connaître le plaisir. Depuis trois ans, depuis la mort du père-monstre, les choses changent à un rythme hallucinant. Nos enfants vont vite nous dépasser. Ils prennent nos acquis avec leur lait et paf, ils s'envolent ! Nous avons la chance de pouvoir apprendre de leur expérience. Il faut marcher vite, sinon ils vont nous traiter de vieux fossiles, ils nous lâcheront sans une larme. Et c'est juste. L'être humain s'accouche. Ce n'est plus l'heure de charrier. L'accouchement est toujours un cas d'urgence. Vous, les femmes, vous le vivez de votre corps même. Nous ne sommes que des journalistes à relayer les actualités telles que vous nous les racontez. Carina, si tu me dis que la pilule est une bonne chose, je le répéterai et si tu me dis que c'est mauvais je partirai à la chasse d'une autre idée à te présenter. Je t'offre des fleurs, la peau d'une bête sauvage, le château de mon ennemi. Et alors ? Tu dis ?

Eh ben, oui, c'est-à-dire la pilule vous convient, la transformation est bienvenue et ... Je veux dire simplement que je me méfie de toute notion de victoire. Une société technologique a trouvé la solution technologique qui lui convient. Sans plus.

J'ai rêvé qu'elle m'avait quitté, ma Conchita. Le pire c'est que le gars n'est même pas beau. Ce sera un mec que j'estime, tu comprends, j'aurais eu de la peine mais j'aurais encaissé. Ce sont des choses qui arrivent. Ah non, mon gendre, elle ne te ferait jamais ça. On ne sait pas, on ne peut pas savoir combien de temps ça va durer. Il a raison. N'empêche ce n'est pas ma nature de chercher un autre quand je suis avec un homme. Surtout pas un homme comme toi mon chef. Ah, mon gendre, moi aussi je t'adore. Mes belles filles que vous êtes superbes. Tu te souviens? J'ai dit ma fille a fait un coussin de merveille en or lamé avec appliqués surréalistes en soie d'inde, en ruban rinascimento et tutti quanti pour son fiancé. Comme nous disons ma petite maman chérie, mon bébé bibendum, la potaloupe. Et l'autre: ah bon, ta fille est fiancée ? Tu me vois avec toute la berzingue ? Fiançailles, le trousseau, la liste de mariage, le traiteur, les deux familles qui se tirent la couverture, les noces et je ne sais plus. Donc, je t'appelle mon gendre, pour éviter tout malentendu. Mon gendre chéri, tu la connais mieux que moi. Elle est sortie de mon ventre. A travers les années j'ai joué le rôle de conservateur. Tendresse de mon amour en anticipation du vrai qui sera la tienne. Mère, j'étais la répétition de ce qu'elle découvrirait avec toi. Ces dernières années nous avons beaucoup parlé de toi, sans te connaître. Maints arrivages, présages de ta venue, ont failli nous tromper. Franchement, c'aurait été un autre que toi je l'aurais sûrement aimé mais j'avoue que c'est toi que je préfère.

Tu es venu dans un premier temps vêtu d'une telle discrétion. Ta modestie, ta finesse ont animé chez moi un grand respect qui demeure toujours. Je ne dis pas que tu n'es pas bavard, mais, parmi les hâbleurs, les regarde-moi, les vaniteux, les shuckers and jivers, les mauvaises langues et les faux amis, je t'ai vu distingué, princier dans ton silence. Oui, même quand tu parles tu n'écartes jamais le silence. Seules tes caresses, de toutes celles que j'ai connues, connaissent les intervalles de parole de silence de parole qui m'inspirent. Un jour tu es venu nous rendre visite. Autour de la table du désaccord maquillé en union, tu nous a parlé de ton pays. Je m'y suis retrouvée. Un chez-moi inespéré. Je me suis dit : est-ce lui que je cherche à travers ces variations sur le thème du tambour ? Tu nous as parlé d'une autre femme connue de nous trois chacun à sa manière. Je me suis reconnue dans la clarté de tes valeurs. Tu es parti. Tu es revenu. Tu es reparti. Le va-et-vient jusqu'à la jouissance. Tu es parti une dernière fois sans que je sache qui j'avais perdu. Tu es revenu une dernière fois. Par une rencontre insoupçonnée je t'ai enfin connu. Homme, de mon cœur je te regarde. Quelle est cette tristesse ? Que tu es oiseau ? Toute la force grave de mon désir terrestre ne te gardera pas près de moi pour un temps sans rupture. Que tu es oiseau d'une autre couleur ? Ni le soleil piquant de la mer ni le soleil limpide de la montagne ni le soleil furtif du jardin public ne me convertira en ta choisie. Que moi, l'oiseau qui a vécu, ayant déjà accompli des trajets que ton désir tient toujours à explorer, n'ai pu que te croiser à l'embranchement de nos chemins qui bifurquent ? Pourquoi cette tristesse face à la lumière noire de ton visage sculpté en crbes, en rond, en dégarni plus riche que toute chevelure qui a pu inviter mes mains ? Je ne demande à personne de m'accompagner tout le long du voyage. Seulement je suis triste à la pensée que nous puissions passer à côté de ce que nous avons à vivre l'un dans l'autre.

On se trompe rarement à l'initiation. Chaque rapport mérite une tentative, arbore sa perfection. Je me suis toujours trompée dans les prolongations. Par je ne sais quel souci de durée, je poursuivais contre toute évidence. Il fallait prêter une sourde oreille, colmater les brèches, boucher les trous, ni voir ni entendre, rejoindre les bouts cassés, se faire une raison, avoir courage dans la vie, ti-frère, et plus de patience que de courage. Il fallait laisser passer l'orage, ne pas s'arrêter à un mot de près, regarder les choses du bon côté, considérer les enfants, ignorer les enfants. Et en fin de compte pas moyen d'éviter le basta, finito, buonasera buongiorno.

Vos pas nous dépassent de loin. Si, si, vous riez. Voilà maman vêtue d'encore une de ses théories charmantes et irréfutables. Toujours la coquette. Dis, bébé, dis. Nous t'écoutons de nos grandes oreilles filiales. Mais non, il ne s'agit pas d'une théorie mais de l'anatomie de la raison pure. Vos jambes, regardons la planche numéro 1, sont articulées au bassin de telle façon que vous enjambez l'espace aux grands pas. Alors que nos jambes, planche numéro 2, s'insèrent dans une autre histoire. De notre bassin en clochette nous sonnons la terre à l'éveil d'un nouveau jour. J'ai marché derrière ma fille. A travers la rose pâle de sa tunique on voyait le bikini en petit carrés rouge et blanc, drapeau de signalement vu à travers un objectif concave. Le tchik tchik de ses fesses au rythme du tchik tchik des talons de ses sandales rose flamboyant. I'll tell you lady, walking behind you is a spectacle ten times more interesting than everything we just saw in that so called art gallery. Disons que nous sommes mieux faites pour la marche arrière. Toute interprétation socio-idéologique étant interdite selon l'arrêté numéro tant de l'article numéro tel de la loi etc. Réglant les rapports mère-fils. Tout à l'heure une abeille est venue fouiller dans mes papiers. Feignant un besoin quelconque je suis rentrée dans la maison le temps de laisser à l'abeille toute liberté d'enquêter sans la gêne de ma présence. Je t'aurais appelé au secours. Montre-moi comment marche cet engin. Je te fais confiance pour veiller sur mes affaires pendant mon absence. Seule ton exactitude est à la mesure de me rassurer. Explique-moi la sexualité des avocatiers. Il m'arrive de temps en temps de plonger. Dans un moment de panique, je t'appelle. Ta voix tranquille, ton humour fin, me soulèvent. La plus grande richesse est celle qui se traduit à travers la chair. De ma main droite, mes petits, je vous ai protégés alors que la main gauche s'appuyait doucement sur votre force.

Tu peux ouvrir ce bocal s'il-te-plaît ? Finalement ça sert à quelque chose, un homme dans la maison. Tu pensais qu'il n'existait pas de place pour toi au sein de ma compétence organisée ? Ouvre-moi ce bocal mon cœur est fermé à clef. Ecoutez, les copains, je veux vous demander quelque chose. Entre nous on peut parler. Personne n'est intéressé. Qu'est-ce que vous voulez de nous ? Selon votre discours je suis la reine des pommes. A chaque fois que je débarque avec ma valise et mon cartable vous me recevez con bravos. Bravo mes godasses espiègles, mes bijoux multilingues, hommage aux déhanchements de ma pensée, applaudissements devant le spectacle de mon corps dansant. N'est-ce pas que je joue bien la marionnette au bout des fils de votre discours ? Nous restons un moment envoûtés derrière les rampes de votre spectacle. Tôt ou tard le rideau se lève. Un moment de transition. Ne sachant pas encore par quelle porte le drame est passé, je poursuis par saccades quelques pas d'une danse qui se démonte. Brusquement je me rends compte que le scénario a changé.

Elle est arrivée, l'ingénue, timide et maladroite. Je vous écoute, les copains, d'une oreille froide. Elle a tout à apprendre. Elle ne sait pas où commencer. Elle ne comprend presque rien de mon métier. Elle a peur de prendre une décision. Elle n'a pas connu auparavant de plaisir avec un homme. Madonna, je m'en vais. Je m'éclipse. Je laisse la scène complètement libre pour la petite demoiselle. Ti giuro, ce n'est pas une question d'âge. Nous sommes toutes jeunes et vieilles ensemble. Je me sauve mon coco parce que tout à l'heure j'ai entendu une voix qui disait putain. Je me déshabille de ma nudité dévergondée, reprenant l'odalisque de mes gestes sauvages. Quoi dire ? Hors-jeu de la rivalité, point possessive, je ne peux que suivre la clôture proclamée par mon corps libre et retourner à mes occupations. Nous sommes ciel et océan. Du moment où je te vois saisir ta bouée de sauvetage c'est l'heure du huis clos qui sonne. Mi scappo. Il n'y a pas de mal. Nous sommes toujours copains.

Par une nuit suave d'été les rêves d'amour courent les rives. Dis-moi encore une fois : est-ce le bleu du ciel le reflet des eaux qui couvrirent la terre avant que le temps se raconte ou est-ce l'aquamarine qui tend vers les ciels sa langue bleue de désir ? Les bleuets au bord du chemin. Une guêpe attirée par un dictionnaire bleu. Une bague en lapis lazuli. Les lattes en bois d'une charrette antique, peintes en bleu. Le fond aurore au zigzag d'oiseau. L'heure de l'apéritif. A tout moment où je pense à toi il n'y a rien à cacher, ni de toi, ni de moi-même, ni des autres.

Dans un premier temps ils ne veulent pas d'enfants. Entraînés par nos soins dans la paternité ils s'y trouvent bien. La vie moderne exige quelques divorces par ci par là. Suivis de nouvelles rencontres. Mais ils n'arrivent vraiment pas à accepter les enfants de l'Autre. L'affection qu'il t'a accordée au titre de femme s'effrite dans le quotidien où tu es maman. Tu te sens lourde d'une grossesse extériorisée. Aux premières douleurs du travail de ma première nouvelle vie, il y a si longtemps déjà, ma hantise était qu'un jour, mon courage perdu, j'accepte comme sauveteur un type du genre expert-comptable au corps blême et mou, aux revenus sûrs, propriétaire d'un pavillon de banlieue avec cuisine équipée, qui ne s'attend à rien de mieux dans la vie que de t'installer tout confort avec tes rejetons. Sur les murs du salon, des photos/portraits de tes mômes en cadres dorés, placés en diagonale. N'en parlons pas. Avec un peu de chance tu te trouves un jour mûre et parfumée, diplômée, cadre supérieur de la boîte. Seule trace de ton état antérieur de maman : quelques jeunes avec lesquels tu as partagé le parcours. Tu es libre, plus libre que jamais, ô combien libre. Ton travail vital est accompli. Tout effort supplémentaire en quelque direction que ce soit, se fait par plaisir. Personne ne peut rien exiger. Tu es au-delà de tout jugement. Libre, saine d'esprit-corps, ton cœur s'envole. Pour se poser où ? Sur un candidat père qui veut faire des enfants ! Ce pourquoi il faut avoir le pas léger. Survole l'histoire. Evite les engrenages. Courage dans la vie, ti-maman, et plus de patience que de courage.

Le vert d'eau d'un lac doux, coupe d'eau entourée d'arbres. Le vent frais d'un air de septembre contre la peau chauffée par un soleil méridional. Les figues de barbarie dévalant les collines maghrébines, veines de pousses vertes le long de l'oued. En Tanzania, au village près de l'université de Dalasalaama, le feuillage entoure les cases d'un calme sensuel qui me rappelle les épaules des femmes qui partent aux champs en dansant à la musique de leur tambourin. L'océan indien. Una salsa piquante mejicana. Le pimiento farci —ça s'appelle chili relleno ? Les piments grecs. Je n'ai pas encore vu ta forêt. Tu te souviens de mes yeux ? A part ça, au vert je préfère le sable, le blé, les dunes plaquées contre le ciel, les tiges élégantes de l'herbe séchée. Je crois que vert est la couleur d'une étape nécessaire à toute chose vivante, un espace vital pour moi comme les autres, mais je veux toujours le contourner. Je sais que le soleil a une langue verte. Pourtant, je le dessine bleu, jaune, miel, sable, brique, madera, ébène. Ma parole vers toi sort toute neuve à chaque réplique. Je ne me suis jamais demandée comment te dire. Pas un seul grain de mon verbe pour toi n'est jamais tombé sur un sol aride. Tes vers m'embrassent.

De l'autre côté d'un mur en pierre on travaille le champ par bête jaune et bruyante interposée. Les champs aussi ont leur pilule. Devant mes yeux la charrette en bois. Des rappels d'une peinture rouge et bleue sur les roues. Le bois sculpté, ses motifs, ses jointures, le fer forgé. Qu'est-ce que tu veux que je te dise. C'est beau. Sur le sentier allant de la plage vers la brousse une femme piochait la terre de son outil en bois taillé. Jambo marna. Hier soir je suis allée chercher du lait de la vache. Le grincement du portail en bois, le thluck quand il se referme doucement, des sons faits à la main prononcés à travers la bleue transparence de l'altitude. Aucun obstacle ne fait trébucher le soleil qui marche à pas égaux le long d'une longue journée étendue de l'aube jusqu'à l'horizon rouge mauve fuchsia derrière la mesa. Par une nuit suave d'été, les étoiles tranquilles. De l'autre côté de l'équateur j'ai vu la nuit d'un noir éblouissant. A chaque déplacement j'ai levé la tête vers ce ciel de notre préhistoire. Sous ce ciel est née la vie humaine. Est-ce cela qui m'attire ? J'ai traversé le jardin noir comme le ciel et je suis rentrée à la maison en me faisant des excuses.

Une autre nuit viendra où tu ne t'arrêteras plus. Il me semble que je m'arrête au seuil de mes habitations. J'aime danser toute la nuit.

Je crois que nous sommes voués à la multiplication. On pond cinq œuvres dans une année, on en fait vingt l'année suivante, et puis cent, cinq cents. C'est la géométrie inéluctable de l'esprit.

Si tu me permets, j'espère que je ne tombe pas dans le piège des schémas, mais il me semble que cette manie de multiplication est une qualité masculine. Il aurait fallu rajouter « dans cette culture », et encore ça ne suffit pas pour définir toute la population d'ici-ailleurs qui nomade dans mon esprit. Je continue, donc, à parler comme s'il n'y avait qu'ici, malgré les objets en bois sculpté aux cauris sertis, aux lignes tracées des mains d'un autre esprit. Moi, je déteste la multiplication matérielle. Je suis femme. J'aurais pu imaginer faire cinq cents enfants, rien que par curiosité de connaître autant de variations de l'union charnelle. Mais le corps a une économie fruste. Ainsi dans la vie professionnelle, j'ai horreur de la dispersion. Qu'est-ce que je m'ennuie devant une idée manifestée jusqu'à sa dernière possibilité externe. Donne-moi l'idée qui se retourne, qui se remplit de chaleur, qui plonge jusqu'à son silence souterrain. Je ne suis pas bien en ville. C'est surfait. Tout est trop évident. J'aime me mettre dans ces lieux où, vu de l'extérieur, il ne se passe rien. Dans notre contexte professionnel je suis franchement ridicule. Mais j'ai insisté, je me suis imposée en prenant le contre-pied de l'activité effrénée. Je fais en femme. Et je suis têtue.

Rendez-vous compte de mon plaisir de vous entendre dire ça ? Je suis entièrement de votre avis. Les femmes peuvent être contentes de ne rien faire. Je trouve ça merveilleux. Mais quand je le dis on me traite de sale machiste. Si je parle différence je ne parle pas inégalité. Nous avons besoin de la femme pour nous épargner la destruction par l'activité. Elle s'étire. Ses jambes bronzées. Bien sûr que nous sommes différentes. Sale machiste est une étiquette à récuser de même que sale arabe sale communiste sale gosse. Ne rien faire est le prélude au plaisir. Il faudra rajouter. Dans la pensée il faudra toujours rajouter quelque chose. L'édifice du discours tient par les couches de « mais » qui soudent les briques d'affirmation. Il faudra rajouter que la femme est différente mais nous sommes tous métis. Un certain mélange d'homme-femme donne une femme, dans d'autres proportions il donne l'homme. Il faudra rajouter une quanti-té de mais et puis il faut s'arrêter, sinon, tout compte fait, on n'aurait rien dit.

Les femmes m'ennuient. Pourquoi ? Parce que. Je ne sais pas exactement. Dans un certain sens je partage leur condition. Pourtant. Sous tous les rapports. Elles n'ont pas encore évolué. Je reste insatis-faite. Voilà, j'ai trouvé l'explication : elles m'ennuient parce qu'elles ne s'investissent dans rien qui dépasse leur petit confort, leur petite personne. Il faudra rajouter. Mais. Non importa. Parlons comme si la réalité était ici maintenant. Point belles, elles sont d'autant plus vani-teuses. Et complexées. Pas organisées, elles sont obsédées par les horaires, l'emploi du temps. Elles n'aiment ni les hommes ni les en-fants ni le plaisir mais elles ont une volonté de fer pour vous coincer dans des configurations arrêtées. Elles conçoivent leur vie à travers des rapports massifs dont le seul but est de leur épargner le défi de penser leur vie. Elles ne sont jamais contentes. Elles exigent toujours un peu plus un peu moins pas tout de suite oui maintenant. Elles sont anecdotiques. Attention ! Je parle des femmes. Je n'ai pas dit lavandières. Les lavandières sont des femmes façon. Ce n'est pas pareil. Est-ce que tu penses que les femmes, si elles détenaient le pouvoir, feraient la guerre ? Seraient-elles capables d'envoyer à la mort les fils surgis de leur ventre ? N'oublions pas que les femmes sont des êtres humains ! Alors, si, malheureusement, elles sont ca-pables de faire de leurs fils des abstractions, de donner leur chair aux canons. Je m'entends bien avec les femmes. C'est agréable de faire la cuisine ensemble. Dans la liberté nous avons acquis l'esprit large sans perdre la base pratique. Nous nous lançons dans des activités avec l'enthousiasme du débutant. Je ne peux pas rester trop long-temps dans la présence des femmes, ça tourne en rond. L'irruption de l'homme dans le cercle est tonique. Les visages changent.

Je t'écris du jardin. A vrai dire je suis dans une situation drama-tique. Je ne fais que passer le temps. Puis-je te décrire la force de ce soleil la force chantante des oiseaux la force blanche de quelques nuages qui s'avancent lentement, enfants respectueux curieux d'assister à la conversation des grands ? La situation rêvée quoi. Rien qui pourrait me distraire Situation dont je rêvais à travers les mois de devoirs confus qui rasaient les murs de l'après-midi brumeux. Aucune distraction mais nul rappel. Je t'écris, fils de mes mains capables. Je ne peux pas rappeler ton enfance. Passons sur les détails et allons droit au cœur : je ne me souviens de rien. J'avance dans l'obscurité, à tâtons. Le mur en pierre à ma droite donne les murs en pierre entre Ciudad Mejico et San Miguel d'Allende. Les pierres unies sans mortier, les maisons ornées de fleurs rouges de pimiento séché, la main qui raclait le sol, ramassant des pierres, ces pierres amoncelées en maison. Nous faisions des châteaux de sable sur les plages de diverses mers. La charrette me raconte un carretto siciliano. Je voulais t'offrir une large ceinture noire du costume traditionnel mais je n'en ai pas trouvé dans le commerce. Une petite route menait au village. D'un côté les barques peintes, de l'autre côté les maisons. Les femmes assises devant leur porte tournaient le dos à la rue. Les maisonnettes proprettes des citadins de l'autre côté du mur me rappellent tous les campements de ce genre que j'ai croisés tout le long de ma vie. Un peu caserne, quoi. Si je parle de toi ici maintenant ce sera un mensonge. J'ai perdu ma mémoire. Ah, oui, je peux dire tes muscles, ta danse, ta façon de prendre les choses telles qu'elles arrivent. La surprise de tes lettres dont le style danse avec moi. Ta tendresse envers les femmes, qui a toujours été. Est-ce que ceci ou cela te gêne ? Non. Rien ne te gêne. Jamais tu ne perds patience. Surtout avec les femmes. Pourtant, tout jeune, tu bouffais un peu de colère. Jusqu'au jour où mon plaisir est devenu ta sérénité. Vous étiez mon équilibre. Le moindre désarroi, amplifié à travers vos corps de mon ventre, me revenait en choc. Ah non, mes enfants les transistors de mes malheurs ? Ah non, touche pas à mes enfants. J'ai appris à trouver le quoi bon dans le vivre, à passer le balai, à laver la vaisselle, à couper des tomates au lieu de me faire bouillir la tête des problèmes métaphysiques. Je ris. Nous rions. Depuis tant d'années nous dansons ensemble. Maintenant je tourne en rond dans un but précis. Si ces jours sont l'attente, c'est que je me tends vers un absolu ? Qu'est-ce que tu en penses ? Je te vois debout au-devant de la barque que tu diriges d'un long bâton. Tu m'embarques, tu t'occupes de la traversée, tu me déposes sur l'autre rive. Maman est partie en voyage. Aussitôt entendu mon appel tu reviens, tu diriges la traversée de tes mains compétentes. On se raconte des histoires. Jamais autant qu'on avait imaginé. Les souvenirs perdent vite de leur couleur. On

trame de nouveau un présent tissé à travers les visites, les conversations, un gâteau que tu as toujours aimé, un plat que tu viens
d'inventer. J'ai besoin de parler avec toi du simulacre et de
l'authentique. Mais pas à travers la distance. De vive voix. Quand on
se retrouvera.

Elle arrive enfin dans son pays. Maintenant tout est clair dans son
corps. Je suis venue nous arracher du sommeil. Mais non, il n'y avait
rien à déclarer. A ses yeux le voyage raconté retrouve sa saveur. Le
plaisir est à passer de main en main, c'est passer la lumière sous encore un autre angle. Le plaisir est à partager. Dans un certain pays
j'ai vu la danse des cigognes. Soulevées par les rayons de soleil à
l'heure magique, leur queue en plumes dorées rose, elles dansaient le
paseo, à l'heure juste, tirant nos yeux vers le clocher vers les flèches
de la cathédrale. A chaque rondelle une cigogne se posait sur une tige
en pierre le temps d'en devenir la fleur éclose et puis repartir, prendre l'air. Je me suis reconnue dans leur grâce maladroite. Trop mûres
pour le vol pépiant de petits oiseaux, trop pleines de musique pour
rester tranquille. Les pierres bisques dégageaient une lumière de
miel de leur cœur chauffé. La volupté d'une journée entière passée à
batifoler avec le soleil aboutit à la jouissance transcendante. La lumière pulpeuse. Nectar jaune-orange.

Ça peut arriver avec n'importe qui. Ça arrive toujours à un moment donné d'une suite de plaisir partagé. Deux corps débordant
d'un plaisir composé. Autant de désir que de satisfaction. On nous a
appris à appeler ça l'amour. Par un simple système binaire qui empêche la découverte des multiples variations. Dans l'intérêt de l'ordre
public. Le scénario, les répliques bien définies. Vous vous sentirez
gonflés d'une douceur coulante jaune-orange. Chauffés d'une énergie
cosmique. Entre vous deux une infinité de possibilité. Tu diras je
t'aime. Tu répondras je t'aime. Les cigognes connaissent l'heure précise. Leur danse mesurée suit exactement le tamtam solaire. Les
battements de soleil retombent dans le silence. Le clocher, blême,
retombe dans son aspect quotidien. Chaque cigogne prend sa position. La cathédrale est tout en fleur. Les cigognes ne bougent plus.
Elles se dressent dans l'attente de l'heure bleue et de la nuit qui s'en
suivra. Les premières étoiles apparaissent contre le bleu velours. En
anglais nous appelons ça French blue. Je ne connais pas le nom des

étoiles. Disons plutôt que je n'y crois pas. Incapable d'échapper à mille fois mille définitions terrestres je préfère laisser les étoiles anonymes. Je ne suis pas très chaude pour les cathédrales tout en reconnaissant l'absolu de leur nécessité dans ces paysages envoûtants. De l'étendue de champs jaunis coulant au giron du bleu sierra, d'arbres romantiques, de maisons aux façades tatouées de motifs mauresques, de l'incroyable saut arcadé de l'aqueduc, de piazzellas, fontaines, balcons, lampadaires, de ruelles en pente de la ville forteresse on ne peut avoir d'autre sortie qu'un château, d'autre centre qu'une cathédrale. L'Alcazar. Chef nomade.

Est-ce parce que nous avons construit les pyramides que j'évite la pensée monumentale ? Je dis bien, citation dans le texte, construit non pas conçu. De nos mains. D'après ce qu'on raconte de mal en pis, on nous a obligés à fabriquer des briques à partir de la paille. La solitude porte ce visage. Tu te construis de ta propre chair. Il faut se révolter contre tout esclavage. J'adore le soleil. Je ne me reconnais qu'à cette peau bisque. Je refuse la mélancolie puérile de l'automne. Je nais à l'été indien, l'espoir qui suit la déception. Raconte-moi l'histoire en chair mouvante. D'où vient ce peuple, par où est-il passé ? Parle-moi la langue universelle de la broderie, des pots en terre cuite, des cruches, des calebasses. Nous mangerons avec les doigts d'un plat commun assis par terre sur des coussins brodés dans l'enceinte d'une tente en peau de chèvre. Je te laverai les pieds, tu m'ouvriras le bocal. Des doigts ensoleillés entourés de bagues. Sur la tête un foulard tenu par un diadème de pièces dont la valeur est devenue esthétique. Le ventre de la danse. Du lait et des dattes. Tu es sûre que tu n'es pas de mon pays ? Mon peuple est passé par là. A vrai dire nous sommes partis en catastrophe. Ah oui, je m'en doutais. Quelque chose dans ton visage. Tu te retrouves dans la saveur de nos plats typiques ? Il me semble que ce goût m'est déjà familier. Mon peuple a séjourné ici un certain temps. Je suis chez moi partout et nulle part ailleurs. Danse-moi l'histoire. On dirait que mes hanches connaissent déjà ces gestes. Dans un autre pays dans une ville frontière à la veille de la déclaration d'hostilités pour une poignée de sable, j'ai vu les cigognes. La chaleur d'un banc en pierre repassait ma jupe contre le dos de mes cuisses. J'ai mangé des cerises blanches chauffées au soleil semi-désertique. J'ai bu de l'eau fraîche gazeuse naturelle. Le car s'est arrêté à la fontaine. L'eau de source remplissait mon corps entier de sa fraîche lumière. Tout le long de la traversée ensablée, au seul vert des figues de barbarie, pendant des heures, la joie de l'eau sous toutes ses formes me chantait, sans que je souffre de soif. Le vendeur d'eau est arrivé portant en bandoulière son sac en cuir intagliato, ses timbales en cuivre épatant.

Dans un autre pays j'ai vu des ruisseaux d'eau pure creuser la Montagne Enneigée, couler vers le casino où tout désir se transforme en rapport mécanique avec des partenaires manchots. Dans un autre pays j'ai pris le vaporetto juste avant l'aube. Sur l'embarcadero derrière le casino je me suis enivrée du parfum du café remonté de mon sac. Ils ont voulu que je reste avec eux. Ils n'ont pas voulu que je parte. Tous ils pensent me reconnaître. Ah, mais tu n'es pas vraiment/ tu es/ Quelle bonne fortune t'a mise sur mon chemin?

Les hommages me semblent de l'eau sans soif. De la pluie qui pisse en ville sur le béton aride. Tant de gestes intimes m'ont brusqué. Moi le corps qui ne refuse rien. Qu'est-ce que tu veux que je te dise ? De faire autrement ? Pas question. Je suis sourde à la conversation téléguidée. Est-ce donc le rythme qui cloche ? Je ne pense pas. Ma danse répond à des diverses musiques. Quoi donc ? Quelle cloche me réveille du sommeil profond de l'éveil du plaisir, pour que je me sente brusquement seule ? Tu parles trop. J'écoute tes mains affairées. I hear the mermaids singing each to each. Je ne pense pas qu'elles me parlent à moi.

Vues de loin les vaches paraissent immobiles. Ecoutez, les copains : mea culpa. Le corps de la femme a plus de mémoire. Sa liberté reste à imaginer. Je suis de retour. Nous avons traversé dans les deux sens la sierra en fleur de sapins. Le jour, le soleil leur retirait un parfum de balsa, la nuit un froid de vent glacial nous poussait vers notre destination : le relais. Un bol de soupe chaude. La hacienda. J'ai fait la cuisine. J'adore faire la cuisine. Tu seras fière de moi quand on choisira mon plat en premier parmi tous les plats préparés par toutes les femmes pour tous les hommes. J'apprendrai les danses de ta famille tout en restant moi-même, l'étrangère. Les enfants du village m'apprendront ta langue. Autour de la table les amis réunis. Les références éclosent. Je suis venue je suis partie je suis de retour. Maintenant nous avons des souvenirs à échanger. Cette amitié passée de main en main nous dote d'une langue commune. La musique s'étale. La musique éclate à travers la voix d'un pajaro chantant son pays, héritier de multiples tragédies imposées à travers la mer par ce pays, mon ici maintenant. Le temps révolu d'une gloire cruelle. Tragédie prise en relais par ce pays dit nord où j'ai longtemps demeuré, étrangère à sa vulgarité crue. Il chantait, cet oiseau des Andes, de l'oppression, de la révolution, du droit de vivre en paix. Il chantait de sa voix vive: savanas pampas y montañas. Puta madre il est mort. J'ai vu son corps meurtri. On lui a coupé sa musique aux coups de hache et de son sang versé il a continué à chanter. Il est parti. Il est avec nous. Il s'est confronté, les mains nues, à la rage meurtrière des assassins de la liberté. Corps nu j'ai dansé avec lui. Che pena. Dansons, chantons, danse avec moi, dansez avec moi, il est mort, dansons, elle est morte, chantons, je serai morte, dansez, chantez, mangez quand je serai morte mange des framboises, fais l'amour. Devant chaque douleur dansons. Nous n'avons pas de quoi nous plaindre. Ne nous complaisons pas dans le discours de la liberté quand on a pu couper les mains à la musique. Quittons la table mes amis, laissons notre conversation. Dansons. C'est plus vrai.

Je suis de retour. J'ai fait la cuisine, j'ai fait la vaisselle. J'aime laver la vaisselle. Le bruit de l'eau. Les jeux d'eau. Vos jeux, mes enfants. De l'eau, des récipients à remplir à vider. De l'eau, du sable, des perles, de la terre à verser, à entasser, à passer à travers des doigts sensibles, à malaxer, à mesurer, à sentir. Chaque jeu comporte son apprendre. Chaque plaisir dévoile des règles essentielles de l'univers. Ton corps équilibré par rapport au corps terrestre. Les balancements les sauts les escalades. Il y a un âge —je ne saurais plus le compter—où l'enfant court ou rampe sans cesse vers l'escalier. Son métier est de monter, de descendre. Plus jeune il était animé de la passion de lancer un objet dans le vide, qu'on le récupère aussitôt et le rende à ses mains aventurières qui le relancent. Je suis de retour. La main de l'amitié est chargée de restituer à l'enfant cet objet dont la valeur est dans le geste du cercle harmonieux et non pas dans la possession. Les adultes qui sont strictement rationnels ne veulent pas comprendre ce jeu. A leurs yeux tout est binaire. Tu le veux ou tu ne le veux pas ? Cesse de faire le capricieux. Tu le veux ? Tiens. Mais je te préviens. Alors là, ça suffit. Tu l'as jeté, tu ne l'auras plus, et si tu n'arrêtes pas de hurler comme un sauvage je te donnerai une bonne raison de pleurer. Ça suffit !

Non ! Ça ne suffit pas. Nous ne sommes jamais las de nos jeux. Ça suffit de nous couper les mains du plaisir. Nous nous lançons dans l'inconnu et à chaque reprise des mains amicales viennent nous restituer notre monde.

Je ne crois plus à la révolution. C'est du sang. Rien de beau n'en est sorti. Regarde là-bas cet immense pays douloureux : au prix de mille fois mille corps perdus, autant de luttes autant d'espoir, ils se sont accouchés d'un monstre de tyrannie. La vraie révolution est celle du corps. Du plaisir. Nous voilà lancés. Mais attention hombre. C'est difficile. Tu es bien comme ça, en robe, sans culottes. J'aime le parfum de ton corps. J'aime parler avec toi. C'est difficile avec elle. Au début elle ne ressentait rien, elle ne savait pas écouter son corps. Maintenant ça va mieux. Pas à pas. Elle s'ouvre comme une fleur. J'ai besoin de ça. Je veux une femme indépendante qui connaît le corps de sa liberté. Ça suffit d'être toujours l'instituteur. Je suis affamé de sa chair, drogué de son corps, gourmand de ses gestes maladroits. Tu me vois ? Dis-moi si je ne suis pas ridicule d'attendre de la façon une femme. Qu'est-ce que tu en penses ? Je ne pense plus, mon copain. Je pleure. Par quelle porte sortir de vos révolutions pour accéder à la liberté quand vous ne voulez toujours pas de nous ? Ti giuro, je t'écoute, mon corps affamé de tes mots. Je les cueille je les goûte jusqu'au fond de ma langue. Dans toutes les langues c'est le même goût âcre du schéma maman-putain. Maman-enfant ou enfant-maman, peu importe pourvu qu'elle soit innocente. Qu'elle ne connaisse point d'homme avant toi. Qu'elle ne soit pas capable de faire de comparaisons. Si dans la première génération de la liberté un homme peut faire ainsi/

Je m'en vais dans un autre pays. Je crois que là-bas tout sera différent. Je ne crois plus à ce qu'on me raconte ici. Ici j'ai vu mille fois mille masques masqués de visages qui attirent jusque mon affection. Pourtant, ti voglio bene. Tu veux appeler ça l'amour, ta soif d'ivrogne ? S'il y a des cannibales je te dirai où je les ai vus. Autour de la table civilisée, les amis réunis. Dans une langue que j'ai apprise à la rude école, la peur de la liberté s'appelle l'amour. Sorcier, tu inventes l'être suprême à travers des bouts d'ongle, de la poussière des cheveux, d'un pan de tissu colorié. Cette déesse te servira comme raison de non-être. Jusqu'au jour où un souffle hors de ton pouvoir arrivera à inspirer la vie à ton pantin. Epouvanté, tu la démoliras. Connaissant bien ta toute-puissance d'en construire un autre, tu te feras quand même peur dans l'intervalle. Pour que la vie garde son aventure. Ah, mon copain, je t'aime plus que ça, plus que ton amour savant. Est-ce à moi de t'apprendre ? Je ne pense pas que ce soit possible. Victime, poverina, de trop d'amour, je m'en vais.

Elle grimpa la pyramide. A la base, des corps aplatis, sans identité. Des feuilles jaunies de corps oubliés. Plus on montait vers le haut, plus les personnages prenaient un aspect humain. Elle s'arrêta de temps en temps pour manger : des framboises, du chocolat, des crevettes royales à la provençale sur un lit de riz thaïlandais parfumé par la nature. Elle but du café italien bien serré, du punch au coco, du prosecco, du lait cru. Pour tout habit elle porta des bijoux orientalisants. De temps en temps un foulard ouzbek noué autour de ses seins pointus. Elle changea de bagues à tous les coups. Le socle de la pyramide fut gravé d'inscriptions en plusieurs langues occultes. Nous en présentons quelques traductions approximatives : « Ici demeure la reine Chiaroscura, divine coquette, penseuse éhontée /De son lait maternel nous construisons notre tabernacle /Douceur dans la vie, timaman, et plus de souplesse que de douceur / Ça ka ma'cher/ Elle arriva dans son pays déguisée en voyageuse » .

Ici et là sur une face de la pyramide une pierre fut remplacée par une porte. Telle une abeille elle y rentra, elle s'en sortit. Si vous voulez, on la suivra. Ça alors ! Ce sont des portes magiques. Bien entendu nous avons déjà remarqué leur beauté complexe. Des motifs, des couleurs, des reliefs. Des rappels : n'est-ce pas une copie d'une porte de ... ? Et puis on s'arrête, parce qu'on a oublié s'il s'agissait de tel duomo, de telle città ou bien était-ce l'image d'une porte vue au musée dans un tableau de ... ? Mais quelle époque ? Quel artiste ? Quel style ? Quelle culture ? A-t-on jamais vu ces formes-là ? Oui. Non. Si. Mais ici le mélange est différent. Ou bien c'est que les portes se transforment sous le regard. Oui. En fonction du regard. Tantôt curieux, tantôt respectueux. Trouble, savant, ému.

Tout à l'heure, frappée par la beauté d'une d'entre elles, j'ai soupiré, et puis j'ai ri. Je ne sais pas pourquoi, mais la grande beauté m'inspire le rire. Je riais et les figures gravées en bas-relief se sont mises à danser. La porte dont je parle est celle qui vient de s'ouvrir.

Elle ne donne pas sur une pièce, comme on aurait pu l'imaginer. Vue de loin la pyramide paraît lisse. On ne voit pas les portes.

Qui s'ouvrent sur des contrées. A travers mille fois mille sottopas-saggi parcourus dans un temps invisible. Elle ne nous voit pas. Elle s'arrête devant un arbre dont les feuilles sont mauves, fuchsia, lilas, ocre et terre-de-Sienne. Les fleurs, si elles ne sont pas des fruits, sont vertes. Elle s'allonge sur le sable, se donne au soleil. Le temps passe. Ou ne passe pas. Pas moyen de savoir. Non que tout soit immobile mais que les changements suivent une musique richissime dans la liberté de ses improvisations. Nous avons déjà vu trois couchers de soleil sans que la nuit s'ensuive. Un homme arrive. Pieds nus. Habillé d'un pantalon blanc retroussé jusqu'aux genoux, une chemise à fleurs nouée à la taille, un chapeau de paille. A la main droite il tient un régime de platanos d'où surgit une musique très dansante. Balancé sur le plat de la main gauche il tient une assiette en terre cuite aux motifs de feuilles de l'arbre ardent. Il place l'assiette devant elle. Ses gestes sont tendres, lents, calmes avec tout juste quelque chose de relevé comme la musique du même goût que le plat piquant que maintenant il partage avec elle. Il se lève, lui offre sa main. Timide-ment elle se met debout suivant l'arc de la main qui tire sans insister. Ils dansent. Le dos en tige droit qui prend sans demander sa ration de soleil pour la tête fleur. Les épaules un peu moqueuses, un peu insouciantes, s'avancent, reculent en réponse aux épaules en face mais la tête fait droite gauche droite gauche, fleuretant avec les têtes d'autres danseurs. Mais il n'y en a pas d'autres. En conséquence, pas de changement de partenaire. Les hanches, prenant leurs rotations des deux bassins pressés doucement l'un contre l'autre, dessinent des huit ou peut-être des soixante-quatre ou bien des quatre-vingt- huit. Les genoux légèrement pliés transmettent aux cuisses un message venu des pieds. Non, ce sont les pieds qui parlent jusqu'aux cuisses. Je crois que je me trompe. C'est le bassin dodelinant qui fait marcher les pieds qui ne se posent pas de questions, acceptant les balancements du corps en poids de plume. Les pieds jouent la contrebasse, les yeux sont la mélodie en flûte. Le cou de la guitare sonne des cordes en roucoulements. Tu no sabeis quien soy yo. Ainama. La danse s'accélère. Que pasa? J'ai tourné la tête un instant et/ Non, qu'est-ce que je raconte. Je ne cessai de regarder, mais la musique m'entraîna vers un ailleurs. Je ne les vois plus. Ni l'arbre. Nous sommes de nouveau devant la porte. Comment tu dis ? Toujours ? Toujours devant la porte ? Elle ne s'est jamais ouverte ? Quelle porte ? Je ne vois plus de pyramide.

Un, deux, trois. Red rover red rover. Alli alli o j'appelle trois à venir. Après tout, tu n'es pas moins sauvage que moi. Ton corps, par ses lignes de définition, raconte le mien en version masculine. Des lignes tracées par le sculpteur classique sculptent ton bassin. Elle a dit, la belle fille : des fesses plus belles que les siennes sont introuvables. Peau de lait peau de cuivre, toute une gamme t'appartient. Un jour, au bord de la mer des Cyclades nous t'avons perdu. J'ai regardé l'eau étendue jusqu'à l'horizon. Par quelle porte te chercher ? Soyons cool. Il est bon nageur. A Figueretes il a nagé jusqu'à l'île. Avec sa petite amie. Encore une jolie sauvage, blonde, nomade, trilingue. Tu as gagné une bouteille de vin blanc pétillant dans un concours de danse. Tu fais tout sans effort apparent. A la grande détresse de tes profs. Vous gagnerez le savoir de la sueur de votre front. Non pas en dansant, mon petit gars. Qu'est-ce que c'est que cette histoire de nager jusqu'au premier rang du grand concours de notre grande école comme un poisson dans l'eau ! Il est toujours en vacances celui-ci. En plus, il a deux femmes. Ce n'est pas sérieux. J'aimerais voir ses parents, savoir dans quel café ils trempent leur tartine.

Une mère face à tout cet océan. Une tragédie de plus à nourrir ces histoires de vent, d'inceste, d'hubris ? Je n'y crois pas. Il est bon nageur. Et puis nous ne méritons pas un tel spectacle. Nous avons brisé la famille, coupé l'héritage. Nos héros ne sont pas de cette trempe antique. Nous sommes en train d'écrire l'épopée érotique. Je suis partie à ta recherche, suivant la courbe douce de la crique, passant devant le chemin qui remonte vers les figues que nous cueillons sucrées, séchées sur l'arbre. Je grimpe les rochers, je regarde dans tous les sens, je dévale les rochers, traverse un passage de sable humide, grimpe encore, passant de table en table rocheuse. Il y a des moments où l'amour ne supporte pas la présence des tiers. De quel ventre maudit sont sortis tous ces fils, blood not mine, en habits de chair ? Qui leur a accordé le droit au soleil marin quand il n'y a pas un seul d'entre eux qui soit mon fils ? Pourtant, entretenant toujours de bons rapports avec le destin, j'ai grimpé les rochers, nue comme le soir de ta naissance, mon corps rempli de toi, mes bras certains de te tenir. Ainsi le sort veut que je te trouve au sixième rocher, allongé à côté d'une jeune femme. Mes lèvres entr'ouvertes sur un sourire complice. C'est toi qui es venu une fois ouvrir la porte du salon où nous étions enlacés sur le tapis, nos ébats comme dit l'autre à peine accomplis ? Je me souviens de ton petit rire complice et de la porte qui s'est refermée do not disturb. Ah oui, c'est bon sur le tapis. Et toi, tu avais du pain sur la planche. Tu étais parti à l'aventure alors que nous avions le dos tourné au soleil. Que le plaisir nous bénisse d'une multiplication de séparations du genre. Que j'aime les femmes de ta vie ! Tu te souviens de Lan-Lui ? Petite femme de dix ans aux ressources infinies pour couvrir ses rendez-vous avec toi ? Et moi, terre d'asile, je n'ai jamais suggéré le contraire. Le mensonge aux parents la vérité à l'amoureux. Et toi, ma belle, il y a quelques années, on t'a cachée sous les draps. Nous, c'est à dire les autres se sont inquiétés. Je sais que tu es bon nageur mais nous je veux dire ils se sont demandés où tu étais passé. J'ai refermé doucement la porte.

Je suis retournée à la plage. Mais franchement où est la mère qui a fait un fils pour moi ? Toi, tu te trouves des familles accueillantes partout où tu passes. Les mères de tes femmes t'adorent, leurs pères te respectent. Tu ne t'attaches à aucune possession. Tout le monde s'attache à toi. Les camarades venaient par vingt passer avec toi un samedi d'hiver, la musique remplissait nos lieux communs, les portes claquaient, le téléphone ne cessait de sonner, encore une trentaine qui te cherchait. Et moi, la terre d'accueil. Un autre nous jugeait à cette époque. N'en parlons pas. Si, disons que le souvenir de cette démission marque mon cœur. Une ombre sur la quasi-perfection. C'était prévu sur la carte du grand restaurant de la vie : des rapports harmonieux où on se fait que du bien. Au choix.

Commençons avec le rapport mère-enfant. Rapport sans discours. Mes mains, mes seins, le creux de ma hanche, le balancement de mon corps, la musique de ma voix et de mon cœur t'ont parlé d'un paradis terrestre où les fruits sont cueillis sans effort apparent. En ce qui concerne le père c'est toi qui me diras un jour. On naît sans histoire mais on n'échappe pas aux narratifs inscrits dans le temps. Toi et moi sommes nés l'année de la guerre civile. Le fusil du père braqué sur la femme et les enfants. Nous avons pris le maquis. Nous avons pris goût à la vie fruste, au grand air. Une tomate précise se marie à la faim juste. Je t'embrasse dans ton sommeil limpide. Je prends de la force de tes muscles sculptés par ton âme d'homme. Ah, tes pieds formés pour la sensualité des sandales antiques, tes chevilles plantées sur une ligne où le byzantin rencontre le baroque, ta danse qui remonte siècle par siècle à travers les pérégrinations dont tu prends la succession. Ton humour mine-de-rien. Ton équilibre : à mon avis il n'y a pas de différence entre les rapports amoureux et les rapports d'amitié. Il me serait impensable de n'avoir qu'un seul ami, de me sentir coupable par rapport à un copain parce que j'allais en voir un autre. De même mes femmes. Je vis avec chacune quelque chose de précis, je suis avec elle quelqu'un que je ne connaîtrais pas autrement. Rien ne provoque des comparaisons. Je m'accroche à ta franchise. Si le fils de mon ventre peut faire ainsi/ Ceci est ma maternité sauvage, à la fécondité infinie. Parce que je ne t'ai rien caché. Mes plaisirs, mes peines, mes confusions, mes transformations. Tout partagé à ciel ouvert. Sur mon lit des draps coloriés. Mes seins qui t'ont nourri ne sont pas rentrés au couvent. La plus belle éducation est celle qui passe à travers la chair pensante. Mes efforts héroïques me sont rendus par l'alchimie de mon fils, avec l'aise d'un ange doré. Des mains agiles de ton esprit surgissent les ondulations de tes cheveux en lumière du miel. Explique-moi encore la sexualité des avocatiers. Parle-moi de l'agriculture d'avant-garde. Tu me rejoindras dans son pays? On aura un jardin de salade de fruits, on prendra le café de nos arbrisseaux. Avec le miel de nos ruches nous dorerons le pain sorti du four de notre concession. Les enfants de toutes les femmes seront frères et sœurs. Il y aura des ateliers, une imprimerie, des lettres de nos amis à l'étranger. La musique. La danse.

Tu veux du thé ? Ne te déranges pas, je peux m'en passer. Je ne suis attaché à rien de matériel. Tu n'as pas de rendez-vous ce matin ? Si, avec toi. Avec ton rire, avec ta parole toujours juste sortie du four de ton âme, avec tes lèvres qui me racontent des histoires dans toutes les langues, avec le bracelet de ta main le cliquetis de tes doigts, ton élégance qui ne cache pas le corps de ta modestie. Une fois, au restaurant, dans un pays froidement étranger, tous les deux inspirés de la même curiosité, nous avons accepté l'intervention d'un interlocuteur de mauvaise foi. Il nous passait le plat du jour assaisonné à son goût. Il nous a coupés en morceaux rangés par couleur, par métier, par fiche d'état civil et arbre généalogique, par temps de paix de guerre et de lutte révolutionnaire, par tranche d'âge et quoi encore. Tu lui as dit, me regardant droit dans les yeux : elle est femme.

Jusqu'aux profondeurs de la concentration de l'esprit charnel. Jusqu'à mon cœur bandé. Jusqu'à ton texte calligraphié. Les femmes de ton pays savent attendre. Je connais des femmes dont le désir fait mouche. Bourdonnement nerveux et incessant. Si tu bouges ça revient au double. S'il fait très chaud, ça te pique. Notre liberté est née au creux de mon ventre, de la poésie de ta parole brandie. Parole dense, habile, souriante, sans arrière-pensée. Partout où tu passes dans mon être souterrain tu inspires une réponse en parfaite harmonie. Qu'est-ce que tu veux que je te dise? C'est plus beau. Je n'ai pas pu me défaire du goût de l'intègre.

Elle a pas mal voyagé. Sang O négatif : le donneur universel. Tellement discrète. Et puis, charmante par sa façon de préparer, dans des cuisines de passage, des contes exotiques. Nous lui avons demandé en quelle langue elle pense. Sa réponse nous a surpris. Est-ce possible ? On dirait que oui. Elle se maquille peu. Les yeux rehaussés, les lèvres légèrement sucrées, un parfum de jasmin, c'est tout. Pourtant il nous est difficile d'imaginer sa démarche, enracinés que nous sommes dans la terre de nos ancêtres. Elle ne comprend qu'à moitié notre langue mais elle dit avoir saisi notre parole en entier. Tu n'as pas la chair de poule sous son regard perçant ? Non. En fait, j'ai de la peine pour elle, seule sur le chemin de l'aventure, liée à tous, attachée à personne.

Au sous-sol de la boîte de nuit la musique circulait librement dans un air dense de fumée. Du moment où je la vis, mon vieux, ça fit clic dans mon bâton. Tout fut tête-bêche de ce côté des lunettes fumées que je porte comme protection contre une foule de choses dont je préfère ne pas exposer les détails. Le bâton se mit à marcher seul alors que la tête faisait des rifs, battant le sol obscur de la petite salle. Wuu wah wu wunh, le saxo fit son cri de chasseur. Les pieds de mes mocassins hennirent, poussés par la basse qui chanta : got tuh have

some, gottuh getit, gonna get sum. Je galopai derrière le sax, le dou-
blai, le tirai en avant, pieds et mains déliés. Ses jambes, vieux frère,
ses jambes soyeuses de la couleur de ses godasses, couleur des lèvres
et je ne dis pas de mensonge. Je te dis jambes en flèche, je te dis
jambes en coulée de lave chaude et framboisie. Je connais mes goûts
à force de trimballer cette carcasse dans les nations unies de la
femme sous tous les draps. Figure-toi que sa copine est une des
belles fleurs du bouquet de mon compadre ichiban. Ce pourquoi elle
tomba droit devant mon nez à l'intervalle. Entre deux doses de carburant blanche neige je pus détailler ses qualités spirituelles telles
que je te les raconte : des lèvres, des yeux, un sourire, des seins, des
cheveux. Bon ap-pé-tit. Pas du tout une dame d'ici. Non plus de là-
bas. Hors-série. Je me serai lavé jusqu'à la mémoire afin de goûter
cette eau-là, j'aurais fait encore cinq cents tours du monde pour atteindre le savoir de son âge. Tel que je suis, je garde mon cool alors
que cette trompette de mes dix-huit berges me donne des coups derrière la tête, hombre, me réveillant à je ne sais quels rêves. L'eau me
vint à la bouche. Je me vis devant un de ces plats confectionnés par
les mains magiques de ma vieille, si tu veux savoir ce que c'est une
lady c'en est une, tu peux me croire. Ces plats en hors d'œuvre de
mes festins amoureux par les nuits suaves de mon pays. Il fut un
temps banda maman je carburais pur et sain ouais. Je courais comme
un jeune prince à travers la terre de mes ancêtres. Je ne prenais rien
de plus fort que les vagues de la mer. On allait à la pêche. Devant son
visage, le goût de la vie me revint à a bouche, j'aimais la nation de
femmes tout entière depuis ladite grand-mère jusqu'à la petite vierge
de la maison à côté de mon tout jeune âge sans blague. Putain de
bordel que la vie peut nous cradinguer dans un temps record. S'il n'y
avait pas les femmes, macho, nous serons noyés dans la merde de
chagrin jusqu'aux yeux. Eh ben celle-là comment te dire ? Il y a en
gros deux catégories de femme. Tu me suis ? Alors elle ce n'était ni
l'une ni l'autre. Du piment dans le ragoût si tu vois ce que je veux
dire. Et moi, voir citation ci-dessus, je garde mon cool. Je suis pour la
liberté sans compromis. J'ai déjà cotisé question grand amour,
jusqu'à la lune, jusqu'aux étoiles, jusqu'à me connaître pour ce que je
suis. Je roule ma bosse, oui, mais pas les épaules. Pour te dire je lui fis

comprendre que si elle voulait faire quelques tours sur mon manège, les tarifs sont intéressants.

Il me sembla qu'elle était d'accord pour réserver sa place. Ou bien le « à plus » avec lequel elle me quitta fut un adieu définitif. Si tu me permets d'avancer un peu par rapport à l'historique ti-frère je te dis cette femme est un labyrinthe. Mais nous n'y sommes pas encore. A l'heure dont je parle elle est sur son balcon et moi en bas à jouer aux bâtons rompus. Si je te jure que je sentais son parfum à travers le bruit et la fumée tu peux me croire ou tu peux t'imaginer que je suis un barbare sans respect pour le repos de mon arrière-grand-père parce que je te jure sur son nez je sentis son parfum. Rajoutons que le nom de cet aïeul est : nez-qui-traverse-la-montagne-enneigée. De mon côté c'est plutôt la neige qui traverse le nez. Variations sur un thème. N'oublions pas que du côté paternel je suis sculpté en bois dur. Jusqu'au nez, jusqu'à sentir son parfum, jusqu'aux oreilles, jusqu'à entendre le suish suish à chaque fois qu'elle croise les jambes, jusqu'aux mains qui savaient sur quels coussins mignons elle était assise. A mon avis il n'y a pas d'art plus beau que le faire l'amour. Tout le reste n'est que cauchemar de branleurs. Oui papa c'est son corps à elle que je jouais cette nuit-là. La musique s'ouvre ! Comme une femme. Ça coule, ça roule, ça chante du fond de la gorge. Si je ne pouvais pas sentir la peau d'une femme sous mes mains, même pas son souvenir/ Bof ! J'en ai tant. Ce n'est pas mon problème. Je carbure à toutes les sauces, la poudre, l'herbe, le nectar. Ce n'est pas ça. C'est autre chose. N'en parlons pas. Ce n'est pas par une nuit de pluie froide qu'on va exposer mon âme. Parlons plutôt des portes, des sentiers, des barrages, des inondations, de l'énigme du labyrinthe. De cette femme

Je l'attendais sans attendre. Il y avait des arrivages—celles qui pointèrent pour trois jours et celle pour une longue nuit qui dura jusqu'au soir du lendemain. Ce n'était pas la disette ! N'empêche, j'avais faim ! Une faim terrible. Enfin, un soir, elle m'invita à dîner. Puta madre, je suis reparti tel que j'étais arrivé : vierge. « Je suis lente », qu'elle me dit. Et moi, que le ciel soit béni, je suis long. La nuit du monde entier dans son obscurité totale ne suffit pas à me cacher de moi-même.

Mais si tu penses que je perdais les pédales, détrompes-toi. Le bon chasseur, hombre, marche toujours sur des pieds légers. Afin de ne pas te faire trop baver, je peux sauter quelques étapes et te dire carrément que j'eus gain de cause. Et si je dis « étapes » c'est le mot juste. Et si je dis « labyrinthe » il faudra préciser que nous parlons d'un terrain accidenté. J'ai tout vu, tout goûté : des épines, des cailloux, des lacs doux, des marécages, des oasis, un désert, de la pluie froide, des couchers de soleil à te faire perdre les yeux et enfin, mamaan ! Enfin un tourbillon, un tourbillon en soie spongieuse ! Toute femme surgie du ventre de sa mère munie d'une belle porte d'entrée et qui en demanderait plus ? Mais elle, va savoir combien elle en avait. Et combien de voies et jusqu'où elle te mènera. Tu rentres par la porte du bon accueil, tu te promènes, prenant le temps de te régaler du paysage, écouter le chant des oiseaux. Doucement tu t'envoles, tu planes, tu fais des plongées délirantes, des escalades enivrantes. Je n'ai pas à t'expliquer, macho. Toi aussi tu as le goût du voyage. Seulement, figure-toi qu'au fin fond du parcours, je veux dire que tout y était jusqu'à la jouissance, en double en triple, que sais-je, rien ne manquait et pourtant, tac ! Je me rends compte que je suis sur un autre palier devant une porte coquette, entrebâillée, qui fait signe: viens par-là, il y en a encore. Passons sur les détails et allons au cœur de la question. Si jamais je n'ai plus envie de faire l'amour c'est que je ne respire plus. De ce point de vue, elle ne fit que souligner l'évidence. D'ailleurs elle est coupée du même tissu. Même au début, je reconnus en elle emmitouflé dans ses lenteurs, ses réserves, ses exigences professionnelles, l'aficionada irrépentie. Ce ne fut pas un hasard si à chaque fois que j'entendais sa voix à l'autre bout du fil, mes pieds se mettaient en marche. J'ai du respect pour les femmes. Je n'ai rien à foutre du discours : « quand elles disent non ça veut dire oui ». Seulement, chez elle, la voix était plus forte que la parole.

La tendresse de sa voix. Je te dis, mon frère, des portes et des allées sans fin, des routes en lacets, une source d'eau douce, une lumière. Une fois je l'ai vue pleurer. Les larmes tombaient, silencieuses. Je dirais qu'elle ne perdit jamais le maîtrise, mais ce n'est pas vrai. Comme je dirais que jamais elle m'imposa la moindre exigence. Cette femme carbure à une volonté de lumière massive et à une tendresse puisée dans les entrailles de la terre. Elle pleurait. J'étais de sale humeur ce soir-là. Tu sais comme nous faisons : la pisse et le grogne, pour couvrir un tas de problèmes métaphysiques, socio-historiques et ô combien économiques. Mieux vaut pisser et grogner que pleurnicher quoi. La dignité exige. Le pire c'est qu'elle comprit. Des larmes, seigneur, des larmes coulèrent à travers la fraîcheur de ses joues, me brûlant les tripes de l'âme. Nous deux, debout dans la nuit étrangère.

J'ai vu son corps intègre. Je n'ai jamais dit à personne. Aussi longtemps que j'aie pu la poursuivre, petit lapin coquet, je me régalais de ses délices. Cette nuit-là j'ai compris la dimension de sa solitude. Je me sentais petit, minable, un raté. Tout ce que je veux cacher de moi-même est sorti à la lumière de ses larmes. Elle ne me jugeait pas. Elle ne m'a pas critiqué comme font les petites femmes rassurantes. Elle pleurait parce que je ne sortirais jamais du bordel dans lequel je me suis fourré. Ah que sa solitude m'a meurtri. C'est trop tard pour moi. Je ne peux pas renaître.

J'adore les femmes, hombre, mais attention. Plus elles semblent indépendantes, mieux elles cachent le grappin. On est plus sûr avec les petites emmerdeuses. Un bon coup de « fous- moi la paix » de temps en temps t'assure des rapports de plaisir sans histoire. Allez, on bouge ? Ce soir je veux me coucher avant l'aube.

Ça fait deux jours et une nuit que les vaches hurlent leur douleur. Du corral sur la colline là-haut, leurs plaintes retentissent, remplissant le calme du village de leur cri dolent. Qu'est-ce qui fait pleurer une vache ? Des tétines bourrées de lait ? L'accouchement ? Des crampes à l'estomac a force d'avaler de l'herbe sèche ? Le campesino explique : elles pleurent parce qu'on leur a retiré leurs fils. Hier, des camions sont venus les prendre. Ils sont arrivés à l'âge d'être vendus. Elles vont pleurer encore un jour et puis elles s'arrêteront. Elles oublieront. Il fait chaud déjà ce matin. La nuit n'a pas changé d'air. Le soleil aujourd'hui est blanc, délavé. Il y a deux jours, avec des amies nous nous sommes promenées à travers les champs. Arrivées au corral nous avons escaladé le mur en pierre, par peur des vaches cornues, inconnues. Il n'y a pas de toros ? Je ne pense pas, mais cette viande sur pied nous regardant d'une curiosité aiguë nous incitait à hisser nos jupes et à grimper le mur en pierres. Tranquilles, séparées des vaches par le mur, nous marchions à travers les champs de lavande parsemés de piquants. Nous avons vu la jeunesse dans le corral plus haut. Ce n'étaient pas des veaux de lait mais de jeunes bœufs. Ils couraient, ils jouaient, on voyait leur allegria alors que les grandes mangeaient gravement. Du travail. Des responsabilités. Et maintenant cette douleur lancinante, ces cris pompés du ventre. Elles pleurent, dit le campesino. On a vendu leurs fils. Elles pleurent. C'est leur façon d'aimer.

Que j'aimerais partager ce lieu avec vous. Vous sauriez en profiter. Mes deux fortunes réunies : l'amour au grand air. La richesse pour moi est de pouvoir sortir de la maison directement à la terre ensoleillée. Je prends des carottes, des radis, de la laitue du jardin. Les tomates et les courgettes ne sont que des fleurs. Une question d'altitude je suppose. J'ai mangé des framboises du pays en écoutant une musique sublime. La musique me détonne. La musique m'appelle à aller plus loin, toujours plus loin. Ne pas m'arrêter au seuil du plaisir. Ma musique est en bois claqué contre bois, en plat de main tapé sur la peau réceptive et résonné du cœur de bois, en graines sèches secouées dans un ventre végétal. Aux battements du cœur. Ma danse est un corps sans tête sans pieds. Un corps qui se plie, se plaît, s'étire, s'étend vers l'harmonie infinie. L'enfant danse comme ça dans le ventre de sa mère. Les amoureux dansent comme ça. Mon amour est une danse raffinée. Deux écoutes. Une seule parole. Les vaches ne se disent pas : où donc est passé mon fils ? La présence des fils faisait partie intégrale de la vache. Dans un autre corral dans un autre pueblo, les jeunes hurlent l'absence de la mère. De cet être emboîté qui fait qu'on est ce qu'on est. Les vaches versent le cri dolent qui remplit l'espace du manque. Si je me souviens de toi, je pourrai te reconstruire en trois dimensions à partir de mes souvenirs. C'est moi-même qui ne se rassemble plus. Un patchwork de lacunes.

Au début l'enfant a toujours besoin. Il tient à la vie par les tétons de sa mère. Sans le lait amoureux, il meurt. Plus il est satisfait, plus il s'ouvre vers d'autres mondes. Pas question de lui laisser des billets doux attachés aux parois du berceau. De même pour les promesses. Ta chair lui parle de chair à chair, le reste est superflu. Votre chair intelligente. Je n'ai pas à juger, mais honnêtement quand j'entends le chahut sifflant de « ma petite chérie » eh ben, ça me rappelle les politesses commerciales de la vendeuse à la crèmerie. Et le pauvre bébé tartiné de déclarations d'amour. Mes oreilles, qui ont toujours gardé quelque chose de l'enfant me font tilt. Ça cloche ! Ça cloche tout le long du chemin jusqu'à la petite bise pour la bobonne, jusqu'aux héritiers pressés au chevet de chère grand-mère. Ah mes lavandières, vous me manquez. Venez avec moi prendre le soleil du haut de la terre. On mettra chacune un sombrero et on marchera dix kilomètres jusqu'aux framboises. Le soir on ira à la maison en face prendre un grand pot de lait de la vache. Pas les vaches qui pleurent. On n'aura pas le cœur d'arroser nos framboises du lait de cette tristesse-là. Notre lait est pris chez ces trois vaches qui broutent près de la maison. On le fait bouillir, on le laisse refroidir, ça nous donne de la crème pour nos framboises. Si, si, venez me voir.

Jamais je ne pourrai porter des valises pleines du cadeau de ce que j'ai vu ici. Le campesino dit : je n'aime pas le cinéma je n'aime pas le théâtre, j'aime les champs. Ah oui, mes lavandières, venez planter vos corps jouissants dans ces champs de mon nomadisme. Volèm viure al País. Vous vous rendez compte ? Nous n'avons jamais vécu dans une maison pareille. Le bois sculpté ! Je passe des heures à étudier les portes, les poutres, les péristyles en forme de casque de torero. Trouve-moi un livre d'histoire qui passe de main en main. Ouvragé. Tes coussins sont des textes. On s'en va vers des souvenirs de l'inconnu. Ah non, je ne peux plus supporter de vivre en ville. Encore une étape, le grand bond en avant, et je prends ma décision. Tu y arriveras, mamacita, j'en suis sûre. Tu penses ? Mais si. Tu te fais des histoires en fonction du passé. Regarde bien ton avenir. Il n'y a plus d'obstacles. Aide-moi, je ne me souviens plus de mon futur. Mettons un disque, nous allons danser. Qu'est-ce que nous avons dansé ensemble ! Depuis le temps. C'était le début de notre complicité. Depuis le jour où nous avons traversé le pont. Quel beau chemin. Allant en se raffinant. Dis, ce n'est pas un mythe de la famille que je crée à la dernière heure? Comment? Je veux dire cette idée d'aller tous ensemble dans encore un autre pays. Oui! Au soleil! En pagne ! Manger des fruits ! Je veux dire non, ce n'est pas un mythe. D'ailleurs nous ne sommes pas une famille. Non ti preoccupi, bella, nous sommes là à te contrôler. Qu'elle ne déconne pas. Sous couvert d'être la mamma. Ici c'est la démocratie.

Ecco le programme : moi, avec sa majesté ton rejeton, on va rester encore un an en ville, gagner des sous. Et des diplômes. Alors que notre âme sœur ici présente et son compañero à la tendresse sublime vont faire un enfant. La troisième équipe est bien partie dans des études supérieures qui mènent droit au terrain. Et toi, mère courage, tu t'en vas à la reconnaissance des lieux. Mais attention ! Ne reviens pas sans le grand amour ! On ne te le pardonnera pas. Tu as choisi, n'est-ce pas ? Oui. Tu as bien regardé l'atlas ? Tu as vérifié ton sens de l'orientation ? Oui. Si tu veux changer c'est maintenant ou pas du tout.

Hier soir je me suis promenée sur la route qui longe les corrals. J'ai vu une vache cherchant son fils. Elle courait. Toute sa viande devenue légère par la force de son amour. Elle courait par ci par là, elle s'arrêtait pour lancer ce cri d'appel et de douleur, elle se remettait à courir. Elle était si féminine ! Comment te dire la grâce de sa démarche ? Petite femme, la vache, comme une secrétaire serviable, chargée par son patron d'une mission urgente. Elle courait, la vache, comme une jeune femme en talons hauts qui court pour attraper l'autobus. Majesté de femme en pleurs courant à travers toute l'étendue vide du corral. Plus haut, dans un autre corral, une grande foule de vaches menait la vie tranquille. Des veaux tétaient sous des mères qui bouffaient. Si jamais je deviens vieille, vous me direz ? Pour que je change de comportement. Il y a des choses irréversibles. Un début un milieu et une fin. Ce n'est pas pareil pour l'homme. A l'âge de quatre-vingts ans il peut toujours déclencher un enfant chez la jeune femme. Des choses qui ne changent pas, qui ne changeront jamais. Pourtant nous dansons. De plus en plus loin. Le corps dérouillé. Les mains qui prennent appui sur des lignes cosmiques. Les hanches qui chantent leur plaisir. La danse est un ciel. Je veux aller jusqu'à l'horizon, jusqu'au zénith. Dansons. Mais j'y pense, il y a un petit problème, mes lavandières : autant qu'on récuse les culottes, on est dingue pour les godasses. Maintenant, dans notre paradis, si je comprends bien, il n'y aura pas de trottoirs. Correct. Pas de trottoirs. Alors, comment faire pour porter nos belles chaussures ? Nous continuons à danser, pensives. En regardant nos pieds coquets. Voilà ! On installera quelque chose du genre piste à vélo, une sorte de parcours de coquetterie serpentant à travers le village. Ole ! D'une seule voix elles se mettent en file indienne et dansent la samba de pièce en pièce de la maison, claquant les doigts, claquant les pieds. Tu connais

la danse aux claquettes argentine ? Et cette danse avec les boules ?
Pam! Pam ! Pam ! Pam !

Il faut bien que j'arrive à la fin de ce parcours. Je ne peux pas continuer à vous abattre les oreilles avec mes histoires. Rebattre, p'tite
maman, pas abattre, Que c'est bête, parcourir le monde à la recherche de ce qu'on ne peut pas chercher. J'ai regardé la vache du
haut de mon savoir. Le campesino a dit : on a vendu les fils. Et los
toros ? Où sont-ils ? Ouvrons la case de la famille afin de toucher au
mystère qui nous relie les uns aux autres. Que vous êtes la chair de
mon esprit. Que nous avons échangé mille fois mille gestes de tendresse et de compréhension. Entre homme et femme on prend le
relais. Mes lavandières je me tiens à une distance respectueuse de
vous. Parce qu'il y a des choses dont on ne peut plus parler. Non pas
par pudeur mais par souci de ne pas les réduire. L'homme-femme est
immense.

Au début, l'enfant a besoin de toi sans interruption. C'est hallucinant. Tu penses que ta vie va éclater sous la pression de la sienne.
C'est passionnant d'observer son va-et-vient vers la maîtrise. C'est ça
qu'il veut faire : apprendre, maîtriser, goûter au plaisir. Il ne connaît
pas le temps mort. Tu le vois devant tes yeux, tu le vois se faire une
idée de son être dans le monde. Toi, la mère, avec ton histoire, ton
style, tes hauts et bas, tu sers de matière brute pour sa formation.
N'oublions pas le père. Ça se passe mieux maintenant. Dans ma génération ... Vous voulez que je vous raconte une histoire?

Pour la situer dans son temps historique : tu avais trois ans, toi un
an, et toi, tu n'étais pas encore né. C'était une conférence mémorable.
La grande dame de l'anthropologie est venue nous parler des transformations des structures familiales chez les indigènes, à savoir nous,
les jeunes intellos de la culture « diplômes », aux habitations meublées Scandinaves. Nous, l'élite, femmes des chasseurs « profession
libérale ». L'avant-garde de l'allaitement et autres techniques artisa-
nales de la maternité. Signe particulier : une certaine tendance à porter des sandales fait-main en cuir naturel alors que les femmes de
jeunes cadres ainsi que celles des classes populaires se cachaient les
doigts de pied dans des escarpins corrects. Voilà que big mama nous
fit part de ses réserves concernant nos idées dangereuses, tout en
nous félicitant de notre volonté d'évoluer. Plus précisément, elle nous

demanda jusqu'où nous pensions aller dans notre folie de passer aux pères les épingles à nourrice. Voyons, mesdames, les risques encourus! Comme toute fausse piste, celle-là est bordée de belles fleurs. Vous vous imaginez libérées. Alors que papa change les couches et donne le biberon, vous pensez travailler sur votre doctorat peindre un tableau? La vie en rose, le paradis, le tout acquis sans sacrifice. Elle nous regardait à travers ses lunettes savantes qui avaient étudié de près des cultures cachées sous des arbres bien loin de notre portée. Elle avait mangé avec les doigts de leur plat commun alors qu'un griot lui traçait les lignes de mariage et d'enterrement. On pourrait même dire que ses comptes rendus de la liberté sexuelle des adolescents à la peau nue nous a mis des idées dans le ventre. Ce n'était point son intention de nous lâcher dans la savane avec une ceinture de perles pour tout habit. Non, non, mesdames, votre mission historique s'inscrit dans la modernité. Pour celles-là j'étais anthropologue, pour vous je suis sociologue. Vous voyez la différence ? Elles sont intéressantes, vous êtes importantes. Tenez-vous droit sur votre chaise, les jambes croisées comme il faut, et je vais vous montrer votre erreur.

Les yeux fixés sur le tableau noir, nous suivîmes ses calculs. La maman tient le bébé dans ses bras, le papa est assis à son bureau. Ça fait un plus un plus un égalent trois. Maintenant, on met le bébé dans son berceau, on met une moitié de maman de ce côté, une moitié de papa de ce côté, on coupe le bureau en deux, on met l'autre moitié de la maman ici, un demi-papa là-bas. Qu'est-ce que ça donne? Trois? Non, ça donne le bordel. Ça ne donne rien, ça ne donnera jamais rien. Le propre du génie est la concentration. Le génie de notre civilisation est un travail soutenu à travers une vie entière derrière des portes fermées contre toute distraction. Je demande à chacune d'entre vous d'appliquer ces barèmes à la production de votre famille particulière. Quel sera le résultat de cette boucherie? Vous, la maman, obtiendrez-vous votre doctorat? Non, madame. Votre travail sera bâclé. Peu importe votre façon de découper la tarte vous êtes restée avec une bonne tranche de bébé sur la planche pour ne rien dire de la confiture dégoulinée sur votre thèse. Je répète, votre doctorat vous ne l'aurez pas. Pour ce qui est de votre mari, ne comptez pas vous rabattre sur ses réussites brillantes. Il n'a qu'une main de disponible. L'autre est dans la ... Vous voyez ce que je veux dire? Enfin, qui profite du massacre perpétré sur sa carrière? L'autre, bien entendu. Celui qui est resté intègre, qui a pu se consacrer en entier à l'élaboration de son œuvre. Il apporte, éventuellement, ses fruits aux deux autres, restés eux aussi intègres. Un, plus un, plus un égalent trois. On peut rajouter encore un enfant, ce qui nous donnera quatre. C'est le strict maximum. Au-delà de ce chiffre nous rencontrons un phénomène de dispersion et de distraction à l'insu des intéressés.

Elle avait l'habitude d'observer les gens en situ, la Dame Savante. Elle sentit notre déception. Qu'est-ce que nous allons faire? Merde! Tricoter? Puis, tête baissée, on se rappela avoir demandé au mari de garder le môme pendant quelques heures, qu'on aille prendre l'air, sans aller jusqu'au doctorat. Coupable. Salope ! Tu ne reconnais même pas tes propres intérêts. Maintenant s'il rate le concours, tu sauras à qui la faute. Donnez-nous quand même quelque chose, Madame La Missionnaire. Nous avons soif de la vie. Personne ne veut danser avec nous. Le soir il est dans ses livres jusqu'aux couilles et/ n'en parlons pas.

Je comprends parfaitement votre volonté de changer votre condition. Ah bon? J'aimerais vous aider à ouvrir de nouvelles voies. Quand même ! Je vous conseille tout d'abord de limiter vos familles à deux enfants. La mode de la famille nombreuse ne convient pas aux exigences de la vie moderne où la valeur se situe du côté intellectuel et non pas dans la chair. Ouf ! Je rentre dans les normes. Nous n'avons plus besoin de paysans. Deuxièmement, et ici je tire profite de mes nombreux séjours parmi des peuplades primitives, vous, les femmes, aurez intérêt à créer des communautés d'entraide. Tiens, c'est une idée. Chaque femme s'occupera à tour de rôle d'un petit groupe d'enfants, se créant ainsi les unes pour les autres du temps libre qui, je souligne, ne sera absolument pas nuisible à la bonne marche de la carrière du père. Chic alors, je peux mettre un doigt de pied dans le monde, pourvu que je n'interrompe pas papa.

Le soir, elle est venue dîner chez nous. Elle était charmante. Je le dis sincèrement. On dînait au jardin. Tu t'es réveillé en pleurant. Je suis allée te sortir de ton lit. Elle t'a pris sur ses genoux. T'en as connu des richesses ! Tu te souviens du grand poète gourou qui t'a appris à battre le tambour ? Et l'autre, le soulard, qui a essayé de séduire ta sœur nubile. Elevés à l'engrais naturo-culturel, vous êtes devenus des indigènes vaillants. Bravo la màmna. Bravo gli figli. Mais comment ça s'est terminé avec l'anthropologue ? Ah oui, les grandes lignes de l'avenir de la femme. Bonne élève, j'ai mis ses conseils en pratique. Avec une amie on a fait des échanges à travers nos jardins contigus. Ce n'était pas mal mais ça n'a pas duré longtemps. L'amie s'est tapée une dépression nerveuse. Rien à voir avec notre communauté d'entraide. Ou peut-être que si. Qui sait quelles horreurs elle a dû affronter lorsqu'elle s'est trouvée brutalement dénudée de ses gosses. Bref, elle a craqué.

Et puis nous avons déménagé. La première Grande Sortie à travers les Eaux. Et toi, chico, tu as passé la frontière clandestinement, te foutant allègrement de la modernité. En conséquence, j'avais trois enfants, je ne respectais plus les critères et tant mieux.

Maintenant, dans notre tribu, les papas savent d'où viennent les enfants et vive notre bordel! Ils donnent le biberon en réfléchissant sur l'origine de l'homme, la grand-mère danse en sandales lamés. ¿Et la maman? Ouais, c'est vrai, elle travaille sur son doctorat ! Nous ne voulons plus de leur génie décadent.

Avec certaines personnes tu ne peux rien affirmer qui naît de ta pensée propre. Il faut la maquiller en citation d'un quelconque expert. Ils l'avalent respectueusement. Je m'amuse à les faire marcher. Les combinaisons les plus invraisemblables. Untel a dit. Ah bon? Ouais. Et puis, statistiques à l'appui, j'étale ma pensée. L'eau sur ton visage, sur ton corps, l'eau sur ta peau luisante. Ton visage quand tu arrives, quand tu t'en vas, quand tu parles avec un copain, écoutes la musique, manges, dors. Ton visage, ton sourire quand tu me regardes. Les deux têtes de notre corps, sages à partager le plaisir. Tu chantonnes. Pendant des heures tu me caresses à la musique. Je suis le chemin avec toi. C'est différent à chaque fois. C'est la différence, la longue longue différence allongée dans ta pirogue, voguant avec toi jusqu'au fin fond de la forêt, te suivant, t'inspirant, te prêtant une attention de plus en plus profonde, me laissant glisser avec toi loin loin des rives dans des dimensions de plus en plus larges, c'est la différence avec toi, c'est que tu ne me perds jamais de tes yeux profonds, c'est la différence de toi, de ta concentration de plus en plus intense, c'est que tu me prends avec toi, que je suis unie avec toi allant où on ne pourrait jamais le dire, c'est la différence avec toi, qu'on ne frôle jamais le surface, depuis le début et à chaque fois, c'est d'accord avec toi, c'est inévitable avec toi, ça ne cesse de me prendre ni avant ni après ça ne cesse de m'envoûter, c'est l'inexplicable avec toi, c'est la totalité avec toi, que jamais je ne sois l'objet de tes attentions appliquées, que ton cœur me connaisse.

Je suis venue. Il fallait tout risquer en restant là-bas et puis de nouveau tout risquer en venant. Dans une contrée incomprise j'errais sans souvenir sans espoir. Pourquoi ? Parce que c'est trop énorme. Impossible de le caser dans un narratif, le classer par comparaisons. Je ne t'en parlerai jamais. Je suis venue. Nous rions. Je te vois me regarder et je sais que j'avais bien choisi mes errances. Pas à pas. Je ne savais pas où me mettre. Je me suis fiée à mon intuition. On se raconte. Le temps passé devient une belle histoire. Au village, il n'y avait rien. Que des maisons. Pas de café, pas de taverna avec une table sous un arbre. Deux classes de maisons : celles des campesinos, celle des citadins. Un couple de citadins vivait dans une maison de campesino. Il y avait des vaches, des poules, des chiens. Je n'ai jamais entendu un coq. Beaucoup d'enfants. La montagne. Pas de marché. Le soleil. Sans savoir pourquoi, j'ai choisi l'ascèse. Si, je sais. Par la force de mon désir. Je voulais voir à travers l'absence. Jusqu'où ? Le minimum. Que chaque élément s'amplifie. N'est-ce pas décadent, la poursuite effrénée de l'excitation ? Si vite épuisé.

L'ascèse. Peu de choses à manger. Une carotte arrachée du jardin était importante. J'ai appris que la carotte et le radis, quand ils sont prêts à cueillir, sortent un bout de leur tête. Apprendre à attendre que la chose soit mûre. A la cinquantième observation je me suis rendu compte que les poutres et le toit de la véranda étaient de style oriental. Puis, la maison devenait de plus en plus japonaise. L'autre jour on m'a raconté que la recette de tempura a été introduite au Japon par les missionnaires. Il y avait du soleil. La nuit obscure. Des étoiles. Un tout me manquait. Il y avait du soleil, des couchers de soleil, des étoiles, de la musique. Le soir j'écoutais la musique du pays. Des disques. Le matin à mon éveil je regardais de ma fenêtre les oiseaux jouer dans la piscine. Le jardin est à eux. Deux palomas ont traversé le ciel. Les mouches ne laissent personne tranquille. Qu'est-ce qu'elles cherchent au juste ? Même la nature a sa nervosité. Il tient à la main un chasse-mouche au manche en or. Sur la tête une couronne en feuilles d'or. Son corps drapé d'une majesté de tissu construit d'une infinité de petits rectangles intenses de couleur. Les jambes écartées, les pieds en sandales. Entouré des enfants qui rient.

A cette époque-là on vivait dehors. On sortait avec les premières douceurs du printemps et on ne rentrait qu'à la nuit givrée de l'automne. Au sein d'une situation loin d'être idéale, nous avons appris ensemble à cueillir des plaisirs. Aujourd'hui les vaches broutent dans une tranquillité totale. J'avais champ libre. De la problématique mère/enfants nous avons fait la fête.

La fête en permanence, ma fille. Va savoir d'où j'ai hérité une telle idée. Je ne m'en défais pas. Je te l'ai passée. Tu l'as enrichie Disons qu'on l'a proposée d'une même voix l'une à l'autre, à partir de notre première conversation et, depuis, plus question de démêler les cheveux. Tu m'apprends ce que je t'ai appris que tu m'as appris. Le présent est la plus belle histoire. Accueillie dans la maison d'un ami on goûte une richesse accumulée à travers les ans. Les passages par le vide laissent, eux aussi, des traces merveilleuses. On se retrouve devant l'accompli de l'autre alors que pour soi-même on peut raconter des pages et des pages et des pages insensées. Quand je te m'explique je retrouve mes raisons. Je te dis où je suis. Tu es passée par là. Femme comme moi, portant ton corps en interrogation. Ce qu'on désire est de sortir de l'approximatif et rentrer dans une dynamique précise. On voyage de pays en pays, de sympathie en liaison, cherchant à savoir si la vérité est évidente ou cachée. Qu'en pensent les autres ? Le faire l'amour est un séjour dans la maison du partenaire. L'accueil, le plaisir de la nouveauté, les diverses habitudes et usages, sa pensée la plus intime. J'ai du respect pour le sacré de chacun qui me reçoit. Si l'on ne peut pas valoriser toute cette affection bariolée que la vie t'envoie, si l'on ne peut pas prendre plaisir au vol d'oiseau, le cœur se construit en mur de pierres. Mais parfois la déception est terrible. Pour tous ceux concernés. A maintes reprises. On se retrouve dans la rue.

Il y a une quantité de livres dans cette maison, j'en suis impressionnée. Les roses manquent de soins. Il faudra couper les fleurs mortes. Seule la fête me semble naturelle. Ces époques où on rase les murs de la vie, la tête baissée contre une pluie froide, sonnent faux. Nel mezzo del cammin di la vita, smarrita, on mange des framboises en regardant par la fenêtre les champs s'étirant jusqu'à la montagne. Le temps passe. Plus loin on mange une truite. Du moment où la musique éclate, je sais danser. Un peu d'affection suffit à déclencher la fête. Mon plaisir est énorme. Mon désir est un enfant. Ils viennent le prendre dans leurs bras. L'enfant se donne tout entier au jeu. Ses caprices, sa maîtrise, ses inventions brillent sous la lumière de la tendre affection. A chaque bouffé de chaleur humaine une nouvelle harmonie se crée. L'enfant ouvre grand ses bras tendus vers des chemins de délices. Il ne se méfie que du mal. Reconnu par son odeur. Le mal exclu, toutes les bonnes intentions méritent sa réponse joyeuse. Plus ça joue plus ça veut jouer. Et puis il y a un déclic. Non pas que le temps vient couper le souffle, non pas que l'enfant, gâté, ne supporte pas un moment d'oubli. Le jeu se termine parce qu'il est arrivé à sa fin. Au-delà n'est que l'ennui de la répétition. Mon enfant boude. Il y a des époques où il faut tisser la vie de n'importe quoi qui te tombe entre les doigts. Ça s'appelle le courage. Ça s'appelle l'attente de la bonne fortune qui te tendra le fil dru en couleur brillante qui se tresse tout seul d'une harmonie profonde. J'arrive dans un pays et je prends toute son histoire dans la gueule. Je deviens son histoire. L'homme arrive en moi et plus rien ne peut se cacher. Tu es passée par mon corps, j'étais remplie de ta possibilité. On a envie des fois de s'affirmer sans réserves. Sans *mais* sans *pourtant*. Ma fille, nous connaissons un rapport de satisfaction totale. Mes fils, nous savons que des êtres humains peuvent vivre en équilibre, se faisant tant de bien que le peu de mal qui glisse entre les doigts compte pour rien. Un oiseau vient de rentrer dans la pièce. Une première fois par erreur. Il volait son angoisse à grand bruit d'ailes, rasant le plafond. Enfin il a retrouvé la porte d'entrée, il est sorti pour revenir aussitôt d'un pas sûr, allant jusqu'au fond de la pièce puis, par un arc de retour il est sorti pour aussitôt rentrer une troisième fois et repartir par la porte. D'entrée. De sortie.

Les acquis de l'enfant sont majestueux. Philosophe, ingénieur, ethnologue, historien, poète, inventeur, il part chaque jour à l'aventure. Avant la maîtrise vient une grande tristesse. Rien ne va plus. Tout rythme est brisé. Le temps ne sert plus à rien. L'enfant perd ce qu'il a déjà acquis, n'arrive pas à franchir la nouvelle étape. La misère. Un beau jour éclot la fleur d'une nouvelle joie. Son travail est fait. Il est content. Son intégrité est rétablie, à un plus haut niveau. Il s'en réjouit. Cette peine, associée au déchirement des structures installées, est sa force. Maintenant les vaches broutent bêtement. Elles ont oublié. Au boulot. La vie est le travail. Nous disons non ! Le travail est la fête. Je ne dis pas qu'ils ne sont pas bien, ces oiseaux qui ont visité ma maison, ces maisons qui m'ont accueillie. Bénis soient les pans d'affection qui m'ont tenue chaude. Je ne dis pas que c'est mauvais d'errer seule à travers les pays. Mais je suis grosse d'un certain vécu. La vie m'appelle à traverser encore une frontière. Je m'en vais dans son pays. Dis-moi merde, principessa serena. Ne me tiens pas la main, ma fille. Je dois aller seule. T'en fais pas. Je suis bien. Nous avons mangé des framboises. Les melons sont sucrés. Ma langue est en train d'apprendre leur langue. Les autres arrivent demain. Pour l'instant le ciel ne bouge pas, la montagne est voilée. A travers la brume je me rappelle le soleil exact de ces longues journées imperturbées d'un passé récent. Derrière le temps figé, des bouleversements joyeux se préparent.

Ah quel monde, quel délice de rires ! Cette terre est magique. La vie pousse ici en extravagance d'ananas. Si elle peut rire autant à la suite de mille fois mille tragédies, imagine sa beauté le jour venu où elle goûtera de ses justes fruits. Oui je veux construire ici à côté de toi. Qu'est-ce qu'ils peuvent raconter des mensonges là-bas. Je le sais. J'ai dû m'arracher avec violence, pour ne pas devenir prisonnier de leur idée de moi. C'est ça : la prison la plus élégante, confortable, séduisante, la prison la plus étendue la mieux défendue la plus géniale la plus historique la mieux justifiée et j'en passe. Je voulais que tu partes. Je voulais te suivre ici ou pas du tout. Je n'ai pas pu t'écrire. Ça ne fait rien. Tous les autres m'ont écrit et ça ne me faisait rien, en fin de compte il ne me restait que le désir de venir te retrouver. Je ne pensais pas avoir besoin de toi. Je sais, j'en étais désespérée. Tu sais comme je peux faire chier tout le monde avec mes histoires ! Tu es célèbre dans le monde entier. J'ai beaucoup voyagé. Je ne pouvais pas te dire de venir. Ma situation était si précaire. Elle l'est toujours d'ailleurs. Peu importe. J'ai fait mon choix. Ah que je suis bien ici. J'ai tant à apprendre. Tu m'aideras ? Au début je suis complètement plouc. Je ne connais pas un mot d'une langue ! Les enfants m'apprendront. Tu me raconteras des histoires de la forêt et des rivières ? Je veux aller au marché. Nous allons danser ? Tu as changé : tu es ce que tu étais en plus affinée. Je me suis sculptée de ton absence, de la présence de toi en moi. J'ai beaucoup voyagé. Tu sais que j'ai rencontré un ami de notre ami, dans un jardin de l'extrême occident ? Raconte-moi. Il voulait que je vienne le voir chez lui, il m'a promis du poulet à la sauce arachide. Penses-tu, j'en bavais. Piment compris. Mais je ne suis pas allée. Tu comprends, on arrivera si vite à la Question. Primo, je ne pourrai pas dire oui, parce qu'il est trop près, c'est comme s'il était ton ami et là, je ne peux pas, je ne peux pas. C'est mon sacré. Segundo, je ne pourrais pas dire non. Parce que c'est un homme qui joue près du corps. Face au discours je peux toujours répondre en discours, mais corps à corps... Le oui/non ... Je préfère l'éviter. Tu aurais dû y aller. Je sais. Je ne cesse de me faire des reproches à chaque fois que je passe à côté d'un plaisir. Le refus est carrément toxique. Quelques petits refus et je me renferme totalement. Je le connais un peu. Il est très intelligent. Un peu mythomane peut-être. Justement. Tu aurais pu y aller. Tu sais comment te débrouiller. En ce qui me concerne, tu n'avais pas à hésiter. De toute façon je suis partie au village. Et puis, si c'était comme les banabanas de je ne sais quelle armée internationale de la culture ? Crois-moi, hombre, je ne suis pas douée pour le refus. Je l'ai appris, on me l'a inculqué, à coups de bâton j'ai appris que 90% de ce qu'on me propose ne mène nulle part. La douche écossaise de plaisir quoi. Je n'ai guère le temps de prendre goût que l'autre s'écroule sous le poids de je ne sais quel problème métaphysique. En conséquence je ne désire que toi et tant pis pour moi. Et tant pis pour les autres. Je ne suis pas jalouse mais j'ai faim. J'ai beaucoup voyagé pour arriver ici.

Elle se retrouve dans leur dimension : l'exactitude. Nous sommes nés sans parole. Cohérents. Sans image en photo cliché debout au chevet à observer. Sa main la connaît femme. Sa peau le connaît homme. L'empreinte indélébile. Nulle autre main n'a laissé des traces. Le souffle, retenu à travers mille fois mille respirations en deuil, se détend, s'étire jusqu'aux horizons des mers exaltées. Cette lumière sait tout toucher sans rien violer. Vado d'accordo con te. La sagesse de l'intervalle. Savoir que le geste comprend son tout et son rien. Le temps réfléchi où le sens se répand. Le sang en flux en reflux véhicule les sens aux rives les plus éloignées, ramenant l'écoute de plus en plus concentrée. Vado d'accordo con te. Des rigoles sourient. Enfin le temps est toujours maintenant. Les seuils s'agenouillent au passage de sa majesté. Les fleurs coupôlent. Le soleil se lève, se couche, se lève par pulsions infinies. Infini, l'amour de la justesse. Justes, les liaisons. Une voix de rivière serpente. De glissade en plongeon elle s'adresse au plus haut de la forêt. De son épaisse lumière. La forêt, émue, souffle de sa voix basse. Vado d'accordo con te. On peut voyager debout, assis, allongé, face à face, dos au ventre. L'important est de partir. Le corps, en bateau, se balance à l'écoute des vagues. En haute mer les vagues montent de plus en plus haut pour retomber en chutes rebondissantes. Le corps de la barque tient aux contours mouvants, jusqu'à la chute libre, jusqu'aux retrouvailles. La danseuse colle à la peau du tambour avec son ventre dynamique. Ses seins souriants lient la mélodie à la percussion. Par le plaisir de durer, la musique se raffine, se recoupe par variations, cherche avec de plus en plus de finesse son génie. On peut voyager jusqu'au bout, sans chercher la fin, en se tenant. La longueur de son dos. La rondeur de ses cuisses. La largeur de ses épaules. La finesse de sa taille. Son cou fiable. Ses lèvres aux yeux ouverts. De la tête aux pieds, conjugués au présent. Vado d'accordo con te. Remplie de toi, de ta justice. Pris de toi, par la voie de ta présence. Envoûtée. Bienvenu. Sûre de toi. Confiance en toi. El pueblo unido jamàs sera vencido. Ça chante et ça chante cette longue chante en chair cet esprit qui chante la chair cette chair que la lumière chante cet accord du chair esprit, c'est la différence de toi. Si je te dis mmmmmn qu'est-ce que tu me réponds? Mmn hunm! Un claquement de doigts. Deux. Au réveil!

Ah je suis contente, je me suis refait la santé des pieds. Ouais, j'avais remarqué qu'ils sont rajeunis. Beata estate. On se retape de joie en plaisir. C'est pour quand notre été sans fin ? Je suis ses traces, afin de notre plaisir. Déjà au printemps j'ai fait un régime question hauts talons. Je ne sais pas comment tu as pu les supporter. Moi, je me casserais la gueule. C'était la couleur qui m'avait séduite. Mais la beauté exige quelques sacrifices. Ce pourquoi je les ai relégués aux occasions plutôt stables. Les réceptions à la maison, par exemple. Tu veux dire ta demeure? Ah oui ma chère. Je m'excuse de vous avoir brusquée de ma langue populaire. Elle regarde ses orteils d'un air satisfait. Par la suite, elle continue, je leur ai accordés une belle liberté, quelques mois où ils n'ont connu que des sandales. Si la liberté apporte tant de bien aux pieds, comment calculer ses bénéfices quand elle est appliquée à la femme toute entière ! Et si la danse et la danse d'amour t'ont dessiné ce corps de volupté affinée, comment résister à la musique ? Je remets le disque? Oui ! Je m'en lasse point de cette musique. Sao fé? How do you do? Tout doux. Thème et variations. Retour aux sources. Le corps est élastique mais il a ses limites. Tiens, puisque je t'adore je t'offre ma tiara. Ça fait vingt ans que je regarde ces tableaux aux ombres violettes me disant que je ne serai contente que le jour où je mettrai des fleurs dans mes cheveux et mon âme sera baignée d'un soleil sans fin. Ma petite vahiné, on dirait que je t'ai conçue dans mon imagination. Les femmes allongées sur les murs de ta chambre. Tes étagères en rotin tigré. Ton jardin, ton intérieur de plus en plus luxuriant.

Nous sommes la première génération des plantes. Nous sommes allées ensemble au quai choisir les feuilles vertes de ma vie renouvelée. Le jour où tu es repartie, me laissant une ordonnance végétale, j'étais comme une jeune mère, seule pour la première fois avec son bébé. Ton premier bain ah là là ce n'était pas évident. Au début le bébé n'aime pas l'immersion. Pourtant on prend soin, que ce soit juste. Testée du bout du coude. Si elle n'est ni chaude ni froide, va bene. Pour le biberon, c'est le dos du poignet qui juge. Toi, tu ne voulais rien connaître de cet engin-là ! Quel drame. De tout cœur je voulais te combler de mon lait amourant. Va chercher le grand amour, va demander au corps de donner ce qu'il n'a pas reçu, va changer la course des rivières et essayer de vivre plus vite que le temps inscrit dans ton histoire. Notre corps de femme est doté d'une parole de lait, de nectar, de sang lunaire. Ma parole de lait fut atténuée. Je voulais la compenser avec le biberon. Tu avais faim. J'ai tout essayé, jusqu'au dernier modèle en forme d'un petit rond de sein. Pas question. Tu préférais sucer rien de mon sein vidé plutôt que de rentrer dans ces combines modernes de lait en poudre, de sein en caoutchouc. Je te dis, le corps n'échappe pas à l'histoire. Tu verras, tu en auras du lait, tout ce qu'il faut, j'en suis certaine. Nous avons refusé l'héritage, traversé les frontières, échappé au mauvais sort. Nous sommes la pre-

mière génération. Tu ne m'en veux pas ? Comment ? Pour la ca-
rence en lait. Et moi, alors, d'être arrivée à l'improviste ? J'aurais
pu te donner le temps de rectifier le tir. Tais-toi, je ne me serais jamais découverte sans toi. Tu es la première personne qui m'a aimée
tel que mon être conçoit l'amour. En fête, en aventure, en recherche,
en bienfaisance totale, sans arrière-pensée, en idéalisme infini. Je
crois que je vais mettre du henna sur mes cheveux avant de partir.
Qu'est-ce que t'en penses ? Oui, ça te va bien, les reflets cuivrés.
Quoi d'autre ? Ah oui, la robe. Je vais l'essayer maintenant. Si elle
me va, tu m'en feras une ? Ce n'est pas trop compliqué ? Si on la
faisait en jaune ? Parfait. Un jaune très ... à la fois riche et subtil.
C'est ça, un jaune qui a vécu, mais qui garde la fraîcheur de
l'innocence. Les bretelles et la ceinture seront tressées d'un jaune
plus intense et puis, voyons, on pourra marcher vers l'orange jusqu'à
la rose flambée. Comme on dit en italien : shocking. Finalement non,
ça fera trop de décalage par rapport à la masse jaune. Voilà, je l'ai !
Des tresses de jaune, doré et ivoire. Appunto. Así se toca ! Moi je peux
tresser. Pour le reste je suis nulle. T'en fais pas maman, je m'en char-
gerai. Pendant ce temps, je vais préparer un gâteau. Les abricots sont
finis, les quetsches ne sont pas encore arrivées, je le ferai à la pêche.
Tu sais ce que j'aimerais manger ? Une tarte aux myrtilles sauvages,
les vraies qu'on achetait au bord de la route de montagne de ma
première jeunesse. Impossible. Introuvables. Tant pis, c'est ça la
richesse de la vie : il reste toujours un bijou perdu, un délice inoubliable
qui ne se transformera plus jamais de souvenir en retrouvailles. Nous
sommes mortels. Soupir.

Soupir. Ce pourquoi la femme a inventé le gâteau. Le temps de sa
dégustation est un sursis cosmique. Tu mangeras des mangues. Oui,
mais je n'oublierai pas les framboises. Il m'a fallu beaucoup voyager
avant d'apprendre à tout apprécier au présent. Je récuse la nostalgie
et les souvenirs, l'eau de Cologne des fantasmes langoureux. Pourtant, il y a un plaisir particulier à la fin d'un séjour, un rappel équidis-
tant entre l'immédiat et le perdu. Sur l'île, il fallait une bonne demi-
heure pour escalader la colline. Chaque jour c'était moins difficile, les
mollets se faisaient, les pieds créaient des liens d'amitié avec les
pierres et la terre poussiéreuse du rude sentier. En haut, une baraque
aux volets fermés. Un cheval. Une muraille. De là on voyait la courbe

blanche de l'église au sommet du village. Juste après le cheval on se retournait pour regarder la mer. De loin elle semble immobile. Elle t'attire d'un désir pur de plonger. Quand on fait l'amour bien. A équidistance entre le désir et la satisfaction. Ça ne se termine jamais. C'est sûr. Une fois, entre la nuit et l'aube, nous sommes rentrés d'une fête. Le chemin éclairé par la pleine lune. Tout le noir de l'île nous embrassait. On n'avait peur de personne. Nous étions libres de donner la nuit et le ciel les uns aux autres. Les pentes noires de l'île chaviraient sous le ciel mouvant. Bercés d'un doux vertige. Nous avons chanté sur le chemin. Nous avons dansé sous les étoiles. A la place de l'amour qui n'était pas venu nous rejoindre, nous avons lié des amitiés géniales. Un certain tout a commencé sur ces sables.

J'avais peur le jour où nous sommes allés à la découverte de la plage magique. Au retour on ne trouvait plus le chemin. Il fallait monter jusqu'au dos en rasoir de chaque colline. Les épineux de plus en plus nombreux barraient le passage. Un soleil brûlant, aigu. De la cime on voyait la plage de débarquement. C'est par là. Mais il fallait descendre et monter et descendre et monter, et à chaque pente nous perdions de vue notre destination. Il fallait aller vite. Ne pas rater le bateau. Les piquants nous griffaient les orteils. J'avais peur. J'avais moins peur que toi mais plus que mon frère. Lui, il n'a jamais perdu son cool.

Enfin nous sommes arrivés aux figuiers. La plage en vue. On a mangé des figues sucrées de soleil. Juste avant la fin d'une belle épreuve je suis remplie d'une animation joyeuse. C'est tout l'espoir de toute ma vie de tous mes futurs de tous mes plaisirs de tous les délices de tous les arrière-goûts parfumés de l'amitié, de l'amour, de la musique, de la compréhension réunis dans un moment totalisant.

Aujourd'hui le vent a chassé la brume. Un ciel bleu arbore la grande chaleur venue du sud, remplie de souvenirs. Ce matin j'ai pris de la musique avec mon café. Le campesino m'a dit : vous aimez tant la musique, je suppose que vous aimez danser. Si j'aime danser ? Si, hombre, si, je suis de cette race qui aime danser. Mes enfants aussi aiment danser. Les vaches pleurent, nous dansons: c'est notre façon d'aimer. La danse me délie le sourire, me dérouille la pensée. Si tu veux savoir ce que la vie m'a appris, danse avec moi. Les doigts de pied de ma philosophie se perdent des fois parmi les épineux. Mes orteils meurtris, je monte et je descends les pentes théoriques. Je désire tant. Le chemin me pique. Je me rends insensible aux piquants, je désire tant que je ne veux rien, je ne dirai plus à personne.

Viens sans un mot, guide-moi jusqu'à la plage de la danse, danse avec moi et je te raconterai ce que j'ai vu au cours de mes nombreux voyages. L'éclat de lumière d'un moment privilégié. Bah be du tum bah be du tum, ça va, nous sommes dans le rythme. Tu veux que je te raconte une histoire ? Lors d'un récent séjour en extrême occident, je sentis traverser mon corps un tel entrechoc de courants ... Total ... Un désarroi qui me semblait de plus en plus exemplaire. Quelle est cette géographie sexuelle qui leur donne à tous des crampes endessous de la taille ? In-tri-guée, un hunh, je portai ma question jusqu'au giron d'un docteur savant. Ouais. Devine ce que je trouvai dans la chevelure drue de ses deux volumes ? Des poux, chico, des vulgaires poux démangeurs. Il se gratta la tête, tout en donnant des coups de massue à celle d'un ancien élève qui a osé s'envoler sur les ailes de sa propre pensée. Toute la soirée je le suivais: pam ! Un coup de massue, scrittch scrittch scrittch, une chasse aux poux. Tout pour prouver que, qu'importent les arabesques, les parfums enivrants, les mots qui commencent avec "al" et toutes ces chinoiseries si tu vois ce que je veux dire, l'âme de son peuple demeure depuis sa préhistoire et jusqu'à nos jours intacte, sous forme d'une arche gothique. Ces claquettes, par exemple, qui nous animent à présent : d'après lui elles ne valent même pas des guillemets dans cette longue histoire tragique et fière de l'être. Ta ta tum Ta ta tum. Tu te reconnais dans ces déhanchements?

Mon peuple a séjourné ici. Ils sont partis en catastrophe. C'est-à-dire, les survivants sont partis. Les morts sont sous nos pieds. J'ai beaucoup voyagé, retraçant leur chemin, jusqu'à comprendre que je suis des danseurs née. Ils dessinaient des huit des soixante-quatre des quatre-vingt-huit si bien que je peux me rencontrer dans tous les virages. Je ne suis pas particulièrement attachée. Pourtant, j'ai lu quelque chose qui me reste à travers de la gorge : les massacrés n'ont qu'eux-mêmes à blâmer. Oui papa. Dixit l'uberpensador. Je le quittai en claquant les pieds. Bddrrr bdrrr bdrrr bdrrr bdoop! Comme ça ! Le lendemain matin je demandai au campesino de me raconter l'histoire de son pays. Il me dit : nous ne savons pas d'où sont venus les premiers. De partout, de l'autre extrême, de tout point de vue. Nous ne savons pas, il n'y a pas moyen de savoir. Ce qui est sûr c'est qu'aujourd'hui nous sommes tous mélangés. Oui papa. Nous nous regardâmes, de nos deux extrêmes, dans une lumière complice. Nous sommes nés remplis de l'histoire humaine. Ce pourquoi nous ne parlons pas. Comment dire toute cette richesse ? Avec les yeux, avec le corps désirant, les mains de tendresse, la bouche entr'ouverte d'accueil. Petit à petit l'enfant accepte de parler. Par sympathie pour ceux qui ont beaucoup oublié. La parole aussi devient un plaisir, pourvu qu'elle sache se parer de silence.

Je m'en vais. J'étais au bord de la mer d'herbe séchée, au pied de la sierra, à l'air pur parfumé de la bouse, sous le porche en rough hewn poutres, à l'air d'une musique qui chante l'amour pénible d'une voix nouée entre l'est et l'ouest, au soleil de plomb au soleil d'argent nuagé, au soleil qui se couche en courtisane parée de couleurs dérivées de la framboise. J'étais au bord du ciel, embrassée de la courtoisie chevaleresque des fils de quelque chose, nourrie du lait puisé du vert corral par vache interposée, côtoyée à mon insu par les adeptes de la culture universelle de la mouche. Toutes les mouches se ressemblent. Hombre ? Je dis qu'entre une mouche et une autre il n'y a rien à choisir.

Au contraire. Dans le monde entier et ceci depuis le début du temps il n'existe pas une mouche compatible avec une autre, tellement elles sont marquées par mille fois mille traits précis qui les empêchent de créer des rapports harmonieux. La mouche est sans cesse traquée par son désir insatisfait. Elle est en permanence à la recherche du grand amour. Ce pourquoi elle se pose aussi bien sur une crotte que sur un gâteau à la pêche. Elle se noie dans le chagrin d'une demi tasse de café abandonnée par un buveur solitaire, elle se tape des bougies en flamme, de la viande pourrie, des ordures entassées lors d'une grève, des draps éblouissants tendus sur une ligne ensoleillée La mouche est ce que l'univers a de plus tragique. Tu t'es jamais interrogée sur ses origines ? A vrai dire/ Eh ben, en se créant, la Création fut prise d'une nostalgie diffuse, d'une nausée profonde devant son œuvre. L'idée était bonne. D'un seul mot que nul langage ne connaît, elle conçut la joie intégrale. Emportée par son propre génie elle se mit à danser à danser se réjouissant de son épanouisse-

ment à naître. Cette danse, source de toute danse aujourd'hui connue, présagea, par l'infinie subtilité de ses mouvements, l'ondulation
de la montagne, le trémolo des longues tiges du blé élégant, les battements du cœur de la lave, le va-et-vient jusqu'à la jouissance de la
mer, l'ouvre-moi parfumé d'une rose, les chatoiements sucrés de la
framboise, les yeux d'un homme qui regarde droit dans les yeux
d'une femme, la sensualité du bois d'ébène. Cette danse ne se termi-
na jamais, ne s'est jamais terminée. De ses gestes se déroule tout ce
qui vit, a vécu, vivra. L'eau et la lumière en sont la respiration, et
l'équilibre universel sa direction. Qui ou quoi ? Par quelle porte est
rentrée, de quel extérieur a pu venir qui ou quoi pour briser
l'harmonie ? Non pas que la framboise rêvée fut plus délicieuse que
tout un chacun cueilli des fines branches en cascades d'invitation,
mais que la totalité framboise dans toute l'étendue de sa réalisation
ne trouva point de partenaire, que la Création, comprenant une infinité d'accouplements, fut seule dans sa beauté. Je ne dis pas qu'elle
créa, en conséquence, la mouche. La mouche échappa à la Création.
Par un moment de préoccupation. Passager, sans doute. Un temps
faible qui aurait su s'intégrer à la danse et s'y perdre. Seulement, les
mouches rendirent ce moment matériel, elles en sont toujours la
répétition. Tout ce qui existe trouve sa plénitude sans la chercher.
Seule la mouche cherche le grand amour. Et revient bredouille. Sacré
nervosité !

Qu'ils disent qu'ils n'aiment pas faire l'amour le matin. A faire
pleurer Marianne. Pour n'en citer qu'une. Comme si nous étions capables de nous nourrir des souvenirs de la veille. C'est long une nuit.
Presque aussi long qu'une journée. Et alors, qu'est-ce que ça veut dire
dormir corps à corps enveloppé d'un soupir joint et puis se quitter le
matin avec un baisemain courtois ? Quand, en plus, tout est là
pour te faire croire qu'il est d'attaque. Son arme chargée. A blanc,
qu'ils disent. Qu'ils sont fatigués qu'ils disent. Che pena. Tu ne vas
pas me dire que tu acceptes ces mauvais traitements ? Poverina.
Vraiment il faudra qu'on s'occupe de son éducation. Mais non, mais
si, je veux dire que non, c'est à dire si. Qu'est-ce qu'on peut faire
d'autre ? Certes, il y a deux volontés qui s'entrechoquent : le lui qui
est partant, éveillé, debout et le lui qui sombre, grommelant contre la
lumière du jour. Mais si eux deux ne peuvent pas se mettre d'accord,

comment dois-je faire, moi ? L'outsider ? Tu pleures, mon enfant. Non, je ne pleure pas mais j'avoue que ça m'attriste des fois. Non, maman, ce n'est pas un constat c'est une ordonnance : tu pleures. Le matin, quand il se lève, et puis il se lève, têtu, tenant tête contre sa volonté charnelle, et ils se lèvent, te laissant sur les draps comme une vieille robe de chambre, tu pleures. Comment ? Doucement, bien entendu, faisant en sorte de ne pas nuire à tes qualités séductives. Et surtout que ton nez ne se mette pas à couler. Ce n'est pas un peu injuste ? Et comment ! C'est pour ça qu'il faut pleurer. Sinon, ça s'installe, exactement comme ces injustices qui traînent à travers les siècles. Qu'ils appellent l'Histoire. Si tu ne veux pas d'histoires, tu pleures un bon coup. Tu verras. Qu'ils disent qu'ils ne veulent pas mais que vite ils y prennent goût. Mais ils me racontent toujours comme les femmes de leur vie ont trop insisté sur ce plan. J'ai toujours pris ça comme un avertissement. C'en est un ! Elles n'ont pas suffisamment insisté, les autres. Ou bien elles n'avaient pas la bonne combine. Une lavandière ne s'improvise pas. C'est un métier première catégorie.

Conclusion, je dois pleurer. Ah oui, ça, sans doute. Chaque matin ? Mais non. Ah la la, les converties. Elles exagèrent toujours. C'est normal. Une fois par semaine ? Disons une moyenne d'une fois et demie. Et ce traitement prend combien de temps pour aboutir au bon résultat ? Quelques mois. Pourvu que tu ne lâches pas. Surtout ne te tyrannises pas. C'est le pire. Quand tu commences à te remettre en question, ça gâche toutes les possibilités de guérison. Mets ça bien dans ton corps : tu n'es pas mise en cause. Lui non plus. C'est une question politique. Nous sommes pour la démocratie. Faisons le compte : il dit oui au poing levé, elle dit oui à la bouche ouverte, tu dis oui car les lavandières ont toujours envie. Ça fait trois contre l'un qui veut dormir encore un peu et puis, horreur, aller travailler. Qu'ils disent qu'ils n'aiment pas faire l'amour le matin. C'est du discours. Nous sommes la révolution. Allons, mes salopes, par ici la sortie du discours.

Je m'en vais. J'étais au bord de la séduction par un soleil baroque qui m'a fait tant de promesses mais quand j'ai dit oui, je veux tout, je suis présente, il s'est couvert d'une brume romantique de fin de siècle. D'un pas léger mon cœur a reculé, perdant de la couleur. La nuit les étoiles se couchaient seules. Du bord de la mer d'arbres, les oiseaux partaient en vagues pétillantes.

Tu veux que je te raconte une histoire ? Par une nuit suave d'été, dans l'enceinte d'une fête, j'ai rencontré un bel homme qui m'a offert une rose. Il s'est dit Kabyle de la montagne de la Grange. Il m'attira doucement de son côté, d'abord par la rose pâle tenue entre ses doigts longs et fins et ensuite par la lumière de ses yeux et finalement par le charme rinascimento de ses moustaches poivre et sel. Jusqu'au milieu du plat de résistance il prêta une oreille gracieuse à ma conversation, m'inspirant à faire part de ma pensée véritable, dépassant de loin les limites mondaines de la soirée. A mon tour je lui demandai ce qu'il faisait dans la ville. Question qui le fait rire. Aha, serait-il un aventurier ? Un mage ? ¿Un chanteur de mi corazon ? Hombre, non. Il s'avoua almorahif d'une province qui se trouve au croissant sud de la contrée. Un cacique, quoi, qui m'avait charmée tel un jeune homme pas encore sorti des études de la séduction Je le mis à l'aise, lui faisant comprendre par l'inchangé de mon comportement que je ne le jugeai pas moins agréable ni moins abordable malgré la révélation de sa haute condition. Nous continuâmes à nous divertir au sein d'une joyeuse compagnie.

Après le repas vint la dégustation de la musique. Ah ces cordes multilingues me incanten. Ces bras soulevés par-dessus la tête, ces mains qui retombent en cascades de doigts claqués, ces bras pliés dans un geste qui prend la vie entre deux mains qui relaient les battements du cœur. Des heures de musique menèrent jusqu'à la danse, jusqu'aux pieds habiles et rapides, jusqu'aux corps suspendus des branches de ces bras soulevés de ces mains tombées de ces doigts qui claquent. Je me trouvai face à mon interlocuteur, intrigant, de tout à l'heure. Nous dansâmes tout en reprenant notre conversation. Qui prit une tournure surprenante. Et définitive. Est-ce par la force de la musique enivrante ou bien grâce aux révélations dont je témoigne ici que cet homme se transforma devant mes yeux ? Sa peau devint de plus en plus mate comme si un soleil du désert de lui seul connu l'avait bronzé depuis des générations. Ses cheveux drus et bouclés poussèrent pour se cacher aussitôt sous un turban jaune pâle. Je suppose que mon étonnement devant cette métamorphose eut l'effet de m'éblouir un instant, si bien que quand je le regardai de nouveau il avait échangé sa tenue moderne contre un large pantalon en toile blanche, on aurait dit une jupe sauf qu'il était fermé entre les jambes et autour des mollets, une tunique du même tissu richement brodé en fils de soie blanche autour des manches et au col. Le tout complété d'un gilet d'une couleur sombre, brodé d'or. De même ses chaussures, un genre de pantoufles élégantissimes, en cuir blanc, brodé or. Dois-je dire l'effet qu'il me fit ? Que déjà il fut impressionnant dans son rôle de partenaire animé, trouvaille de la soirée. Que maintenant transformé en personnage. Que ce fut trop vrai ! Il faut dire que nos campagnes gardent un potentiel magique qui a quitté les villes à jamais. Plus on s'efforce là-haut pour épater, plus ça tombe dans l'ennui le plus vulgaire. Alors qu'ici, à quelques pas des vaches qui broutent selon un rythme millénaire, je me trouve devant le drame que je vous raconte : d'une voix basse, tendre et musicale il me dit qu'il n'est pas vraiment un notable d'un pays méridional, non plus un résident estival de la Grange. Il est un personnage, un vrai personnage ou, si tu préfères, rien qu'un personnage. D'un livre écrit par une gitane qui fit son campement à Tourchevalier au milieu du 15e siècle et puis disparut, laissant le manuscrit, y compris ce personnage devant mes yeux, au fond d'un coffre placé, comme une énigme, au plein milieu d'un champ cultivé. Cela dit, il disparut, le personnage. Je me suis retrouvée seule à danser quelques pas jusqu'à ce qu'un autre vienne prendre sa place.

Et si c'était moi, elle, la gitane, et celui-ci son récit ?

MAMMY WATA

La jeune femme arrive, la tête haute. Balancée sur la tête, une petite table en bois, renversée. Niché au sein de la table, un grand bassin en émail oriental et populaire, surmonté d'une série de bassins
moins grands, posés l'un sur l'autre en pyramide. A la main elle tient
un seau rempli de bols en étain émaillé. Qu'elle pose par terre maintenant. Que maintenant elle lève les mains pour ôter le chapeau de
table garnie. Elle se plie à la musique de son métier. Elle danse ces
gestes mêmes de celle qui laboure la terre, qui l'accouche du riz. Ce
riz qu'elle prend par poignée du grand bassin pour ensuite, par une
petite rotation, le garnir du ragoût et par un geste de balançoire doucement charnelle se dresser devant son client qui prend son bol qui
tend ses pièces qui va rejoindre les hommes assis sur un banc en bois
à l'ombre des arbres. Jeune courbe à un angle de 90°, non, plutôt 86°
ou 92°, elle rythme ses gestes aux intervalles du bol rempli du riz garni
au bol offert au client. Fleur en courbe à la tige drapée de tissu sou-
riant de couleurs, elle pivote sur l'axe rebondi où siège son charme.
Lové contre son dos, niché au creux de sa cambrure, serrant de ses
jambes de jeune pousse la taille fine de la maman, le bébé, sa petite

141

chair rebondie coiffant le fruit mûr de la maman, se berce au rythme du métier de sa mère. Parfois la petite lève la tête en contrepoint de la tête penchée de la mère qui prend des cuillerées de ragoût du bassin posé par terre. Parfois, au moment où la maman tend le bol au client, son buste légèrement avancé son menton doucement relevé sa tête juste un peu penchée en arrière qui veut dire au plaisir de vous servir, au même moment le bébé pose la joue contre le dos de sa maman, baisse les papillons de ses paupières, penche vers le sommeil. Sur le banc en bois, sur des caisses retournées ou même bien assis sur le rebord d'une mince planche de bois, debout, équilibrée entre le poids du corps de l'homme et l'accueil de la terre poussiéreuse, les hommes mangent, les hommes discutent, les hommes prennent leur aises entre le travail du matin et le travail de l'après-midi, ils mangent, ils discutent. Ceux qui n'ont pas de travail prennent aussi leurs aises du midi. Les hommes sont assis, ils palabrent, ils montrent de leurs mains de leurs bras les choses de ce monde, tout ce qui mérite la parole. De leurs mains de leurs bras ils pèsent les rapports de force et suivent les mouvements et posent par terre les bols vidés. Ça tourne. Ces deux rondeurs offertes à l'œil de la vie, le bébé qui dort la maman qui sert, la tête du bébé endormi contre le corps de sa mère, la tête de la jeune femme qui se penche pour ramasser une portion de cette nourriture qu'elle a passé la matinée à préparer, qui se lève pour offrir le bol, un sourire, quelques mots sur la santé sur le repos sur les activités sur la santé et le repos et l'activité de toute la famille. Aux rares moments où aucun client ne se présente elle tourne son regard vers les hommes assis à manger à discuter, ses yeux frôlent la terre, elle quitte ses bassins et avance au pas de liane tout en refaisant le berceau en tissu, le resserrant, tirant sur les deux bouts et les rentrant afin de les ancrer, passant ses mains derrière le dos elle rassied bien son enfant, glissant les mains devant, elle tire sur les deux bouts de tissu, les tourne trois fois l'un autour de l'autre, rentrant les deux bouts afin de les ancrer. Tout en s'avançant vers les hommes assis en train de manger et de discuter, tout en bordant sa bébé, elle arrive, elle se penche, elle prend un bol vide, elle retourne à sa place, elle rince le bol dans un seau d'eau, un nouveau client se présente, elle se penche, elle remplit le bol, elle sert. Ses gestes se décrivent en balançoire, en mangue balançant sur la tige, en tête de fleur penchée, en branches tombant par arc de tendresse, en offrande ondulante. Ses mouvements bercent et caressent l'enfant endormi. Elle remplit elle sert elle reprend elle rince elle refait les nœuds qui maintiennent l'enfant contre son corps elle cause elle sourit elle tend le bol elle prend les pièces tendues elle se penche elle se redresse dodelinant elle rince elle remplit elle rajuste le bébé dans le nid de sa cambrure elle resserre le tissu autour de ses seins autour de sa taille. Une femme arrive. Elle se décoiffe, plaçant son bassin par terre le temps que l'autre femme se penche, remplisse le bol, le tende à la femme qui le prend, le pose dans son bassin qu'elle remet sur la tête et s'en va manger.

Aujourd'hui la jeune fille m'a préparé un repas du pays. On l'a partagé sur cette table. Puisqu'elle préfère se servir de la fourchette je n'ai pas mangé avec les doigts. Parmi ceux qui mangent avec les doigts je ne prends ni fourchette ni assiette. Les deux façons sont bonnes. Il fallait que je vienne jusqu'ici afin de comprendre pourquoi je n'arriverai jamais là-bas. C'était un rêve et la nuit fut longue. Ici on se lève tôt par un éclat de lumière. Les coqs chantent. La musique danse. Il y avait la nuit il y a le jour. Les deux sont bons. J'aime aussi l'après-midi. La siesta garnie. L'homme est parti, laissant les enfants. Un autre viendra. Je l'aimerai de tout mon cœur vidé et rempli, cet autre, mais j'avoue que c'est toi que je préfère. Mes enfants sont deux hommes et une femme avec l'homme de la femme et les femmes des deux hommes. Nous nous quittons le temps d'un départ à l'aventure. Je suis arrivée dans ce pays qui ressemble à peu de choses près au tien. Les enfants sont venus vers moi. Nous nous racontons des histoires de voyage, de nos pays, des couchers de soleil, des fruits, du temps frais du temps chaud.

Est-ce que vous connaissez les pédégés de la France ? Nous leur envoyons des mangues. A la saison des mangues si vous pouvez voir l'arbre est plein plein plein de mangues mon frère il monte dans l'arbre et moi je reste en bas attraper les mangues qu'il me lance et le panier plein plein plein de mangues et la journée nous mangeons nous mangeons des mangues. Les femmes passent coiffées des plateaux de mangues, de bananes, d'arachides, de beignets, de tomates, de maïs, de tout ce que tu voudras. Le long de la route qui a quitté la ville les femmes passent coiffées d'un jarre d'eau d'une mortagne de bois. La terre est rouge, écumée d'herbe en souffle de vert. Les toits de chaume lèvent leur tête juste au-dessus de la chevelure du mil vert dressé.

Le camion danse prudemment à travers la route rouge, serpentant un chemin entre les nids de poule. Patience dans la vie, oncle, dans ce pays il faut aller lentement parce que les autres ont couru vite prenant tous nos biens nous laissant notre terre rouge et notre sourire. Le temps ici passe de main en main et la parole est bien en chair. Le matin très tôt les charognards descendent dans la cour picorer parmi les capuchons aux marques d'importation enfoncés dans la poussière. La vie chère des boissons sucrées aux recettes impériales, la vie bon marché de la chair qui laboure la terre d'une pioche en bois sculpté. Les charognards mangent en se disputant, se chassant les uns les autres de leur minable tête aiguë, jouant les coudes de leurs sales plumes. Ils remontent faire le vacarme sur les toits, se lancent des injures, trépignent de leurs grosses bottes la tôle ondulée, font de sales gueules de maldormis qui n'ont rien à foutre de l'innocence. Plongeant de tout le poids de leur chair pourrie ils atterrissent dans la cour. Clopinant leur corpulence rassise, se jetant du mauvais œil, crachant, maugréant le manque de chair ensanglantée de nouveaux morts. Que le sang peut les enivrer, les exciter à leur haute danse planante. En ville ils font le trottoir bas, au fond des égouts, racolant tout ce qui pue. En ville ils font les cents pas au fond des fossés. Mercenaires au chômage.

Les gendarmes nous contrôlent, papa. Encore un contrôle, ils veulent nous compter encore ? Et quoi et quoi. Les papiers, patron, le carnet de bord, attention chauffeur, pas de surcharge. Nous sommes serrés les uns contre les autres, même le vent ne peut pas passer entre nos bras touchant, entre nos dos aplatis, entre nos cuisses familières. Ils nous regardent du toit aux pneus, ils jettent un œil critique sur nos pauvres biens accroupis sous une bâche en plastique rougie de la poussière. Et nous avec toute cette route à manger, tous ces trous à enjamber, tous ces vélos à chasser comme les poules comme les chèvres. Qu'est-ce que quoi ? Encore un contrôle ? Ils sont de beaux gars tirés à quatre épingles qui nous contrôlent de derrière leurs lunettes fumées. De beaux hommes, musclés, clinquants neufs. Il y a les foyers de banco rouge de la terre, les arbres de la pluie, les champs de mil et de maïs, les marchés ouverts ou couverts de paille tressée, les gamins avec leur arc à tir, les femmes en hauteur jusqu'au rebondi en terre cuite du jarre d'eau ou le maquis de bois squelettique. Et les postes de la gendarmerie. Il y a les vaches bossues, les ânes au poil beige qui dégagent un air de bonne santé, les chèvres qui traversent la route en courant, les poules, les coqs et les gendarmes. Vos papiers ! Et quoi et quoi. ¿Il y a une frontière entre ces deux villages? Tant pis, ça fait du bien d'étirer les jambes et de décoller le cul des bancs en bois chichement encoussinnés. Mais notre grand frère est frappé d'un coup dur : on lui a collé une amende juste parce que sa femme est allée donner de l'eau aux enfants et lui il a présenté les deux cartes d'identité. Pas question. Pas de discussion. Ah la la ! ces gens qui se présentent sans carte et ces cartes qui se présentent sans gens et ces gens qui ne comprennent rien rien rien aux papiers d'identité.

L'amende est encaissée, nous reprenons nos places, le jeune soldat pressé contre mon côté gauche m'offre un œuf dur et c'est reparti. La maman en face offre son sein à l'enfant. Le tissu du berceau est transformé en couverture qui protège l'enfant du vent, elle se met de profil, prend le sein dans la bouche, tend sa main vers le visage de sa mère, le caresse tendrement, touche l'anneau suspendu au lobe percé de l'oreille de sa mère, admire de sa main en chair neuve l'anneau d'or, caresse la poitrine de sa mère, saisit dans sa main le sein de sa mère, qu'elle offre, qu'elle s'offre. Caresse le visage de sa mère boit le lait de sa mère s'endort dans les bras de sa mère, offre au regard de sa mère le visage du repos satisfait. Que la paix soit avec toi.

Mais qu'est-ce que quoi ¿la douane? Qui mais qui donc a traversé la frontière et comment mais comment contrebander le maïs d'un village à l'autre et qui mais qui va se droguer de la chèvre qui agonise sur le toit. Vous voulez connaître les bouts de notre tissu, compter nos œufs ? Le soleil tape sur nos valises, tape sur les apprentis penchés sur le toit à tout défaire et à passer tout le poids de nos biens aux mains soulevées qui les posent sur la chaussée et le soleil tape sur les mains des douaniers qui fouillent les matrices où nous casons nos pauvres biens et le soleil tape sur les mains qui contrôlent qui n'ont pas à se salir dans la terre rouge. Je vous le dis petit frère ces contrôles là sont des histoires d'hommes. Contrôler c'est une idée d'homme. Les femmes donnent à manger. De l'œuf dur offert par petits bouts aux petites bouches, des beignets sortis par bouchée du papier gras tenu dans la main en coupe, du pain, un morceau de maïs rôti, du lait de leur sein, de l'eau d'une timbale. Les femmes tiennent l'enfant sur leurs genoux toutes les longues heures du voyage, le protègent du vent, bercent son sommeil. Les femmes parlent entre elles. Elles sont regroupées au fond du camion où le vent doit faire des efforts supplémentaires pour les atteindre alors que les hommes le prennent à sa pleine force et discutent des choses de ce monde. Le contrôle, c'est une idée d'homme. Je vous dirai des idées de femme : que les bancs soient un peu douillets, les couleurs plus vives, l'espace plus généreux et pourquoi pas, une sorte de bâche en grillage souple qui nous protégera de la poussière et du vent tout en laissant passer un courant d'air, pourquoi pas un tchador pour le camion ? Pourquoi pas percer les baraques de carrés d'air plus spacieux et nous mettre des jolis grillages en fer forgé contre les voleurs et les bons à rien ? Dans tous les peuples il y a des bons et des mauvais. Il faut faire attention madame. Ah, ceux qui nous abordent à la sortie du marché, c'est parce que vous êtes étrangère. Ils prennent les gens pour des imbéciles. Bonjour madame, madame vous prenez des oranges, mes bananes sont belles madame. Nous voulons inviter dans nos habitations un peu de l'air rafraîchi par les arbres verts du jour les arbres noirs de la nuit. Que le sol de l'habitation soit sec et l'eau liquide. Que les immondices bien nourris soient recomposés en bouffe pour la terre. Que l'eau soit dirigée dans nos champs assoiffés et détournée des flaques puantes. Que l'eau soit propre à nous nettoyer et à rendre couleur nette à la couleur dansante de nos tissus. Que l'eau soit propre à traverser notre corps et à repartir en charriant les déchets sans nous déposer ses propres immondices à nous bouffer de l'intérieur de notre corps. Que l'eau soit moins lourde sur nos têtes dressées, que le trajet soit moins long entre le bois et le feu. Que notre tendresse ne soit pas picorée par les sales becs des charognards. Que nos seins ne finissent pas en sacs vidés.

Ecoutez, les copains ! Assez joué le pouvoir. Mes enfants ont faim mes enfants ont soif. Je veux que tous mes enfants mangent à leur faim tous les jours, je veux que tous mes enfants soient lavés de l'intérieur de leurs corps à l'eau pure. C'est maman qui parle. Vous allez cesser de foutre le bordel. Tous ensemble nous allons faire le ménage du monde entier, nous allons ranger nos affaires, mettre un peu de beauté en chaque chose, égaliser la lumière, égaliser la chaleur, je vous dis il n'y a pas de raison de vous disputer, il y en a pour tous et chacun, personne ne va charrier. Et quand notre maison sera propre et remplie de bonnes odeurs, nous allons faire la fête, nous allons danser.

Il ne faut pas penser qu'elle est malheureuse. Elle est contente de faire son travail. Elle trouve juste le poids sur sa tête le poids sur son dos. Elle serait mécontente de rester assise à rien faire. Mes enfants, vous voulez que je vous dise quelque chose ? Ici ils sont contents. Beaucoup plus que là-bas. Sans se faire d'illusion il faut regarder les visages et reconnaître qu'ils sont contents.

Elles peuvent sortir mais elles doivent toujours demander à leur mari en précisant leur destination. L'homme, de son côté, peut se promener comme il veut où il veut quand il veut. Il n'a même pas à dire qu'il va quitter la maison. Il est là, il est parti, il est rentré. C'est notre coutume. C'est rare qu'un homme renvoie sa femme. Sauf si elle commet une faute grave. Par exemple ? Si son mari la découvre avec un autre homme. Et les hommes ? Ce n'est pas pareil. Les hommes qui boivent, ils boivent ils boivent et puis ils rentrent à la maison et ils frappent leurs femmes, ils frappent ils frappent ils frappent. Et la femme reste ? Et la femme reste. Elle ne peut pas s'en aller. Elle ne pourrait pas se nourrir. Les hommes peuvent sortir se promener mais la femme elle reste à la maison. Elle peut rendre visite à une copine ou aller voir ses parents. Elle peut aller au marché. J'ai un ami qui s'est marié avec une étrangère. Quand ils sont rentrés au pays il a commencé à suivre nos coutumes. Elle se plaignait auprès de moi et je lui ai dit de faire comme nos femmes, de se faire des copines, et quand son mari est sorti elle ne sentira même pas son absence, elle retrouvera ses copines, s'amusera en leur compagnie. Les hommes du nord, du pays de la sécheresse, oh, ils ne lâchent pas leurs femmes. Ces femmes là elles cherchent toujours à partir en prenant tous les biens. Elle est mariée à un homme, elle croise un autre, hé, elle veut partir avec lui. L'homme il ne peut pas survivre sans la femme. C'est elle qui cherche le bois qui cherche l'eau. Alors, ces hommes, quand leur femme part au puits, il va avec elle, quand elle va au marché, il l'accompagne. Il ne veut pas que cette femme lui échappe. Il la garde comme un esclave, hé, c'est la vérité.

Ça doit changer. Les femmes disent que ça va changer. Et elles ont raison. Mais il faut aller doucement. Ça ne se fait pas dans une journée. Il y aura le gaz, il y aura l'eau courante. Il y aura la femme au temps libre. Le problème de notre pays est que ceux qui sont passés par les bancs de l'école ne veulent plus travailler la terre. Nous ne voulons plus nous marier. L'épouse est une esclave. Elle ne peut pas sortir, son mari la maltraite, elle n'a pas le droit de prendre la pilule. Ma grande sœur est maîtresse et elle est contente. Elle a tout payé : le gaz, le téléphone, le loyer, ses habits, tout tout payé. La maîtresse elle sait où elle est, elle sait où est l'homme. Quand il a envie de la voir, il vient la voir. L'épouse elle ne sait rien, elle est comme une esclave, elle doit faire toutes les corvées et si le mari ne s'occupe pas d'elle où c'est qu'elle va aller, hé ?

Mon grand-père était un roi. Il avait cinquante femmes. Les anciens ils comptaient les femmes et ils disaient ça c'est un homme. Ma grand-mère, qui était la première femme, fut chargée de surveiller les autres, d'organiser les rotations, de dire cette nuit il va avec telle femme telle femme. Cinquante femmes. Mais il ne pouvait pas vraiment s'en occuper ? Quand une fille était belle et ses parents étaient bien, ils cherchaient à rentrer dans la famille royale en mariant leur fille avec le roi. Cinquante femmes. Juste pour faire le tour de sa concession il fallait une journée. Pour faire le tour de ses femmes il fallait cinquante nuits. Mais il ne pouvait pas vraiment être homme pour cinquante femmes ? Une femme couchait avec lui et puis elle attendait quarante-neuf jours que son tour revienne. Mais les femmes, elles avaient d'autres hommes ? Alors là, rare sont les hommes qui ont persisté. Si on découvrait qu'un homme allait avec une femme du roi, il était châtré. On lui enlevait le goût de la femme, oui, le roi il n'avait pas à se déranger, ses valets s'en occupaient, ils châtraient l'amant ou bien lui faisait des choses pour garantir qu'il n'aura jamais plus le goût de la femme.

Mais il ne pouvait pas vraiment s'occuper de cinquante femmes ? Il y en a qui n'ont même pas eu d'enfant. Elles sont vieilles maintenant. Elles n'ont jamais eu d'enfant. Ah, nos anciens, ils ne se posaient pas de questions. Ils étaient bien ! Ils étaient libres. Dans un tel peuple, la femme n'a pas le droit de regarder son mari en face. Quand il lui parle elle tourne la tête comme ça, elle baisse les yeux. Quand elle vient dans sa présence, elle ne reste jamais debout, elle se met comme ça, accroupie. Jusqu'à nos jours ? Ça continue toujours. Mais ça ne peut pas continuer ? Je suis d'accord, il faut que ça change. Je veux bien, le respect pour la tradition, mais moi, femme, je vous assure je ne suis pas venue donner des leçons à personne, ni m'immiscer ni juger, même pas pour avoir un avis. Je voulais sentir. Ça m'était absolument nécessaire de venir et de sentir. Il fallait que je sache enfin de ma présence corporelle si oui ou non je suis capable de m'imaginer vivre une telle condition. Si oui, ma vie est simple. Je n'ai qu'à voyager. Si non, ça veut dire que nous n'allons jamais respirer, jamais savoir ce que c'est un être humain, jamais satisfaire nos désirs, jamais cesser d'avoir honte de nous-mêmes. Jusqu'à ce que ça change. Partout.

Le drame, homme, c'est que je t'aime. Je ne peux pas me passer de toi. Ici, où toutes les voix te ressemblent, où les peaux sont une réflexion de la tienne, où je mange de mes doigts des plats préparés par tes mères, où on rit comme toi, où on a la langue rose comme toi, je marche à travers les sentiers poussiéreux où tes pieds sont déjà passés, je mange mangues, avocats, gombos, goyaves, ananas et les petites bananes sucrées dont tu m'as parlé, et à tous ces hommes qui me rappellent ton souvenir, je réponds non. Le temps d'une transition, je ferme mon oui. Que personne ne m'invite à la fête s'il ne s'agit pas de la fête sans fin.

Il faut que ça change. Mais moi je pense que si les choses sont telles qu'elles sont, c'est en grande partie la responsabilité de la femme. C'est elle qui élève les enfants. C'est elle qui les inculque ce schéma, qui le perpétue. Give me five, brother. Tu l'as dit et tu l'as bien dit. Les femmes ont le pouvoir de la transformation. Elles auraient dû parler déjà, pourquoi n'avez-vous rien dit ? Nous aurions dû comprendre, savoir, parler, changer, vous changer, tout changer. Mais j'avoue que c'est difficile. Parce que nous vous aimons. Chaque fois que nous essayons de vous enlacer de nos bras libres, de vous parler de notre tendresse libre, chaque fois que nous restons debout, fières, confiantes, chaque fois nous mettons en jeu votre affection pour nous. Par un moment de faiblesse elle cède et tout est à recommencer. Par un moment de fatigue enivrant elle te donne tout sans te faire passer par des épreuves. Par un moment d'inattention elle oublie de se moquer de tes flatteries. Là, par exemple, dans un tout à l'heure pas très lointain, un petit frère m'a fait coucou et j'ai oublié de le chasser. Résultat, il a gobé du pigeon vite fait et puis il s'est envolé en ricanant. Que du gâchis, que de l'eau trouble. Mon enfant a faim. Niché au creux de chaleur entre mes cuisses mon enfant demande du substantiel. Nous avons donné le sein à tous vos pleurs, rendez-nous la fête. Mon enfant, le ventre creux, ne cesse de sourire, de t'inviter, d'émettre son parfum de jasmin. Homme, je t'adore. Habillé d'ampleur traditionnel, ton front sculpté, tes pommettes saillantes, la lumière de ton sourire, de tes yeux intelligents, tu rehausses l'ampleur de ta noblesse qui tombe en cascade de tes épaules, tu dégages tes bras, tu poses les coudes sur tes genoux, les bras pliés, les doigts qui parlent, ta langue ressurgit d'un cœur de percussion, tu me parles des choses de ce monde.

Je te regarde, ta bouche, tes dents, ton cou, tes poignets, la chaleur de ta peau, ta bouche entre parenthèses souriantes, tes yeux qui promettent de me regarder jusqu'au fin fond de notre nuit, l'énergie vitale qui traverse ton corps, enrichie, cette énergie vitale qui à travers ton corps donne vie à ma vie. Le long de ton dos, le ferme de tes cuisses, le défini de ton torse et là et là où ton splendide s'exprime en arrondis du bois en chair en sang élastique, et là où tu es fait pour te joindre à moi, où le souple de ma tendresse t'inspire la chair dure dressée de ta force de me combler, homme, je chavire, ne me touche pas, je ne saurai résister, ne me regarde pas, mes yeux tombent dans tes yeux et c'est parti, je ne peux pas me retenir. Danse avec moi. Non, ne danse pas avec moi. Si on danse tu me trouveras, et comment je vais faire pour me sauver ? Reste là, assis en face de moi. On parlera des choses de ce monde. Mais la musique papa, la musique qui remue les rues poussiéreuses et l'odeur des brochettes grillées. On met du piment, des tomates, des oignons, de l'huile relevée. Le pain est bon.

Dans la rue animée, l'odeur du pain sorti du four. Nous nous promenons par une nuit suave d'été sans fin. Chaud, chaud la fraîcheur de la soirée qui me caresse les épaules nues. Plus fort que les crachements de mobylette, que le ronron des voitures, cette musique exhalée par les portes ouvertes, qui me fait marcher de plus en plus jolie, qui me pousse près de toi, qui m'inspire à danser. Je ne te connais pas. Le hasard m'a placée à côté de toi et déjà nos pas suivent un même rythme. Tu veux boire quelque chose ? On se retrouve en bas ? Devant ? Où c'est qu'on mange ce soir ? On prend l'air le soir assis côte à côte et les autres se disent elle est avec lui. Allons donc danser, donner des raisons à leurs spéculations. Mais qui mais qui la contrôle celle là ? Viens, on va s'amuser. Non. Mais si, on va s'amuser. Non. Tu aimes danser ? Oui. Quelle musique ? Cette musique qui se balance qui se tchk tchk, qui sait où sont mes hanches, cette musique qui me remue la tête. Le cliquetis de nos doigts. Viens, on va s'amuser. Non. Ne me laisse pas voir tes poignets. Si, je les vois, cette ossature allant vers un clin d'œil, me parlant de l'autre par-dessus ta voix, ces deux pics charnels de ton corps en muscles tressés, va savoir pourquoi je suis enivrée par tes poignets, homme, qui présente ta main, qui connaîtra mon sein qui trouvera mon ventre, qui sait d'où surgit la vie naissante. Viens, on va s'amuser ensemble. Non. Tu es belle. Tes cheveux, tes jambes, tes bijoux, ton analyse de la situation, ton va et ton vient et ton air d'enfant perdu. Tu veux manger un œuf ? Viens on va s'amuser. Non. Pourquoi ?

Il dépassait son contexte. Plus beau, plus ample, plus sûr de lui, plus direct, plus lié à mon monde. Un homme connu. Si tu savais. C'est sûr qu'il t'a vu. Ici même. Dans un temps compris dans cette histoire. S'il n'a pas discuté avec toi c'est qu'il t'a vu trop grand. Tu dépasses son contexte. Mais la problématique se ressemble à peu de choses près. Nous avons toute la vie devant nous. Un après-midi avant la pluie. Nous avons échangé des noms, frôlant le tien, mais je ne l'ai jamais prononcé. Il m'a raconté des propos qui faisaient écho à ta voix mais je n'ai pas avoué. Disons que je suis ici seule, que j'ai des amis partout, que j'ai un projet à réaliser, ecco mon programme. Ne soufflons mot d'elle arriva enfin dans son pays. Il était futé. Pourtant il m'a vue plus petite que je ne suis. Tu connais la musique ? Mes sandales coquettes, mes bijoux cueillis à travers les contrées de jasmin, de citronniers, de clous de girofle, de figues, d'hibiscus, les couleurs de mes habits et leurs diverses origines et le tissu de ma coquetterie confectionné par mes lavandières adorées, la couleur de ma peau qui a connu tant de soleil. Et mes cheveux. Maman ! Mes cheveux. Alors là il s'agit d'une édition originale.

Face à moi dans le camion un garçon me regardait de ses yeux ardents. A l'intérieur du camion ça causait, ça bougeait, ça mangeait, ça roupillait. Il ne me quitta pas des yeux. C'est vos cheveux expliqua la dame assise à ma droite. Mes cheveux en banderole dans le vent. Leurs cheveux qui se lovent contre la tête et se tiennent tranquilles contre vents et marées. Quand il resurgit de l'eau sa tête est ornée de perles en cristal de pierres précieuses de gouttelettes d'eau nichées dans ses cheveux en tirebouchon d'une douceur si tu ne les as jamais touchés tu ne peux pas savoir la douceur de te perdre les doigts dans les dédales de mille fois mille poils tournés tournés en boucles serrées. Ça remuait tout autour de nous, la poussière soufflait de la terre rouge, les chèvres pressées, les poils des verts susurres de l'herbe haute et fine qui trace la route, nos pauvres os coincés qui cherchaient d'autres positions. Les yeux du gamin me prenaient toute entière jusqu'au fond de son âme ardente. Mes cheveux, oui, mais mon être, oui, ma pensée, mon vécu, mes histoires, mes délices, les enfants sortis de mon corps, les langues que je parle et ma façon de me tenir sur le banc dur, cambrée comme mes consœurs pour faire un coussin entre les os et le bois, mes rêves et mes désirs soufflés par ses yeux profonds, ses yeux noirs, lumineux. Il est amoureux de moi. La rencontre fortuite. La reconnaissance totale. La tendresse débordante. On veut pleurer de joie. Enfin je l'ai trouvé, mon complément. Comment ai-je fait pour penser que ma vie était une vie avant de connaître cet autre qui désaltère mon moi assoiffé. Je suis avec toi. Ma vie est transformée. Tout le long du voyage ce garçon est amoureux de moi, toute sa vie il tombera amoureux de ce qui est moi chez l'autre, nulle femme ne gagnera son cœur si elle ne tient pas une de mes clés. Son avenir est tracé, il va faire telles études, tels voyages, tels sauts, il va dépasser son contexte, allant droit vers moi. Beata te, jeune femme comblée des retombées de la tendresse de ce gamin qui m'aime comme une femme veut être aimée.

Aime-moi comme un garçon de cinq ans et je ne te quitterai jamais. Toi, mon paysan brillant, mon fils de la terre instruite, toi qui viendra un jour donner de l'eau à ces champs, de la chair à ces bœufs, des outils aux hommes, des provisions aux femmes qui donneront à manger aux enfants, toi, à l'âge de cinq ans tu me racontais tes forces d'homme. Et si un voleur vient à la maison je lui ferai cric et crac, et si un bon à rien et si un malfaiteur et si un ennemi je le battrai je le chasserai, personne ne te fera du mal. Attention les mecs. Cette nana est ma maman. Tu as intérêt à ne pas charrier. Aussi loin qu'elle puisse s'aventurer elle n'est jamais sans notre protection.

Figure-toi, il est de ton village, oui. Et il ne m'a rien dit et il ne m'a rien flatté et il ne m'a rien promis mais son amour est installé dans mon cœur irrigué de nos sangs mêlés. On avait toute la vie devant nous pour aller danser et manger des brochettes au piment sur le bon pain de ton pays et faire l'amour par les après-midi de pluie les après-midi de soleil. J'avais tant de choses à te demander. J'ai tant aimé la façon dont tes bras tombent de tes épaules et tout ce que tu as regardé, noté, apprécié, jugé, ta façon de t'asseoir penché sur un dossier en feuilletant les pages de ton métier. Ton air un peu grave que j'aurais pu illuminer. Ça s'est passé si vite. Et j'étais dépaysée. Je n'avais pas le temps, disons plutôt que j'ai complètement oublié qu'il fallait dire non. J'ai dansé tout droit vers la douceur offerte. Et pourquoi pas ? Ce plaisir n'a pas de prix. Ce plaisir partagé reste à nous autres pauvres, à s'en régaler sans compter. Je t'aurais offert tant mon cadeau. Et mon temps enrichi de l'énergie vitale captée par ton corps, transmise à mon corps, je te l'aurais rendu en double. Ça s'est si vite passé que j'étais toujours sous le charme quand déjà j'ai pigé la gifle et tes belles paroles aigres-douces se sont retournées dans ma tête sans que tu attendes ma réplique. Ma pauvre, il t'a fait marcher, il t'a fait danser et il est parti avant que la pluie ne tombe. Viens, on va s'amuser. Non. Pourquoi ?

Parce que je suis ciel je suis océan. Jamais tu ne sauras me nager. Parce je suis l'eau. Jamais tu n'auras autant de soif que j'ai de l'eau douce à verser. Parce que je suis le temps infini et tu as déjà regardé ta montre, si, si, je t'ai vu, parce que je suis enfant et rien ne m'échappe, parce que je suis enfant et j'ai toute la vie à danser, à jouer, sans jamais m'ennuyer, sans jamais m'épuiser. Tu aimes danser ? Oui, toute la nuit tous les jours, je ne fais que danser, ma main danse le stylo, mes yeux dansent la beauté de ce monde, ma pensée danse l'espoir, ma vie de femme est de faire le ménage en dansant, mon sourire est la danse parce que je t'adore, homme, je te regarde,

homme, et mes bras t'enlacent et mes cuisses t'enlacent et mon passage souterrain qui mène de mon cœur à ton cœur t'enlace. De mes
yeux, de mes lèvres, de mon nez j'inspire le parfum de ton corps, tu
me rends soupir, tu m'inspires. Tu me couvres. Je respire. Tu me
frôles de ton point d'interrogation et je suis oui. Tu aimes danser ?
Oui. Tu as déjà dansé à cette musique ? Oui. Notre musique te
plaît ? Oui. Combien tu as connu de la couleur de notre musique ?
Oui. J'ai demandé combien ? Non, ne me demande jamais combien
ne me dis point pourquoi. Si tu ne veux pas me connaître ne cherche
pas à me savoir. Beaucoup ? Non. Peu ? Non. Mieux ? Non. Avant
hier ? Non. Tu es charmante. Non.

Le chagrin est tombé avant la pluie. Ouais petit frère, le chagrin. A
propos de rien. L'attente, la déception, le ré-espoir, la certitude de la
déception, la bande enregistrée remontée et jouée encore une fois sur
fond statique des spéculations inutiles. J'aurais dû : être sceptique,
me méfier, prendre mon temps, te chasser comme une mouche, te
traiter de piccolo ragazzo qui prétend plonger dans la mer quand il ne
sait pas nager, t'inciter à la lutte de rivalité, te tenir à l'écart, te souti-
rer des œufs durs et du maïs rôti et des promenades dans la ville et des
virées jusqu'au village et des preuves de compétence jusqu'au certificat jusqu'au bout. Mes enfants, vous voulez que je vous raconte une
histoire ? Tout se passe très bien. Les rues sont animées, mon séjour
est animé, les interlocuteurs se succèdent sans interruption, il n'y a
pas de temps mort, j'ai mangé des avocats, des mangues, de petites
bananes sucrées, je me remplis de souvenirs inoubliables. Mais les
mecs, va essayer de les comprendre. Fils, tu me dis à chaque départ :
fais de bonnes conquêtes. Qui voudrait le contraire pour sa petite
maman chérie ? Mais papa où sont les fils de la même mère que
toi ? Ces hommes je les adore, je n'ai pas à te dire. Alors va comprendre pourquoi celui qui m'a charmé s'est sauvé comme un voleur et l'autre, macho, l'autre dont les émissions ne passaient point
sur les mêmes ondes que moi, hombre, sa fidélité fut sans bornes.
Pour te dire, il ratait des rendez-vous avec ses copains en faveur de
ma compagnie ! Il est beau, intelligent, sensible, bien fait, touchant.
Mais. Mais, je ne vais pas passer mon séjour en see-saw oui-non petit
amour-petit chagrin. Conclusion : actuellement je suis au beau fixe. Et
mes conquêtes seront soumises à une administration plus casse-

pieds que les PTT, plus contrôle que les gendarmes, et aussi tendre que l'âme de ce pays.

Homme, je t'adore. Viens, on va s'amuser. Il fait beau aujourd'hui. Le petit ouragan qui nous a rabattu les oreilles l'autre soir a balayé le ciel. La poussière se tient tranquille, le soleil nous regarde droit dans les yeux. Allons-nous en sur le chemin de l'autre côté de la mosquée, manger des brochettes. Et puis au marché acheter des fruits. Et puis à la piscine, côtoyer le beau monde. Eux aussi peuvent être sympathiques. Il y a des bons et des mauvais. Ce soir allons danser.

Dans chaque pays, une jeune fille m'arrive, ma fille. A chaque escale je retrouve un chez moi. Une jeune fille arrive. La conversation commence. Nous nous racontons des histoires de nos voyages, de nos lectures. Nous allons ensemble au marché. Si la commerçante ne parle pas le français, ou si elle veut nous vendre des bananes pas mûres, la jeune fille parle pour moi dans la langue du pays. J'aime tant voir le sérieux d'une jeune fille qui choisit des fruits avec ses mains de devenir femme. Quand on m'interpelle dans la rue, madame, madame, elle lance un œil dédaigneux. Gare à vous, les bons à rien, cette étrangère est mon amie. Les filles et les femmes te font une maison dans la vie. Elles te donnent à manger. Hier, à midi, elle m'a porté le repas typique du pays. Sa tendre concentration alors qu'elle mettait le couvert. L'invité est le premier servi. Quand tous ont mangé, ce qui reste est toujours offert à l'invité. Un jour nous avons partagé les fruits que j'ai achetés au marché. Le soir elle m'a offert du maïs rôti. Dans ce pays, on t'offre à manger. Et toi, à ton tour, tu invites l'autre à partager ce qu'il vient de t'offrir. Et lui il répond non, merci, j'ai déjà mangé. Et toi tu insistes. Tu casses l'épi en deux et tu lui tends un morceau. Finalement il accepte. Pour faire honneur. L'après-midi elle est venue partager avec moi des morceaux d'igname frit qu'on trempe dans une sauce à l'oignon-tomate pimentée. Par la nuit suave nous sommes allées dans les petites rues au parfum de la musique. Elle a acheté des mandarines pour nous et moi j'ai offert des œufs durs. Les journées s'écoulent au rythme de notre conversation approfondie, de notre amitié se tissant. Les filles et les femmes se parlent des plaisirs, font ensemble le tri.

Si je passe devant quelqu'un qui est sale, je fais comme ça, et après, je peux encore faire comme ça, parce que si je sens l'odeur ça me donne envie de vomir. A la maison de ma cousine il y a ici des mangues ici de la papaye ici des citrons ici des fleurs. C'est une maison silencieuse. J'aime cette maison. Ce voisin, il est mauvais. Il boit, il joue aux cartes, il ne travaille pas. Ses enfants n'ont même pas à manger. Un peu de riz, comme ça, pour toute la famille. Son fils est un bandit. Quand je vois pleurer un grand je dis allez-y pleurez encore mais si je vois un enfant pleurer je veux pleurer aussi. Quand elle dit pleurer elle dessine des larmes de ses jeunes doigts dansants, quand elle dit je fais comme ça elle retient sa respiration, quand elle dit les arbres elle lève les bras en branches, quand elle parle des choses qui sont désagréables elle dit ça me décourage en passant la main sur son bras d'un geste de se nettoyer. Les filles et les femmes s'échangent des paroles de bijoux, d'habits, de recettes. Elles se disent comment bien ranger la maison, que tout soit ordonné et propre. A la lumière des bonnes odeurs nous préparons la fête.

Dans la photo je suis rentrée, vous êtes venus me retrouver à la gare. La nuit suave, l'air de notre doux pays, les amoureux, la certitude de nos retrouvailles, je suis rentrée, doucement enivrée. L'aventure. La détente.

Vous êtes venus tous me retrouver. Sauf notre petite dernière qui faisait encore un bout de vélo avec les babas kamikaze. Question de liberté. Vous êtes venus tous me reprendre, sapés de vos beaux habits d'été épanoui, de votre élégance cool, souple, ondulante. Quand je vous ai vus, chair de ma chair, sensualité de ma sensualité, dans vos corps de liberté libre, les bras nus offerts à la tendresse de la soirée, les seins de mes lavandières luisants des caresses, saillants dans leur coquetterie autonome, quand je vous ai regardés venant vers moi pour renouveler notre invitation à la danse, j'ai pu avouer que ça a été un peu dur le séjour. Mais d'abord nous avons fait des sourires de la belle famille réunie. Toi, en t-shirt de marin à rayures et pantalon rose bonbon, tu es resté derrière l'œil qui nous regardait droit dans les yeux brillant de notre joie un peu exagérée sur les bords dans l'intérêt de maintenir l'effet comique. Nous sommes drôles ensemble. C'est notre soleil. Nous voilà, pris dans nos sourires de plan américain. Quel âge vous nous donnez ? Les lavandières alignées en poupée russe descendant de gauche à droite. Miss gros nichons dépasse son contexte sous une légère couche de tigre rose bonbon dont les rayures horizontales suivent les pentes de cette splendide mammifère. Et ses rires, les enfants, ses rires de masse de chevelure détressée, ses rires rousselant que nous prenons en délices dès son lève-tard le matin. La première fois que je l'ai vue elle m'a annoncé : j'adore ton fils. Comme toi, ma fille, de l'aube de ton regard faire-la-fête. Elle s'est confectionnée le pantalon bouffant en satin bleu clair dont on ne voit que le haut, bien que notre sourire arrive jusqu'aux pieds, la photo s'arrête là où notre joie de femme commence. Elle m'a fait une jupe par un après-midi de notre séjour, la grande famille réunie dans notre maison du doux pays. Les jeunes femmes sortent des merveilles de coquetterie du salon de couture aux dalles peintes en jaune soleil. Par terre des paniers du marché de cette contrée d'où je vous écris offrent au plaisir des yeux des coupons de tissu bariolé, des pelotes de laine, même les patrons modèles sont rangés en fruit du terroir au ventre d'un gros panier. Ensuite, c'est moi, la revenante. Entourée des fruits de mon ventre, nichée entre mes deux complices. Il faut dire qu'au moment où l'œil nous a enregistrés en lumière de couleur j'ai une vraie tête d'ingénue, nouveau-née à notre monde du plaisir à la fin de mon séjour au pays austère de l'extrême occident.

J'y ai vu des choses, j'en ai vu. Nous nous arrêtons le temps d'imprimer ce sourire collectif, pour que le passé ne prenne pas la peau blême du souvenir, et puis je vais vous raconter. Qu'est-ce qu'elle est bronzée, la màmma ! Claro, chicos, ça c'est du soleil massif de la mesa. Je suis descendue des hautes altitudes pour arriver jusqu'ici, au niveau de la plage. Je suis rentrée habillée de ma robe de rose obscure de roses claires parsemées. Il y avait un jardin de roses devant la hacienda. Le soir j'ai trouvé une rose pâle dans un vase sur la table de chevet. Cette robe qui tombe en cascades souples qui se balancent à ma démarche nous fait tous plaisir et ici, de nouveau, elle respire, notre féminité ne provoque pas de scandale. Si les hommes peuvent faire ainsi, je dirai « mon pays ». Le collier d'or brille plus fort contre la gorge brunie. Luxe rare autour de mon cou, mon bijou de famille. Nous avons fait des progrès, mes beaux gosses. Quand tu rappelles ces tristes photos de famille d'un temps révolu, mes cheveux coupés courts, mon air de mal épanoui, le bébé sur mes genoux, vous deux accoudés un sur chaque cuisse, ma détresse, le sauvetage de vous, mon espoir. Nous avons grandi ensemble. Sur la photo, notre joie partagée. La belle vie, hombre. Le beau gendre derrière moi et toi, placé à mi-chemin de la mère et la fille sa compagne, ses cheveux blondis au soleil. Quiet as its kept, Conchita adore la plage et son chef ne saurait la décevoir.

Au volant il joue au papa. Je vous préviens mes gosses je veux bien vous emmener à la plage mais si le vent se lève si le soleil se cache si le front de mer se fait engober par la brume venue de la ville vous allez rester tranquilles et personne ne va se plaindre et nous allons rester sur la plage jusqu'à ce que les autres soient partis, les campeurs à leurs tentes, les bonnes petites familles à leurs bons petits plats, les shpregenzi dans leurs Mercedes parquées aux abords des hôtels de tourisme et tous du même gabarit, à savoir les embouteillageurs, partis partis partis, et le chemin de retour bien dégagé, voilà le contrat, mes gosses. Quelle est votre réponse ? Ouais papa, lu et approuvé. Bon, allons-y. Et si vous êtes sages, vous allez manger des chichis. Ouais papa. On t'adore. Ton drôle de sérieux. Quand tu arrives à la maison tu la prends d'un tournemain, tu lui fais des câlins. A côté de toi elle est devenue encore plus menue encore plus opulente et ô combien raffinée. Sur la photo on voit tes pommettes tout justes frappées d'un coup de soleil. Alors qu'elle, la morena, l'ovale de sa tête en couleur du madera d'oriente, garnie des rideaux de cheveux noirs épais et pourtant rigolés de myriades de spirales dans le genre frisé, alors qu'elle, la déesse des ananas, s'entend de plus en plus noire avec le soleil. Le portrait de ton visage, ma fille, ne bouge pas d'un millimètre. Il me semble que l'heure est toujours maintenant, que tu as toujours été cette jeune femme aimée par la vie, que l'âge ne touchera jamais ton front qui n'a jamais arboré même pas l'espace d'un instant, même pas un milligramme de méchanceté. Un cafard blafard, mal lavé, puant la pisse et le gros rouge, même un cafard aura du mal à t'inspirer des hostilités. Le bras de ton frère croise ta poitrine. Sa main posée sur mon épaule. Il rit. Un pan de ta robe bleue de l'heure bleue se voit pour nous rappeler tes épaules nues, tes mains fertiles d'imagination, ton bonheur qui se chante en couture, ton simple luxe de trouver la beauté qui tombe softly softly qui couve qui dévoile ton corps des îles de notre désir.

Dasvidanya tovaritch, notre campesino ingénieur. Tu ris. Ton ciel est bien dégagé. Du bon travail, mon ami, une carrière bien ouvragée. Tu l'as fait mine de rien. La confiance qu'on t'a faite, tu l'as enrichie d'engrais naturel. Nous voilà éblouis par ton rendement. Le long de la route, sur la plage, à table, sous un arbre dans un village en fête, le soir quand nous allongeons notre chaude fatigue de farniente, tu nous sers des plats du mystère de la biologie. A travers ta science nous connaissons notre bouffe depuis le grain, depuis la terre, depuis la plante qui mange et digère, depuis la plante que nous mangeons jusqu'à notre chair de plante, de viande, d'eau, de lumière, d'amour. Explique-nous encore la sexualité des avocatiers. Sur la plage, les épouses te prennent en copain, les petits garçons te cherchent en copain, le bébé cool sur son parasol se berce à ta douce conversation de papa-copain, et tu es homme parmi les hommes. Tu rentres avec eux dans les arcanes du voilier, tu planes, remontant les spirales du ciel, guidant l'avion d'un courage sereine. Tu n'as pas peur de tenir la barre contre les vents marins. Tu sais que l'avion planeur ne tombera pas du ciel, ne rentra pas en collision avec un de ces gros oiseaux qui règnent sur nos ciels en aller-retours qui cassent le temps. Tu n'as pas peur de ma peur. Pourtant je suis la maman qui t'a porté dans les bras à travers des terres inconnues. Pense, qu'une mère puisse élever le fils qui la dépasse, que mon courage ait traversé ton corps pour devenir autre.

Tu as pris la photo, vous avez pris mes valises, je vous ai montré mon sombrero que lindo macho, et nous traversons nos ruelles intimes allant vers la maison. Nous n'allons pas par quatre chemins. Elle rit. « Eh hein, il t'a larguée » ? Je ris. Nous rions. Appunto. Je me suis retrouvée paumée au pied de la montagne. Dans un temps limite, chicos, je suis passée de reine du sérail en dueña marchant en pantoufles afin de ne pas déranger les amoureux. Non mais franchement je n'allais pas disputer le territoire, me mettre en rivalité avec une jeune de ton âge pardi. Moi qui suis venue passer un moment agréable entre deux eaux, et elle, le poussin, completamente sconvolta à manigancer son projet vital, à tirer les leviers et bouger les poids d'une grandissima liaison, peu importe si ça se casse avant la saison des feuilles mortes ou si ça se colle tel l'écorche à l'arbre, je n'y ai pas mis un doigt.

Ces rues nous connaissent, elles nous passent de main en main, une danse en rond de la gare jusqu'à la maison. L'église tire le bout de la rue vers le haut. L'église qui garde sa foi bien cachée dans son ventre, nous laissant ses marches pour de légers bains de soleil, des prises d'air par les nuits douces, des rendez-vous fixés, des rencontres à l'improviste. Sur les marches de l'église, nous disons sans gêne, sans penser aux fervents agenouillés au creux de son ombre humide aux relents de moisi. Ils ont leur église, nous la nôtre.

A table la joyeuse famille réunie autour du repas de bienvenue à la maman voyageuse. Je le fais exprès de me lancer dans les bras du monde dans sa diversité. Chaque pays a sa façon de te tenir. Juste avant le départ je m'accroche aux jupes de ma maison. Mais comment, comment quitter le chez moi où mes modestes biens sont bien rangés, où j'ai droit au feu pour faire ma cuisine, à l'eau pour me laver, à mon lit qui me connaît intimement. Par quelle porte sortir de cette histoire écrite à mon adresse personnelle ? Maman, fais tes valises. Tu verras, ça va bien se passer. De toute façon tu nous as suffisamment fait chier pour partir au pays lointain maintenant tu ne vas pas flipper. Je baisse la tête. Il me semble que l'heure est toujours maintenant. Il n'y a pas d'heure pour partir de chez moi. Et si ici maintenant je ne suis pas comblée comment imaginer mieux dans un monde inconnu où personne ne m'attend ? Mon fils, je chavire. Cette fois-ci je ne peux pas, je n'ai plus le courage de l'aventure. C'est parce que l'autre, la petite déception, et lui, le but de mon long trajet disparu au moment de mon départ. Ça rime à quoi ¿foncer dans la nostalgie?

La veille de mon départ il a fait si beau. De l'animation sur la place. J'ai écouté le tamtam, le balafon, le cora, en regardant les danseuses de flamenco, et les deux musiques faisaient corps. Les arbres ombraient les palabres. Nous étions chez nous avec notre animation d'importation, tapés d'un soleil d'importation. Après tout nous ne sommes pas si mal chez nous. Mais ma décision fut prise. Dans un tout à l'heure récent tu es venu me retrouver à la gare, porter mes valises. Maintenant tu m'accompagnes au point de départ. Dans la foule de passagers qui rentrent au pays nous sommes déjà emportés.

J'aimerais venir avec toi. Tu vois que tu vas bien t'amuser. La prochaine fois nous irons tous.

Mais maintenant c'est un autre retour dans l'autre chez nous, et vous avez collaboré à la préparation du repas, je me suis régalée à chaque signature de vos mains bien-aimées. Ça donne la trouille quelque part, de dépendre des autres pour dormir pour manger, mais finalement il y a tant d'accueil, encore une fois la vie se montre bonté. Les plus beaux échanges se passent de main en main. On a mis une maison à ma disposition, j'ai préparé des gâteaux, j'ai témoigné à des amours naissants, des enfants sont arrivés, j'étais leur mère-camarade, j'ai vécu encore une fois ma joie de vous. Mieux que les souvenirs de votre enfance, ces nouvelles familles qui se créent le temps d'un séjour, les amis réunis, portant chacun une étape de sa vie. Finalement j'ai soudé des liens inoubliables. Mais c'était austère. Que j'éclate de joie de revenir. C'est ça qui me donne le courage de l'aventure. A chaque retour nous nous retrouvons, soudés par la séparation.

Au début la richesse mère-enfant est un corps à corps concentration de dépendance. Ici on ne voit guère de femme sans bébé sur le dos, niché dans la cambrure, le bas de ses fesses posé sur le haut des fesses maman. Banda maman. La beauté n'est pas arbitraire. Vue de derrière la femme construite en rondeurs, du bol sur sa tête, la tête de l'enfant, la rondeur de ce corps et puis la rondeur splendide de son corps à elle, le tout équilibré sur une tige de jambes enveloppées d'une étoffe en fleurs d'une élégance luxueuse. Qui marche sa majesté.

Ça te fera du bien de porter des robes longues là-bas. Ça n'a rien à voir avec le cache corps, non non, mon peuple apprécie cette ligne de grâce de la femme parée jusqu'aux chevilles. Ce conseil rentre dans ma tête, y subit des analyses théoriques. Où se situe ma liberté par rapport à cette esthétique? Moi, le refus du comme il faut. Mais sur cette terre mère, mes enfants, la phrase devient corps. Je marche dans la rue de terre battue, d'un même rythme lent et déhanchant que les corps qui m'entourent, encore plus rythmé en croisant la musique qui sort à longueur de journée des portes ouvertes, et je fais mon apprentissage, jusqu'au jour où, naturellement, je vais m'éclore dans cette ligne tissée d'une sagesse millénaire. Sans bébé qui coiffe mon derrière. Le temps de la femme comporte cette fin. Par moments je suis assoiffée de cette effusion de sang, triste de constater sa diminution. Ce sang qui vous gêne, mes belles filles, pas dans son sens mais sur le plan pratique, le jour où ça tache une robe, un drap, ce sang débordant de la fécondité. Nous faisons presque semblant d'être gênée. Par le bain de sang, par la lourdeur des seins qui nous empêche de courir, par ce courant d'hommes qui nous importunent. Mais comment ? N'ai-je pas le droit de m'asseoir dans un jardin public sans qu'on vienne m'emmerder puta madre ! Laisse-moi regarder le monde bon diou sans qu'on me zigouille des regards de chasseur. Pourtant, c'est beau. Et quand la rivière de sang se tarit allant doucement doucement vers son silence jusqu'à se perdre un jour — qu'il me soit lointain please — dans la mer de l'après-fertilité, tu le regrettes.

Notre vie de femme. Coulante. Et l'attente. Que les règles viennent soulager ta panique, te dire que tu n'es pas enceinte. Que les règles ne viennent pas, te dire que la vie commence à prendre forme dans ton ventre accueillant. Que les eaux coulent, avant signe de la naissance. Que le lait coule, que ton enfant mange à sa faim. Que les règles reprennent et ton corps retrouve sa forme et tu recommences la lecture de ton texte lunaire. Tu me prêteras ton enfant un jour, que je sente sa chaleur contre mon dos. Je te portais sous un bras, ton poids soutenu par ma hanche, je savais tout faire d'une seule main. Souvent j'ai préparé le repas comme ça. Je ne pouvais pas quitter mon bébé, j'avais besoin de lui et lui de moi en dépendance totale. Man mano son monde s'ouvre, on se lâche selon un rythme végétal, d'une parfaite connaissance l'un de l'autre. L'histoire de la femme ne se découpe pas en chapitres structurés par carrés d'organigramme. Elle apprend à suivre sa vie à travers une infinité de transformations. Quand je vous laissais pendant quelques heures à la charge d'un autre, j'écrivais des pages de lexique et de mode d'emploi. Ouais ouais, écrit, de cette même main qui maintenant vous écrit. Qu'est-ce que tu veux, j'appartiens à une civilisation du livre, au peuple de l'écriture. Ainsi vos pleurs, vos gémissements et balbutiements furent traduits en équivalents de : fatigué, a faim, ne veut plus manger, à retourner sur le ventre et tutti quanti. Et maintenant, grand fils, quand je pars à l'aventure, tu t'occupes de mes affaires. Nous nous écrivons de belles lettres. Et toi, jeune fils, quand tu passes chez moi pendant mon absence, tu me laisses des mots que je retrouve au frigo, au four. Je cite : Dans ce four, ton nom, a grillé son pain le x du mois dans l'année précisée. La Patrie Reconnaissante, le tout garni de quatre clous en bronze dessinés, le fond strié, une note en bas de page « marbre véritable ». J'ai choyé vos appétits. Pas pour vous gâter, mais par respect pour la vie que chacun allait s'inventant. Pour la beauté de l'harmonie de votre plaisir. Notre vie de mère-enfant se composait en partie et contrepartie. Depuis la dépendance totale jusqu'à cette table où maintenant je suis fêtée du repas préparé par vos soins.

Je suis de retour. Il me manquait le bon pain, le fromage de notre pays, vos amours épanouis. Bravo, ragazzo, bravo gli tui spaghetti. Ta vie dans mon ventre me creusait de faim pour gli spaghetti. Gli tui spaghetti répondent à ma faim. C'était bien là-bas, j'ai connu des gens sympathiques, j'ai mangé du gazpacho. Finalement j'ai bien vécu le temps, le contexte. Je suis tombée amoureuse du grincement de la grande porte antique en bois sculpté à l'heure du crépuscule où j'allais à la maison en face prendre le lait tout tiède sorti de la vache et m'en retournais, le ciel strié de framboise, les oiseaux chantant en vacarme mélodique réunis sur les branches de leurs arbres à pala-vers. Mais j'avoue que c'est le prochain voyage que je préfère. Je t'assure maman, il t'aime. Non. Je ne le retrouverai jamais. C'était un amour de l'impossible. Mais je ne renonce point. Love is not love when it alters where it alteration finds. Je le rangerai dans mon coffret d'amours éternels. Un jour en sortira mon complice, composé de toutes leurs qualités réunies. Homme, je t'adore. Je suis enfin dans ton pays.

Vue de devant, la femme t'apporte des salutations de la vie, ex-primées par les pieds du bébé de chaque côté de sa taille. Ici on se tend la main, on se dit bon jour, et la santé, et la famille, avant d'acheter des bananes, ces doigts rondelets de petites bananes su-crées, fondant, dont tu m'as parlé. J'assume les souvenirs inou-bliables, l'authentique qui t'enlève le goût des fruits verts d'importation. Je ne mangerai plus d'ananas là-bas. On ne pourra plus me faire croire qu'un bâton jaune est une banane. Je suis venue voir ta mère, elle m'a prise dans la famille. Le présent est plus beau que les souvenirs. A présent je suis amadouée par la chaleur de la terre rouge. ¿Tu penses que j'aurai envie de retourner à nasa tenga? Non papa. S'il n'y avait pas mes enfants/ Ici on se serre la main avant d'acheter des avocats à la peau rouge verte noire, avant de prendre de l'argent à la banque. Toute la vie déborde dans la rue. Il n'y a pas de lieu public, la ville est une maison, le pays, le continent est une maison. On se serre la main avant de prendre un café. Ici la communauté comprend tous les êtres vivants, ceux qui sont morts, ceux qui vont naître. Cette terre femme ne saura oublier un seul de ses enfants. Toutes les femmes depuis la fillette jusqu'à la vieille aux seins vidés s'appellent mama. Si tu tends une main de chaleur humaine, si tu montres du respect et de la générosité, la fête commence. Le don se donne, allant croissant dans une spirale d'offrandes, de respect, d'affection.

Vous êtes une femme solide, solide. Vous êtes bien ici, vous êtes solide, vous êtes solide comme nous. Vous aurez longue vie ah oui moi je vous le dis vous aurez longue vie vous goûtez un peu de tout avec nous vous mangez avec nous comme nous c'est la meilleure chose quand on vient dans un pays c'est de manger ce qu'on mange. Et vous êtes belle oui vous êtes une belle femme je ne suis pas le seul à le dire. Sa voix est solide sa voix est en bois sculpté à la chaleur de ce pays qui te donne du bon gras à te soigner la peau de la bonne humidité à te boucler les cheveux, de la musique qui chante portes ouvertes. Le soleil vient te lever de bonne heure, les nuits suaves te tiennent dehors des heures sans fatigue. Des corps solides passent dans la rue. La conversation tonique. La musique.

Comment trouver le courage de refuser ces corps solides. Ne me touche pas je suis perdue. Si si touche-moi, que je sente l'énergie vitale traverser mon corps. Mais non, je ne peux pas. Si, le désir, toujours le désir. Mais non mon corps ne peut pas devenir un lieu de passage. Nous nous promenons ensemble. Tu m'offres un œuf dur, des brochettes, ton désir. Je te connais de mieux en mieux, au-delà de ton discours.

Les femmes portent la jarre d'eau, le maquis de bois. Mais il y a autre chose. Je l'apprends petit à petit. Je suis venue la suivre, déjà aperçue là-bas. Ici je laisse couler le temps. Chaque jour la mer est différente. Nous sommes mer nous sommes ciel. Je me laisse bercer par les vagues. On s'est croisé au branchement de deux voyages. J'ai dit non. Je suis oiseau mais je ne sais pas me nourrir en vol. Tu es parti. Tu me manques.

Sur la photo on te voit avec tes trois femmes, leurs six seins sautent aux yeux. Délices tropicales. Les miens dont la pente répète la calligraphie du bord de mon sombrero. Ma main posée derrière ton cou caresse tes cheveux. De l'autre côté, ta vraie femme dans la vraie vie se penche vers toi, ses yeux baissés se dirigent vers ta richesse d'homme assise plus loin au-delà du cadre de la photo, mais visible dans la sensualité de la bouche de ta femme, des fleurs opulentes nichées dans la luxuriance de ses cheveux. Et ses seins, hombre, ses seins en chair repoussée, repoussée, macho, d'une rondeur mais d'une rondeur, c'est un crime de les couvrir. C'est pour quand notre vie ensemble sur l'île de notre désir. Habillées en pagne noué autour des hanches. Un collier de fleurs, des bracelets de cauris, nos seins nourris de mangues et de papayes et de soleil ? Pourtant nous sommes frappés d'une tristesse d'importation. Ils sont venus nous dévaliser. Ils ont emporté des photos de nos danses, nous laissant leurs déchets d'argent. Et pire et pire, les déchets de leurs machines infernales. Nous voilà, aux sourires crispés. Malgré nos bijoux, notre chevelure féconde, notre peau de mer ensoleillée. J'ai un peu de ventre. Nous avons mangé du poulet. Mais non tu n'es pas grosse ! Il n'y a pas de raison que les femmes soient musclées comme des hommes. Vive les grosses ! On n'a rien à foutre de leur mode à plat ventre. A nous la rondeur. Pour reposer les têtes de nos zamoureux. Je suis cambrée. Pas autant que ta sœur, ta troisième femme sur l'île de la photo. Le long bâton de ton pouvoir ancien suit la ligne de son corps appuyé légèrement contre l'épaule de ta femme numéro deux. Le bâton nous cache son visage mais on aperçoit le petit coin d'un sourire. Elle n'est pas inconsciente de nos problèmes actuels mais son esprit dépasse le contexte. Elle est sûre que ça ira mieux. Ils vont partir comme ils sont venus. On fera la fête. Les larges disques de ses nichons en velours, ses deux seins généreux dont le poids est si joliment équilibré dans des rondeurs veloutées, tirant vers l'ovale, ses seins aussi font un sourire de promesse. Tu es un peu plié sous le poids de ta responsabilité mais on peut faire confiance à ton torse, à tes épaules solides, à l'ossature saillante qui te traverse d'épaule en épaule, répétition en miniature du joug symbolique avec lequel tu portes volontiers le poids de ton affection pour nous, tes trois femmes.

Je n'aime pas que tu connaisses mes heures creuses, que tu soup-çonnes la détresse qui traverse mon corps par ces moments où la vie ne me propose que le pain dur du courage. Ça va mieux maintenant. Le pire c'était les jours où je savais sans savoir. La lettre faisait son chemin par les PTT mais je la lisais déjà. J'ai passé toute l'après-midi de dimanche à astiquer ma cuisine, enlevant bocaux, pots, vivres et casseroles des étagères, nettoyant pièce par pièce jusqu'au dernier détail, les rangeant de nouveau sur les planches de sapin tout propre, les plaçant dans un ordre rigoureux mais point guindé, me deman-dant qu'est-ce que je fous là à curer ma cuisine quand je suis sensée partir en voyage. Si ma cuisine est une valise il s'ensuit que ma cuisse est du poulet. Je suis cuite. Je le savais déjà. Accrochée aux planches de bois blanc, aux provisions de la vie, à mon ordre intime, à l'activité de mes mains j'ai traversé les rapides sans m'écraser contre les rochers.

Une lettre est arrivée. La porte s'est fermée de haut en bas. La plus belle voix qui m'a jamais parlé s'est repliée au fin fond de l'impasse. Mais non, ce n'est pas la porte qui s'est fermée, c'est la con-trée toute entière qui est partie ne laissant que cette porte béante.

A midi viennent les femmes-repas. Leurs marmites posées sur une charrette aux pneus gonflés, tirée par un jeune. Les femmes poussent par derrière. Les bébés suivent le mouvement. Elles vont allègrement à leur emplacement. Tu verras, quand tu viendras, la beauté de ces petits métiers. Des gens solides qui tracent leur chemin aux proportions humaines. Ce matin le soleil était seul dans un ciel sans nuage. Maintenant la pluie s'annonce par un vent qui m'est devenu familier. Les charognards s'envolent gaiement sur les ailes de l'avant signe de la pluie. Des femmes courent à deux roues, les voiles au vent. L'odeur des brochettes, du maïs rôti, de l'igname frite. De grands bassins d'œufs durs. Des plateaux d'arachides, de pois chiches croustillants et sucrés. Au havre, des palmiers royaux dres-sés. Les hommes passaient à vélo, portant des paniers de mangues. L'odeur de mangue dans la ville. C'était ma première visite, je suis restée en dehors, je ne savais pas encore voyager.

Pour une femme comme moi le choix est parfois difficile. C'est quand même agréable, voyager avec un homme. Mais ils me cassent les pieds. Pourquoi tu veux aller par-ci par-là, qu'est-ce que tu cherches ? Ils m'ont séduite par leurs histoires de voyage et puis, quand c'est à nous de partir, ça devient domestiqué. Me protéger de quoi enfin ? Moi-même je deviens moins solide, appuyée sur son bras. Au contretemps, je boude. Finalement je veux acquérir mon droit de me promener dans le monde, me mettre à la merci du hasard, causer avec les hommes, me promener avec eux, arriver à la table du petit déjeuner accompagnée, sans qu'on m'arrange des mariages de passage. Quand un peuple est opprimé, les individus sont toujours compromis. Dans un certain pays, si certains hommes regardaient certaines femmes, ils étaient bons à mutiler, à pendre des arbres. Si une femme monte à l'étage suivie d'un homme, ça y est, elle est putain. Viens, viens dans ma chambre, on va s'amuser. Non. Pourquoi ? Une chambre ne me suffit pas, j'ai besoin d'une maison, d'un terrain, d'un quartier, d'un continent de plaisir. Je suis mer je suis ciel, invite-moi dans ton infinité. Et tu me verras, oui, tu verras les mille fois mille dévoilés de ma nudité. Homme, ton silence. J'aurais dû savoir. J'ai toujours su. J'ai vu ton corps meurtri Je n'ai jamais dit à personne. Comment interpréter l'oracle ? Ton esprit meurtri sur cette terre de ton retour que moi-même je ne veux plus quitter ? Ton corps meurtri à travers les liaisons que je ne juge point mais comment mais comment te quitter ? Je n'étais pas seule quand nous étions ensemble ? A deux poids deux mesures ? La paix soit avec toi. Rien n'est changé. Mais je me tais. Homme, mon silence.

L'ambiance feutrée de la banque. L'élégance des clients. L'efficacité virile du caissier. Un décor gai et chaleureux, ça pourrait être un bon restaurant. Les hommes et les femmes sapés sans être guindés. Un soldat en short. La force de ses jambes. L'uniforme du soldat est délavé, usé, rapiécé même, mais clinquant propre, amidonné, repassé d'un lourd fer au charbon. La classe sans arrogance. Il y a peu de soldats, une absence agréable de gendarmes. Pas de gendarmes parcourant la rue, surveillant la population, pas de cars de flics. Absence de bagarres dans la rue, entre les enfants, entre les mères et les enfants, absence d'engueulades, d'énervement. Personne ne s'ennuie à la banque en attendant son tour. Des rencontres, des conversations. Personne n'est seul. C'est une banque mais l'argent n'y a pas plus droit de cité que les êtres. Quittant le vacarme poussiéreux de l'avenue des petits métiers, du travail dur, des hommes qui labourent en vêtements crasseux, qui tirent, qui soulèvent des poids, qui déchargent les camions, nous rentrons dans le quartier des villas et des bâtiments administratifs, des jardins. Ici, dit la fille, la rue est silencieuse. Nous nous arrêtons devant une petite boutique en tôle ondulée nous asseoir côte à côte dans des fauteuils traditionnels en bois sculpté, le dossier nous embrasse, nous tient penchées légèrement en arrière. Des fauteuils pour regarder le ciel, le vert feuillage dentelle. Rentrez. Pour le plaisir des yeux. Des ornements pour les cheveux, un petit coffret en bronze étudié pour garder l'or, des masques, des statuettes en bois, en bronze. Des bagues d'ivoire. Des bracelets lourds de sens. Le cliquetis de tes bracelets. On nous propose de la belle marchandise aux prix exagérés. Pour le plaisir de montrer qu'on n'est pas couillon. On nous fait la cour. Parce que l'homme ne vit pas seulement du commerce. Où t'habites ? La fille est belle dans sa discrétion. Aux questions impertinentes réponse sans adresse. Où vous logez ? J'ai oublié. Ils demandent pour le plaisir de rendre service au cas échéant. Nous baissons les yeux pour montrer que nous ne sommes pas pigeons. J'achète un peigne en bois sculpté. J'aurais pu l'avoir pour moins cher si j'avais fait semblant de refuser le marché, j'aurais payé plus cher si je n'avais pas déjà fait un peu la main. A la banque on ne marchande pas. Elle est venue d'un autre monde. Qu'ils ont fait le leur. Chaleureuse politesse. Les clients arrivent en voiture ou à en deux roues, soignés. Ça respire le confort, la bonne santé, la maîtrise.

Il faut venir aussi à la banque pour connaître le peuple. Ce n'est pas moins authentique que la population de mendiants qui vit aux abords de la mosquée, campée sur les rives d'un cloaque. Quand je passe devant, je fais comme ça. Si je le sens ça me donne envie de vomir. Des vieux recouverts de bouts de chiffon dorment à l'ombre d'un parasol. Chacun a son obole en boîte de conserve. Des femmes avec leurs enfants partagent le repas. Des hommes déboussolés, nus sur leurs pantalons crasseux, une ceinture de perles autour des hanches rappelle le village quitté suite à quel drame, suivant quel rêve. Un vieux à la peau maculée avance son corps famélique, appuyé sur une canne. La majesté déchue. Une folle fouille la poubelle, remplissant de papiers gras le gros carton posé sur sa tête. La folie est toujours une variation sur le thème de l'équilibre. Une folle tape un bâton sur une bouteille en plastique. Le village de mendiants vit à son rythme, enveloppé de la puanteur du fossé. Nous passons sans trop regarder, sans trop respirer. Ils vont vous le faire encore. Madame. Madame. Ça va ? Mais personne ne m'aborde.

Et nous sommes contentes, sur le chemin du retour, dès que nous arrivons de l'autre côté de la mosquée, nous sommes presque arrivées chez nous. Elle est votre fille ? C'est comme si. Elle est mon amie. En faisant ma toilette je lui mets un peu de talc, un peu de parfum. Nous parlons bijoux, recettes, délices, voyages. Nous parlons, comme les hommes, des choses de ce monde. Si tu voyais, ma fille, ces enfants bien élevés. Pas un brin de méchanceté. Du respect, du respect à te réjouir le cœur, du respect qui est le tonus de tous les rapports, de l'affection aussi forte que le respect, comme nous, comme cette civilisation que nous avons inventée ensemble à travers nos errances en dépit de nos circonstances, dans la solidarité de nos séparations, de nos retrouvailles. Je suis ta mère, tu es ma fille, je suis ta mère, tu es mon fils. Tu seras mère. Tu me prêteras ton enfant des fois ? Et moi, je te dirai un peu comment j'ai fait mais c'est toi qui auras la main, les clés. Tu es femme, et la maman en moi est redevenue théorique. Tu as tes diplômes, nous avons nos métiers, mais cette maîtrise de maman ne s'improvise pas. L'intelligence du corps fécond.

Au début, ma fille, je suis tombée dans l'ignorance. Arrivée dans ta contrée inconnue dont j'avais oublié la langue. Tu m'as pris la main. Nous nous sommes tressées, mère fille. Ici on ne fait pas ma petite chérie aux enfants, on ne change pas de voix pour leur parler. Comme nous. Tu te mettais debout sur une chaise dans la cuisine, devant l'évier, devant la pâte. Maintenant tu me fais des gâteaux. Nous nous sommes promenées ensemble à travers les années, défaisant les tresses d'un commun accord. Que j'adore le sérieux d'un enfant au travail. Sa joie quand on lui confie une responsabilité. Voilà, chico, c'est comme ça qu'on fait. Tu prends le tube, tu mets un peu de rouge, de blanc, de bleu. Ici, sur ce côté de la palette. On n'utilise jamais le noir. Si tu regardes bien, là, par exemple, dans l'obscurité du garage, ce n'est pas noir, c'est un mélange de couleurs. Le garçon aux yeux en amandes de son père suit les yeux de son père. Tendresse de son visage, des cheveux ondulants de son père qui tombent en deux ailes de douceur, le père aux ailes noires du sud, l'enfant rubio. Nosotros somos todos mezcalados, dit le campesino. La nuit les hirondelles dorment dans le garage, perchées sur le rebord d'un grand tableau. Le temps du portrait, je suis restée immobile à regarder les mains sensibles, le mystère d'une création autre. Des couleurs qui n'ont pas mon nom, des formes qui ne suivent pas ma chair, est sorti quelque chose qui respire déjà un de mes parfums. Ce n'est pas vraiment fini. J'utilise la technique ancienne. Il faudra travailler des jours et des jours afin que le matériel et les gestes te connaissent.

Je jette un œil critique sur les contours : le front, le menton, la bouche, les yeux. Conclusion : hombre, tu as capté ma volonté mais pas ma tendresse. Claro, c'est ce que je vois en toi, je suis épaté par ta volonté. Ah les copains je vous adore. Je ne pourrais pas vivre sans vous. Vous me mettez en lumière. Ma volonté, bravo, mes bijoux, bravo, mes connaissances, bravo, ma coquetterie, bravo, mes enfants, bravo. Et mon corps, mon corps de désir. Qui te donne dix-huit ans. Qui te donne de l'appétit sans fin. Vous prenez un peu de chacun de mes plats, mais qui mais qui me prendra en me laissant intacte ? Je tombe amoureuse de vous mais je ne le dis à personne. Je ne peux pas vous résister. Vous rentrez dans mon jardin, dans mon parfum, vous me dites, chacun à son tour, la même chose, exactement les mêmes choses. Et puis vous repartez me laissant seule avec vos compliments. Et je vous laisse partir. Que ça ne dure pas plus longtemps que sa durée.

Je suis timide et puis contente et puis avide de vos venues. Je suis choquée et puis chagrinée et puis perplexe et puis résignée à vos départs. Je n'en veux à personne. Viens dans ma chambre, on va s'amuser. Non. Pourquoi ? Parce que je ne sais plus où te ranger. Je suis remplie, remplie d'un vide que lui seul sait combler. Parce que si je viens dans ta chambre tu seras installé dans ma maison, tu marcheras avec moi, ton visage restera derrière mon visage, ta peau contre ma peau. Et tu me diras la même chose qu'untel m'a dite. On se quittera parce que c'est inscrit. Les cartes m'ont promis l'équilibre à deux. Elles n'ont pas parlé de la foule. Les wagons qui passent dans la nuit. A deux. Complices. Deux de la même dynamique, de la même dimension. Que vous êtes beaux, les copains, que l'odeur subtile de votre corps m'enivre. Comment dire cette odeur, qui ne l'est presque pas, du corps solide d'un homme honnête. Une odeur de pain, de blé, de l'herbe séchée, un milligramme de l'odeur de pain. Ton épaule sous mes lèvres, tes mains en coupe qui m'offrent à toi. Calebasse. Tes épaules, ton dos, ton torse, ta taille amincie, la vie de ton dos qui traverse ta chemise. Tes mains quand tu parles, tes doigts fins, toniques, dressés sur les lignes rigoureuses de ta pensée. Si, viens, dis-moi que je suis belle, pour le plaisir des oreilles. Puisque tu me le dis c'est vrai. Fais-moi des promesses de belles promenades de belles parures. On ira danser ? Tu me feras connaître ton pays ?

Si, viens. Le temps s'allonge avec nous. Au début je suis timide. Je ne connais pas encore le vocabulaire de ton corps. Ah mais si vite je prends goût. Chacun a sa danse. Tu m'inspires je t'inspire je te suis qui me suit. Au début je reste légèrement en dehors. Je regarde le danseur jusqu'à ce que la danse rentre dans mon corps. Et c'est parti. Si, viens ce soir, viens demain, viens dans l'après-midi. Que c'est bon l'après-midi. N'est-ce pas mes lavandières ? Surtout quand il y a du soleil qui embrase les rideaux. Surtout quand il y a de la pluie qui tambourine le toit. Particulièrement quand on voyage. La siesta garnie. Particulièrement chez toi, ton travail toujours chaud reposé sur la table tout près du lit, des amis qui arriveront pour le dîner. La nuit, le matin, à l'aube, pendant l'heure du déjeuner, viens comme les heures, à toute heure, toute la journée. Viens taper les sources de ma tendresse. Je coule je coule. Mais si, j'accepte, comment te refuser. Tes fesses, tes cuisses, tes pieds, si, j'ai tout observé, la tombée de tes habits la remontée de tes couleurs, la virilité de ta pensée.

Nous irons danser ensemble. Je t'emmènerai voir les belles chaussures. Nous allons voyager jusqu'aux îles. On se retrouvera à dix heures le dix-huit au marché de Nouna. ¿Tu peux monter avec moi sur mon mobylette? On fera un tour de la ville, une virée au village. Avec toi je suis contente de rester dans la même pièce à travailler chacun de son côté des heures de silence et de concentration parce que toi, tu comprends. Ah, ton collier, ah tes boucles, ta peau, tes jambes, ta démarche, ton sourire. Viens. Oui. On ira un soir danser ?

On se quitte. Du même corps. Toi qui ne sais plus quoi dire, moi qui te donne congé afin de suivre mon chemin sans être freinée. Et tu me manques. Je te cherche sur chaque mobylette qui passe. Je te cherche de mon corps tout yeux. Bien que je ne veuille plus te voir. Ton souvenir dans mon corps te cherche. Mon corps ne connaît pas le temps limite. Le temps de mon corps est infini. Tu me manques, je pense à toi aujourd'hui, bien que ça soit lui qui me remplit de son absence. L'équilibre à deux. C'est promis. Bien que je ne croie pas aux cartes. Que vie qui vienne. Pourvu que ces deux ne soient pas moi et ma haute solitude. Si je te dis pirogue qu'est-ce que tu réponds ? Je pleure.

Ma fille, au début je suis plutôt sceptique. Ça se voit du premier coup, là où ça ne colle pas, là où ça va clocher. Mais chacun a sa mesure de charme inoubliable et qu'est-ce que tu veux, on ne peut pas mettre le plaisir à la caisse d'épargne, il faut le fructifier par des dépenses prodigues. Je fonce. Je ne compte plus les frais. Je me réjouis des vagues de plaisirs et de ces gloires qui s'écrasent doucement contre mon corps offert. La mer ne s'arrête point. Mais les amants débarquent, s'embarquent, selon une logique que je ne comprendrais jamais. Ti giuro, je ne sais pas s'ils me quittent ou si je leur donne congé. Je vais rentrer un jour de mon odyssée et je vais balayer les prétendants devant ma porte and the King of glory is going to come in. Parce que, tu comprends, ça ne peut pas continuer cette histoire de se tenir à mes accoutrements. Ils viennent, chacun à son tour, soulever mes détails un par un, les retourner, les admirer ; ils repartent, posant les objets un par un sur mon corps étendu. Si je ne fais pas attention, je vais être momifiée. Avis à la population.

Actuellement, dans mon pays, tout est orné. Vous devez venir voir ça. Vous y serez bien, vous pouvez faire comme nous, vous habiller comme nous. Nous sommes dans la cabine avec le chauffeur. Elle aussi est étrangère, mais d'un pays voisin. Les peuples chevauchent ces pays découpés selon une logique d'importation imposée. Ces peuples traversent les frontières, avec leur cheptel, leurs liens de sang. Les langues sont multiples mais les esprits sont larges. Elle sait parler sa langue avec le chauffeur, il sait parler cette langue avec nous. Nous avons pris une éternité avant de démarrer. J'étais venue à l'heure du déjeuner avec ma valise et ma naïveté. On part ? Oui, on part. Mais d'abord on vit. Ce n'est pas compliqué. L'essentiel est de bien manger. Il n'y a pas d'heure de départ pour les camions, il y a le départ. Enfin les bancs de derrière accueillirent leur charge maximum. Attention, patron, pas de surcharge. Le camion supporte son maximum et pas plus. Nous deux dans la cabine. Elle aussi porte une robe courte. Ses cheveux sont tressés. Le camion grogne sous son charge pas de surcharge, les apprentis grimpent jusqu'au toit. Vous apprendrez facilement la langue. Ce n'est pas difficile. N ka goum moré. C'est le point de départ. Vous êtes nés munis d'un langage, mes enfants, qui parlait le corps de désir. Il me fallait apprendre le vocabulaire de votre soif de votre faim. Mon corps, de son côté, savait vous parler.

On tissait les jours ensemble. Nos gestes accordés. J'ai placé des paroles, vous me les rendiez. La conversation a démarré. Je me suis penchée vers vous, vos bras soulevés. J'ai placé mes ambitions dans les interstices de vos besoins, je me suis laissée prendre sans rechigner. A travers les années les liens de dépendance se desserraient, me laissant de plus en plus d'espace. La jeune fille assise à côté de moi est plus jeune que vous. Ici toutes les filles toutes les femmes s'appellent mama. Elle se fait guide pour moi, encore plus étrangère qu'elle. Son père même est du village qui est notre destination. Le départ a eu lieu mais nous ne sommes pas partis. Le chauffeur s'arrête au marché, devant les boutiques de coiffure. Je reviens tout de suite. Pourvu qu'il ne soit pas allé se faire couper les cheveux. Il disparaît dans une allée, nous laissant le temps. On le prend. Le soleil dégage de fortes odeurs de sentiers mouillés jusqu'aux os par l'orage de la nuit dernière.

Le problème ici, il y a trop de maisons en banco, trop trop trop. Dans mon pays, dans la capitale, toutes les maisons sont en dur. Et c'est propre. Actuellement le gouvernement est très strict pour la santé. Un homme s'arrête devant le coiffeur et son client. Deux grappins de poulets, têtes en bas, pieds joints enfourchant le guidon de son vélo, s'adonnent aux ultimes caquètements de leur vie. De l'autre côté de la rue, ceux qui rient encore picorent dans le tas d'immondices. Il y a trop de mouches ici. Actuellement dans mon pays si l'inspecteur voit une mouche, une, sur la nourriture il la jette et personne n'a le droit de le contrarier. Les beignets là, exposés à la saleté, chez moi ça ne peut pas exister. Toute la nourriture doit être couverte. Et les gens, ils vont à l'hôpital, voir s'ils ont la santé et s'ils ont la santé ils prendront leur certificat, ça dure un an, puis ils vont de nouveau à l'hôpital, parce que les gens qui touchent à la nourriture, s'ils sont malades, nous serons tous malades. Actuellement dans mon pays c'est très orné. Il y a beaucoup de coins touristiques. Il y a beaucoup d'étrangers et ils sont bien avec nous, les étrangères mêmes s'habillent comme nous et portent leur bébé sur le dos, elles sont très bien, très bien.

Le chauffeur revient, croquant un kouba et nous sommes partis. Jusqu'au contrôle. Le soleil nous embrasse, les gendarmes nous contrôlent, les enfants accourent nous proposer du chewing gum, des tee-shirts et des bonnets, des arachides. Les plateaux tournoient sur les jeunes têtes. Attention, chauffeur, pas de surcharge. Faites voir votre carnet de bord, la boîte de soins d'urgence. Les freins sont solides? Les apprentis sont solides? C'est parti, c'est reparti. On roule vers le prochain contrôle. Entre ces deux eaux le chauffeur nous fait part de son opinion des gendarmes: ils sont mal préparés, les instructeurs les forment au bord même de la route. Ce n'est pas sérieux. Et ils boivent. Moi, non, jamais d'alcool. Le chauffeur maudit l'indépendance. Il faut comprendre. Je ne bois ni la bière ni le vin ni le whisky. Pendant dix ans j'ai conduit les gros camions à travers ces trois pays. On roulait du matin jusqu'au matin. On prenait des comprimés, si tu ne prends pas de comprimés ce n'est pas possible, tu dors. Trois comprimés et du café. Tu ne manges pas. Du café, des cigarettes, beaucoup de cigarettes. Tu roules du matin au matin de chez moi et tu es ici. Sur la terrasse de l'hôtel. Nous prenons l'air le soir. Nous prenons de la musique d'en face. Tu roules encore du matin au matin et tu es là. Dix ans je conduisais les gros camions, de chez moi jusqu'à là-bas en passant par ici. Maintenant il va aller par avion mais il est bloqué pour le week-end. La compagnie aérienne ayant fait de la surcharge, sa place réservée sur le billet établi par ordinateur n'existait pas lorsqu'il se présenta en chair au comptoir. Dix ans les gros camions. Des trous dans la route comme ça, le goudron gâté, tu fais chung chung chung du matin au matin maintenant tout ça c'est gâté. Les reins. Gâtés. Il rit. Tu ne manges pas. Des cigarettes des cigarettes, Tout ça c'est gâté. Les poumons. Gâtés. Il rit. Je ne bois jamais d'alcool. Une fois on voulait essayer le vin. Des jours on n'avait rien mangé. On chargeait des donjons de vin. Il rit. Il mime. On voit le camion, le vin, les apprentis affamés, leurs jeunes mains avides de la vie. Maintenant il a pris du ventre. Et puis, tout ça, c'est gâté. Le patron parti. Nous disons allons voir ce que c'est le vin et si c'est bon on va le boire. Nous avons faim. Il rit. Il mime les manœuvres pour accéder au vin. Et enfin il arrive à retirer le bouchon. Ça fait pop! Ça saute jusque-là et nous disons qu'est-ce que ça peut être le vin pour faire sauter le bouchon et si ça nous saute dans le ventre ? Mais nous allons voir. Si c'est bon, on va le boire, on va le boire tout tout tout. Je mets le tuyau à la bouche, je fais comme ça, et je le goûte. Puihi ! Je l'ai recraché. C'est fini. On boit pas le vin. Cinq ans d'apprentissage. Sans payer. Dix ans j'ai conduit les gros camions, là-bas ici, ici là-bas, du matin au matin. Il rit. Maintenant tout ça c'est gâté. Il rit.

Sur la photo, des meilleurs jours sont arrivés. Ils sont partis, nous les avons chassés. Nous dansons notre liberté retrouvée. Au premier plan, toi et ton frère exécutent la danse du combat. C'est lui qui porte le bâton du pouvoir cette fois-ci, et toi, comme lui, les poings serrés nous montres le courage par lequel nos droits furent reconquis. Il se tient debout, la ligne de la résistance, sa poitrine offerte. Je n'ai pas peur. Il n'y aura plus de martyrs. Nous avons appris à vivre au nom de nos valeurs et non pas à en mourir. En profil, son nez décidé, sa pomme d'Adam vaillante, sa bouche qui ne peut jamais trop s'écarter d'un sourire, le bonnet richement brodé perché au sommet de ses cheveux, tant de cheveux de clarté ondulante, couche sur couche de cheveux. Quand je te les coupe on se baigne les pieds jusqu'aux chevilles dans tes boucles et pourtant il te reste un beau plumage. On entrevoit le visage d'un de tes genoux massif entre les deux bords du pagne noué autour de ta taille. Chef, il porte mon collier d'or. Nous résistons, messieurs, à toutes vos saloperies de civilisation. Ma poitrine dressée, les mecs, à la défense des seins nus de nos femmes. Et si vous ne me croyez pas mon grand frère vous dira pareil. Amen brother, sock it to 'em. Toi en position de jeune brave, en danse de guerrier, le bras plié, le poing levé, la taille légèrement pliée, les muscles serrés, la poitrine définie, les épaules solides. J'ai un penchant pour la clavicule de l'homme et ces monticules prononcés aux deux bouts me font frémir. Une ceinture guatémaltèque nouée autour de ta taille maintient ton cache sexe de foulard indien qui tombe entre tes jambes jusqu'aux genoux laissant tes hanches nues, séduisantes. Tout en statue classique tes cuisses tes genoux tes mollets tes chevilles, tes pieds, sculptés d'une main sensible. Foutez le camp, messieurs, assez joué le pouvoir. Si vous pensez que vos babioles de civilisation justifient les pleurs de nos femmes nous sommes là pour proclamer le contraire. La ligne de ta mâchoire ne charrie pas. Pourtant il y a une telle tendresse dans ton visage. Jamais tu ne cherches à faire mal à personne. J'ai su, sans qu'on me le dise, mes fils, que vous prenez votre courage pour affronter la nuit peuplée de voyous et tout genre d'emmerdeurs qui traduisent homme en bagarreur. Vous savez frayer un chemin, protégés autant par votre tendresse que vos muscles. Même les bons à rien ont leur côté sympathique. Par respect mutuel les emmerdeurs choisissent d'autres cibles. Que la paix soit avec vous. Sur la photo les attristeurs sont déjà chassés. La danse des guerriers raconte. Les corps qui ont vaincu rient des malheurs du passé, se glissent vers l'amour. Là, au fond, encadrées des deux hommes, moi et ta sœur. Il faut dire que, encore une fois, tu lui as coupé la tête. Il n'y a pas de mal. Les yeux pulpeux de ses seins occupent l'espace en triangle dessiné par ta poitrine allant à ton avant-bras. Même sans tête elle nous regarde et on peut imaginer sa joie tranquille en regardant mon visage. Mes mains jointes en prière de la danseuse de ventre. Cette ligne de déhanchement tracée de l'arête de ma côte saillante contourne mon ventre, descend jusqu'à l'aine, laissant de chaque côté des vallées de hanche. D'une de mes jambes on peut reconstruire les jambes de ta sœur, à quelques variations près. Mes cuisses ont quelque chose des tiennes, fils, en version féminine. En ce qui concerne le chatoiement du sarong de ma fille de couleur safran-cannelle, on en reparlera. Je dis toujours que ses seins font la moue, tu comprends, au bon sens de lèvres enflées de désir qui s'avancent en invitation. Les miens sont un peu en repos, un peu plus près du corps, les siens sont dressés, soutenus d'en bas par le poids de leur ampleur. Mes yeux voilés de paupières, mon sourire de sérénité. Regarde nos pieds. Deux paires petites, bronzées, cambrées, quatre petites poignées de pieds. Les tiens, gros calibre, ton petit frère, aux os slaves. Deux jeunes hommes bien plantés sur leurs pieds.

Certains peuples prennent leurs racines de la terre, d'autres, du mouvement. Nous nous déplaçons puisque nous sommes nés loin de chez nous. Si tu coupes les branches d'une étoile de mer elles repoussent. Nous n'avons pas de pays mais n'importe quel pays qui ouvre les bras peut nous embrasser. A chaque voyage les propositions changent. Mais si, maman, tu vas partir. Impensable que l'aventurière que tu es laisse tomber dans l'oubli son ticket de départ. Partout où tu passes un monde se crée autour de toi. Mon fils raisonnable, tu calmes mes brûlures de cœur. Ta femme s'envole de mes ailes, corps à corps de mon désir, elle danse le cliquetis des bracelets autour de mon cœur. Ma vie précaire sur le plan pratique, solide sur la ligne esprit corporel, devient mère de son espoir. Nous irons ensemble jusqu'au bout, fières de la rondeur de notre ventre, de l'éperdu de notre passion, prenant dans la foulée notre petite dernière, longue, fine, timide, timide jusqu'à ses conquêtes qui nous inspirent des rires mielleux de nos gorges de femmes mûres.

Toute jeune elle est venue dans notre famille. Se cacher des yeux innocents de sa mère. Non pas par plaisir du clandestin mais par souci de ne pas choquer. Cuvée sur mon aile de mère de l'amour, faisant des va-et-vient entre la maison de son compañero et la maison de sus padres, elle porta à sa maman par petites bouchées le pain de sa liberté. Aujourd'hui acquise. Sans faire du mal à personne. La famille, de plus en plus belle, de plus en plus nombreuse. Réseau de données sur le devenir-vie. Dis-nous petit frère, comment tu fais avec deux femmes. Ça se passe sans contretemps ? Ça t'amuse, chef, cette innocence de tes aînés, la famille réunie dans la maison de ta sœur, étalant sur les coussins une belle fatigue de la plage, notre peau chaude, nos ventres remplis du repas en régal, chacun à son tour jouant son solo dans la cuisine sur un rythme de jazz improvisé. Ça vient tout seul. On fait le ménage par plaisir, la vaisselle par plaisir.

Vous êtes de la famille. Dans notre pays c'est comme ça, nous sommes bien avec vous, vous êtes de la famille. Vous ne craignez rien, personne ne vous ferait rien, ne peut rien vous refuser. Quand vous marchez dans la rue avec ma fille les gens regardent, ils savent que vous avez des parents ici. Ils ne peuvent rien vous refuser. Vous êtes de la famille. Ils regardent. Quand il dit ils regardent il met deux doigts fins sur sa pommette saillante du peuple qui tient les bœufs. Quand on dit regarde c'est l'œil, quand on dit famille ce sont les bras quand on dit affection c'est le cœur. Ici on ne parle pas sans le corps. Quand on dit personne ne peut rien vous refuser parce qu'ils savent que vous avez des parents ici qui vont venir les chercher les faire venir ici leur demander pourquoi, il envoie de ses mains chercher celui qui a osé me refuser, de ses mains il le fait venir, on le voit devant nous, la tête baissée sous le poids de ce pourquoi. Si vous allez au marché avec ma fille, vous pouvez prendre des photos, personne ne vous dira rien. Les autres, non, ils ne peuvent pas prendre des photos. On les chasse. De ses mains il chasse le photographe intrus. Vous, vous êtes de la famille. Le moment est arrivé où je le sentais « tu » mais je me suis vite reprise, captant la nuance. Ici ce n'est pas un vous de distance mais du respect.

Vous ne trouverez pas de distance ici. La vie commence dans le corps de l'enfant lové contre le corps de sa mère. La main qui va vous serrer la main arrive d'en haut, plonge en oiseau, tombe dans les bras de votre main qui a fait le même circuit. On ne dit pas pardon quand les bras se touchent par hasard. Dans le camion, dans la salle des fêtes, nous sommes serrés les uns contre les autres et personne n'est inconnu. Dans la maison du peuple les mamans arrivent au spectacle le bébé sur le dos. Des heures durant, dans la salle bondée, on n'entend pas de pleurs d'enfants, ne serait-ce qu'un instant d'attente criarde, le temps de sortir un sein. Le long de la route au trafic ininterrompu, les enfants jouent sur le carré de terre battue devant la maison et jamais un enfant ne court dans la rue ne tombe dans le fossé. Je ne cache rien, ni la puanteur des égouts ouverts ni les fusils des soldats positionnés à surveiller le peuple dans sa maison. Mais il faut que je le dise, jamais je n'ai vu une foule semblable. Personne n'a du mal à l'œil. On ne dispute rien. Les bouches ne servent qu'à rire, causer, crier de joie, apprécier le mouvement séducteur des femmes dansantes. Ceux qui n'ont pas trouvé des places assises se mettent sur la marche à nos pieds, le dos appuyé contre nos jambes.

Mes enfants, vous voulez que je vous raconte une histoire ? Les parures ! Les parures d'homme, les parures de femme, les parures plaisir des yeux. J'ai vu un homme vêtu d'un pantalon en broderie

anglaise vert pastel assorti à un grand boubou de la même couleur
en tissu souple et léger, les bras découverts. Des ensembles en blanc
brodé blanc, en rose pale, en jaune et pourpre de fleurs brodées, aux
bordures festonnées, un ensemble rouge profond avec un motif traditionnel en noir et blanc. De la classe, chicos, dans tous les rangs.
Personne n'est vaniteux. Ils sont tous beaux. La musique me fait
bouger. Je ne peux pas faire autrement. Dans la diaspora on danse
dans la rue, à l'arrêt d'autobus, devant les boutiques de disques. Au
début, dans la maison du peuple, j'ai fait comme les autres, je me
tenais tranquille mais finalement c'était trop fort, la danse s'insinuait
dans mes bras, mes épaules, mes cuisses, ma tête. La jeune fille assise sur mes genoux a pris mes mains et on les dansait ensemble et
puis l'homme sur ma gauche dansait ses bras jusqu'au claquement
des doigts.

Samedi soir vous allez danser. Vous êtes vraiment belle, vraiment.
Vous êtes belle en robe longue. Tu feras bien, dans mon pays, de
mettre des robes longues. Ça n'a rien à voir avec la pudeur. A la
maison du peuple une femme ministre est montée sur scène présenter une attestation à un lauréat de l'alphabétisation. On voyait
l'ombre de ses jambes de ses cuisses de ses hanches à travers le tissu
en voile de sa robe longue. A cet éclat d'ombre sensuel le peuple a
répondu par oooh et aaah et des applaudissements. Une phrase,
théorique quand je l'ai entendue sur mon divan au quatrième étage,
prend corps dans le maintenant d'ici. Là-bas je me suis demandée
quel visage aura mon arrivée tardive. Et puis la lettre, dio cane, qui
m'a mordu le cœur. Mais comment mais comment aller si loin et ne
pas arriver au bout. Par quelle porte rentrer dans cette histoire ? Par
la porte des démentis ? Une erreur, une bavure. Par la porte de la
salle d'attente. Le corps de la femme a plus de mémoire. Elle peut
attendre à travers mille fois mille oublis. Elle peut garder l'or de son
or dans les coffrets en peau d'ébène de tout un continent, sans oublier.

Ah, mon fils, comment vais-je trouver le courage face à tous ces
visages de rappel. J'ai honte, je me sens ridicule. J'aurais dû savoir.
Mais je savais. Depuis le premier jour je le savais. Je ne pourrais pas
me freiner. Jusqu'au bout. Jusqu'à me casser la figure. Jusqu'à faire
la gueule devant toi. J'en ai honte. La mère d'un homme ne devrait

pas chuter comme un oiseau apprenti. Et si ça te fait mal, hombre, je ne sais où me cacher. Promets-moi, je t'en prie, que jamais tu souffriras de mes contretemps. Dis-le-moi : quand je serai morte, tu vas danser.

Maman, tu n'as pas à avoir honte. Tu n'es pas ridicule. Tu es une femme passionnée. Ta vie ne m'attriste pas. Tu as une vie intéressante. Ça fait du bien de passer par des époques où tu t'appartiens à toi seule. Moi quand je suis seul je suis très dynamique. C'est bien d'avoir une amoureuse. La solitude aussi est bien. Et puis, seule que seule, tu as au moins cinq mille amis. Appunto, ragazzo, c'est ça le dilemme. Je suis amoureuse de l'homme seul, de sa dynamique. A vrai dire, je suis moi aussi mariée à cette dynamique solitaire. Libre comme un homme. Mais, femme, je m'attache. Quand il est là je ne veux pas qu'il parte, du moment où il est parti je veux qu'il revienne. L'homme qui a gagné mon cœur n'a pas de prise pour moi, point final. Pas de quoi en faire un drame. Vous êtes de la famille. Ça m'embrasse. Seulement, seulement, mes ailes.

L'orage remonte du sud, de la forêt, soufflant sa force jusqu'aux frontières de la sécheresse. La pluie ne tombe pas ... Les poings serrés elle bat la terre. Le vent hurle les coqs braillent. L'odeur subtile de l'homme honnête me remonte de mon sud, de ma forêt, l'odeur de musc et de semence mélangés. C'est difficile de savoir par quelle distance tu t'es éloignée du centre, repoussée par les circonstances. Depuis quand n'ai-je pas connu ? Il me semble que l'heure est toujours maintenant. Un jour suffit pour tout oublier. Vous ne vous ennuyez pas ? Jamais. C'est comme ça que l'homme se propose ici. On apprend les répliques. La jeune fille me demande chaque jour: qu'est-ce que vous voulez manger ? Je l'emmène avec moi partout dans la ville. Nous avons mangé des glaces, des glaces à la fadeur d'un goût d'importation. Peu importe. Elle m'offre du maïs rôti. Vous êtes de la famille. Nous sommes comme ça, c'est dans le sang, c'est dans le sang notre socialisme. Ici on n'étale pas un raisonnement par induction. Le corps intelligent parle, se répète en caresses ardentes, le va-et-vient jusqu'à la jouissance. Toi, camarade, ta pensée est dialectique. La révolution corporelle. Maintenant je leur dis que je suis comme elle, la transfuge, je suis un communiste sauvage. Je n'ai pas su enjamber le mur blanc. Je n'arrive pas à traverser la fumée nerveuse. Le soleil de l'extrême occident m'a tenue froid. Perdon. Maintenant de retour dans la maison de famille dans notre doux pays, je m'éclate. Ses pierres dorées, ses rues capricieuses qui ne cessent de changer d'avis, ses belles filles renommées dans tout le royaume, ses amours libres, son accent de bien-être. Nous y vivons en parfaite harmonie. Toutes les femmes sont mama tous les hommes sont papa dans sa maison est notre maison. Nous arrosons les plantes, à chaque pièce sa verdure. Je passe l'aspirateur à travers les nattes de la salle à manger où nous avons mangé le gâteau au chocolat qu'il a préparé selon une recette transmise de mère en fille. Il s'est fait la main, de la main qui a traversé l'océan, en fuite, qui a retraversé l'océan en libre choix, qui a descendu du nord au sud par plaisir. Il sait même manier le paprika, homme de ma fille cannelle. J'ai le paprika dans le sang. Enfant je n'ai pas connu.la viande sans paprika. Ach zo, vous êtes une femme de cette origine ? Des femmes chaudes, yesz, zoses femmes là zont des femmes paprika. Isz gut. C'est très bien, très très bien. Tout ce que j'ai pu penser, c'est mieux, deux fois mieux, vingt fois mieux. Très très très bien. Ya somma. Je voulais savoir. Je voulais savoir de quelle couleur je suis faite. Vous êtes de la famille, vous êtes comme nous, il n'y a pas de différence, nos biens sont vos biens. Du maïs rôti, de l'igname, du tô, de la viande, c'est à nous, vous êtes de nous. Ça, ce n'est pas donner ah non non ce n'est pas donner maintenant vous êtes de la famille. Nous venons chez vous c'est la même chose c'est dans le sang vous avez une voiture je prends la voiture et je suis parti ah oui nous sommes comme ça, il rit, nous sommes emmerdants. Parce que là-bas, en nasa tenga, je me rappelle, c'est différent. Le sang même est déboussolé. Maintenant je suis installée ici. Une famille se crée autour de moi. La jeune fille est venue, les grands frères les petites sœurs les grandes sœurs les petits frères, les enfants sont venus. L'homme est venu. L'hôtel devient une maison. Au retour je serai déboussolée.

Prenons un exemple. Vous vous souvenez, mes enfants, de notre premier voyage dans un pays qui tient tête à ce continent ? On avait traversé l'extrême occident de haut en bas, et puis le détroit et puis, descendant le creux chaud de ce pays de la musique lancinante nous sommes arrivés à l'un de ses cœurs en labyrinthe. Installé dans un hôtel de luxe, au nom impérial, qui dominait les collines où les travailleurs du cuir mettaient à sécher les peaux teintes en rouge, nous étions à bout de nos ressources. Alors, pour nous cinq on commandait deux repas complets, qu'on partageait sur la terrasse sous la nuit étoilée, et chacun mangeait à sa faim. Et à son goût, hé, de la bonne qualité, beaucoup de travail sidi, les vendeurs au souk, beaucoup de travail, combien tu me donnes ? Ah non sidi s'il te plaît mes enfants ont faim. Ici les banabanas disent combien tu me donnes madame je n'ai rien pour manger aujourd'hui. Nous sommes allés regarder les pagnes encore une fois, pour que je me fasse l'œil, retrouve mon style à l'intérieur de ce style qui m'invite à mon extravagance propre. Le patron faisait un discours d'une voix excitée. Je n'ai rien compris à part son outrage devant la dégradation des conditions ici au bord du grand marché. Que les banabanas sont venus importuner les gens, ça devient pourri comme chez eux, ce n'est pas bon, moi même je suis fatigué, des voleurs, ce n'est pas bon, moi-même je suis fatigué. Quelques pas plus loin nous avons croisé un ami. Heureuse rencontre.

Au loin, à la hauteur de la mosquée, j'ai dit à mon amie, mama, je n'ai rien compris de son discours là, qu'est-ce qu'il me disait, avec les banabanas et les voleurs ? Elle rit. Il disait zabré, zabré, ça veut dire la lutte, zabré, il disait tout mélangé de moré en français. Nous rions. Du français en moré. Ça pue derrière la mosquée, vraiment ça pue la pluie mélangée au soleil, le soleil réchauffant les restes de la vie de fortune installée aux abords de la mosquée. Rien à dire, c'est la condition humaine. Homme qui pense ? Homme qui se tient debout ? Homme qui joue ? Non, macho, homme qui chie dans les eaux de sa mère. Ti giuro, quoi qu'ils passent par la tuyauterie dernier cri, qu'importe les routes en lacets, les kilomètres de tuyauterie entre les waters et les eaux, c'est kif kif sidi, profanity in the milk of your mother, coño, des poisons de la sorcellerie industrialisée versés au ventre de la mer, puta madre, jusqu'aux déchets de l'atome cassé jusqu'aux jus brûlants de leurs bombes à tuer la Vie et quoi quoi quoi. Les poissons même sont fatigués. Zabré zabré, des banabanas aux profondeurs marines, des voleurs en vagues, ce n'est pas possible. Ecoutez, les copains, les eaux sont des histoires de femme. Nous n'en pouvons plus de votre schéma maman-putain. Avis à la population : toutes les femmes s'appellent mama. Nous sommes toutes des putains. Dans la cour de l'hôtel du patelin j'ai rencontré trois étrangères d'un pays voisin. Elles parlaient une de mes langues. Moi, j'étais venue seule à l'hôtel et elles n'étaient pas accompagnées. Le matin, debout devant ma case, j'ai causé avec celle-là.

A la frontière on demande des papiers. Aux rencontres dans les maisons de passage on demande, sans indiscrétion, les motifs du voyage. You know we gone come for work in de bars but we not find business you know now we come go home. On m'a porté un seau d'eau pour faire ma toilette. La douche coule sec. L'eau stagne autour de nos habitations. Vous trouvez ça normal ? Et cette terre qui nous accueille, qui sait transformer la mort en nourriture convenable à la consommation vitale, qui ne prend pas les vieux sans donner la monnaie en enfants, qui te donnera un avocatier en échange d'un noyau, cette terre qui parle cerise, framboise, mangue, ananas, au-bergine, tomate pour ne pas dire fleurs et quoi quoi quoi, cette terre qui sait grimper les arbres, grimper les montagnes, jusqu'à la neige, qui sait s'étendre en savane se tortiller en jungle, se faire coquette en îles, sans compter les steppes, sans dévaler les cascades et quoi quoi quoi vous pensez vraiment qu'elle ne sait pas laver ses eaux ! Le corps de la femme a plus de mémoire.

Je me souviens de notre plage. On traverse les dunes, on traverse combien ¿un kilomètre? de sable, on arrive enfin dans notre contrée où les corps sont nus. Le fond de la photo est ciel. Quelques nuages de beau temps pour définir le bleu. Une bande de sable en bas au niveau de vos cuisses. L'œil vous a fixé en train de faire des grimaces. Si je n'étais pas votre mère je dirais ces trois-là sans indiscrétion sont un peu vilains. Passons les visages sans commentaire. Je ne vois que la beauté. La peau blanche, tout juste arrivé, a mis son jean contre le coup de soleil. D'où viennent ces fesses bombées, mes enfants, de quelle origine êtes-vous le souvenir charnel ? De la grande sœur on remarque les petites mains. Not even the rain has such small hands. La toison de jais. Les bras succulents. On dirait qu'elle mange une prune. Une reine-claude si je ne me trompe pas. Et toi, en éphèbe, nous donnes ta face, sans feuille de vigne, sans censure. Je te dis la vérité, hombre, c'est classe. Je m'y connais. Sans façon sans pudeur je te dis ça c'est première qualité. J'en ai vu, bou diou, sous tous les angles, j'en verrai, j'espère, jusqu'à la fin de ma vie, et ça, selon mes critères rigoureux, c'est du solide. Comment dire ces deux lignes qui tracent un triangle s'ouvrant en direction du ventre où à quelques centimètres en dessous de la taille elles prennent l'horizontal. En forme de vase ? Des ailes ? D'un chapeau tête en bas ? Sur moi elles sont des parenthèses qui mettent en valeur la rondeur du ventre. Sur toi, les bras levés de ta virilité. Le creux qui passe entre tes seins jusqu'au nombril. Le creux à l'articulation de ton bras. Pas étonnant qu'on te couvre des baisers, qu'on te dise more et encore. Enfin, tes mains. Jamais je ne finirai de dire leur exactitude. Ta calligraphie aussi, fils, première qualité. Ce n'est pas une bonne photo mais elle m'amuse, étant le moment contemporain d'un temps révolu où l'œil vous saisit, un deux trois, à vos jeux. Elles sont nombreuses ces photos à trois enfants, captés dans tel ou tel salon de nos migrations, au jardin des climats divers. Un véritable genre, les photos à trois. Bébé sur mes genoux, vous deux debout. Maintenant elle t'appelle bébé au nom de l'amour et parfois quand nous sommes ensemble chez moi tu dis maman, mais ce n'est pas moi c'est ta femme, ou bien, parlant d'elle, tu dis ma femme. C'est une façon de parler, de vivre ensemble sans se marier. Moi-même je suis étonnée d'être la maman des hommes. Vous trois ensemble, en photos allant en grandissant. Pendant un temps, la grande sœur était la plus grande. Maintenant elle est la plus petite, encore plus petite que moi. Maman, j'ai cessé de grandir. Mais non, ce n'est pas possible, tu n'es pas encore aussi grande que moi. Et encore, je n'ai même pas la taille d'une dame. C'est madame ou mademoiselle? Ça m'est égal. Je ne peux pas croire que vous avez des enfants, vous êtes comme une jeune fille. Pourtant, j'ai toutes les chances d'être bientôt grand-mère.

Maintenant nous sommes ici tous à passer des vacances dans ta maison. L'ambiance s'y prête. Allons commencer notre aventure photo. On court comme des enfants cueillir des foulards, des bijoux tropicaux, tout ce que tu voudras de mise en valeur de notre corps nu. On choisit un coin de la salle à manger. Deux stores en bambou posés sur les murs, le décor est déjà sur place pour accueillir nos raffinements. Des plantes venues d'autres pièces. Un grand panier plat, de l'artisanat acquis à travers les années, les voyages, les cadeaux. Ici maintenant c'est éblouissant, comment je vais faire pour choisir, je voudrais vous offrir à chacun un chaque de tout. Bracelet, chapeau, panier, pagne, statuette, coffret. Et les tailleurs ! Et la broderie ! Et les couleurs ! Un luxe confectionné par tant de mains habiles, mine de rien, au sein d'une petite boutique, et ça s'appelle un pays pauvre. Nous allons inventer notre contrée en photo. Mettons-nous comme ça comme ça. Allons voir lequel est notre vrai peuple, quelles sont les vraies courbes de notre corps libéré. Alors que les anciennes photos à trois sont à la mode classique dans des décors réalistes on en retient la solidarité. Vous trois ensemble, équipe solide. Jamais un instant de rivalité. Nous ne connaissons pas la jalousie. Nous quatre ensemble, nous sommes la famille. Ce n'est pas donner ça. C est dans notre sang. Nos biens en commun. Nous sept ensemble.

Tu me donnes envie de vivre longtemps. Avant de te connaître je pensais que je serais foutue à trente ans. Tu m'inspires. Mais si mais si prends cet argent, c'est à moi c'est à toi. Maintenant je fais un boulot de con, on me donne de l'argent, toi tu fais le travail qui te passionne. Personne n'a su embrasser le miracle. L'an prochain nous irons aux îles. Les zamoureux. Tu m'inspires. Tu crois à mes ailes. Et la dernière petite sœur. Elle met mes sandales, histoire de voir comment ça marche sur des talons. Elle nous raconte ses aventures, ses conquêtes. Elle part à la recherche de sa force de femme, elle revient près de nous, à côté de lui, son premier, son meilleur. Lui et moi, c'est pour la vie. Nous sommes rondes, elle est longue. Nous quatre, les lavandières, partageons nos biens de femme. Elle était timide au début, qu'est-ce qu'elle était timide. Maintenant elle nous fait rire de son innocence éhontée. Tu te rends compte, le copain il m'a fait une scène de jalousie juste parce que je causais avec l'autre et on se faisait des câlins. Ah la la ! C'est la galère. Il est trop jeune. Assise sur les genoux de mon fils elle pose des yeux critiques sur ses petits amants. Qu'est-ce que tu veux, il est parfait, jamais je trouverai un meilleur. Cet homme mon fils.

Ma tête tourne sur le manège des sollicitations. J'ai le vertige. Qu'est-ce que quoi, messieurs, vous êtes des beaux parleurs ou comment croire à tout ce charbon ardent, ces foyers d'incendie. Moi ? Mais moi qui ? Ti giuro au nom de tes clavicules j'ai du mal à refuser. Mais doucement doucement mon gars. Je suis océan. Ne m'arrache pas si vite de la plage de ma réserve. L'oiseau s'envole devant la tempête. Est-ce vrai, cette plénitude déversée sur ma petite personne ? S'agit-il plutôt de bavures ?

Les hommes boivent toute la journée. Ils boivent ils boivent ils boivent. Du matin au matin. Le soir ils laissent leurs femmes, ils viennent ici chercher des femmes. Ce n'est pas bon. De l'autre côté de la frontière, un homme marié il sort avec sa femme. Un homme doit faire plaisir à sa femme. Ici, non, une femme peut faire sa vie avant de se marier, après, c'est fini, fini.

Par quelle porte m'insérer dans cette histoire ? Suis-je proie ou prix ou prise au piège ? Attention, le filet social est tissé de mille fois mille liens invisibles. Attention où tu marches, où on te fait marcher. La passion ou le drame. Vous êtes une lumière. Je ne sais pas ce qui m'a attiré à vous.

Depuis le moment où vous êtes arrivée là-bas, je vous ai vue dans la glace, je veux rester près de vous, de la chaleur de votre corps. Je suis à la dérive. Si vous me refusez je ne saurais quoi faire. Je ne comprends pas. Je crois que vous faites erreur. Quel moi désirez-vous ? Il m'est arrivé un contretemps, mon corps s'est retourné comme une poche et depuis je suis obligée à me promener à travers les pays, mon intérieur exposé à tout vent, chauffé à tout soleil. J'ai une fuite. Mon énergie vitale, aimantée, a commencé à couler couler vers lui. Plus il s'éloignait plus mon cœur déversait son miel. Les bras de la mer en sont enduits. Ça attire. Je vous crois sincère. Mais comment vous dire non mais oui mais peut-être mais pas tout de suite mais plus tard peut-être oui peut-être non. Mon désir. Ma liberté. Les deux sont bons. Je suis enceinte. Je n'en finis pas d'accoucher. C'est l'autre, toujours un autre, encore un autre. Je voudrais enfin reconnaître mon enfant. Le col de l'utérus s'ouvre à l'appel poussé de la vie. Je suis remplie, remplie de ce corps du désir de me vivre. Mes cuisses tremblent. J'ai le vertige. De l'autre côté de la rue poussiéreuse la musique fait la fête. Tu trouves ça normal de refuser ? De l'autre côté de la pièce un autre rentre, me salue discrètement, repart. J'ai déjà donné. On m'attend. Attention. Je suis étrangère, je ne connais pas les lignes de force.

Ici c'est l'hôtel, là-bas le salon de thé. Des rideaux en gaze respirent la propreté. La devanture jaune, les tables en lattes oranges, les croissants tels que nous n'en voyons plus depuis belle lurette, la jeune femme longue et belle, l'homme chaleureux au front intelligent, les habitués étrangers, éveillés. Chacun m'invite, chacun a un pays à me raconter. Le matin je quitte l'hôtel, je monte la rue boueuse des pluies de la nuit, le soleil s'assoit à ma table près de la porte. On arrive dans le monde, innocent. Il me semble que tous sont bons, que tous sont unis. A peine sortie d'entre les ailes du transport je tombe dans les bras de l'accueil renommé de ce pays. Le climat est différent mes enfants. Jamais habituée au froid je supporte comme un charme la chaleur. Elle me dégage, je suis en vol libre. Si je désire ? J'aimerais tout goûter.

Mais attention. Chaque pays exige ses chaussures particulières. A San Miguel d'Allende il fallait des huaraches contre les pavés arrondis. A Ios les pentes demandaient des sandales grecques toutes plates pour tenir debout, grimper les rues en escalier jusqu'à l'église éblouissante, dévaler le sentier d'âne jusqu'à la crique de notre plage nue. Au village de l'extrême occident les espadrilles sont justes, paille sur paille de l'herbe séchée. Au départ on fait sa valise. Une fois arrivée il faut réapprendre à marcher. Du salon du thé jusqu'à l'hôtel, il y a, j'ai découvert, une frontière. Le poste de douane est invisible. Pourtant il y aura des taxes à régler. Les tarifs ne sont pas affichés. Il faudra mettre des chaussures habiles, convenables aussi bien pour la boue que pour la poussière, sans négliger la coquetterie, et arriver enfin à la longue ligne élégante de ces femmes souriantes. Mais attention aux pieds sensibles. Installée ici je rends visite là-bas. De l'hôtel au salon du thé mes pieds tracent les liens, enjambent les coupures.

Il y a deux façons de prendre les nids de poule : tu ralentis afin de les contourner, tu accélères dans l'espoir de les survoler. Aux risques de casser l'arbre de ton véhicule. La liberté est criblée de risques. Pourtant c'est beau. Pourtant c'est rond. Si vous saviez les risques que je prends à mettre devant vous ce qui est devant mes yeux sans respecter mes antécédents. Note en bas de page. Il me semble que l'heure est toujours ici. Je m'en vais. Connaître ailleurs. Mieux comprendre ici. Je m'arrache contre mon désir de rester. Mieux comprendre. Allant de plus en plus en profondeur. Si je désire? Tout goûter. Goûter un peu de tout. Goûter en exclusivité une seule chose jusqu'à son âme. Vous en prenez encore ? Merci, ça me suffit. Partagé. Le nom du plaisir. On ne finit jamais d'apprendre. Ces bananes à la peau verte. Je pensais qu'elles n'étaient pas mûres. Mais si madame mes bananes sont belles. Je pensais résister au discours de la commerçante. Man mano ma fille m'a mené au savoir, tout en partageant avec moi les petits doigts jaunes de mon choix, me parlant, comme on parle des voyages, me racontant ces autres bananes, plus sucrées, plus savoureuses. Un jour, j'ai compris. Sous la peau verte se cache la vie douce du fruit. Patience dans la vie.

Tu trouves ça normal, de me refuser ? Attends, attends, donne-moi le temps de lire ta peau. Nka goum moré. Fais gaffe. Si je glisse sur ta peau je vais me casser la figure. Tu n'es pas ridicule maman, tu es une femme passionnée. Nous nous sommes appris ensemble. Entre nous il ne peut pas arriver de malentendu. Ne sachant pas faire semblant de tout connaître, d'être adulte, j'ai pris mes premiers pas sur la ligne allant de ta sœur à toi de toi à ton frère. Jusqu'à ce jour nous marchons ensemble. De la même mère. Maman ! Il y a des moments où on aimerait avoir une maman. Lui raconter nos dilemmes. Qu'elle nous donne les réponses aux questions posées par la vie. Secouer l'arbre maman. Que les fruits tombent mûrs, perlés de rosé. Si, c'est mieux connaître le vrai goût d'un plaisir. Même si tu le perds. Le corps de la femme a plus de mémoire. Jamais je ne t'ai trompé.

Les enfants, mes enfants, sont à rire de joie. Elles veulent m'apprendre leur langue. Mamas, elles jouent le corps de la connaissance. Cheveux, bras, yeux, langue, cou, coude, pieds, chaussures. Enfant, je balbutie, tourne la langue autour de tant de mots, séduite par les sons que j'essaie d'imiter, oubliant aussi vite que j'apprends. Miedras, zorbo, nibelung, toubelung, niri. Elles rient. Elles rient, elles dansent, elles recommencent, pieds, chapeau, cheveux, langue, elles rient, elles éclatent par phrases entières, rigolant au-delà des limites de ma compréhension. Oreilles, boucles, hé, elles éclatent de rires en phrases entières au rythme de tigidi tigidi. Elles ont dit, elle rit, que vos deux boucles ne sont pas pareilles. Maintenant on se régale à faire des grimaces. La moue, les lèvres repoussées. Un clin d'œil. Des claquements de doigts. De plus en plus vite. La pièce est remplie de nos rires. Mon sac dégage des trésors : des lunettes de soleil. Une glace. L'autre face, agrandissant. Cahier, stylo, rouge à lèvres. Ce n'est pas un souvenir, c'est vous de nouveau sur mes genoux. Nez, yeux, bouche, dents. Les battements de mains. Les rires. Je suis

l'enfant de mes enfants. La mère de cet homme, mon fils. Tu me regardes de la photo, face au soleil, le dos à la plage, le ciel derrière tes
cheveux clairs, mouillés. Le jeu de lumière et d'ombre dorlote ton
demi-sourire. Les terres, poussées au rendement, se fatiguent. Zabré
zabré. Les terres privées des soins des chevaux laborieux qui mangeaient les herbes sauvages poussent à la folie des plantes gour-
mandes qui leur bouffent leur richesse. Comme un cancer. La logique
de nos grands-parents pousse à sa fin. De mon ventre je donne à la
terre des hommes nouveaux. Sur la photo je danse avec mon fils sur
la plage. Nos bras lancés. Ta tête face au ciel. Mon sein face à ton
torse. Nos sourires de joie. Ma jambe outstretched ta tête uplifted. Le
creux invitant de ton aisselle ombrée, le do de mes genoux la courbe
de mes fesses de mes mollets. La définition de tes côtes, de tes bras
musclés, du creux de mon dos. Nous dansons sur la plage. Nos mains
en ailes. La fête de notre chair par la fête modelée. Nous lançons notre
fête contre leurs vitrines tape à l'œil. J'adore t'offrir des cadeaux. Tu
ne convoites rien. Homme, ta richesse. Partout où tu passes un
monde se crée autour de toi. Des copains des copines des amours des
pères et des mères fiers de toi. Homme, ta tendresse. Nous dansons
notre corps contre leur triste discours de destruction. Venceremos. Le
soleil donne couleur à notre corps dansant. Ainsi vêtu, allons-y briser
les frontières.

Vado d'accordo con te. Ma voix tombe en souffle. Le silence
même reprend la phrase. Vado d'accordo con te. Je me tais et la vie
même annonce les résultats : vado d'accordo con te. La ligne de communication est interrompue. Veuillez rappeler ultérieurement. Je te
souhaite longue vie. Je suis muette. Mon cœur bandé.

Nel mezzo del cammino di la vita mi sono trovata in un jardin a
sept heures de train de cet elle-arriva-enfin-dans-son-pays qui finalement n'aura pas lieu. Pas cette fois-ci. J'aurais tant aimé. Les deux
bras outstretched, à distance égale de celui qui n'attend que ma parole pour venir, de celui dont la voix me tait. Dans la nuit tout de noir
vêtue j'ai entendu cette voix de tendresse. Sans appel.

Je suis assise à une table au jardin, entourée des champs de maïs.
Tu veux manger du maïs ? Oui. On va préparer ça pour toi. Au pays
du soleil on cherche l'ombre. L'étrangère venue du pays de la gri-
saille décline les bras bénis de l'arbre, brave la lumière épatante du

soleil qui traverse les lunettes fumées tel le vent son manteau là-bas là-haut. Je mange du maïs rôti. C'est donné. Ce n'est pas pour payer. Ici c'est un pays pauvre. Mais il n'y a pas la misère. Tu arrives, on te donne à manger. Une légère brise soulève le coin de la page. Le ciel est animé des roucoulements de la brousse. Des arbres solides qui ne demandent rien pour pousser. Rien que la terre nourrissante, l'eau de la pluie, du soleil à n'en finir.

Je suis arrivée par le train. La nuit déjà tombée à la sortie de la gare rend ma destination encore plus inconnue. Deux jeunes hommes s'approchent de moi, à peine distingués de la nuit. Est-ce qu'on peut vous aider? Je cherche un taxi. Ici nous n'avons pas de taxis. Je cherche l'hôtel. Ils prennent mes valises et nous marchons ensemble à travers des sentiers qui n'ont pas fini de boire la pluie de l'après-midi. Mes pieds, selon les circonstances, boivent des flaques d'eau, mangent de la boue. Ça y est, les espadrilles sont gâtées. Tant pis pour leur gueule, elles n'ont pas su voyager. Moi si. Maintenant je suis chaussée de sandales en plastique. Avant on se moquait de ces chaussures là, ces sandales des pauvres, mais depuis qu'on a vu une photo du prince du reggae, que son âme repose en paix, rasta man in plastic shoes, elles sont bien vues. Des rigoles de sueur suivent les courbes de mon corps. J'ai sué, mes enfants, de la bonne sueur du corps honnête. J'ai sué, ma robe longue blanche brodée fleurs sur la poitrine, aux manches séduisantes faites autant de l'air que des fils en crochet, étendue maintenant sur la ligne à l'autre bout du jardin, séchant au soleil alors que je m'y trempe.

J'ai sué dans le cercle de mes frères et mes sœurs autour du bala-fon qui raconte la mélodie, les pieds dirigés par le claquement de deux bâtons contre les dernières côtes du balafon, les bras suivant les battements du tamtam. J'étais invitée à venir voir. La nuit déjà tom-bée. Une cour éclairée d'une seule lampe à mazout. On boit le dolo dans une calebasse. Il y a une façon de tenir ce bol végétal, de l'offrir à la bouche, qui t'apprend que le verre appartient à une autre logique. Le verre offre petitement à ta bouche sa boisson à payer. Le verre se tient debout ou assis en angle droit sur une chaise en dur. La cale-basse se tient dans une main en courbe, assis sur un tabouret, sur un banc en bois près de la terre. Le verre ne se mélange pas. La cale-

basse donne goût au goût. Je me tiens à l'écart. Par respect. Elle arriva
enfin à la danse. A travers le chemin en lacets des morceaux choisis.

Tu arrives par les rues froides. Tu rentres dans une salle de spectacle terne, carrée, aux fauteuils classés en rangs stricts. Tu as payé ta
place. Tu es arrivée en retard par rapport à l'heure annoncée, en
avance par rapport à l'heure du tamtam, venue d'ici, ainsi que les
tenues de carte postale. Là-bas on te présente le village sur scène
comme si rien n'avait changé.

Je vais vous faire voir des danses de mon ethnie. Nous sommes en
ville. Les maisons rouges de la terre, la rue en terre battue. Nous rentrons dans la cour. La danse y est déjà. Les femmes en pagne. Les
hommes en chemise et pantalon. L'animateur, avec son sifflet, en
grand boubou dagari, à rayures, les bras dénudés. Debout, en dehors
du cercle, je regarde. Les danses que nous exécutons dans notre diaspora partagée sont des souvenirs de ces gestes. Ce qui est perdu dans
la traduction est le courant, une charge d'énergie vitale que je ne saurais pas chiffrer. Disons la différence entre un baisemain mondain et
un faire l'amour jusqu'au bout, jusqu'à se baigner dans la sueur partagée, jusqu'à ne plus savoir qui a fatigué qui. More et encore. Attention patron, pas de surcharge. Le corps, il me semble, est juste. Il
exige le maximum, et pas plus. Ces corps dansent au maximum, remplis remplis de musique, un troupeau de musique qui traverse le
corps, que la vie vive. Un homme me prend, me met au cœur de la
danse, à côté du balafon. Ça chante ça danse sachant danser. Vous
avez la danse dans le corps. Oui mon frère mais un verre n'est pas une
calebasse et ma cuisse n'a jamais enfanté cette danse millénaire née le
jour où l'homme est arrivé sur cette terre mère. Ta tête entre mes
cuisses, tes épaules entamant cette rotation en spirale de la vie, sans
l'aide du médecin arrogant tu as poussé ton premier cri. Un cri de
joie. Couvert du jus de mon corps, un jus épais, gluant comme la
semence par laquelle tu es rentré, tu es devenu autre, que notre
amour libre commence. Vous allez danser. On ne refuse pas. Patience
dans la vie ti-maman et plus de courage que de patience. Si nous
sommes différents nous sommes aussi pareils. Si la danse m'invite je
rappellerai la danse. Le présent est mieux que les souvenirs. Depuis
des jours, ici, je suis nourrie de soleil, ma peau devient lisse, je suis
nourrie de sourires jusqu'aux rires de ces rires animés, nourrie de la

couleur de l'alentour de la tombée des tissus bariolés qui embrassent le corps de la femme ses rondeurs sa rondeur du bébé la rondeur de sa tête montant en rondeur de la calebasse qui coiffe sa grâce. Je suis nourrie de la nourriture passée de main en main. La main qui tient un morceau de poulet à manger à la main l'embrasse de tendresse. Les mains qui se lavent dans un seau d'eau avant et après le manger.

La femme qui se plie à la taille pour ouvrir une bouteille posée par terre, qui se déplie debout droite d'élégance. Essaie, tu verras la différence entre accroupie, le sang coincé à l'articulation bloquée des genoux, les chevilles grognant sous ton poids appuyé, et maintenant pliée à la taille fine, la moitié de toi bien plantée sur terre, la moitié en libre tombée, se balançant sur l'axe de ton bassin. Tu m'en diras des nouvelles. Vous allez danser. Je suis nourrie de soleil des bananes des causeries de la tendresse de cette ville devenue ma maison. Et encore ! Ce qu'on aime de moi ici, mes lavandières, je vous laisse deviner. En signalant que oui, je veux dire non, on ne m'a pas refusé l'entrée. Dans un temps record j'étais sortie du même sac, reconnue à la vraie couleur de mon corps. On m'invite à danser. Le cercle tourne, j'en fais partie. Je suis de mon mieux le corps à côté. Aux abords du cercle, aux heures diverses, des mains sympathiques m'offrent le pouce de très bien. Vous êtes très bien, très bien, mieux même que j'avais imaginé. Des femmes rient. Elles n'ont jamais vu une comme ça avec des cheveux comme ça danser comme ça. Elles rient de me voir danser si bien tout en dansant mal. Les deux sont bons. Nous sommes différentes mais nous sommes pareilles. Parfois les enfants touchent mes cheveux, la jeune fille mon amie ma fille caresse mes cheveux, les hommes caressent mes cheveux, dans le taxi brousse tout le monde observait mes cheveux tirés par le vent. Je danse. Man mano j'augmente ma cadence. Jamais je n'arriverai à leur force à leur vitesse mais je suis avec eux je suis en sueur avec eux. L'homme à côté de moi fait chung chung chung chung beudddeudddeu. Moi aussi je le fais. Il rit, nous rions, nous dansons, nous nourrissant de mouvement. Personne ne connaît la fatigue. Les chemises mouillées collent au corps. Je prends un bout de ma jupe large, sans perdre le pas, et la remonte, l'enveloppant autour de mes hanches comme un pagne et rentrant le bout dans ma ceinture tout en suivant le cercle que mes pieds ne se cassent pas la gueule dans cet ampleur de tissu non dansant et je continue me sentant de plus en plus animée de la force du peuple réuni autour du cœur de la musique de plus en plus certaine d'être arrivée à la limite de ma capacité d'intégrer ces connaissances. Les invités sont comme le poisson. Au bout de trois jours ça commence à puer. Vous allez danser. Jamais je n'aurais refusé. J'étais venue voir la danse. Quelqu'un m'avait intégrée au cercle. J'ai dansé. Des mains d'une même tendresse m'ont invitée à sortir. Que l'étrangère ne tombe pas dans les pommes en faisant du zèle. J'ai dansé, j'ai commencé à danser. Tu n'es pas ridicule maman, tu es une femme passionnée.

Ce qu'on aime de moi ici c'est ma passion. Qu'est-ce que tu veux que je te dise, mon copain de la première génération de la liberté ? A chaque escale je pose ma valise. On admire mes bijoux, mes godasses, mon parfum de jasmin, mon cartable de femme libre de se promener dans le monde. Tu veux savoir ce qu'on aime de moi ici ? On apprécie mon more et encore. Oui papa. Pas d'ingénue pour me déloger. Pas de discours pour m'embobiner. Je me suis posée en question à chaque escale : à quoi sert une femme comme moi ?

Elle fut déguisée, que personne ne connaisse ses origines. Elle parla la langue du pays. Elle trinqua selon les usages du pays. Elle se mit en rapport avec les enfants, les femmes, les hommes du pays. A chaque escale l'accueil fut chaleureux. Chaque accueil fut différent. Elle se baignait aux soleils divers. Il y avait des vaches, des champs de maïs, des oiseaux, des mouches. Aiyeeeee une abeille. Une abeille kamikaze, hombre! Ti giuro elles sont solides les abeilles de ce pays. Elles aussi, nourries du tamtam. Ça s'est passé si vite ! J'ai entendu un bruit de Boeing. La bête a fait trois fois le tour de ma table. J'ai sauté de ma peau. Aussitôt le calme est revenu, me laissant tranquille. Le cliquetis des criquets. Ah la la, elle revient. J'ai peur. Au secours, mon fils. Explique-moi la sexualité des avocatiers. Raconte-moi la fabrication de l'abeille carnivore en conséquence des jeux de pouvoir génétique et dis-moi que celle-là n'en est pas une.

La femme attend. Son corps grassouillet. Savonnée elle attend sous la douche dont la parole s'est brusquement coupée. Elle lève la tête, regarde les trous silencieux. Elle lève les mains dans un geste de prière de danseuse de ventre. Si tu veux vraiment connaître le savon il faut le lire sur ta peau sous une douche muette. Pourtant j'avais vérifié l'eau avant de commencer. Elle m'a tout promis. C'est elle-même qui a moussé le savon. Mon corps luisant écoute. Je ne perds pas mon cool. Je ne suis pas venue ici faire de leçons à personne. Pas de discours. Du respect. Eau, si tu veux bien … Quelques gargouillements, elle se racle la gorge, crache, et puis c'est parti, de l'eau de l'eau, une douche avec de l'eau. De l'eau bénie.

De la sueur d'homme femme, bénie. Pressés corps contre corps nous traçons la route. Tu trouves ça normal de refuser? Mais non mais non, je t'ai vu tout de suite. Mon corps ne sait pas refuser. Mais je serais morte déjà cinquante fois si je n'étais pas autant réservée qu'ouverte. Maintenant je te donne mon sourire. En ce qui concerne mon cœur, ça ne se prête pas. Pour te dire, j'ai donné le mien et on ne me l'a jamais rendu. Bon, ce n'est pas grave. Partons quand même. Woy woy woy j'avais oublié comme c'est bon. Depuis quand. Toujours pour la première fois. Tu sais combien de mondes nous séparent, jeune chef ? Pourtant c'est bon. Vous voulez des mandarines madame ? Mes mandarines sont belles. Pas aujourd'hui. Demain. Tu trouves ça normal de refuser un homme ? Tu m'as dit que tu allais prendre mes mandarines aujourd'hui et maintenant tu dis non, ce n'est pas bien. Sur le chemin du retour ma fille m'a dit elles vont vous demander encore. Des mandarines des bananes des tomates des arachides. Qu'est-ce qu'on fait ? On prend un autre chemin. Enfin j'en prendrai, jeune chef. Comment refuser ? La peau lisse le corps solide et ce goût qui reconnaît son complice dès le premier instant. Ce talent qui se reconnaît aux yeux de son pair. Il suffit d'enlever les chaussures, histoire de s'étendre à l'aise et c'est parti. Il suffit d'enlever la ceinture de bronze ouvragé par de longs doigts fins comme les tiens. Le cliquetis des pendules de la coquetterie. Il suffit d'enlever les bijoux et c'est parti. Il suffit d'enlever les mondes qui nous séparent. Il ne reste que celui que nous partageons. Cette peau lisse qui épouse la mienne. La peau déboutonnée, les pans de tissu fleuri écartés, des caresses qui écartent tout ce qui est superflu. La peau dégrafée. Maintenant nous avons le même âge. L'âge d'homme l'âge de femme. Des lèvres qui promettent des lèvres, la langue qui prévoit la langue. Les recherches qui balaient la piste. Et c'est parti. Nous nous sommes engagés. Un soupir. Ah oui tes fruits sont bons. Ah non je ne peux pas refuser ce festin. Nous partons pour un long voyage. Le corps serré contre le corps. Tu me regardes avec les yeux d'un garçon de cinq ans. Encore une fois le monde est transformé. Je rends à tes yeux l'hommage de mon sourire qui ne résiste plus. Et ça repart. La route est bonne. Partons à l'aventure. Je m'entraîne en chemin. Ça fait un moment déjà que je n'ai pas été inspirée. J'ai beaucoup voyagé. Un séjour en extrême occident m'a laissée perplexe. Ne sachant plus sur quel pied danser. Si un homme peut faire ainsi/ Maman, il m'a fait le discours de la liberté. On dormait dans le même lit. Nous sommes toujours copains. Tu trouves ça normal de refuser une femme ?

Qui va tourner les pages du monde pour nous si nous n'y mettons pas un peu de nous-mêmes ? Je me suis réveillée là-bas telle que je m'étais endormie. Les jours n'avaient plus de sens. Le soleil se couchait framboise. La femme aussi donnera framboise. Je me suis contentée des grincements de la porte en bois sculpté, du pépiement des oiseaux réunis dans l'arbre alors que je traversais le sentier pour prendre la chaleur du lait de la vache. Maintenant tu me remets sur le bon chemin. Comment connaître ici sans goûter les délices du terroir ? Il fallait traverser le discours afin d'arriver à la conversation. Jamais je n'ai tant insisté, je ne savais pas ce qui m'avait saisi. Jamais une femme m'a tant résisté. J'ai vu dans tes yeux l'amour pour l'homme.

Après on se fait des sourires du monde refait à neuf. Maintenant on peut vraiment se voir. Que c'est bon. Mais ce n'est pas encore tout. Il me faut du temps. Je t'en donnerai, ma beauté. S'il y a mieux que ça, et déjà c'est mieux, plus même que les femmes de mon pays.

Figure-toi que mes règles sont arrivées à la fin de la deuxième semaine du cycle. Puttana bordello, quel horaire ! Et moi, sans culotte. Qui aurait imaginé ? Sur ses beaux draps bleu clair. Brodés, bou diou. Tu m'avais prise pour une vierge. Va savoir pourquoi notre sang veut nous trahir. Je suppose que c'était le changement de latitude. Il nous manque que ça, il suffit de rencontrer un mec qui te plaît, ton cœur se met à battre et ta moule perd les pédales. Si ce n'est pas les règles c'est l'ovulation intempestive. Ou bien ton train qui va partir. Et tu as passé un mois sans croiser d'homme qui mérite l'appellation. Quand tac ! Sur le chemin de la gare, il arrive vers toi. L'amour impossible. Faisons face à la réalité, camarades, bien que la réussite de notre révolution soit quasiment assurée, nous ne pouvons rien contre ce genre d'intempérie. Nous sommes femmes nous sommes flux. Pas la peine d'essayer de nager contre le courant. Ce n'est pas grave, on se débrouille. Tu as quand même fait honneur ? Bien sûûûrr. Et j'espère qu'il t'a appréciée. Ouais ouais ouais. Quand même j'ai boité un peu. Mais tu as volé. Beaucoup. Il n'a pas dit c'est trop bon c'est trop fort tu es trop charmante tu as trop de liberté trop de désir? Au contraire. Bien, nous allons octroyer à sa contrée un laissez-passer permanent. Ah la la, quand notre mère voyage ce n'est pas n'importe où. Avis à la population.

Sur la photo nous sommes la grande famille. Les vagues de la mer s'avancent vers l'œil qui regarde nos corps ombrés. Le soleil nous tape de façon sélective : ici un torse qui brille, là un bras aux contours de lumière, un de mes seins et la tête du bébé illuminés. Ses couches font un rimmel de blanc sous son ventre, sa peau est claire contre le bras noir de ma fille le corps noir de ma fille ses cheveux noirs et la blancheur de ses dents. Nous avons passé la journée ensemble sur la plage. Vous êtes allés jouer au foot, les pieds dans l'eau, et moi je suis restée avec le bébé. Elle dans son panier sous le parasol, moi au soleil. Elle a commencé à pleurer. J'ai tout essayé, rien à faire. Je l'ai mise sur le dos, sur le ventre, de nouveau sur le dos. J'ai fait des câlins, je l'ai prise dans mes bras, j'ai marché, j'ai bercé, j'ai dansé, elle hurlait. Plus j'étais moi plus elle criait. J'ai beau lui dire que je suis mère chevronnée, que ma fille et mes fils sont en train de jouer au foot avec son père et sa mère et regarde comme ils sont solides. Ils ont la force, la santé, le bonheur même et j'étais leur maman quand, petits comme toi, ils faisaient appel à moi. Elle hurlait. Faisant état de mon incompétence, j'ai traversé le sable, tenant dans mes bras l'enfant désespéré. Elle a tout compris. Je n'étais qu'un moyen de transport, poussé à la vitesse de ses pleurs, jusqu'aux bras de sa mère. Quelques sanglots de transition entre la misère et la joie. Elle tombe heureuse contre le corps de sa mère. Pour qui elle se prend celle-là, à me raconter des salades, quand c'est toi que je veux. Tu es mon aisance. Le corps ne se trompe pas. Maintenant c'est la petite maman qui boude. Elle n'a plus droit de jouer au foot. Les années de la dépendance. Parfois tu ne sais plus si tu voulais faire telle chose telle chose. Par moments tu te sens si faible devant la volonté de la jeune vie sortie de ton ventre. Ou tu casses ou tu deviens encore plus jeune, plus souple. Tu apprends à organiser une quantité de détails, des provisions des repas la lessive les jours et les nuits découpés, ta pensée interrompue, la robe que tu viens de mettre arrosée du lait caillé, tes mains dans les couches, l'odeur de l'ammoniaque qui te salue le matin avant que tu ne puisses te fortifier au café. Tu prends de l'ampleur. Pédégé de la vie quotidienne. Ecoutez les copains, l'organisation est une histoire de femmes. Passez-nous les villes un moment, que nous y mettions un peu d'ordre. Quand la maison sera bien propre, nous allons faire la fête. A la fin de la journée nous laissons l'image de nos corps nus sur la plage. Les corps chauffés, nous traversons les dunes. Puis, en voiture. La route longe les étangs de flamands roses fleuris. Le soir, nous mangeons du poisson.

Mes enfants, aujourd'hui j'ai vu le monde through rose colored glasses. Quelqu'un viendra vous chercher le matin pour vous emmener voir la cascade. C'est ainsi, les attentions passées de main en main. L'ami de votre ami est votre ami. Il est arrivé. A mobylette, chicos. Mon grand sac de voyage entre ses cuisses, mon cartable de femme libre posé sur le sac, et le cul de ta mère assis à même le porte bagage. Il ne s'agit pas d'un Yamaha au siège arrière rembourré, les pieds appuyés sur des supports doublés caoutchouc et quoi quoi quoi. Non. Du métal bleu entre moi et mes os. Vous pensez que, si je reste au pays, je prendrai de belles fesses comme leurs femmes ? En tout cas, personne ne veut jamais croire que c'est ma première fois. Tu as l'air sûr de toi. Claro, hombre, mais j'ai peur comme n'importe qui. Je hisse la jupe, je chevauche le porte bagage, je mets les bras autour de sa taille et voilà que je suis n'importe quelle fiancée en virée avec son jules. On va déposer les valises à l'hôtel d'abord, d'accord ? D'accord. Man mano je me rends compte que nous avons quitté la ville. Deux kilomètres, lui, moi, ma valise, le cartable. Alors, j'ai compris qu'il ne m'avait pas comprise. Entre temps je me suis fait la main. Ou plutôt le cul. Seulement on ne va pas traîner tout ce poids sur 12 kilomètres. Attention chauffeur, pas de surcharge. J'ai fait un calcul rapide. Je ne parle pas sa langue mais en prenant un peu l'accent, en modelant un peu mon français sur les rythmes qui m'entourent, en faisant des gestes, avec des rires, des sourires, j'ai réussi à diriger notre caravane de nouveau vers le bled, où nous avons déposé mes affaires. J'ai profité de l'escale pour attacher mes cheveux et combiner un siège douillet, me servant du pull retiré du fond de ma valise où je l'avais casé en anticipation de mon retour éventuel au pays de l'automne. Woy woy woy nous partons léger ! N'est-ce pas mieux, chef ? Moi j'ai déjà traversé la cordillère de balsa dans une Méhari ouverte aux gifles de vent froid. Maintenant, me voilà, cool, baby, à mobylette sur une piste en terre battue, piquée de cailloux, rouée de creux de boue, trouée de flaques d'eau. Mobylette tout terrain. Slalom à contourner les chèvres, sur la pointe des pieds à travers les cailloux. Une grande flaque d'eau. Entamée. Doucement doucement. Traversée. Bravo patron. Mobylette pirogue.

Au début, mes enfants, j'ai tenu par amour de la vie, de mon corps intègre. C'était la première fois mais pas question, par manque de grâce, de nous foutre par terre et encore. Quand vous pensez que je vais bêtement me casser le pied un jour vers la fin de cette histoire, mais nous n'y sommes pas encore et personne ne se doute de rien. J'ai épousé le corps du chauffeur et lui il lisait couramment la piste. Saluant toute âme qui nous croisait. Son bras en banderole. Je me contente de faire un signe de la tête. Pas question de lâcher prise. Mes pieds singent la préhension, ma jambe droite évite soigneusement le feu du tuyau d'échappement. Maintenant nous rentrons dans la région des rizières. De loin on voit la colline et la cascade. Et ça commence, cette beauté des verdoiements vus à travers la dentelle rose des herbes sauvages. Les rizières et plus loin la savane. Des palmiers, des arbres l'un plus beau que l'autre. La piste rouge. L'énormité du ciel. Toute cette beauté vue à travers un nuage rose d'herbe haute et fine. De petits oiseaux brillants, orange ou rouge avec du noir. S'il faut les identifier, sachez qu'en Sénoufo ça s'appelle chihn chihn. Des oiseaux rouges, oranges, jaunes, perchés sur les tiges. Un papillon orange. Nous prenons un virage, traversons un champ, caressés par l'herbe qui nous fait flop flop flop. De nouveau nous longeons les rizières. Les canaux d'irrigation. Des garçons pêchent à la ligne au barrage. Un essaim de garçons se baigne. Des femmes et des filles font la lessive. Des lavandières, mes lavandières. Les rizières. Les femmes penchées, pliées à la taille. Tu vois là-bas, c'est la cascade. Même de loin on voit la couleur de l'eau. Et les nénuphars. Je les ai vus, mon fils. Pourquoi encore on les a fait venir ici ? C'est très beau sur les tableaux renommés mais maman qu'est-ce qu'on a fait à tes lacs, on a mis quelques fleurs dans tes cheveux et maintenant c'est la folie, elles sont en train de bouffer l'eau, on ne peut plus les arrêter. Maintenant nous ne sommes pas loin. Nous arrivons à un ruisseau. Le tronc d'arbre qui servait de pont est cassé. Six rangées de barres de fer, sous l'eau, rejoignent les deux rives. Nous descendons de la mobylette. Le chauffeur traverse d'abord, histoire de tester les installations, puis revient pour me dire que c'est ok. Et puis traverse de nouveau afin de me recevoir de l'autre côté. Je ne pose pas de questions. Est-ce un ruisseau est-ce une rivière? Tout-ce que je sais c'est que je vais glisser mes pieds pian piano l'un et puis l'autre pas à pas et je vais arriver sur l'autre bord sans faire de faux pas et c'est fait. Le chauffeur retourne une dernière fois sur l'autre rive, soulève la mobylette. La portant en haut, pas à pas il avance les pieds sur les barres de fer. Doucement doucement. Nous continuons à pied sur une terre sablée, descendant une allée de grands arbres, sous leur verte ombre au bruit de la cascade jusqu'à ses pieds. La chute, le tumulte, la tombée, la chute de l'eau à travers les grands blocs carrés de rochers chutés. La terre même a chuté. Qui sait quand ? Avant l'aube de l'homme. Et depuis, l'eau cascade.

Il cache la mobylette dans le maquis. Trop de voleurs. Nous grimpons la piste. Mes pieds se rappellent chaque caillou de chaque escale rocheuse de chaque degré de la pente de notre piste qui menait de la plage jusqu'au village. Vous vous souvenez du gâteau aux amandes écrasées, au goût de miel ? Et les figues séchées sur l'arbre. Les premiers jours on arrivait au village essoufflés et puis grimper est devenu un des grands plaisirs de notre île. La nuit le ciel chavirait par-dessus notre tête. Un soir nous nous sommes promenés au clair de la lune avec nos amis. Nous avons dansé au ciel ouvert sur une grande piste vide sauf pour nous. Mais ce n'était pas la musique du pays. Mais c'était sa lune. En haut le soleil me bronze à vue d'œil, je suis couverte de sueur, huile solaire naturelle, ma peau se dore de couleur couche sur couche. Le soleil est fort fort fort. Nous grimpons les rochers jusqu'au plateau de la cascade et là-haut, avant que l'eau plonge dans le vide, là où elle traverse doucement un lit rocheux, nous sommes assis dans un tout juste de profondeur d'eau, et le soleil me peigne le dos, couche sur couche de couleur. Nous nous arrosons d'eau, nous rigolons de l'eau. Les arbres éclatent de vert clair lavé de soleil. La rumeur de la cascade. Remplie, remplie de la beauté. Les oiseaux jaunes, rouges, oranges. La savane. Comment ne pas aimer ce pays ? Comment le quitter ? Va savoir pourquoi c'est celui-ci mon paysage. J'ai vu des bois et des forêts, j'ai vu la montagne rose en été, je nais au bord de la mer, j'aime la vigne et les collines derrière notre côte bleue, j'ai mangé la pizza après la traversée des champs de grano turco, j'apprécie les champs jaunes qui donnent goût à nos steaks-frites, je me suis sentie chez moi dans le semi-désert, j'adore les paysages arides mais maman cette beauté-ci je l'ai sous la peau. Ma mère est belle et intelligente, j'aimerais qu'elle soit heureuse.

Maintenant à l'eau il s'avère beau parleur. Quel âge as-tu ? Vingt-cinq. Et alors, ma fille en a vingt-quatre. Je suis ta maman, tu es mon fils. Mais ça, ce n'est pas maman. Quoi quoi quoi on ne va pas recommencer ? Tu trouves ça normal de refuser un homme ? Et le patron ? Le patron peut manger à la maison moi je mange ici à la cascade. Et mon fiancé et mon amoureux et mes prétendants et celui qui veut m'oublier et celui qui n'attend que mon appel pour venir me retrouver et celui qui prend l'air le soir à la terrasse en attendant mon retour et ceux qui sont déjà engouffrés par l'automne qui ne m'ont pas vue depuis le début de cette aventure de la femme libre de se promener dans le monde et ceux à qui je n'ai rien promis mais qui m'attendent quand même et ceux qui n'ont pas su quoi en faire et mon amoureux perdu de l'autre côté de la frontière que je n'arrive pas à oublier, hé ? Quand je dis hé il ne faut pas lire un petit mot, il faut le suivre dans sa montée sa tombée, ah, ce n'est pas la peine, il faut venir ici le temps de l'entendre. C'est hé. C'est un oiseau orange et noir. Je veux juste un peu un peu un peu qu'il me dit.

C'est ainsi, mes enfants, qu'un bronzage agricole est venu se greffer sur les restes du bronzage intégral de notre plage et encore mon dos a pris le soleil de plein fouet alors que la cascade me glisse entre les jambes et mes genoux enfourchant la deuxième de deux roues ont pris un coup de sourire de soleil tout le long du chemin de retour. Nous sommes arrivés juste. Dix minutes plus tard la pluie est tombée. En torrents. En cascade.

Ecoutez les copains, pas question de me posséder. Je suis maman. Je n'appartiens qu'à mes enfants. Je suis putain. Je fais l'amour quand bon me semble. Je fais des conneries. Elle n'agit pas seule. Elle est la plaque tournante d'une troupe de choc. Des attentats divers, imprévisibles. Aucune logique apparente. Elle prend des risques. Elle se replie. Aucun de ses attentats ne fut revendiqué. Pas de communiqué de presse.

Ti giuro, jeune chef, c'était délicat, tu ne peux pas savoir. Jamais je ne t'expliquerai. Fais-moi confiance. Je n'ai pas voulu manquer d'accueil. Seulement, cette maison-là a quelque chose de particulier. Je suis allée jusqu'à la limite du possible. Une femme peut être grand-mère, toujours est-il que la voix de son père vient la rattraper. Vieux, tout respect te soit dû, il a fallu enfin une fois pour tout briser le schéma. Si tu me prends, prends-moi, mais ne touche pas à ma liberté. Vous-mêmes vous me le dites : il faut que les femmes se révoltent, qu'elles s'expriment. Cet esclavage ne peut pas continuer. Zabré zabré. Moi même je suis fatiguée. Elle dit qu'elle ne peut pas lutter contre son père contre son fils. Son corps amoureux, son arme. Les lavandières ont élaboré leur programme. Ce n'est pas la peine de lutter. La révolution passera par le plaisir. Faites comme elles. Prenez, prenez le plaisir. N'ayez pas peur. Personne ne veut plus être tyran. C'est au peuple de décider. Ah la la je m'amuse. Trop trop trop.

Pendant tout ce temps mon cœur est déposé dans une boîte postale. Et la boîte est fermée.

Le problème dans mon pays est que l'un ne veut pas que l'autre réussisse. Une femme voit que la rizière de sa voisine donne mieux que la sienne. Qu'est-ce qu'elle fait ? Elle se transforme en hippopotame. La nuit elle piétine la rizière de sa voisine. Actuellement la plupart des hippopotames sont des gens. Les gens en ont peur. Mais ici il n'y a pas de voleurs. Pourquoi, parce que tu paies un fétiche dix francs le voleur vient dans ta maison il commence tout de suite à mourir, sa femme va mourir son vieux va mourir ses enfants son bétail toute sa famille va mourir maintenant qui va voler ? Tu paies un fétiche dix francs. Balayer un fétiche ça te coûte un bœuf, une chèvre, un mouton, des poules, des pintades, une mobylette, une montre, des sacs de riz, du maïs, ah qui va balayer ton fétiche ça lui coûte cinquante mille francs, hé, qui va voler ? Nous ne pouvons pas passer de pays en pays. Si vous n'avez pas de parents dans un pays, vous n'êtes pas en sécurité. Actuellement le gouvernement ne vous laisse pas aller là-bas si vous n'avez pas de travail. Nous sommes trop trop trop là-bas. Là-bas ils nous prennent, ils nous mettent en prison. Pourquoi notre gouvernement ne veut pas que nos hommes vont se faire tuer là-bas. Actuellement, là-bas ils ont la conjoncture. Nous n'avons pas la conjoncture.

Cette terre est belle et intelligente. J'aimerais qu'elle soit heureuse.

Actuellement les filles ne veulent pas sortir avec un garçon s'il n'a pas la conjoncture. Nos femmes sont trop matérialistes, trop trop trop. Une fille elle voit que le garçon l'aime, qu'est-ce qu'elle veut de cet amour, hé ? L'amour l'amour mais elle ne peut pas circuler à pied, il faut que le garçon lui paie une mobylette. Il l'aime. Il s'endette. Elle prend la mobylette et qu'est-ce qu'elle fait, elle roule, elle roule sur la dette du garçon et elle se cherche un autre, un nouveau, et lui il doit lui payer une paire de chaussures, des boucles d'oreilles quoi quoi quoi et puis toute parée des dettes des garçons elle se cherche un homme fait qui a déjà fait sa vie et lui il doit lui payer une villa climatisée, une voiture, un boy pour faire sa lessive un boy pour faire la cuisine, des voyages à l'étranger il doit lui payer, ça c'est nos femmes.

Une femme en train.

Regrette le jardin quitté. Ici sont des avocatiers, ici des grenadiers, des bananiers, ces fleurs s'appellent la neige. Les feuilles vertes de l'arbuste remontent en haut pour devenir un peu un peu un peu des fleurs roses pales saupoudrant. Regrette la conversation sous le manguier. Le traintrain qui passe sur la piste rouge, à deux roues, à deux pieds, les salutations, ta santé, la santé de la famille. Une femme s'arrête, se plie à la taille, pose son bassin d'arachides, ne quittant pas des yeux l'autre, la différente. Des cheveux qui tombent, un chapeau de paille, les jambes dénudées. Elle sourit. Et ça parle, et ça veut acheter des arachides. Vingt-cinq vingt-cinq. Un petit panier en forme de couvercle sert de mesure. L'une prend les arachides dans le giron de sa jupe, l'une remet le bassin sur la tête, elles se serrent la main, l'affaire conclue. Les gestes remontent, fleurissent en sourire mutuel. Tu es comme ça je suis comme ça. Les deux sont bonnes. Et puis les arachides passées de main en main, la conversation croquée.

Vous connaissez le thé vert de la Chine ? Le soir, les amis réunis sous le manguier, nous allumons le braisier, nous mettons l'eau à bouillir, et le thé vert, et nous passons la soirée à causer. Ça sert trois fois, le thé vert. II faut manger un peu de viande ou des arachides, quelque chose à huile parce que le thé est mauvais pour le corps. Alors tu manges un peu de viande et c'est comme ça que nous les jeunes nous amusons à causer avec les filles le soir sous le manguier. Et je danse. Regrette le pagne tissé main proposé de la main même de l'artisan. Les gens prennent le coton, font le fil, qu'ils passent à la main du tisserand. On peut aller le voir tisser. C'est mon ami. Mais elle n'avait pas de liquide. Et en plus de la cascade il y a un lac, et plus loin l'incroyable paysage en rochers. On dirait des statues, on dirait des maisons. Tu n'as pas vu les champs de canne à sucre ? C'est très beau. L'eau gicle et retombe sur la canne. Elle a vu du bambou, elle a admiré le pagne vert du bananier. Que les poulets sont beaux, leurs corps sapés. De la volaille saine et propre caquetant devant la porte alors qu'à l'intérieur le feu du bois dégage la saveur de cette chair authentique. C'est menu, un vrai poulet. Sa cuisse à quatre bouchées te dira le plaisir du modeste naturel. Autour de la maison, des chèvres, des poulets, un petit cochon, ce petit peuple picorant dans les interstices du jardin transforment des miettes en chair qui nourrit son homme. Regrette les amis tout juste rencontrés, chacun un monde à découvrir, à faire découvrir, à ne pas perdre, à retrouver. J'attends de vos nouvelles.

Le train part, longe les rizières, les champs de mil, les pousses de cases rondes rouges de terre aux chapeaux en cône de paille. A chaque escale les femmes et les filles viennent proposer aux voyageurs les fruits de la terre. Des bananes, des mandarines à la peau verte, des citrons verts, des œufs, de l'igname, des paniers en rônier. Les hommes vendent du poulet rôti, des morceaux de viande grillée. Déjà le contrôleur a sifflé le départ, toujours et encore des femmes arrivent à travers les champs, la tête ornée de la plénitude de cette terre. Le ciel bleu vaste, la terre rouge, le soleil d'or, le vert émeraude, les palmiers dressés, leur tête en éventail. Un jeune touareg habillé en jean serré, chapeau, lunettes de soleil, chaussures clinquantes aux semelles compensées, un air de cow-boy, passe à la femme une belle goyave. Son parfum. Le goût le plus succulent au cœur de la chair féconde en pépins.

Sur la photo tu me regardes, ma belle-fille, ton visage en douceur d'un temps révolu, des femmes en chair. Ta tête reposée sur un nuage de cheveux roux. Tes yeux noisette. Tes lèvres rêve-de-l'homme. Je te vois dans un flou érotique, à travers les yeux de mon fils. Tu es ciel tu es océan. Sur les ailes de ta chevelure tropicale, nous nous envolons sur le moindre alizé d'espoir de joie. Parfois le vent tombe. Tu me vois sur la plage déserte et ma déception est soulagée contre la tendresse de tes seins. Toi aussi tu es aussi forte que fragile. Bois, bois de l'amour que j'ai versé dans le cœur de mon fils, bois avec nous dans la même coupe de l'imagination partagée. Tu débordes, femme, femme de son tableau.

Elle a fait un rêve. Il arriva enfin dans ce pays. Dans la chambre il la trouva, entourée d'enfants. Un gamin appuyé contre sa jambe à lui, un autre pressé contre son épaule à elle, les autres qui courent dans la pièce, sa déclaration prononcée dans les interstices des rires d'enfant. J'avais tant envie de te voir ici. J'ai cru ne plus jamais te voir. Les enfants de tes frères sont mes enfants. Il est là, assis, à son aise dans la chambre même où elle le rêve.

La femme en attente.

Elle regarde l'heure. Est-ce que le train est déjà arrivé en gare ? Est-ce qu'il a reçu le télégramme ? À temps pour prendre le train du matin ? Sinon, il arrivera le soir ? Sinon il aurait téléphoné. C'est lui qui a voulu. Maintenant c'est elle. C'est elle qui a voulu partir encore une fois de nouveau seule. A l'aventure. Maintenant elle veut de tout cœur de tout corps qu'il arrive, mettre de l'ordre dans cette ville. Ils iront danser ensemble. Leurs nuits seront meublées. Il a tant voulu, il a insisté, il a brisé ses défenses. Tu seras heureuse si tu acceptes d'avoir de petites aventures avec des hommes. Elle attend maintenant la petite avec la même impatience que la grande. Mille et une nuits de désirs emboîtés. Comment savoir si c'est la fin d'un désir ou le début d'un autre qui lui fait dresser l'oreille. Dehors, des bruits de la scierie. Le zzzing de la scie, les claquements du bois. Du soleil plein le ciel. La pièce sombre. Ça fait un peu cellule, le mur percé d'un petit carré de lumière découpée en lattes par la jalousie en métal. Jalousie, m'enfin, ça veut dire des fenêtres conçues par les hommes, que leur femme ne voie pas et ne se fasse pas voir ? Ici personne n'a droit à la jalousie sur elle. Qu'il vienne donc, qu'il vienne goûter de sa chair authentique. De l'autre côté de la porte, ses voisins en face causent les filles. Le balancement de leurs voix. L'homme chasseur, la femme coquette. Il est sûr de oui. Elles se défendent sur le palier. Elle a déjà eu droit à leur palaver. Toutes les excuses sont bonnes pour mettre un pied dans sa chambre. Zabré zabré moi même je suis fatiguée. Elle se défend au nom de l'ami qui va arriver. Par le train de l'après-midi ou bien celui de la nuit mais il arrivera sûrement sinon il aurait déjà téléphoné.

Ils insistent et elle ne veut pas. Parce que c'est toujours un autre et personne ne sait prendre sa place. Mais comment comment loger toutes ces aventures ? Trop trop trop. Il a tant voulu qu'elle aussi a commencé à sentir son désir et finalement c'est mieux, on s'amuse, le monde voit plus clair. Qu'il arrive donc ! Peut-être que le téléphone ne marche pas. Qu'il arrive l'entourer des bras qu'elle a appris à connaître. Elle a une chute de courage. Epuisée, la curiosité d'entamer encore une ville inconnue.

Ils insistent et elles ne veulent pas parce qu'il faut ouvrir grand le corps, que son être entier y passe. Il y a un moment où il reste encore à l'extérieur, elle le regarde, le jaugeant à la lumière de son expérience. Pourtant, il y a toujours la surprise. Tant mieux. Une fois rentré dans son passage du désir, il devient autre. Elle ne comprend pas son langage. Elle ne suit qu'à moitié. Et après, oui, il y a le plaisir, les sourires d'entente, l'appréciation mutuelle. Mais elle subit un moment de recul. Par quelle porte sortir de cet engagement hâtif ? L'intimité est toujours plus intime qu'elle ne pensait. On ne se rend pas compte à quel point on était intempestif. Goûter goûter oui mais il faut avaler le morceau. Et puis qu'est-ce qu'il a pu laisser cédans dans ses profondeurs ? Son odeur, son vécu, un enfant, ou pire une maladie. Ses jus ressortent au moment le plus inattendu. Une heure plus tard, elle est assise à table, elle rit et voilà les eaux en reflux. Jusqu'à tacher sa jupe ! Elle attend que l'eau du temps vienne laver le souvenir. Assise sur les faits, en revanche, elle se met à faire la part des choses. Il faut goûter pour vraiment comprendre le choix. Qu'il vienne donc, parce que maintenant elle le désire. Peut-être le train est en retard, ou le télégramme s'est perdu en chemin.

Ce n'est qu'une répétition. D'autres départs sont à suivre. Ce n'est même pas lui qu'elle attend, mais l'autre. Une peine plus lourde. Ce n'est qu'un reflet. Un souvenir. Tu penses que jamais plus tu n'auras la force de mettre un pied devant l'autre. Tant pis, il n'est pas arrivé. Elle se lave le visage, tourne la clef dans la porte et s'en va déambuler dans des rues différentes.

Et pourtant, ç'aurait été beau. Quels éclats de rire elle aurait versés sur son épaule, histoire d'arroser la fête.

Sur la photo les avis sont partagés. Disons que chacun à sa manière fait face à notre situation collective. Le chef est content. Ses hanches enveloppées d'un sarong jaune aux fleurs blanches. Peinard, entre deux airs : l'éventail rouge de sa petite femme Conchita, le parasol beige-olive de sa grande femme Bébé. Pourtant, son jeune frère, à gauche au premier plan, porte à la main un transistor, à la tête un sombrero, hombre, aux yeux un léger coup de mal du siècle. A savoir que le transistor ne porte pas le bonheur. A droite, toujours au premier plan, l'encore plus jeune frère nous regarde ou plutôt regarde la distance par-dessus notre épaule, perdu dans une pensée dont nous n'avons pas à chercher le chair-esprit. Parlante, l'absence qui l'habite. Notre petite dernière qui roule à vélo sa belle liberté de jeune femme, comblée de son affection sans pour autant être appelée à faire des sacrifices. Et quand ses pieds fins sont cassés par un quelconque amant machiste ? Eh ben, celui qui vient toujours en premier garde son cool, tel que nous le voyons actuellement, en toge de la forêt tropicale, bonnet brodé, collier d'or : je lui fais confiance, c'est en se débrouillant toute seule qu'elle se forge le caractère. Toutefois, si elle a besoin de moi, je suis là. Il est toujours là, force tranquille. A vrai dire, elle nous manque. Mais nous sommes tous forts à accepter les départs, à attendre les retrouvailles certaines sans risque de déception. Forte comme la maman, forte de ses cheveux bouclés (on dit boucles à l'anglaise mais nous les connaissons sous un autre nom). Elle est dans tous ses états de bonheur. Si jamais on peut dire une belle femme, sans faire des flatteries (inutiles, d'ailleurs… elle hausse les épaules, les compliments glissent et tombent dans l'oubli) c'est actuellement. Son cœur fait la fête devant la belle récolte. L'amour pour trois multiplié par l'amour à deux donne six. C'est ça le rendement, papa. Aux engrais naturels. Six plus un nous donne sept. Multiplié par l'amour à deux fait huit. Ça viendra. Dans un temps naturel,

Le spectre de la brousse nous promène son corps nu, drapé de haillons crasseux de la couleur de la terre meurtrie. Impossible de nous cacher de cette nudité. Une branche à la main, il passe devant le local du concessionnaire de pièces détachées, chantonnant « il y a de l'eau ». L'aveugle debout au coin de la rue des picadores sciait la lourde chaleur de la ville orgueilleuse de son cri « los niños», des pesos il y a los pesos.

Finalement ce n'est pas lui qui est arrivé, mais l'autre, le chasse-mouche qui arrose la rivière du haut de son oiseau d'argent. Et voilà que, encore une fois, la ville dégage sa richesse. Va savoir pourquoi on arrive toujours dans une ville par le bas-côté. Mal logé, sans appétit mais non moins affamé. Rien à se mettre sous la dent. Une femme seule. Qu'est-ce qu'elle veut ? Tous les prétextes sont bons. Le voisin en face tape à la porte, présente sa carte d'identité. Venu d'un pays voisin, il porte un nom qu'elle connaît. Ce qui ne veut rien dire. C'est une grande famille. Sur la véranda à la lumière noire verte du bananier nocturne, un vieux en babouches d'un blanc clinquant dit, par interprète interposé, qu'il voudrait lier amitié avec elle. Dans sa chambre. Po po po papa elle n'est pas arrivée de la dernière pluie. Tu pensais donc lui demander un peu un peu un peu ? Un cœur lourd de sens se balance mauve du bout de la verge du bananier. C'est dans l'air ici. Tout y est pour nourrir le désir. Il y a trop de beauté, trop trop trop. Ça ne veut pas dire un surcroît, c'est le trois fois simple de beaucoup. C'est bien, c'est très bien, on apprend à mesurer les choses à leur juste valeur. Elle se couche tôt dans une ville mal partie. Pourtant c'est rond. Pourtant c'est bon. Elle se réveille assagie. La nuit porte à la dormeuse les éléments de base d'encore un langage. Tout d'abord il faut prendre le déjeuner dans un lieu plus agréable et surtout ailleurs. Le premier pas est fait, le deuxième se fait tout seul. D'un même coup d'œil elle voit la macchina à faire du vrai café et le complément de son séjour. En t-shirt des îles assorti à son accent qui parle une de ses langues, celle rangée au bon débarras tout en restant sortable s'il y a lieu. Tendresse tissée en finesse. Bon appétit nourri d'avocat beurre sucré. L'après-midi en quartier libre. Au choix : du shopping sportif au marché, visite de la mosquée en banco, perle rouge de la ville, la siesta garnie. Pile ou face ? Les deux sont bons. Nous avons gagné, Ole oli, oli la la. Du soleil haut jusqu'à la lune perchée. De finesse en tendresse la mère parle de ses fils le fils parle de sa mère. C'est bouclé. Man mano embarqué sur la route des délices des Indes occidentales, tout doucement réveillés par un léger bruit. Le cliquetis de la jalousie. Mais puisque nous sommes ici, disons la zjalousie. C'est plus joli. La zjalousie se lève, la nuit venue. Pas elle, une autre. Comment faire, pour que la fête continue ? Par quelle porte sortir de l'autre histoire ? Une seule se présente : le mensonge. Ils le regardent côte à côte, leurs têtes sur les deux oreillers. En peu de temps ils arrivent à l'accord mutuel. Aussitôt s'ouvrent les murs de la chambre, ne laissant que la porte béante du mensonge condamné. Il s'en va respecter ses engagements. Elle se retrouve. Autour de la table, les amis réunis. Il y a à manger il y a à danser.

Au parfum d'une nuit suave d'été. Un parfum de jasmin. On ne finit jamais de s'enivrer du parfum des étoiles. On ne finit jamais d'apprendre à danser. La peau verte de la banane cuve sa langue fondante et sucrée. Ces corps de grâce qui semblent se mouvoir par la force pas à pas des pieds s'avèrent, à travers mille fois mille gestes d'apprentissage, propulsés par le moteur du bassin déhanchant qui dirige les pieds. Les plus beaux acquis sont passés de main en main. Pédagogie érotique, le bassin cultivé de l'homme pressé contre le bassin réceptif de la femme apprentie. Grâce à vous, mes frères, grâce à moi. Tu m'inspires. Tu m'inspires.

Le propre de l'oiseau est de s'envoler. Je suis mer il est ciel. Libre de toute entrave, elle essaie de nettoyer le goudron de ses ailes. Mon pauvre, comment tu vas tenir là-haut, alourdi que tu es par la colle noire de la zjalousie. Craignos. Zabré zabré moi même je suis fatiguée. T'en fais pas, sucre des îles, neige du north star. Pour dix francs tu te paies un fétiche, hé, qui va avoir peur de voler ? J'ai balayé les nuages, j'ai soudoyé la frontière, de mes cheveux en brousse j'ai bricolé le moteur. Chimbé raide, va-ka-bon. De la siesta à la siesta tu seras le bien arrivé.

Tu ne sais pas, jeune chef, combien tu me manques. Tu n'es pas ridicule, tu es un homme passionné. Tu ne sais pas, vieux, combien je pense à toi. J'ai vu ta belle jeune sœur. Elle vend du lait en face du marché. J'ai traversé la rue pour le plaisir des yeux. Des grandes boucles d'or en croissant de riches labyrinthes emboîtés, suspendues de ses lobes par une corde en velours rouge. Tubelou, toubelungo. Des tresses toutes fines toutes fines au-devant de sa tête ovale, des tresses plus épaisses lovées contre sa tête, ornées à la couronne de plusieurs rangées de disques d'ambre tenant chacun en son cœur une petite perle rouge. Tache de beauté sur l'étoile de mer. De la beauté et encore de la beauté du tatouage bleu soulignant la finesse de ses traits. La beauté assise devant une grande calebasse de lait de la vache.

Je n'ai pas goûté de son lait. Je ne connais pas l'ivresse du vin de palme. Si je mange encore de l'ananas, encore une mangue, une goyave mûrie rose au cœur, un avocat, une finesse de cuisse de poulet pas trafiqué, il y aura toujours cet arrière-goût de je m'en vais. Je ne veux plus voir de banane factice. Le fruit en régime grimpe en haut du cordon, chacun de ses doigts en courbe dressé vers les rideaux verts du sommet, posés contre un ciel qui monte qui monte qui ne s'arrête pas. Le cordon retombe lourd de fécondité, bandé de virilité, tombe en majesté d'homme, tiré par le poids charnel du placenta. Noyau enveloppé de feuilles pourpres. Quand les bananes sont mûres, ça s'ouvre. Si jamais on le découpe trop tôt, les bananes ne peuvent pas mûrir.

La femme au marché en train. Qu'est-ce qu'on fait avec le placenta là-bas, on le jette ? Ah oui, avec les éponges trempées de sang, les bouts de fil, on le balance dans la poubelle des déchets. Et ici ? Nous le donnons à un parent de la femme qui le place dans un canari et l'enterre dans la cour de la maison où elle vit avec son mari. Ça ne me surprend pas. Ici vous ne considérez pas sans importance ce cœur qui nourrit la vie naissante. Nous disons que le placenta est le roi de l'enfant. Et la mère, on lui donne son enfant après l'accouchement ? L'enfant est pris, il est nettoyé, il reçoit les premiers traitements, la mère aussi est nettoyée, on lui donne une heure pour se reposer et puis on lui donne son enfant. C'est normal. L'enfant reste avec sa mère pendant tout le temps qu'ils sont à l'hôpital. Les paysannes allaitent comme elles veulent, l'enfant pleure elle lui donne le sein. Les femmes lettrées donnent le sein aux intervalles de trois heures. Pourquoi ? Elle sourit. C'est normal, la paysanne elle ne comprend rien à ces heures-là. Peut-être c'est mieux ? On m'a dit que là-bas on met les enfants tous ensemble dans une crèche où ils pleurent ensemble et les mères de leur côté les entendent sans savoir lequel est son enfant. C'est vrai. Il faut attendre la sortie de l'hôpital avant de commencer la vraie vie avec ton enfant, les premiers jours sont perdus, tu ne connais pas sa faim, sa fatigue, sa curiosité philosophique qui le tient éveillé aux heures où un autre enfant, moins passionné, sera content de dormir. Tu vois arriver ton enfant toutes les trois heures, comme si poussé par sa propre volonté. Tout est faussé jusqu'à l'arrivée à la maison où enfin vous êtes sortis de cette vie de carte postale de la maternité.

La ligne est provisoirement interrompue. Veuillez rappeler ultérieurement. J'ai dû m'en aller. Je ne voulais pas partir. J'ai ouvert mon foulard sur le siège à côté, j'y ai placé mes souvenirs de bananes, d'avocats, de mon jeune, de mon vieux, de mille fois mille pas gracieux sur la piste en terre rouge, j'en ai fait une pyramide, la femme au marché. Combien ? Vingt- cinq vingt-cinq. J'en ai fait un baluchon posé sur ma tête. Ne quitte pas. A l'arrivée on déballera les cadeaux.

L'écriture fut provisoirement interrompue. Il en resta deux notes et une feuille que voici :

Elle est sortie de la brousse. Non, c'est la brousse qui est sortie d'elle, ne laissant que cet oubli d'un corps famélique aux deux poches de seins dévidés. Elle est folle. Ou bien c'est nous qui sommes folles et elle les maigres restes de notre santé.

... Le pain... Les croissants...

Une femme est morte. Avenue Yennenga. L'orage qui s'est abattu sur la ville dans la nuit a laissé le ciel clair, le soleil tapait à grosse gouttes, la vie dans la rue faisait son va-et-vient jusqu'à la jouissance. Un bruit sourd et aussitôt les klaxons des véhicules pressés. Pas si pressé que la mort qui était déjà arrivée à destination. Elle vole. Les charognards planent. La femme est morte qui allait faire une course à mobylette, toute sa vie fragile offerte au beau temps d'une journée chargée de lumière. Elle heurte une charrette de la boulangerie, chargée de baguettes. Elle tombe au moment où un taxi arrive dans le sens de sa fin, droit sur sa tête couchée qui n'arrive même pas à terminer sa pensée, à se souvenir de la distance entre sa roue avant et la caisse bleue porteur de pain, sa tête qui était en train de rappeler le geste entamé afin de manquer ce rendez-vous inévitable au moment où le taxi est arrivé pour faire éclater le fruit de tous ses souvenirs, de gestes gracieux, de désirs naissants. Du pain. Deux roues. Le taxi-man. La femme est morte. Ainsi, par un léger déplacement la vie devient autre, devient ce corps allongé sur un brancard, d'une placidité qui ment, les bras croisés sur la poitrine, un corsage blanc, le pagne en couleurs vives adressées au soleil, la tête qui dépasse le bord de son lit d'oubli, la tête fendue, ouverte à la mort, la tête dodelinant, la femme morte qui rentre tête en avant dans le ventre de la fourgonnette des sapeurs-pompiers qui part en klaxonnant, elle ne sait pas pourquoi. La foule se disperse, la circulation reprend, l'animation de la rue remplit l'espace laissé par la mort.

Il en reste trois feuilles de notes laissées sur la grande table blanche le soir de l'orage. Le claquement des éclairs qui blanchissaient la nuit. Le coup de vent des flamboyants. Le poids lourd de la pluie tambourinant. De sa lumière pesant de tonnerre l'orage a écrasé la source vitale des ampoules, nous laissant noir sur noir parsemé de quelques lueurs d'étranger. Nous tous aux yeux égaux dans l'obscurité. La pluie est rentrée dans ma chambre à travers les fentes ouvertes des zjalousies, et moi au rez-de-chaussée avec mes autres, fixée d'une immobilité rudement acquise dont on parlera plus loin, ne pensant qu'à mon jeune qui m'attendait de l'autre côté de la tempête, j'écoutais les trombes d'eau dans un temps sans espace. Enfin le remue-ménage m'a réveillée. Il y a de l'eau à l'étage. Ça coule pardessous les portes, ça dévale l'escalier. Les équipes partent au secours, armées de serpillières. Ma chambre s'éclaire d'un coup de foudre de mon esprit. Et les feuilles sur la table ! Au secours. Mes jeunes frères partent en courant. Reviennent aussitôt, les feuilles précieuses à la main. On porte une bougie. Les amis réunis autour de la table, les souffles coupés. Il y a du mieux ? Oui papa. Même la pluie de ton pays a du respect. Elle n'a touché que les notes. Ouf. L'orage s'apaise. La nuit pleure doucement son petit chagrin d'amour. Les hôtes regagnent leurs chambres. Starcrossed lovers nous nous couchons chacun de son côté, moi dans mon lit trempé, toi derrière le barrage de ta rue boueuse. Rendez-vous au soleil levé. Cette séparation n'est qu'une répétition. Une bavure.

Maintenant je suis de retour à la contrée de la pluie mesquine. Je ne voulais pas partir. Je vais retourner à la femme au marché en train. L'enfant, debout sur son siège, regarde le quai à travers la fenêtre crasseuse. Les derniers passagers courent, les genoux plies sous le poids des valises, des paniers, des sacs de riz et d'ignames, des fagots coupés à la mesure du repas du soir de l'arrivée. Un coup de sifflet. Le train grogne, se dérouille les articulations, esquisse ses premiers pas. La maman court, le bébé sur son dos court avec elle. Le train avance lourdement au long du quai. Le visage du fils se transforme en angoisse totale. Quand je ne te vois pas je pense que tu n'existeras plus jamais. Je lui tiens la main, parole de notre langage partagé, alors que des hommes sur le quai hissent le couple maman bébé sur les marches en marche, le passant aux mains des hommes debout sur le paillasson à la tête du wagon. Fait accompli si vite si prestement qu'il faut voir le tout dans un même instant : le gamin en détresse regardant se dérouler devant ses yeux les cinq années de sa vie entière tranchées du couperet de ce train qui part, de sa maman délaissée, la maman qui court, ma main qui tient la main de mon fils lui disant que dans les pires de cas je serai sa maman de la voie ferrée et au-delà jusqu'à ce qu'il devienne homme parmi mes fils hommes, les hommes sur le quai qui passent la maman aux hommes qui la reçoivent dans l'intérieur du wagon, le train qui s'empresse de gagner la savane, ma langue qui dit à son fils ça y est, elle est avec nous, le fils qui n'a jamais pleuré qui ne comprend pas un mot de ce que je parle qui comprend tout de ce que je touche, la maman qui s'installe sur le siège à côté de son fils, et les rires. Les rires de tendresse. La tendresse qui court plus vite qu'un train en marche. Les mains sûres des accoucheurs qui délivrent la maman à son fils. La main de mon fils qui me passe un grand morceau de pain, une boîte de sardines, qui ne s'offre jamais la timbale d'eau sans d'abord m'en offrir. Mon fils qui reste sage comme un prince sans jamais faire d'histoires tout le long des dix heures de voyage. De temps à autre, debout sur le siège, il me regarde, il me tend la main, on se serre la main. Nka goum moré. Non importa. Je t'adore, mon enfant.

A chaque escale le marché de femmes vient au train au pas de danse. Un grand bassin en fleurs de poulets rôtis, rutilants, tournoyant au rythme de sa démarche. Les œufs durs en ovale, les koubas en ronds vert tendre, de petits monticules d'abats grillés, tendres épis de brochettes, seaux remplis du clair de l'eau. Des morceaux de viande rouge rôtie sont le propre des hommes. Une fillette balance sur sa tête un petit bol de tomates. Le marché de femmes rencontre les femmes en train. Les pièces dénichées de leur nœud au coin du pagne passent de main en main pour retomber en cliquetis au fond du bassin en émail, les femmes regagnent leurs places au pas de miettes de rires, les délices acquis sont partagés le long du couloir, les tas d'avocats, de mandarines, d'oignons rouges, de sacs d'arachides s'amassent dans les paniers. Elles connaissent les spécialités à chaque escale. A Siby c'est la plénitude, rien ne manque, tout y est, il y a à manger tout de suite, il y a à ramener à destination. La femme descendra du train ornée du festin. Ses bras solides dégorgent de bonnes choses à manger. Le voyage. La cueillette. La joie d'être femme, d'offrir à manger.

Elle la reconnaît, sa sœur, de l'autre côté du couloir. Femme magnifique de sa liberté. Belle, grande, ample, parée de bijoux et de quelques dents en or et d'un sourire en or et des yeux parés de lumière. La sensualité de ses jambes pliées, de ses pieds nus appuyés sur le dos du siège avant, de ses mains nues de sa bouche nue de la lumière nue de sa peau de sa parole liquide. A Siby elle a pris une chèvre entière, elle aussi à la peau nue sauf pour la touffe de poils au bout de sa queue. Elle est la reine de la causerie qui meuble les longues heures de voyage sans ennui. Quelques expressions en français filent à travers le tissu de sa langue aux belles dents : c'est pas la peine, il fait chaud, en tout cas. Elle la reconnaît, sa sœur digne, dévergondée. Une lavandière.

Sur la photo, tu téléphones. Je ne peux pas t'appeler. Je connais cette chemise blanche soyeuse, ouverte sur ta poitrine, la chaîne en or avec un médaillon carré, la veste noire à fines rayures blanches, tes doigts longs et fins. Assis dans un fauteuil derrière le bureau en L, bien équipé. Juste derrière ton bras plié à l'écoute, une belle machine à écrire, two-tone gris et blanc, à boule. La barre levée, elle n'attend qu'une feuille pour se mettre à parler. Avec ses touches blanches. Les miennes sont noires. La lettre ne sera pas adressé à moi because nous ne nous sommes pas encore rencontrés. En tout cas, tu me parleras de ta belle main sans machine interposée. Sur le bureau,

une calculatrice gros calibre, le combiné du téléphone aux lignes multiples, divers dossiers.

Ouvrons, donc, un dossier. Le creux en triangle dessiné par la clavicule. Lac doux de sueur qui nous coule de corps en corps. Des cheveux drus. Comment dire plus dru que ça, d'un désir infini de cheveux de se crépir sur ta tête, de s'entretourner intimement sur ta tête,
d'accoupler d'enfanter de se tisser en tapis aussi doux que solide. Ça
se voit que tu es hommolais. Tes cheveux n'ont pas le sens de la pudeur. Ils savent bien que les mains de cette femme sont accrochées.
Elles les comptent encore une fois mille fois mille fois, elles les tâtent, terre solide qui ne laisse jamais tomber la femme, terre profonde où elle se plonge du bonheur de se perdre. Elle en a connu, des
cheveux, en poil de mouton à se tortiller autour de ses doigts amou-
rants. Elle n'est pas à son premier emploi. Mais des cheveux comme
ça, jeune chef, jamais. Ça se voit que tu n'as pas laissé ton pays. Malgré les langues acquises, que maintenant peuvent être partagées dans
un accent de délice. How do you do? Play me that song again once
more de tes lèvres. Peut-on dire des lèvres drues ? Et le chant de
l'oiseau dans le jardin, la nuit suave tombée, le premier baiser qui en
disait long sur le corps à corps de se connaître, du corps lisse lisse
lisse de ce corps qui fait qu'un homme soit un homme qui trouvera
mes lèvres avides de te connaître jusqu'au fond de mon corps.
Homme, ta patience. Homme, ta flamme drue. Ton astuce. Du tendre
de ta main tu as chassé de mon dos les cendres tombées de tes yeux
rivés sur un pan de ma peau lisse entrevue entre deux rangés de dentelle bleue ibizenca. On m'appelle gitane. De mon corps je peux lire la
main d'un homme. Sa main me raconte tout ce que je vais vivre avec
lui. Il n'y a pas de surprises. Pourtant nous nous sommes étonnés. Ça
se voit que nous sommes de la même race. La plus grande minorité,
on dirait, vue la pénurie de telles rencontres. A part celui dont le
sujet est ce texte, je ne pourrai pas te dire depuis quand/ Il me
semble que c'est toujours la première fois. Toute joie naît de cette
joie de découvrir un corps âme inépuisable. Ah oui il vaut mieux
connaître le goût inoubliable de l'authentique. La précision d'une
vraie banane d'une papaye véritable. Quant à choisir, je préfère la
perfection. Le chez-lui du nomade se situe à la succulence de l'herbe.
Le vocabulaire de la vache comprend mille fois mille adjectifs au déli-

cieux des verts pâturages. Y a-t-il du serpent caché au maquis du tendre ? L'ivresse ne s'en méfie point. Ainsi nous nous sommes retrouvés exactement. Par quelle géographie rentrer dans cette histoire ? Ah que je suis loin de ton corps maintenant. A vrai désir, si tu étais à la portée de mes pieds je serais ici maintenant, j'y resterais aussi toujours que dure le plaisir. Vous allez durer longtemps dans notre pays ? Il me semble que oui. Ça se voit que nous sommes du même pays. Nous n'avons pas le sens de la pudeur. Mes yeux dévergondés n'ont pas cessé de déclamer leurs promesses. Si un homme peut faire ainsi/ Enchantant more et encore. Sang vital chauffé à noir. La richesse de la sous-peau d'un peuple en voie de faire l'amour, l'entente minutieuse, la banque internationale du rythme érotique, les pourparlers qui s'éternisent en s'approfondissant, les communiqués rassurants, que c'est bon. Raconte-moi encore une fois la sexualité des avocatiers. Explique-moi pourquoi sur la vaste étendue des terres cultivables ce fruit de la passion demeure la denrée rare tout en étant ma nourriture de base. Je ne mange pas de macaroni je veux du tô.

Le propre de l'homme-femme est de rester ensemble. Ces deux-là, nous autres, ne voulaient que ça. Comment leur expliquer qu il fallait abandonner leurs jeux ? Ce n'était que le début. Ils se faisaient la main, accordaient leurs instruments, et déjà une si belle musique peuplait la nuit. Je ne te connais guère, mais ils s'appréciaient au moindre détail. Nous nous sommes rencontrés dans un lieu public alors qu'ils se sont retrouvés dans l'intimité d'une sagesse millésimée. Disons les choses telles qu'elles sont : ils nous ont échappé et tant mieux. Ils sont l'avion et nous les voyageurs se présentant aux divers postes de contrôle, passeport, carte d'identité, carte d'embarquement, fiche jaune d'hygiène internationale, carte de séjour, carte de travail à la main. Détachez vos ceintures, on décolle. C'est du ciel, connaître un corps sans obstacle, sans maladresse. Toi ma fille, tu auras longue vie. Tu y tiens par amour. C'est la meilleure façon de s'accrocher. Méfie-toi d'une seule chose : les voyages par passion. Tu risques de te perdre dans un accident d'homme. Ceci dit, ne crains rien. Ces accidents-là ne sont jamais mortels.

C'était du ciel. Je ne voulais qu'y durer. De te poursuivre dans mes arcanes, de t'embraser jusqu'à en avoir soif, de te parler langue sur ce corps lisse lisse lisse dont le dru serait l'axe de mes déhanchements. J'étais sur son point à me rappeler l'inoubliable. Je m'en serais sortie à l'infini. Je ne voulais que rester près de toi, confiante que le temps de nos contradictions viendrait un jour nous quitter l'un de l'autre.

Mais l'aube. Mais le chant du coq. Mais un carré de soleil au fond de la pièce. Mais le rêvé matin suivi de l'heure qui cloche. Mais nos corps désenlacés et mon nom sur le manifeste et l'appel des devoirs et la question d'argent. Nous n'avons pas pu faire autrement. Tu es parti je suis partie notre chambre est partie notre lit s'est éteint. Demeure la lumière. Le beau monde vu du balcon à l'étage par-dessus la tête des maisons en banco qui dégagent un souffle rose au petit matin jusqu'au ciel qui monte qui monte qui ne s'arrête pas. Une femme, pliée à la taille, balaie la terre devant sa maison. Une femme, assise sur un tabouret, s'installe devant sa grande calebasse de lait caillé. Le commis passe poussant devant lui sa charrette ornée de tiges de baguette. La musique ouvre les yeux au seuil de la porte bâillante de la discothèque. Les flamboyants s'étirent, les manguiers hissent les pans de leur grand boubou. Une femme nettoie son riz à l'eau de l'air en chute libre, au suish suish de la petite à la grande calebasse. Le fer du tailleur déjeune aux braises de charbon. Ô beau monde au beau matin d'une nuit amadouante, même les lourds atterrissages des charognards qui battent les toits me furent attendrissants.

La femme au marché. La différence est que l'homme peut s'amuser avec d'autres femmes mais il retourne toujours près de sa femme. La femme elle va avec un autre homme, il lui dit qu'elle est belle, il lui promet une voiture, une villa, des voyages, elle s'en va avec lui. C'est pourquoi. La nuit est tombée sur cette ville plus verdoyante que l'autre, où l'eau coule des robinets vingt-quatre vingt-quatre et la lumière coule de la terrasse du petit hôtel et remonte le suish suish des feuilles du bananier. Elle s'est fait encore une fois encore une fois étrangère, laissant derrière elle les fils d'une chambre devenue maison, des petits devenus ses enfants, des liens si récents qu'on voyait leurs deux bouts surgis du néant allant vers encore un départ. Cet intervalle s'appelle le voyage dans le voyage. C'est parce qu'elles n'ont pas l'habitude. La femme libre de se promener dans le monde entendra tant de compliments, de promesses, d'excuses qui lui apprendront à faire la part des choses. Sa carte est la plus forte. Le jeune homme met les deux ensemble, les place du côté de la femme, et joue la suivante. Quand un homme prend une femme, il assure les frais, il travaille, il donne de l'argent pour la maison, la nourriture, les habits de sa femme, tout. Si la femme va avec d'autres hommes, si elle le quitte, il a tout dépensé, il n'a rien. C'est parce que la femme ne peut pas travailler et gagner son propre argent. Elle n'a pas d'autre moyen que l'homme pour se nourrir. Il met les deux cartes ensemble, les place sur les deux déjà gagnées, ça fait quatre, avouant que c'est vrai, ça revient à l'achat d'une femme, et joue la suivante. C'est parce que la femme peut aller avec un autre homme et revenir avec un bébé dans son ventre et faire croire à son mari que c'est son enfant. Un grand homme gare sa mobylette, monte à la terrasse, s'assoit à l'écart de la conversation qu'il observe. Il porte une djellaba blanche à rayures bleues, une calotte et des babouches blanches. Mais si elle a des moyens de ne pas tomber enceinte ? Les deux cartes restent côte à côte. Match nul. L'homme l'interpelle dans sa langue qu'elle ne comprend pas. Le jeune traduit. Il dit qu'il veut lier amitié avec toi. Me voici. Elle montre la chaise vide à côté du jeune. Le vieux ne bouge pas. Le jeune avance vite. C'est vrai, tu achètes la femme, elle ne peut pas te quitter, tu ne peux pas savoir si elle t'aime vraiment. C'est comme le patron. Je dois travailler pour lui, il me nourrit. S'il crie après moi je ne suis pas content mais peut-être je ne dirai rien, j'ai peur d'être renvoyé, Le patron ne peut pas savoir ce que je pense vraiment. Le vieux veut parler avec elle dans sa chambre. Elle dit que son amitié est actuellement assise à la terrasse en train de prendre l'air suave de la nuit. Ils rient tous dans la même langue.

Je me demande : quand l'homme s'amuse avec d'autres femmes, il quitte sa maison ¿non? Il ne peut pas être en même temps dans un lit de maîtresse et chez lui à surveiller sa femme. Et encore quelles femmes ? S'il va avec la femme d'un autre qu'est-ce qui empêche un autre d'être avec sa femme, de lui mettre même un bébé dans le ventre, et comment savoir ? Encore des rires. Le vieux s'en va. Match nul. Le problème est que les femmes sont trop faciles à détourner, elles écoutent les beaux parleurs, elles sont capables d'aller avec n'importe qui. N'est-ce pas le cas des pays colonisés ? Les maîtres disent ceux-là ne savent pas bien faire, regardez l'état de leurs routes depuis notre départ c'est scandaleux. Mais nous disons laissez-nous à nos propres erreurs. Ah oui, c'est vrai, c'est vrai. Toutes ces vérités inspirent le jeune à passer à l'heure du conte, à conter les chassés croisées, les lits doublés, tel homme qui s'amusait avec telle femme dont le mari, tu l'as deviné, et les rencontres comiques sur la piste menant de la femme à la femme, qu'est-ce que tu veux qu'ils fassent, ils se sont serré la main. Pour dix francs tu te paies un fétiche. Qui va voler ? Le jeune maintenant pensif. Ici c'est très difficile pour nous. Si un garçon n'a pas les moyens il ne peut pas prendre une femme. Et les filles vivent chez leurs parents, elles sont surveillées, elles ne peuvent pas faire des conneries sous le toit de leur père. Seulement si la fille vit à l'internat elle peut inviter le garçon pour le déjeuner et puis il fait la sieste dans sa chambre. Comment ça se passe chez vous ? Ça dépend. Chez moi c'était la liberté, la maison était à nous tous, mes enfants comme moi avaient le droit de faire l'amour. Maintenant chacun vit son couple ; toujours libre, personne n'a besoin de se marier, rien n'est caché. Pour nous c'est bien comme ça. Moi j'aimerais vivre comme ça, les parents et les enfants ensemble avec du respect, sans autorité. Pour nous c'est difficile. Le transistor joue de la musique du pays. Quelques lampes à mazout marquent les limites de la place en face, terrain du départ des camions voyageurs. Vers des villages qu'elle ne connaît pas encore.

Ton ami(e) arrive demain ? J'espère. Si le télégramme est arrivé à temps. C'est une fille ou un garçon ? C'est un homme.

Des cadeaux pour mes enfants. Nous allons nous entendre. Tes enfants sont mes frères et sœurs. Disons huit mille. Huit mille ? C'est impossible, je n'ai pas huit mille à dépenser d'un coup. Je dois prendre des pagnes pour mes filles, des paniers, des chapeaux pour mes fils et quoi quoi quoi, huit mille, non, je suis désolée mon ami, je ne peux pas. Combien tu me donnes ? Mais non, ce n'est pas la peine que je te le dise, c'est trop peu, je ne vais pas quand même t'insulter. Comment ? Tu ne pourras pas m'insulter, nous sommes amis, tes enfants sont mes frères et sœurs, je veux qu'ils reçoivent des cadeaux de chez moi, dis combien tu me donnes, nous allons nous entendre. Trois mille. Trois mille ? Son visage chavire, sa peau tombe en loques de désolation, ses yeux se noient sous une fine couche de larmes dignement retenues. Trois mille, ah non, c'est impossible, je perds tout dans l'affaire, trois mille j'ai payé juste pour le bracelet, regarde cette qualité, c'est ancien. Je vais moi-même en brousse chez les paysans trouver ces belles choses. Chez toi ce serait dans un musée. Sept mille. Honnêtement mon frère je ne peux pas monter plus haut. J'ai du bon goût, là-dessus il n'y a pas à marchander, nous sommes d'accord. Mettons que tout cela vaut sept mille, dernier prix, prix juste, qualité musée, je ne peux pas me les payer, je n'ai pas de sous. Tu comprends, je ne suis pas touriste. Eux, c'est différent, ils sont en vacances, ils ont de l'argent à dépenser. Moi je suis venue ici réaliser un projet, j'ai dû avancer tout l'argent de ma poche, racler les tiroirs afin de me permettre ce voyage et qui sait quand je vais en tirer profit. Je suis pauvre et honnête, comme toi. Trois mille. Une lueur d'espoir traverse sa voix. Nous allons nous entendre. Tu es trop gentille, je ne peux pas refuser une affaire avec toi. Il tire une clef de sa poche, ouvre un placard, sort un vieux panier. Des bouts de bronze déversés sur la poussière rouge du sol: des bagues, des attaches, des poids, des pendentifs, des épingles à tresser les cheveux. Son choix réfléchi est rajouté au tas en question. Six mille cinq cents, avec tout cela en plus, c'est un cadeau, parce que tu es gentille et tes enfants sont mes frères et sœurs. D'une main délicate elle écarte les petits derniers. Reste la famille nucléaire. D'accord, cinq mille cinq cents avec le bracelet, je n'ai pas de bénéfices, ce n'est pas important, tu es trop gentille. Le poids bronze du bracelet, drôlement agréable. Le cliquetis de ses bracelets, l'ancien de ses bracelets au bout d'une manchette de chemise fabriquée usine, l'harmonie de ses bracelets le jour du grand boubou blanc, blanc brodé, la nuit son bras autour d'elle le bronze chaud de ses bracelets. Ce poids terrestre d'un lourd bracelet de bronze aimant. Quand tu parles le poids du bracelet te rappelle à la corporalité de toute chose de toute idée. Quand tu es à l'étranger le bracelet te lie au pays. Non, le bracelet si je le prends ça sera pour moi, laissons ça à part, d'abord je prends des cadeaux pour mes enfants, à la fin s'il me reste de l'argent peut-être je vais m'offrir le bracelet. Mais écoute mon frère il ne faut pas qu'on s'épuise à discuter. Je te dis que ne n'ai que trois mille à mettre, si c'est trop peu ce n'est pas grave, nous serons toujours copains. Et quand je serai riche je viendrai te voir, on fera des affaires correctes. Peau transpirant de tristesse, lunettes fumées de désolation. Les banabanas disent combien tu me donnes je n'ai rien pour manger aujourd'hui. Et le paysan qui déterre les bronzes de ses anciens ? Lui aussi avait faim le jour où il a tout bazardé. Tu as raison, il ne faut jamais trop parler. Trois mille, c'est d'accord. Ils se serrent la main. Les ceintures de perles, les pendentifs en bronze sont emballés avec la poussière de leur terre natale. La ceinture de la séduction. Le pagne s'ouvre d'un seul geste de oui. La main qui a frôlé cette main s'est retirée.

Nous ne sommes pas loin de la frontière. Pourtant le train part dans les deux directions. Elle prendra l'autre. Elle retrouvera l'autre. Elle quittera l'autre, le jour venu. L'homme qui manque sera remplacé par l'homme qui manquera. Le corps de la femme a plus de mémoire, autant de mémoire que d'hommes, autant de va-et-vient vers des jouissances chaque fois diverses chaque fois inoubliables. La ceinture s'attache par des vieilles cordes usées. Il faudra laver les perles, les aligner sur des fils renouvelés, recycler les ceintures en colliers, oublier les vieilles histoires de coquetterie de perles cliquetant sous le pagne s'ouvrant sur d'autres hanches tenues par cette même main qui savait tout d'elle qui maintenant veut tout oublier de sa saveur, oublier les vieux rêves de la maison en bois sculpté, de la maison des projets rêvés, oublier les contes confectionnés sur les deux oreillers aux langues multiples au parfum TX3 citron, oublier les pas de danse esquissés devant les étagères de la bibliothèque où le nœud de la vie demeure et poursuivre la route en lacets menant de ce loin vers d'autres ici maintenant.

La femme au marigot. Vi giuro, mes lavandières, je suis allée si loin dans mon indépendance que je ne sais plus si le seul est mon désir ou seulement l'habitude née des circonstances. Partie seule vers le rendez-vous raté d'avance, je suis vite tombée sur des retrouvailles improvisées sur place, sans histoire préalable. Et pourtant de la première qualité. A donner de l'appétit à la faim. Eh ben, au cours d'un voyage composé des arrivées et des départs emboîtés, j'ai su qu'il ne demandait pas mieux que de m'accompagner le temps d'une virée aux verts paysages. Va savoir pourquoi je l'ai laissé en attente. Du moment où j'ai vu le luxe de silence de la nuit, la flamboyance du jour aux palmiers dressés sur la savane, des jardins de bambou, des hibiscus, des bananiers à tous les coins de rue, il me manquait totalement. Et pourtant, c'est moi qui l'ai quitté. C'était trop bon, trop

trop trop. Y a-t-il du serpent caché dans la succulence de l'herbe ? Le nomade accueille tous, se méfie de tout. Je n'ai pas pu faire autrement. Le temps passe vite, surtout quand on bouge. J'avais encaissé mes pertes, entamé le chemin de retour, n'attendant que les fruits promis. Les retrouvailles certaines sans risque de déception. Dans ce pays ce n'est pas la peine de s'impatienter. Parce que les autres ont couru trop vite, prenant nos biens, nous laissons leurs machines à rouiller et leurs pièces sans rechange.

Le train prend son temps, les voyageurs se créent un monde autour de leur passage. Il y a à boire et à manger. Suivant la voie ferrée à destination je ne pensais qu'au plaisir de me retrouver dans ce chez moi de cadeau, madame. Et l'homme. Et l'homme. A ton retour nous allons danser.

Enjambant deux bassins, ma valise à la main, mon cartable à la main, j'ai posé un pied sur le quai et j'ai posé le deuxième pied sur un vide cassant. Ainsi par un léger déplacement la vie devient autre, figée dans la connerie d'un accident. A savoir que la liberté peut être casse-pieds. Il m'aurait porté la valise. Il m'aurait offert une main de caballero sur les marches du train. Il aurait même dit attention, le quai est en pente. Il aurait grommelé : quelle idée d'arrêter le train tel que la portière donne sur le quai en bateau. Il aurait dit ça se voit que le chef de gare est mossi. Il n'a pas le sens du transport. A quoi ça sert d'entraîner les gens depuis la côte, à travers la frontière, le long de la savane, jusqu'ici, jusque les laisser tomber sur un quai bancal dio cane. Homme, tu peux m'ouvrir ce bocal ? La portière de mon cœur s'ouvre sur un quai en pente. S'il ne t'écrit pas, tu le laisses tomber. Ma petite maman, il faut que tu insistes sur tes conditions.

C'est déjà fait, ma fille.

LE CORPS DE LA FEMME A PLUS DE MEMOIRE

Je te porterai sur le dos cambré de mon cœur, sur la hanche de ma pensée, au creux du bras de ma vision, je te porterai au ventre de mon amour et jamais je n'arriverai à m'accoucher. Le corps de la femme a plus de mémoire, la langue de mon corps a appris tant de langues et ta parole reste sacrée et je n'en ai pas oublié la moindre nuance, à qui dois-je adresser mon état-civil ? À qui expliquer que ce n'est pas une histoire dans ma tête parce que ma tête tourne pour un oui ou un non de charme, ma tête appelle homme tous ceux qui n'étant pas toi ne peuvent pas tromper mon corps, ma tête me pousse vers des histoires véridiques, se contente de l'affection, de la tendresse, d'un sourire et de la disponibilité mais mon corps ne finit pas de s'engrosser du souvenir de ton génie, mon corps a tout enregistré depuis la première fois depuis la dernière fois, en prenant toutefois la mesure de plaisir qui permet à une femme de se maintenir en vie, en donnant autant et en notant tout, détail par détail, d'une précision que ma tête ne connaîtra jamais, mon corps prend du plaisir, rit de plaisir, désire encore du plaisir et puis choc ! Readout : mois par mois et jour par heure le manque de toi, couche par couche et joie par délice, le manque de toi ne s'est jamais tassé depuis le premier jour jusqu'au dernier mot, mon corps n'a jamais accepté ton départ, n'a jamais compris ton absence, ne croit à aucune explication pour notre séparation, che pena. Mon corps est toujours à notre première nuit, à ta main frôlée de ma main. Quand tu es là je ne veux pas que tu partes, quand tu es parti je veux que tu reviennes.

Je t'écrirai de la plage, nichée au creux de la dune, le corps pressé contre le sable. Je te garderai près de moi, que la parole passe de mon sein à ta bouche. Je t'attends, le cœur serré. Par quelle porte interroger le pays de ton séjour, les lignes aériennes qui tracent ce retour attardé ? Jamais je ne raconterai à personne mon rêve déchirant. Par un léger déplacement une autre que toi est partie à tout jamais, un autre a pleuré.

Une nuit lointaine j'ai rêvé que tu m'appelais. Tirée par ta voix je suis arrivée devant une corbeille de pommes. Ton esprit, délicieux à croquer, logé parmi les pommes. Ta voix qui se tait au moment où j'aurais pu la saisir et la suivre jusqu'à ton corps. Cette nuit d'orage, toi avec ton frère sous la tente sous un arbre. Tu m'as appelée.

Encore un voyage accompli. Avec cela en plus : partis à deux vous êtes peut-être rentrés à trois. Les jours qui viennent, nous les compterons ensemble, chacun s'emplissant au fur et à mesure de la chaude lumière de sa participation. En fin de journée à la plage les corps debout s'enflamment du miel lumineux, le soleil flotte, se laissant tomber lentement vers le fond marin du ciel pour enfin percer le ciel de l'océan. Le sable, l'herbe sèche, l'écume, les goélands, tous pâlis. Nos corps dressés boivent la lumière. A travers la peau elle rayonne. Chacun de nous un coucher de soleil. Sur le chemin de retour les étangs boivent du ciel rose profond. Les étangs revêtus de marbre accueillent les convives. Le sang ne coulera pas. Nous dirons que c'est peut-être psychologique. Si ce n'est pas la vie qui remue d'où vient cette nausée, jamais de la vie, voyageuse, cette nausée joyeuse. Le matin au réveil on est rongé d'une faim vertigineuse. La faim ou la nausée ? Moi, quand c'était toi venue loger sous mon cœur, j'ai failli vomir en regardant un film expérimental genre esthétisant. A l'époque on faisait dans les vaguelettes en cercles infinis s'épanouissant, aujourd'hui on dirait ringard. Mes yeux me menaient en bateau. J'ai quitté la salle. Fière de cette nausée saine. Hé, j'y pense : il faut trouver un grand-père pour cet enfant ! Qui n'est point psychologique. Notre colosse gitan, touchant déjà deux continents à l'âge de moins huit mois et demi. Notre enfant bord de mer conçu du sucré d'amour, salé d'océan. Allant vers l'orient. Notre sang sans document. Ton enfant, conçu d'un embrassement autour de la taille du monde. Epopée érotique. Semence à grandes enjambées. Le saut métaphysique. Le retour aux sources, la rentrée aux sources et votre enfant qui se retrouvera, qu'il voyage à l'est ou à l'ouest, au sud/ Au nord même qui sait mais je ne peux rien dire ce cette direction, seul mur devant mes pieds curieux. Nous traversons les dunes. Le ciel est bleu voilé de quelques nuages en déshabillé. Les dunes sont plus hautes ou moins basses ou pareilles que la veille ou bien toutes les dunes ont bougé, se sont transformées, chaque cime étant un ancien creux, tout creux se souvenant de sa vue sur la mer d'auparavant, la plage entière transformée et reconstruite dans la nuit. Nous traversons le sable, les dunes, nous retrouvons notre niche, ou une autre, nous nous mettons nus comme le sable, et les corps s'adonnent. Pressés l'un contre l'autre, chauds du même soleil qui traverse mon corps, le clouant au sable.

Une journée éblouissante. Va savoir selon quelle loi physique le brouillard est bruyant alors que le ciel pur respire un silence passionné. Thanatos/Eros. Sable clair étendu amoureusement, se déhanchant en dunes, temps infini de sable sous l'œil bleu ouvert de ciel sans fin. La mer bleue langue tirée entre ciel et sable. Niché au creux du vaste berceau, contre le sein énorme ensablé, sous le chapiteau bleu ciel silencieux, le corps enfant du soleil s'emplit de ce temps de perfection. Une durée chaudement étalée, sans démarcation. Le corps en rotation planétaire, doux vertige, baigné de soleil, léché d'un petit vent, mordu par les dents jouissantes. Une traînée de nuages emplumés trace la courbe du dôme bleu, de l'horizon ciel sable jusqu'à l'horizon ciel mer, d'un seul geste uni. Que ça dure, que ça ne se termine jamais. Le désir en parfaite harmonie avec la réalité. Déjà des caresses plus volontaires, des recherches de la correspondance précise, de beau temps certes mais aux nuages entassés qui chamaillent la mer à des réponses orageuses qui taquinent le ciel, intercalés d'éclats de rire et cette incertitude qui est aussi l'amour, de belles journées où on ne demandera plus sans savoir qu'aujourd'hui même la perfection tombera du ciel. Poumons d'air pur bleu gonflés. Le corps lové contre la poitrine chaude de sable moulée. Cet état de sommeil éveillé, le corps de l'enfant plaqué contre le corps de la mère, tout ce qu'elle connaît tout ce qu'il connaîtra tout ce qu'il a apporté de cette informe origine tout ce qu'elle a acquis de cette histoire que la vie raconte tout ce qu'ils ont vécu d'une circulation du même sang se prononcent dans un silence éblouissant. Que ça ne se termine jamais que ça continue d'infini en infini de deux corps en rotation planétaire sans démarcation allant sans but vers la jouissance, tout ce qui est cœur, toute l'histoire, tout ce qui est chair gonflée en œil ouvert, tout ce qu'il lui a fait connaître dans son intérieur femme, toute la sagesse palpitante qu'elle serre au rythme de son esprit femme autour de l'épaisse branche de son être homme pénétrant, du rayon charnel plongeant plongeant meublant la terre écarlate de chair entr'ouverte, son bâton de sang enflé poussant des battements de chaudes écumes qui montent du ventre au cœur à la gorge débordant de jouissance.

J'ai été réveillée d'un profond sommeil par les cris d'une femme jouissant lancés par une fenêtre voisine, rebondis, retentissant contre les vieilles pierres de la ruelle médiévale à deux pas de l'église dont le clocher du matin ne saura rivaliser avec le clairon de cette femme hurlant de tendresse. Quelle belle comédie : la noire obscurité autour de l'homme et la femme montés aux cimes de leur être seul ensemble, et ce cri public affiché sur les murs de la ville. Avis à la population. Eux deux, puisant des alentours une force cosmique, laissant tout sur leur chemin blême, exsangue, et seuls leurs corps rayonnant de miel chaud lumineux. Les cris écarlates de la femme zébrant le ciel d'un coucher de soleil en plein milieu de la nuit. Mais tu te rends compte du volume de ce cri qui a pu me réveiller de mon sommeil de femme comblée?

Et le voisin grincheux, celui qui est venu se plaindre de notre musique. Qu'en pense-t-il ? On peut se le demander. Serait-il allé au commissariat le lendemain enregistrer sa plainte contre ce tapage nocturne ? Une chose est certaine : ce n'est pas sa femme à lui qui a déchiré la nuit de joie. Sale puritain, je l'aurais giflé. Mais je ne voulais pas te laisser des histoires avec les voisins ici dans ce chez nous qui est chez toi. La musique, il dit, veuillez bien vouloir la baisser qu'elle m'empêche d'écouter ma télévision pardi. Cette communication adressée à ton frère imperturbable. On serait resté là si le procureur n'avait pas sorti sa voix père-patrie-travail : et que ce qui s'est passé avant-hier ne se reproduise point. Jusqu'à deux heures du matin la musique, bam bam bam. Nous on travaille.

J'ai bondi de la cuisine. Ah non monsieur, je regrette. Jusqu'à minuit, d'accord. Mais pas plus. Je sais de quoi je parle. Si son oreille indiscrète est restée braquée contre nous, la seule musique qu'il a pu entendre entre minuit et deux heures c'est le bdoum bdoum de mon lit jouissant. Moi-même je ne lance pas de ces cris d'égorgée par lesquels notre voisine a déclamé à tous les étages de tous les immeubles dans la rue et jusqu'aux marches de l'église la joyeuse conclusion de ses étreintes. Personnellement je n'aime pas le rock, étant plutôt tambour muté au creux de mes nuits peuplées, étant plutôt au roulement de mmhns et huhh et unhuh. Mettons que la voisine soit soprano et moi alto, qu'elle explose en feu d'artifice pétant trois coups secs et puis fini alors que je coule en durée étirée de lave, mettons qu'elle soit blonde et moi brune, ça ne nuit pas au bon voisinage. Femme aux cris de flagrant délice, j'ai trinqué avec toi. Je te souhaite longue vie.

Nous finirons par l'enterrer l'autre, lui et son chien bolide qui te rentre dedans si tu as le malheur de le rencontrer sur le palier, qui te casse les oreilles à chaque fois que quelqu'un monte ou descend l'escalier. Ah ces prêcheurs perchés sur leur cheval moralisant, tu as envie de leur tirer la barbiche du zizi pour toute réponse. La musique ! Il s'insurge contre la musique. La musique empeste sa tristesse, notre jouissance l'empêche de dormir, nous on travaille qu'il me dit. Nous les saints travaillons. Et nous alors ? Des fainéants qui se cassent les reins pour que la fête continue et que la beauté ne soit pas éteinte. Des va-nu-pieds se remuant le cul pour aider la terre à tourner sur son axe, que le soleil se lève, se couche en rose intense. Nous, les dévergondés qui levons les bras au ciel, que les arbres sachent que nous sommes avec eux. Ce n'est pas du travail ça ? Donnenous notre bdoum bdoum quotidien, oui papa, et nos siestas garnies, que les manguiers jouissent et soient féconds. Monsieur qui travaille, j'ai une chose à vous dire : nous aimons la musique. Elle est naturelle. Nous ne pensons pas commettre un péché en écoutant la musique. Vous feriez mieux de respirer avant de suffoquer autrui. Ecoutez bien les aboiements de votre chien avant d'étouffer la joie de votre voisin. Amen.

Et on rit, on rit, on danse, on fait des acrobaties sur les dunes. Ils plongent du haut de la dune, atterrissent en riant dans une mer de sable. Ils flippent, ils culbutent, ils balancent les pieds à l'air jouissant du sable couché sous le soleil tombant rouge. Les goélands investissent la plage qui clapote vers sa nuit. Ils rient, ils crient, ils font des acrobaties dans le ciel chauffé du sable qui dégage des soupirs de sa journée passée le corps pressé contre le ciel en soleil. Notre corps debout est choisi par le soleil sommeillant, couverts de ses baisers nous rayonnons d'une lumière jaune orange. Notre corps royal. Son arrière-train d'ombre élancée. Que ça continue, que ça ne se termine jamais. Allant sans but vers la jouissance. On n'a jamais envie de quitter cette plage. Nulle voix extérieure ne sait rivaliser avec nos rugissements de plaisir. L'eau est froide. Il faut du courage. Pieds. Genoux. Mollets. A mi-chemin de la cuisse une vague vient te dépuceler et pourtant tu continues timidement, redoutant la ceinture de séduction. Là, tu t'arrêtes. Debout. Il faut plonger. Le supplice n'est qu'une notion. Ce corps dressé qui se cramponne au statut quo, se disant je n'ose pas. Cette sagesse, mille fois acquise mille fois mise en question par l'esprit téméraire figé dans son discours, gelé par des spéculations inutiles. Plonge ! Donne ! Donne-toi à la mer froide, elle te réchauffera. Enfin, poussé par le vent, tiré en avant par celui qui, ayant mis fin à ses hésitations, nage allègrement alors que tes idées grelottent, tu t'en débarrasses d'un seul jet, tu te lances, splosh, tu es dedans !

Corps nu à l'eau nue. Nage droite poussée en biais par vagues et courants, force océanique domptant tes bras et tes jambes, courants chauds et froids, sucrés, salés. Tu nages, allant sans but vers l'harmonie de ton corps se dépensant sans effort, du souffle en vague, les yeux ouverts sur une lumière verte opaque. De ton poids bercé par le poids cosmique de la mer, tu nages sans peur dans un univers profondément dangereux, impossible à apprivoiser, tu lui offres ta vie la durée d'une nage, toi vaillant, elle tentatrice, toi sirène, lui, le désir. Tu nages dans un sens, l'océan t'amène dans un autre, tu avances sans trop savoir. Que ça continue. Sortir veut dire regarder de nouveau cette mer séductrice, brûler sur le sable chaud d'envie de la prendre encore une fois. Franchir de nouveau le seuil piquant froid. Apprendre pour la énième fois que c'est mieux couché que debout les mains sur les hanches, que le courage est un moment dur à passer avant de tomber dans ses bras, rouler avec elle, lui faire confiance. A la sortie, à travers la petite profondeur, l'écume, le sable mouillé, la plage montant vers les dunes, ce corps si sûr de son élément aérien, de sa position debout, trébuche à l'air libre, ballotté par des souvenirs d'ébats marins. Tu tombes sur le sable. Comblé. Tu tombes dans ce sommeil plus profond plus éveillé qui suit la jouissance.

Je ne te juge point quand tu me quittes comme je ne t'ai pas jugé au temps lyrique de nos débuts où tu es venu te tremper dans l'eau chaude de la baie tranquille de ma tendresse. J'aurais voulu que ça continue, que ça ne se termine jamais. Les baignades dans la tiédeur des minuits infinis. Vue de loin cette mer s'étale en surface égale jusqu'à l'horizon. Non pas qu'elle cache sa profondeur. Seulement, grimper une mer n'est pas la même chose que grimper une montagne. Moi-même je perds pied des fois. Si c'était possible je me maquillerais à titre d'avertissement. Une montagne. Même en carton-pâte. Avec mille marches inégales découpées. Par ici le chemin tortueux. Mais je n'ai pas d'autre face à te faire que cette eau égale étalée jusqu'à l'horizon, miroir de ton être adoré. Tes bras nageant, les battements de tes jambes, ton torse musclé, ton rythme de croisière, ton visage baigné du mien, tes mains qui caressent mes cheveux rebelles chatouillant, tes yeux ouverts sur le vert profond de mon regard, ta voix se balançant à la montée à la tombée de notre courant me réjouissent. Je ne veux que nager avec toi. Je ne veux que me baigner dans ce naturel de plaisir vague sur vague sur vague d'infini en infini. Plonger dans l'eau millénaire de satisfaction, l'eau qui donne soif de nager, l'eau qui désaltère le corps fatigué de sa position debout, le corps de sang enflé de désir sans démarcation, le cœur de chaque cellule bandé d'un désir parfaitement étalé, mes cheveux t'embrassent, mes aisselles t'accueillent, mes côtes vibrent en pulsions élastiques, battements de genoux, regard langoureux des cuisses, poumons en alvéoles de mille matrices minuscules fécondes, langue épaisse téton pointu, le bassin en mer pivotant sur l'axe du monde en mouvement perpétuel de vague en vague de jouissance, ne plus jamais sortir de cet océan de satisfaction, mon état naturel. Tu dérives. Hoquetant. Balbutiements de caresses. Tes yeux tournés vers la plage. Nous bougeons mais c'est moi seule qui me déplace. Tu es en rade. Et moi seule avec mon immense distance. De mes profondeurs remontent des grognements de tourbillon affamé. Les vagues figées se cassent en tessons coupants. Un vent froid éloigne tout nageur. Alors qu'ailleurs de petits lacs charmants scintillent, frétillants de bancs de sardines aux rires complices, je réfléchis sous un vaste ciel en quête d'étoile. Comment ai-je pu imaginer qu'un seul nageur puisse me remplir?

Et pourtant, homme, j'ai senti le cercle de tes bras autour de ma taille et j'étais tenue en entier. Je bougeais à droite sous des kilomètres de clair de lune, je bougeais à gauche sous des tonnes de calories solaires, tu étais là, tu étais là. Pas toi mais un autre. Je t'attendais, à l'écoute de ton silence. Scrutant chaque parole non prononcée j'ai poursuivi notre dialogue, mon attention rivée sur chaque nuance de ton accent. Remember to remember. Un jour, sans que je m'en rende compte, ton silence est devenu autre. Toujours porteur de révolution. Mais pas celle que nous avions préparée. Pas de nostalgie pour les guérilleras. Un homme tombe, un autre prend aussitôt sa place. La lotta continua. Pas de trahison de guérilleras, même dans la mort elles restent fidèles. Je t'aime d'amour indivis. L'armée marche sur son ventre. Une lavandière privée de sa jouissance n'est qu'un torchon troué.

Une rencontre éblouissante. Dans l'entrée qui devait donner sur la porte de ta sortie. Nous nous serions quittés avec politesse. Moi, debout. Le désir monté aux chevilles. Aux mollets. Une nuit d'hiver glacée. Plonger encore une fois ? Le cœur coincé. Mes bras indifférents posés sur les flancs de ton imperméable emprunté. De tes poignets dépassant de loin la manche je ne connaissais pas encore la merveille, de tes épaules cachées sous un chandail en col V classique je n'entendais pas encore la parole, de ta langue j'étais analphabète quand de tes mains tu as pressé mes bras contre tes côtes cachées. Homme secret, ce n'est pas ici que je te raconterai. Elles construisent une case pour loger chaque amour. La vaisselle même à chacun propre. Son cœur, muni d'autant de portes que d'hommes qui entrent, ouvre en sorte d'éviter toute malencontre. Je tire sur notre lit le pagne que tu m'as offert. Son motif de rivière parsemée d'yeux écarlates à la pupille bleu-vert intense, d'yeux bleu-vert à la pupille écarlate ardente.

Sous les cheveux ondulants de l'eau en flux, un souterrain terre d'accueil. Je suis là, enveloppée dans le pagne que tu m'as écrit, mes bras nus pressés contre tes côtes dévêtues, mes doigts traçant à l'infini la fine ligne de ton poignet. Le pagne de toi pressé contre mon ventre serré autour de mes hanches, le bassin de toi pressé contre le mien, l'épaisse ligne de toi homme serrée par les parois de ma case à toi. Tu avances en reculant. Je ne juge pas tes hésitations. Je m'habille lentement lentement pour la fête, le carnaval, le voyage.

Tu es rentrée autre. Nous sommes à l'écoute de ce silence qu'on dit prégnant. De la parole du sang tari qui annonce la transformation de vie en vie, d'amour en chair, de l'intelligence charnelle en être miraculeusement composé dans ton ventre issu de mon ventre.

Une journée miraculeuse. Avec une petite lavandière on est allé sacrifier un amoureux au temps et à la distance. Adios muchacho. Il reviendra. Le ciel te rendra son corps intact. Il ne fait qu'un aller-retour. Dis-toi bien que tu as de la chance de pouvoir compter les kilomètres sans calcul désespéré. Laissons les gros calibres aux lavandières qui ont vécu. Le cœur élastique de tant d'accouchements, des coffrets remplis de cartes postales des pays lointains. Quand tu as vu l'enfant quitter ton ventre pour s'en aller dans toutes les langues étrangères, quand tu as su t'endormir sans entendre le claquement de porte signalant que les Antipodes t'ont rendu ta jeunesse sans dégâts, quand tu as accueilli cette population jusqu'au fin fond de ton corps pour ensuite la voir partir à l'aventure amoureuse, ce n'est pas une nuit de solitude qui t'accablerait.

Ne pleures pas petite lavandière. Vamos a la playa. La mer a plus de larmes que nous ne pourrions pleurer dans un grand amour cosmique de séparations planétaires. Jouissons du soleil de retrouvailles promises. Déjà sur le sentier venant du parking nous nous sommes reconnues sur le seuil de la perfection. Aussitôt posé le bout d'orteil sur le bord de la plage nous sommes happées par la beauté absolue. Le sable chauffé à blanc. Le ciel bleu soufflé. La mer à plat ventre.

Nues, allongées, offertes aux morsures du soleil. Brûlant, chacune, de souvenirs récents. D'un proche avenir. D'une vie entièrement jouissante. L'amour depuis l'horizon ciel sable jusqu'à l'horizon ciel mer à travers le saut métaphysique en voile bleu si haut si hautement voûté, le bassin arqué de tendre souplesse, cambré à l'écoute de son rythme mon rythme, une oreille hautement sensible, la chair même avec ce capuchon long étroit large ouvert fermé autour du doigt homme de sa main unique, de bras de mer charnelle percutant homme dans mon étui glissant glissant sans but vers la jouissance. Je ne veux jamais quitter cette plage. Aux heures d'encaisser la lumière ardente on n'entend plus rien sans que le moindre instant soit vide. Plus tard le visage brûle et les membres fluides de fatigue comblée s'affalent tranquillement là où tu les laisses couler. Quand on n'est pas amoureux c'est pas pareil mais il faut le faire. Quand la mer, le sable, le ciel, le soleil s'entendent en parfaite harmonie c'est cette plage-là que je désire depuis le début de ma vie de femme. On ne veut pas que le temps vienne casser sa musique. Et pourtant aujourd'hui il pleut sur le bleu et or de mes souvenirs.

Tu as pleuré. Fille, ma fille, femme je suis enceinte de joie en me rappelant tes larmes et nous autres à rire devant l'évidence féconde, alors que sur l'écran notre sœur hurle sa douleur au pied du corps de son amour meurtri pour avoir voulu alléger la misère de ses frères. Recroquevillée jusqu'à devenir l'enfant que maintenant il ne pourra jamais placer dans son ventre, drapée du linceul de son grand boubou d'apparat muté en tenue de deuil, la femme hurle sa douleur aiguë, inconsolable, on voit un par un en gros plan les masques sculptés de ces paysans recyclés, venus en ville piocher le sol dur de l'usine casse-couilles. Dignes, réservés, sensibles sans sensiblerie, ils tendent leur cœur musclé à la femme cramponnée à ses hurlements. Le corps meurtri de l'homme. Les espoirs bafoués. Sombre fresque politique. Et toi, assise dans un fauteuil de confort de notre terre d'accueil, tu pleures des larmes faciles.

Nous rions de joie. Tu te rends compte, c'est le cœur qui enfle. Dans les toutes premières semaines fécondées. Avant même que les seins gonflent de la multiplication d'alvéoles à lait. Alors que le ventre plat ne souffle mot des cellules en multiplication, déjà animées d'une intelligence qui prendra forme de bras, de petites mains, de jambes, de genoux qui te feront des battements de ventre. Et déjà ton cœur se fond de tendresse. Fille heureuse tu pleures de joie. De ton cœur qui battra pour deux. Douceur de ton sang. Nous comptons les jours. Il n'y aura pas de déchets, pas de reflux mensuel du tapis spongieux. Les parois de la petite poire nichée dans ton ventre se tapissent déjà en accueil de la vie naissante. Tu pleures. Il te prend dans ses bras. Nous rions. Un homme est tombé. La vie continue. Se répète vague sur vague jouissant. Tu pleures de ton cœur de petite maman. La veille de ton retour je t'ai rêvée à la mer avec ton père et une autre, une petite inconnue. Je vous ai observé de loin jouer dans l'eau. J'ai senti de loin la distraction de ton père. Je t'ai vue disparaître. Ainsi que l'autre, petite comme toi. Il a continué sa baignade seul. Il perdait toujours ses chaussettes. Et moi, perdue dans un océan de manque inconsolable. Ma vie exsangue. Plus jamais courir avec cette petite être pétillante, tenir dans mes bras son corps solide, bavarder l'œil dans l'œil, son œil noir brillant, ses cheveux noirs abondants. Mais je rêve, mais je ris, femme ma fille. Tu vas gagner un enfant. Te laissant mon fauteuil je prends le suivant. Jamais je ne veux quitter cette plage mais je m'en irai un jour lointain, le cœur en paix. Homme, fils de ma fille, femme fille de mon fils, fille femme de ta mère ma fille, homme de l'homme issu de mon amour de l'homme, je vous laisserai le soleil d'une journée jouissant.

Sang. Trahison. Sang, sang, banal sang qui découpe l'année en mois de pas encore. Sang de liberté de s'aimer mois par mois sans multiplication intempestive et maintenant sang de la déception. Ne pleures pas ma fille cette vie tant désirée viendra s'installer dans ton ventre. Ce n'était qu'une répétition. Nous l'avons aimé, celui qu'on croyait implanté sur les rives d'un océan lointain, mais avouons, c'est l'autre que nous préférons. Sa vie déclare déjà son indépendance, plus forte encore que ton désir. Nous sommes petits devant sa parole cosmique. Assise devant le métier à tisser le dessin de la saison de la grossesse de la fête de la naissance, tes petites mains pratiques. Il t'aime, j'en suis certaine. Il viendra à l'heure imprévue. La voix de sagesse est chargée de dire pazienza, il ne faut pas trop désirer, Poursuis ton chemin comme si de rien n'était. La vie est timide. Elle se glissera dans ton ventre par une nuit d'automne. L'odeur sucrée des feuilles croquantes sur les draps bien de chez toi. L'air doux des relents d'été. Ta vie s'est ouverte à sa vie. Les pièces de la maison n'auront plus de sens jusqu'à ce que l'espoir de son beau désordre vienne habiter ton corps. Il viendra, l'enfant. Déjà il nous échappe. Notre amour immense pince le bout de ses ailes, il s'envole à travers le temps sans démarcation de la jouissance, libre, libre de choisir l'heure de sa conception.

Nous restons posés au bord du sourire total. Après la déception aiguë, les jours s'organisent autour de l'absence. La nuit peuplée de bruissements de ton nom soufflé à l'oreiller. En si peu de temps mon corps s'était doublé du tien, ton sourire tirait le bout de mes lèvres. Pendant longtemps l'odeur bisque de ton corps parfumait ma chambre d'un air matinal. Me voyant seule, d'autres sont venus postuler pour ta place. J'ai dit non j'ai dit oui mais la main glissant sur ma peau libérait l'odeur de tes caresses, le poids du corps mouvant avec mon corps pressait de mes lèvres des larmes de deuil. Mon rythme ajusté à ton rythme sonnait faux contre la langue de l'autre. Mon cœur, les dents serrées, refusait de participer à la lutte pour la succession. Au temps du bonheur on ne comprend pas sa géographie. C'est après, après la déception, après l'absence, après le temps qui efface les traces, c'est dans les bras de l'autre, en essayant de réaliser la danse, un deux trois un deux trois, on voit clairement chaque facette de la jouissance totale. Qui ne demeure qu'en compte rendu.

Homme, j'ai suivi le chemin indiqué. J'ai lâché prise. Même les charognards s'en vont quand il ne reste que des os, que les dents du sourire. J'ai découvert tes qualités éparpillées dans la population. Je me suis accrochée à un mot fondu sous un soleil pareil au tien. J'ai rapiécé des cœurs, six, huit, vingt cœurs reliés par des coutures aux pointes fines et égales, huit, vingt, trente cœurs réunis pour arriver à ta dimension. Pleurant les départs, brûlant les absences, jouissant des retrouvailles, attendrissant ma chair des larmes du TX3 citron qui ne cessent de couler sous le terre à terre des lotissements de plaisir pratique. Sinon on devient fou. Traductrice simultanée, capable de changer de langue à une vitesse plus rapide que l'œil, je suis à la réception dans un vaste hall d'accueil. Pleurant ma case, mon bananier. Ah non je ne veux pas de ces ananas qui arrivent en cageots. Mange, mange la salade de fruits. Sinon tu deviens folle. Finalement bonne interprète. Chacun a un rêve à déposer dans mon imagination attendrie. Il commence péniblement son récit. Un deux trois un deux trois. Je pense à toi. Toi ou celui qui t'a remplacé, qui comme toi pour des raisons inclémentes se trouve provisoirement dans l'impossibilité d'assister à la fête. Ma pensée impénétrable, mon corps gentil sans plus. Le désir de désirer diffuse une première vague de chaleur, mince, tout juste bonne à enduire la peau. Les lèvres s'ouvrent. Peut-être dans l'intention de prononcer ton nom. Ou de dire non. Il est dedans. Un soupir libère ma gorge serrée. Il s'y trouve bien. Sans que j'aie triché. Son ardeur suffit à nous chauffer tous les deux en attendant que l'action de corps sur corps produise encore le miracle du feu. Les souvenirs s'enflamment, se réduisent en cendres. Des balancements appellent les dieux de l'amour universel. Maman j'aime tous tes fils ! Jetant au feu nos habits quotidiens on renaît, deux égaux. Fidèles. Croyant à la mer, ses vagues sur vagues sans fin. Bénissant la nuit de notre rencontre. Brandissant le drapeau de la liberté. Son corps musclé cède à une plus forte raison. Je suis happée. Dans cette obscurité éblouissante les éclats d'âme lancent des rayons pénétrants de bonheur montant montant sans but à la jouissance. Après la satisfaction, les petites tendresses. Douceur de la peau comblée. Les lèvres prononcent au creux du cou des amens charnels. Ya soma. La nuit se réveille, l'après-midi ouvre ses yeux, les mains caressent un nouveau jour, le matin étire les jambes, les fenêtres de l'heure ouvrent grande l'invitation à agir. Seul on n'était personne.

Seule à me raconter une histoire d'amour révolu, j'étais vouée aux décombres. Seule la jouissance te fait vivre, homme, tu reviens par les nuits de carnaval sous mille déguisements. Ma main tendue vers l'ombre de ton visage, des picotements le long du bras jusqu'au cœur recroquevillé, la peau en chiffon glapissant dans le vent à l'œil de la lune, des gémissements en guise de musique, les hanches tournant à vide. La nuit de la fête m'éclabousse de sa douceur. Ruelles appétissantes. La tranquillité me gonfle le cœur. Mon désir remonte et descend les rues en pente douce, les rues en escalier, jusqu'à la sortie de la ville, le long de la route marine, longeant les étangs peuplés de flamands roses, les vignobles, les marécages, les bras de mer, jusqu'à la broussaille, jusqu'à la tranquillité du sable, remonte et descend les dunes, traverse le sable sec et chaud, le sable mouillé, le clapotis picotant, l'eau fraîche, l'eau froide, jusqu'aux mollets, aux cuisses, mon désir nu s'ouvre à l'eau, hésite, plonge, se donne à l'eau tonique, les yeux ouverts sur vert opaque, à la nage pénible à ses débuts, un deux trois un deux trois, la poitrine serrée, les bras faibles, le corps alourdi du boulet de la nostalgie de la terre, mon désir s'apprend à nager, allant enfin sans effort vers le but sur la rive en face, survolant maintenant des montagnes de sapin, des collines sèches piquées de figues de barbarie, déjà le désert, plage d'immensité, l'aigre doux de ses jours brûlants ses nuits gelées qui passent en flèche sous le ventre de mon désir volant par-dessus la tête des géants tropicaux de la forêt drapés de lianes, les oiseaux de toutes les couleurs, le rugissement des chefs, et mon désir court en zigzagant de brousse en village de rivière en palmier des routes défoncées en rue ensablées de la ville claire obscure aux yeux qui voient dans le noir, devant les vendeurs de maïs rôti, jusqu'au coin de la rue, au cagibi où l'homme du désert débite le pain, à deux pas de ta maison, la porte métallique qui donne sur la cour fermée contre les voleurs, la sonnerie à deux centimètres de mon doigt qui recule, mon pied en rotation, mon désir en fusée se lance du pas de ta porte, rebrousse chemin dans un moins de temps, se retrouve debout sans avoir quitté le charme de cette promenade dans la vieille ville qui est mon histoire contemporaine, à la nuit des derniers jours de la belle saison. Les amis réunis. Les retrouvailles. Nous racontons nos voyages. Nous avons mangé du gâteau. Nous allons danser.

Ma vie se réveille. Eternel matin au seuil de la jouissance. Il fait beau. Soleil piquant. Je m'étale. Prends tout ce matin d'amour, prends tout, je déborde. Allons nous promener au bord de la mer en pleine ville intérieure. J'ai vu un enfant causer avec sa maman des choses de la vie. Sa voix de tendresse plus forte que le bruit des voitures. J'étale devant toi cette matinée dorée de ciel bleu. La voie directe de ton sourire me happe. Je suis accro. On s'est raté de deux secondes. Ta voix riante plane sur ces heures interminables de ciel bleu à aimer. Je suis accro. Tombée encore une fois de la falaise. Ils sont rentrés du voyage les bras pleins de cadeaux. Une chaîne de clochettes autour de ma cheville, des rires de bracelets en verre cliquetant sur mon poignet, ma peau dorée aux souvenirs récents d'un soleil épatant, je plane dans un ciel pur de désir, plongeant, remontant en vol fou à te chercher, ce jour, cette heure, cet instant ultime de la vie que je brille de passer avec toi. Deux secondes plus tard j'aurais été là pour prendre la chaîne en argent de ton appel. Comme promis. A l'heure juste et moi juste trois secondes en retard, mon corps toujours joyeux de t'avoir connu tout joyeux de te retrouver et crac ! Un temps insensé d'une durée minable déchire la chair. On me parle. Je n'entends rien. On sonne à la porte. C'est un vendeur de cartes postales. Le téléphone sonne. C'est une amie en mal d'amour. Le ciel hurle de joie de soleil cet après-midi tout dévoué à toi. C'est terrible la jouissance, ma chair tissée dans ta chair. La vie entière entraînée. Je me régale. J'ai faim. J'adore manger. Au réveil du matin de la vie. En haut de la falaise de ce besoin entier. De tout faire ensemble, ne plus jamais se quitter. Mon cœur zoom sur la voie directe de ton être sans tordures. Le contact de plus en plus éveillé de la chair au ciel bleu de désir, se connaître, de plus en plus se connaître jusqu'à en jouir à n'en finir pas, à entraîner dans la foulée une vie entière de désir, de rêve de partager.

Ce jour même, cette journée d'une perfection totale depuis ce matin à mon réveil bonheureux, je l'avais consacré à toi, on vivra une vie entière, une promenade, la ville épatante de beauté visible seulement à ceux qui ont quatre yeux, à quel moment on décidera, n'en pouvant plus d'être enlacés sans s'éclater dans le seul nous deux notre droit à un monde entier, et après, en préparant notre manger, ta parole entre les cuisses de ma parole, notre dialogue coulant sans entrave.

Toutes les attentes de tous les amours de toute ma vie s'éclatent maintenant. On s'est raté par soixante instants. La ville se perche au bord de la falaise. A quel moment sauras-tu que j'étais ici comme convenu. Que je tremble, que j'ai la chair de poule, que mon soleil adoré me prend à la gorge et je me dis que c'est bête que c'est bête dans un temps de paix de guetter les sirènes, ah non, si un nuage arrive je m'écroule. De toute ma force je serre dans mes bras la beauté de cette heure, moment par moment, que ma passion entretienne sa joie jusqu'à ce que l'énorme erreur historique qui a voulu que d'abord tu téléphones et qu'après je franchisse le seuil de la porte, que cette erreur soit corrigée. Du calme. La vision historique s'impose. Mettons de l'ordre dans l'amour. Raconte. C'est le premier jour c'est le dernier jour. Le monde commence un beau matin d'amour. Une belle journée est la fin du monde, il faut tout faire de ce qui reste à faire, jamais plus cette harmonie ne se reproduira. Et les minutes s'écoulent et l'erreur se confond à d'autres du même désordre et tu cries maman ! De toute ta force essaie de prendre de la distance. Mais tu trembles. Ce beau temps te file entre les cuisses tremblotant à cause de quatre minutes de décalage vital. L'harmonie brisée. On ne se retrouvera plus jamais. Le monde entier s'en est allé, le train qui s'éloigne du quai et après tant de peine tant de sagesse à ne pas regarder l'heure pour être sûre de ne pas rater les rencontres cosmiques. Du calme. Les heures qui passent réchauffent la chair grelottant, il viendra, il reviendra. L'harmonie. Une nuit d'amour. Chaque rencontre de plus en plus profonde. Le danger imminent de se tisser ensemble, de ne plus jamais vouloir se quitter. C'est toi, toi, enfin toi, c'est lui. Et moi, cette histoire d'amour en explosion permanente. Un danger aux passants. Et moi ce monde en éternel matin se réveillant à la promesse entière du plaisir. Je me régale.

Elle arriva enfin dans sa contrée. Au commencement il y a le début. Un je ne sais comment, une demande de tendresse explique-moi, un allons ensemble que je voie tout de l'intérieur, amoureusement. Je suis là sous un vieux fromager. Un ancien. Sa peau vétuste. Sa peau en coulée d'écorce coulant vers la terre. Que bientôt il rejoindra. Ses nervures effilochées. Mais ses branches, ses branches, son esprit monte majestueusement vers le ciel que bientôt il rejoindra. Et une branche, une branche croisée avec le tronc d'un palmier le frotte à la musique du vent délicat qui fait siffloter les éventails du rônier. Grincement en douceur de deux corps enlacés. Ici au pied des palmiers nous sommes tous des rois et des princesses éventaillés. Au début on savait lier la vie à la vie. On savait nouer, tresser, tisser, encercler. Un cerceau en rotin sert de monte-charge au vieux qui grimpe le palmier. Guérillero de la douce ivresse il arrive armé, le cerceau sur l'épaule en bandoulière. Et le cerceau et ses pieds nus connaissent les étapes de l'écorce, tout en souche d'uplifted arms. Et ça tient, et il monte, le vieux, il monte en chantonnant, en harmonie avec le palmier qui donne de sa sève en vin végétal. Sucré le matin, le vin des femmes. Fermenté le soir, pétillant. L'homme qui monte au rythme du cerceau, thuck, thuck, thuck, les ronds de rotin sonnant le shush shush, l'homme qui monte, l'arbre qui reçoit ses attentions, qui répond à sa douce parole, qui donne de son musc.

Le fleuve n'est pas loin. Le fleuve la pirogue les îles. La pirogue on l'appelait de son nom d'amour et depuis, combien sont les voyages de souvenir par l'oubli ? Sur mon fleuve un trafic diversifié, des taxis même et même de petits bateaux en papier qui se désintègrent dans la flotte avant d'arriver à destination. Des bateaux de plaisance, des barques utilitaires, des péniches des voiliers tape à l'œil, un canoë véritable quoique carburant aux toxiques, des navires de colonisateur, mais jamais de pétrolier, jamais de cuirassé. Les charognards planent en harmonie avec le vent. Une fourmi géante contourne ma table de fortune — une bûche comme dans les fétiches. Elle traverse la natte, un parcours de la plus grande politesse qui ne me chatouille point. Les vaches aux cornes regardent paisiblement notre passage sur le sentier ensablé. Si ce ne sont pas des taureaux. La forêt respire, danse. Et ce vieux couple du fromager avec son palmier ne cesse de batifoler. Murmures et cris de passion. Même étouffés. Les cases à la bouche ouverte, à la fine oreille, même avalés les oiseaux de l'amour consacré montent aux étoiles. Le ciel en jouissance d'étoile. Douceur de la peau noire, ciel intime, près de nos corps de nos amours. Ciel en paix. Ni agression électrique venant d'en bas ni tyrannie ecclésiastique venant d'en haut. À nous le ciel chaud de notre noire contrée. À ton sourire étoile. Lune en croissant.

Man gi dem. Tu es avec moi. Je suis avec tes amis. Tes frères et sœurs. Ta mère. Tes enfants. Je suis dans l'avenir que nous rêvons ensemble. Notre maison est nourrie de la forêt. Des troncs d'arbre penchés, croisés, noués les uns aux autres et revêtus de leur feuillage séché maintenant en chaumière. De la terre même les briques sont carrées. Non pas en esclavage édifier des monuments à la gloire des tyrans orgueilleux, mais en liberté des mains libres de poser brique sur brique des habitations joyeuses. Les palmiers dressés, le vert jaune soleil lumière oiseaulée, l'entourage solidaire aux maçons qui bâtissent, maman que c'est beau regarder travailler l'homme libre. Pas pressé papa, une brique, une motte de ciment, quelques tapes, le bord de la brique s'aligne sur la ligne qui guide. Le mur monte, la corde est toujours une brique plus loin, nous allons vers cet aujourd'hui de perfection du rônier qui verse dans la case un outillage végétal. Tap tap sur le seuil, le sable sort de derrière les sandales, démarcation entre l'intérieur et l'extérieur. Nous vivons dans la poussière. Et pourtant le lit sacré. La nuit des chèvres l'aube du muezzin. La nuit du hibou de la forêt tropicale. La nuit d'amour chuchoté. Le va et vient sur les sentiers. Femmes coiffées de bras de bois, de tonneau d'herbe. Enfants rapides, bariolés de lumière jaune verte soleil.

La terre donne des tomates, des aubergines, des salades, la terre donne l'arbre, l'arbre donne la noix de coco, des oranges, des clémentines. Cocotier, rônier, palmier paysage emplumé. Ce n'est pas encore la saison des mangues. Ce n'est pas encore la perfection. C'est l'idée de toi portée jusqu'ici, ce sont tes frères qui m'accueillent, ce sera la joie d'ici portée jusqu'à nos retrouvailles, jusqu'à notre arrivée ensemble au village. Posé, d'une telle finesse, sur la terre de nos ancêtres. La case pousse un soupir, le lit descend de l'arbre, la coupe, tombée de l'arbre, creusée, séchée, arbore le vin de palme, les branches séchées forment l'enclos qui démarque l'espace de chez nous, et chaque case, chaque objet, chaque sourire recèlent des délices que les jours de patience nous raconteront.

Les bras chargés de délices, je reviendrai. Enlève moi ce papier sale qu'on appelle argent. Rends-moi l'or de notre richesse. Le pilon, les pompes, les corvées gracieuses, l'homme musclé égal au fardeau, les hanches de la femme, moteur de la belle porteuse d'eau porteuse de la vie. Le pilon la danse l'amour dans le silence profond de la case ouverte sur la nuit communautaire.

Et que toute ma vie qui reste soit ce rêvé matin au ciel plus haut que les plus élevés des yeux, aux flocons de nuages rose nacré. La lumière se lève avec les oiseaux, les cochons couinent et puis commencent leur promenade qui durera tout au long de la journée, de partout on entend le thunk thunk des récolteurs du vin. Il arrive que le nœud ne tienne pas, que le cerceau ouvre ses bras et laisse tomber l'homme à sa mort. Les charognards de leur pas boiteux font trois fois de plus le tour de la concession avant de l'abandonner à nous autres. Le déhanchement des palmiers cocotiers rôniers, le swish swish de leurs jupes. Les cases se réveillent avec la terre, avec les rôniers dont elles sont faites. Des branches sèches forment les enclos aux épines, la terre monte en murs, les troncs et les branches se croisent en charpente, les feuilles tressées en panier, la case respire de la matière vivante tout autour de sa confection. Matin de beaux jours qui se suivent. Pluie de feuillage dans tous les sens, feuillage plumeteux, vert chatouille et de temps en temps la tombée d'une noix. En haut du tronc dressé, des couilles sucrées, des grappins de papaye, de noix de cocotier et les bananiers au régime bandé. Des jupes, des parapluies, des drapés de feuillage, la coulée du fromager ondulant de sa hauteur vers les profondeurs de la terre, ses racines dansant au rythme cosmique. J'ai vu du bambou laqué jaune avec quelques traces vertes dessinées à la main méticuleuse. J'ai vu les pintades parées. Des femmes en tissu lamé. Des enfants aux yeux de grandeur. J'ai vu les garçons se battre dans la poussière, je t'ai vu, je les ai vus lutter sans hargne et se lever en rires. Les pas de l'homme agile qui descend le tronc du palmier est inscrit dans mon cœur. Et le goût sucré du vin du matin et le léger acide le soir. J'ai vu les grand-mères, une main posée oiseau à côté de la bouche, les yeux légèrement baissés, raconter au jeune homme des événements de la vie quotidienne de la terre et ses enfants. J'ai dansé et je m'en vais à contrecœur dans le sens du cœur je m'en vais te retrouver, et tu me promettras qu'on reviendra ici, et tu me construiras de cette terre bisque une habitation aux apertures libres formées des mains en caresse.

Ces derniers jours je mélange ta cuisine à la mienne. Ces ognons rouges nichés dans un panier ne m'attendaient pas chez moi, mais... Rentrée avec les petites courses dans le panier acquis au troc avec une gitane española. Contre des gâteaux. Après le voyage, les légères provisions d'une remise en marche du ménage. Mais sans oignons car je les voyais là, croquants, couleur grenat ardent. Mais chez toi. Et l'enfant dans ton ventre et moi légère, libre de mes va-et-vient, obéissant à d'autres règles. Apostrophe à la conversation de femmes pleines. A l'écoute de leur chair savoir-faire. Et j'ai su. J'ai su comment te tenir dans l'eau, d'abord l'inland sea et ensuite ah ça fait poulet un nourrisson dans la baignoire, Y a-t-il du lait ? Chez toi ou chez moi, les deux foyers se confondent et toi qui faisais bonder mon ventre, assise, coquette, le même visage de jeune fille non de femme jeune à toujours, tes mains not even the rain has such small hands qui confectionnent déjà de la beauté. Ton ventre qui confectionne, quel artisan, la vie porteuse de ta marque. Ces habits que tu façonnes... Nous ne dirons jamais petit car la vie à ses débuts est noyau compact intense puissant enroulée à dérouler vers l'infini et nous ne dirons point petit car une fois fait coutume et ça devient le petit avec ses petits doigts et sa petite langue et son petit pullover tricoté main, petite main plus fine que la pluie et toi petite maman, non pas que ce n'est pas vrai. Mamacita. Mais parce que c'est vrai. Inutile de le dire. On s'étonne.

La main sur ton ventre on écoute les battements du corps. Mes yeux sur mes cuisses, une légère robe d'été fleurie drapée sans pudeur je ressens les premières contractions. Une douleur vitale. Joyeuse. Le corps agile sait lâcher, l'amour passionné serre les bras ouverts, en spirale, ma chair neuve à peine entamée, mes cuisses rebondies, assise maintenant car nous sommes sorties de cette époque barbare où les femmes accouchaient allongées en cadavre et l'enfant grimpait vers sa première ouverture d'esprit pour se retrouver aux mains du croque-mort, car des erreurs historiques traînaient leurs loques jusque dans la salle d'accouchement alors qu'à deux pas de notre cul, des ordinateurs attendaient la gueule ouverte prêts à compter notre enfant parmi les vivants et on croyait, on croit toujours qu'il faut mourir avant de vivre, mourir jusqu'à la mort avant de se rendre compte de la vie qui se matinait là déjà dans le ventre de ta mère, assise, mes cuisses doucement bronzées, à l'écoute d'une musique archaïque, à l'écoute de l'odeur de quetsche et du raisin que dégage le panier sur la table ronde, la montée et la tombée de ma poitrine de mon ventre paisible dans l'effort, ma chair engorgée de sang énergique, je m'abandonne aux premières contractions et nous ne dirons pas petites et douces et légères car toute cette immensité est fine, finissima, langue tendre à nous chavirer, chuchotements de lèvres, du souffle, de l'idée même de la liberté non pas au bout du fusil mais au bout de notre sexe, au rythme des contractions, du col qui se dilate car je veux que tu naisses et je te cède ma place enfant de ta mère ma fille.

Il était à gauche maintenant il est à droite, ou bien le contraire, on connaît tant de choses qu'on ignorait, on sait étudier à travers le dôme vitré de ton ventre ce jeune athlète. Des satellites de fabrication artisanale se promènent allègrement parmi les astres, sautillant, tresses d'écolière, cartable sur le dos, des yeux sonores fouillent ta matrice et si tu le veux peuvent t'envoyer des cartes postales signées du nom de ton futur enfant mais je te regarde de mes yeux de toujours et mon cœur éclate à te voir là, la main sur le ventre, à l'écoute de ces balbutiements qui ne sont ni les hoquets que nous connaissons déjà ni les battements de cœur qui ne s'entendent qu'à travers le téléphone arabe du médecin, alors quoi ? Qu'est-ce qu'il fabrique, tu dis. Mon cœur se fend à te voir, ta vie embrasse sa vie, il est emboîté dans ton bonheur, ma fille de joie, et ça commence. La vie se lie par mille fois mille nœuds délicats. L'attente, que la reine grasse qui trône dans la salle spongieuse choisisse son prince parmi les bolides tortillant, se proclamant des droits d'héritier contre le courant, l'attente vaut l'amour de l'amour. Si le mariage royal avait eu lieu comme on l'a supposé au bord de cet océan dit paisible qui se présente à l'orée des terres en vrombissant, se dressant parfois en gratte-ciels de raz de marée, on l'aurait aimé, cet autre né à sa place, mais j'avoue que c'est lui que je préfère.

Lui qui me serre le cœur à se mouvoir dans le ventre de ma fille, à la pousser à des interrogations vitales, vers la maîtrise de la linguistique maternelle. Comment donc traduire ces tapotements, nouveauté dans le vocabulaire de la cohabitation qui tire vers sa fin qui recherche la lumière et la séparation amoureuse. Car je l'ai vue, assise à ma place, les cuisses toutes neuves, renouvelées, patinées par des tendresses, élastiques dans leur ardeur, je l'ai vue, elle, que nous attendons de jour en jour, assise à ma place, l'oreille tendue vers l'avant signe de l'annonce de la naissance de son petit-enfant. Et là nous disons petit, tout en remarquant que dans cette autre langue que nous parlons, petit-enfant se dit grandchild. Lui ou elle, ma poitrine et mon ventre montent, baissent, car moi aussi j'attends de naître.

Au village je serais près de toi. Dès les premières contractions un enfant viendrait me chercher. Nanan, ça commence. Je chargerais une jeune fille de surveiller la marmite et je viendrais, resserrant mon pagne sans gêner le rythme de mes pas, mes pieds nus sur la terre ensablée.

Ici maintenant les quetsches sont mûres. Le soir, un vent volontaire annonce la transition vers une autre saison mais les beaux jours ne sont guère épuisés, un soleil viendra, piquant, me rappeler la saison de ma naissance, l'été qui suit l'été. L'espoir infini. Un jour je marchais sous le soleil de mon anniversaire. Une légère brise remuait mes cheveux. Mon cœur rempli de la beauté de ce trajet ici maintenant. Ti giuro nous n'avons pas d'âge. J'étais là maintenant à me promener dans mon quartier, émerveillée par la beauté d'un village que je n'avais pas encore vu. Et personne autour de moi ne connaissait le chemin y menant. J'étais là maintenant à me demander, mais c'est plus fort que cela, à quémander, à interroger mon destin dans cette dimension infinie qu'est ton ventre, la vie dedans, poupée russe, poupée métèque, vahiné de toutes nos origines, mon cœur serré, dilaté, gonflé, en contractions, le col ouvert, maman ! Je suis amoureuse. Viendra-t-il à ma fête ? Les garçons, va savoir, quand ils sont amoureux ils te pincent le bras, ils font semblant de ne pas voir tes coquetteries, ils se dérobent quand tu veux les embrasser. Il vient me chercher tous les matins. Nous sommes ensemble toute la journée. Mon corps même porte le nom de l'odeur de son corps, sang mêlé. Mais à ton âge, qu'est-ce que tu attends de lui ? Qu'il te dise je t'aime, je veux t'épouser, alors que tes jambes frêles ne soufflent mot de leur devenir ? Ti giuro je ne connaissais pas mon âge je ne l'ai jamais connu et ce gamin est-il venu à ma fête d'anniversaire ? Je voulais qu'il plonge dans mon âme, qu'on s'envole, complice, au-delà de toute banalité. Je veux qu'il m'embrasse.

Le matin. Que ce soit le soir, c'est toujours le matin que ça commence. Le petit matin. Le point du jour. Ici en ville le bruit frappe. L'air même est bruit, vidé de son souffle vital. Nous respirons de petits fours mondains, c'est toujours l'heure et jamais le temps, nous avalons des tranches minces et sèches d'une charcuterie indéfinie, debout, écrasés dans la foule rapace. Cet air rassis, mille fois rerespiré, cet air fluet de dandy vétuste, cet air porteur d'avis d'échéances n'en parlons pas. Ici j'attends de tes nouvelles.

Me disant, ça ne vas pas tarder. C'est peut-être maintenant et tout à l'heure un coup de fil viendra me nouer à ma continuité. Il est né il me dira et combien d'heures de travail, toi femme richissime de tes ouvrages et ton courage, il me le dira mais j'ai déjà vu ton sourire de femme à toujours jeune mûre, ah, donne-moi encore une langue qui dira ce sourire que je vois que je te verse ici en vrac, car je suis avec toi je le vois c'est plus que brave, c'est tant plus beau que je m'assume, je me débrouille, mais il y a de cela dans sa composition et qui que nous qui t'aimons de près saurait placer la sueur, fine couche de lumière sur ton visage taché de rousseur, nous qui connaissons tes cheveux noirs épais jusqu'à la taille et en dessous des couches et des couches de cheveux en poids d'or les mèches en tire-bouchon, nous qui savons peser les taches de rousseur, les yeux noirs, les rondeurs, les finesses, les couleurs de tes diverses origines. Les femmes de ta contrée sont courageuses quoique menues. Et pourquoi ce quoique ? Sauf que la vie nous pousse parfois dans des liaisons inutiles. Faute de mieux. Leur sonorité même est crapaude. Et le difficile de dire la beauté nous laisse tomber souvent dans le giron de la dérision.

Et ton sourire, entre contractions. Elle naît enfant et toi tu nais femme. Les yeux serrés afin de mieux voir. Le travail intérieur, tu laboures et moi ébahie, moi vierge de nouveau, moi au seuil, au matin, sur la marge fine qui coule entre l'espoir et le désespoir, moi qui suis le temps à pas de danse, je m'arrête devant ton sourire.

Puisque ça fait mal et tu es contente de sentir ta puissance puisqu'il est avec toi et vous deux c'est sans arrêt, jusque dans la salle d'accouchement où vous causez en riant où tout se mêle. Ton sourire, depuis un moment je le cherche à la lumière de l'encre. Devant mon nichon. Le premier jour. Ton sourire de tout connaître de ta vie nouveau-née. Tu m'as apporté de l'infini ton sourire, nôtre.

Quand la gorge trébuche sur un trop plein de fruit juteux, on étouffe, sucré. Les yeux s'ouvrent ronds. Quelques larmes sans peine coulent liquides alors que les poumons cherchent en vain un flux d'air. Un fruit, du jus débordant, une boisson gazeuse trop vite avalée, un accident au carrefour entre la parole qui sortait et la pêche qui entrait, deux idées qui s'entrechoquent en te coupant un instant le souffle, ton visage, homme, d'un garçon de cinq ans. Moi, emportée dans l'implosion de ces temps mêlés.

Un chagrin que tu portais avec tant de grâce, riant de toi-même, ton ventre plein à maturité, l'étape ultime de la grossesse s'avançant vers l'étape initiale de la maternité. Ce poids, tu le portes en panier sur la tête de tes cuisses, en chapeau de femme séductrice, en art. Un chagrin c'est du cœur bien qu'on puisse aussi souffrir de l'orteil. Tu me racontais en pleurs souriante les murs rêches, les passages arides, les heurts minables et divers trous, lacunes, déchirures, taches et autres défauts de fabrication du chandail que nous tricotons le long de la vie. Tes mains de plus en plus sûres à la confection, tes mains libres qui ne cessent de créer, ton sourire qui n'abandonne jamais ces autres copains bien moins gais que la vie nous impose. Une douleur, ton sourire, toi qui te regarde d'une sage distance. Nous sommes vamp nous sommes clown nous sommes mère.

Mamacita, figure-toi que ma création demande à présent de la patience alors que la tienne tire sur les amarres. Etait-ce cela le mouvement que nous avons capté, la main sur ton ventre, mon cœur déchiré à te savoir saisie dans tout ton être d'amour de la vie fragile, fragile à toutes les étapes, ne tenant que par un fil et nous ne savons point lequel.

La vie de ton enfant, parole de ton ventre, nouée pour toujours à la tienne. Et pourtant un jour adviendra où tu la quitteras, ta fille, au seuil de son accouchement, où tu attendras le message, par quels moyens en quelle matière nous ne savons pas.

Le jour adviendra où on viendra te chercher pour te dire que ça a commencé, que ta fille va accoucher. Doucement mamacita, doucement, je te promets que de mon côté j'irai aussi vite que possible sans mettre en péril l'ouvrage.

Que ça commence, que ça recommence. Assise au seuil d'une nuit qui me promet encore et encore de la patience, sans que je puisse savoir quel fil suivre, ni s'il y aura une suite, je me sens pourtant légère, assise, les mains et les pieds libres, car on n'attache plus les femmes, je m'adonne aux contractions, ça serre, un courant d'électricité charnelle me secoue, un non de plus en plus limpide m'aveugle, à la lumière criarde de ce non j'assiste au déménagement, seule, car on dirait que tu ne remember rien de cette contrée où nous avons voyagé en hamac, je me dévêts de toutes tes qualités, les range dans une malle, me promets des voyages encore plus loin, ça desserre, le col s'ouvre, mes yeux s'ouvrent sur un matin digne de sa lumière qu'on boit qu'on étale sur la peau qu'on laisse couler sur la langue sur les cuisses. Tu es là. Je suis avec toi.

Assise, dans un espace urbain, devant les étagères de ma liberté d'aller et venir, entourée de tout ce que j'ai mis en marche sur d'autres plans, pas loin du téléphone qui m'apportera incessamment les nouvelles de la procréation.

Assise calmement alors que tout se passe en sourdine mais pas à pas inévitable, car je l'ai connu dans la chair avant de suivre dans mon cœur ce voyage saccadé où tu sens la force brute de la vie sans intermédiaire qui te tire d'en bas.

Tu sens tout le poids de la vie entière de cet être naissant. Son histoire enroulée en mille spirales au sein de son ventre cuvé dans ton ventre et maintenant embarqué. Que ça commence. Que ça recommence.

Tu es ivre de ce poids. Légère, légère de connaître la force de la vie. Nous le disons. Tu le diras. Elle le dira à son tour. Ta fille. Ta belle fille. Son sourire de femme courage. Nous le disons : on pense éclater.

Tu dis oui. Tu dis oui je n'ai pas peur d'éclater. Oui, j'accepte. Et tu nais femme.

Et on place l'enfant contre ton ventre. Tu sens la chaleur de son corps humide. Le sang coule d'entre tes cuisses. Tu trembles dans les secousses de l'après-effort. C'est là où il te prend dans l'arc de sa tendresse.

Sang, nectar de jouissance, eaux de genèse, la parole d'amour rendue chair, la promesse emboîtée dans la satisfaction, les roucoulements de plaisir, les caresses, les points sensibles où me toucher fait gicler de tendres étincelles, la clef enfin, le mot de passe qui ouvre les portes de ton sang à ma chanson, le corps qui se dresse, la coulée de bijoux liquides qui t'invitent à te parer de ma danse, toi homme déchaîné dans l'élégance subtile du matin de ta danse arrosé de sueur, vous deux ensemble ça ne s'arrête pas tout mêlé en riant et l'art de ton sourire. C'est dur mais j'y prends plaisir. Cette fois. La seule occasion où l'amour ne se fait pas ensemble mais lui à côté et toi seule à tenir le coup.

Accroupie ou allongée sur le côté. C'est toi qui décides de la position. Toi seule avec l'amour dans ton ventre. A agir, à te cramponner à ta virilité.

Femme, à chaque vague secouée. Dans le brisant bouleversée. Tu te redresses. L'eau, l'écume dégoulinent sur ton visage, illuminent ton sourire de femme à toujours jeune à toujours mûre.

Vague sur vague d'envols, ton bassin pressé contre le sien, les deux bassins alignés sur l'axe terrestre, pointés vers l'étoile désignée, se mouvant avec la terre à son rythme et tu sens la puissance absolue de l'amour vital.

C'est la vie même qui te prend dans l'arc de sa tendresse. Qui te ballotte. Qui vous serre contre elle. Vous deux pressés contre le sein de la terre. Deux bassins d'un seul pas étalé. Martelant par secousses rythmés ce poids léger de la vie qui cogne. Déhanchant. Suivant une pure mélodie.

La porte de la jouissance. Qui nous accueille. Ouvrant grand sur un monde nouveau-né.

Cette fois-ci tu jouis seule. Lui de son côté. Qui témoigne à la naissance. Que cette fois-ci tu jouis non pas aux cris allègres et à la chaude coulée. Car nous aussi les femmes nous arrosons la fête.

Tu penses éclater mais c'est la joie qui éclate.

Et les rideaux de douleur sont soudain écartés. Aussitôt oubliés. C'est la joie mais solennelle.

C'est l'enfant mûri dans ton ventre.

Celui qu'on dit le petit.

Mais il est immense.

Immense infini ce fil étendu de moi à toi à ta procréation à notre continuité.

Immense ma fille, sortie de moi, sorti de toi encore une fois, que ça commence, que ça recommence l'amour.

écrit d'un seul trait, à la main, sur des feuilles doubles, en une seule
version, sans revenir en arrière, sans remanier la parole donnée

en 3 mois :
08/81   Conegliano
08/82   Torrecaballeros, Madrid
09/82   Ouagadougou, Bobo-
         Dioulasso, Banfora
+ 1 semaine :
02/83   Oussouye
08/83   Montpellier
09/83   Paris

Du même auteur

L'Harmattan
Karimi Hotel & autres nouvelles d'Africa 2011

authorship intl
Karimi Hotel & Other African Equations 2012
Al Dura: Long Range Ballistic Myth 2014
The Black Flag of Jihad Stalks la République 2015
Troubled Dawn of the 21st Century 2017
L'aube obscure du 21e siècle 2018

LIVRES ILLUSTRES
Je t'en prie Gregory images/Devis Grebu. Seuil 1993
as-tu connu machu-picchu? images/Jacques Soisson. Messidcr/la Farandole 1984
A table! les histoires sont servies. images/Selçuk Demirel. Messidor/la Farandole 1982 diplôme Loisirs Jeunes
Cheval d'York. images/ Cogollo. éd. Ouskokata. Paris 1981 1er prix Mecanorma/Marker d'Argent. *Horse de Verve* (English)
D'oeuf d'habitude déjeuner etc. images/ Gentiane Gaussot. éd C_marron Paris 1980 prix de l'illustration, New Delhi. *Eggs as usual breakfast etc.* (English)

TRADUCTIONS
Français à l'anglais
Levinas, Emmanuel, *Humanism of the Other,* U. of Illinois Press 2003
Levinas, Emmanuel, *Unforeseen History,* U. of Illinois Press 2004
Chertok, Léon. *Memoirs of a Heretic*
Morin, Edgar. *Les sept Savoirs.* UNESCO 1999
Dictionnaire européen des lumières. Dictionnaire de théologie (group transl.) Fitzroy-Dearborn.
Jeanneret, Michel *Perpetuum Mobile,* Johns Hopkins University Press, 2000
Kourouma, Ahmadou, *Monnew,* Mercury House, San Francisco 1992
Roberts, Jean-Marc, *Hand me down children,* { *Les enfants de fortune* Seuil }

Maximin, Daniel, *Lone Sun*. U. Press of Virginia 1990

Anglais au français
Potok, Chaim, *La Harpe de Davita* with Philippe Paddeu. Buchet Chastel. Paris 1986
Potok, Chaim *Livre des Lumières* with Yvette Métral. Buchet-Chastel. Paris 1985
Michael McClure *Ciels de Jaguar* with G. Louisy. Christian Bourgois Paris 1978 .

Italien à l'anglais
Natalia Ginzburg "Mio Marito," "The Mother" & "Elegy & Lament for England". *Mediterranean Review* 1971 & 1972

CHEZ AUTHORSHIP INTL
Liliane Messika avec Serge Skrobacki, *Etienne's Own Mideast Conflict*.Traduit du français par Nidra Poller 2017